KB236796

사이버 문화, 하이퍼텍스트 문학

작품편

사이버 문화, 하이퍼텍스트 문학

작품편

김종회 편

국학자료원

서문

　인터넷을 중심으로 한 가상세계는 이제 현실과의 조우를 넘어 우리 삶의 세부적 영역에까지 침투하는 명실상부한 사회적 공간으로 자리잡았다. 인터넷 쇼핑, 인터넷 뱅킹, 재택 강의, 사이버 대학을 비롯한 온갖 상거래와 금융거래, 유아교육부터 최고 고등교육까지 가능한 인터넷 교육 시스템 등은 오늘날 현대인의 원활한 사회활동을 위한 일상적 아이템으로 기능한다. 어디 그뿐이랴, 이웃사촌도 옛말이 되어버린 이 시대에 우리는 수많은 '일촌'들과 사이버 상의 우정을 나눈다. 바야흐로 인간관계의 새로운 패러다임이 부지불식간에 우리를 압박해오고 있는 중이다.

　이러한 시대적 변화의 조짐은 어느덧 하나의 징조에서 대세로 탈바꿈했으며, 기존의 문학판 안에서도 인터넷 상의 문학행위는 중요한 화두이면서 동시에 실질 세력으로 등장한 지 오래다. 사이버 문학에 대한 연구 성과들을 꾸준히 축적해 온 소장 연구자들도 적지 않으며, 인터넷을 통해 대중의 인기를 구가해 온 아마추어 작가들의 작품이 베스트셀러가 되어 서점가에 유통되고 있다는 사실은 이제 그리 놀랄만한 일도 아니다. 사이버 문학의 양산은 하나의 문화현상 혹은 문학현상으로 자리잡았으며, 따라서 이제는 그 가치 여부를 논하는 기초 수준의 논쟁을 넘어서 이러한 문화현상을 어떻게 규정하고 이해하며 발전시킬 것인가를 구체적이고도 객관적인 시각으로 고찰해야할 시점에 이르렀다.

　이러한 문제의식을 바탕으로하여, 첫째 이 책은 먼저 그동안에 논의된 사이버 문화 이론들을 철학, 기술, 사회, 문학 등의 다양한 측면에서 정리, 고찰하였다. 국내외의 저명한 논자들의 이론은 사이버 문화현상이 우리 시대를 규정짓는 중요한 논리적 통로임을 재확인시켜준다. 상호참조되고 끊임없이 열려지며 비선형적 사고방식과 다방향의 소통구조를 구현하는 하이퍼텍스트의 등장은 문학에 있어 획기적인 전환점을 예고하고 있다. 아울러 지금까지 논의된 하이퍼텍스트 이론과 더불어 이러한 하이퍼텍스트성을 구현한 국내외 작품들, 그리고 통신공간을 중심으로 이루어진 사이버 문학 작품들을 살펴봄으로써 이론과 작품의 상관성을 함께 고찰해보고자 한 것이 이 책의 두 번째 목적이다.

이 책은 크게 <1권 : 이론편>과 <2권 : 작품편>으로 나뉜다. 또한 각각의 이론편과 작품편은 국외저술과 국내저술로 나뉘어 구성되었다.

<1권 : 이론편>의 '국외이론편'에서는 사이버 문화이론과 하이퍼텍스트 이론을 다루고 있다. 사이버 문화이론에서는 사이버 문화의 본질을 '획일적 전체성 없는 보편'이라고 명명하면서 이에 대한 심도 깊은 논의를 보여주고 있는 피에르 레비의 논문을 비롯하여, 가상현실에 대한 철학적 고찰, 사이버 페미니즘에 대한 논의를 다루고 있다. 하이퍼텍스트 이론에서는 하이퍼텍스트의 개념과 철학적 의미, 현대 비평이론과의 상관성, 하이퍼텍스트적 글쓰기에 대한 저술을 선별하였다. '국내이론편'에서는 먼저 정보화 사회의 특징을 기술, 사회, 문화적 측면 등에서 세심하게 고찰한 논문들을 모았다. 더불어 이러한 정보화, 디지털 사회의 제반 특징들을 기반으로 현재 우리나라에서 산출되고 있는 사이버 문학, 혹은 하이퍼텍스트 픽션들에 대한 개념 규정과 현황 및 전개 양상, 그 특징 등을 구체적으로 고찰한 국내 논문들을 선별하였다.

<2권 : 작품편> 또한 국외작품과 국내작품으로 구별하여 각 장을 구성하였다. '국외작품편'은 크게 기존의 문학작품에 드러난 하이퍼텍스트적 속성을 고찰한 부분과 실제 컴퓨터 상에서 구현되고 있는 하이퍼텍스트 작품을 소개한 부분으로 나뉜다. 로렌스 스턴, 마리오 바르가스 요사, 보르헤스, 필립 K. 딕, 윌리엄 깁슨 등의 작품은 비록 인쇄문학의 형태로 쓰여졌지만 열린

결말, 이야기의 무한한 확장성, 비선형성 등 하이퍼텍스트적 요소를 다층적으로 구현하고 있다. 이러한 작품들에 나타난 하이퍼텍스트적 상상력은 이후 기술적 토대를 바탕으로 한 본격적인 하이퍼텍스트 작품의 산출로 이어진다. 일본에서 가장 인기 있었던 하이퍼텍스트 소설 중의 하나인 井上夢人의『99人の最終電車』, 조지 랜도우가 이끄는 비평그룹의 하이퍼텍스트 홈페이지에 링크된 소설인 데이빗 윤의『An exploration of me, myself and I』, 그리고 로버트 캔달의 하이퍼텍스트 시『Dispossession』등 여기에 소개된 세 편의 하이퍼텍스트 작품은 일본과 미국의 작품에 한정되어 있긴 하지만 국외 하이퍼텍스트 문학의 구체적 면모를 고찰할 수 있다는 점에서는 충분히 그 취지에 부합하리라 여겨진다. '국내작품편'은 크게 실제 컴퓨터 상에서 구현된 하이퍼텍스트 작품에 대한 고찰과 주로 컴퓨터 통신 상에서 이루어진 사이버 소설에 대한 장르별 고찰, 그리고 사이버 시대의 특징을 잘 보여주고 있는 기존의 문학작품에 대한 고찰로 나뉜다. 아직까지 국내에서 실제적인 하이퍼텍스트 작품을 찾아보기는 쉽지 않다. 그런 의미에서 국내 최초의 하이퍼텍스트 소설이라 할『디지털 구보 2001』의 의미는 남다르다고 할 수 있다. 컴퓨터 통신 상에서 폭발적인 조회수를 기록하며 단행본으로 출간되기까지 한 인터넷, 혹은 사이버 소설은 흔히 대중문학 장르라고 일컬어지는 무협, SF, 환타지, 연애소설 등의 장르를 선호하는 경향이 있다. 이러한 각 장르별 주요 작품과 장르소설의 현황 및 특징을 중점적으로 살펴보았다. 마지막으로 국내 작품에서 하이퍼텍스트적 속성을 보이거나 디지털 시대의 특성을 구현하고 있는 문학작품들에 대해서도 고찰하였다.

하루가 다르게 시대적 상황이 변모하는 오늘날, 동시대의 문화이론을 체계적으로 정리하려는 시도에 있어서 이를 두 권의 책으로 포괄하기는 당초 무리한 일이 아닐 수 없다. 하지만 범박하게나마 사이버 문화와 하이퍼텍스트 문학의 이론, 그리고 작품의 실제를 일정한 계통과 질서에 따라 정리해 보려는 이와 같은 접근 방식은 과거에는 없었던 것으로 그 시론적 문열이의 기능에 일말의 자긍심을 가져보려 한다.

이 두 권의 책이 준비되고 편집되어 완성된 책으로서의 모양을 드러내기까지, 오랜 세월을 함께 공부해 온 경희대학교 대학원의 현대문학 전공 학생들과 현대문학연구회, 또 실무적인 편집 업무를 맡아 끝까지 애쓰고 수고한 윤송아, 이정선, 채근병, 남승원 선생들에게 마음으로부터 감사의 말씀을 전한다. 어려운 여건 중에도 이처럼 좋은 책으로 묶어준 국학자료원의 정찬용 사장님과 관계자들께도 깊이 감사드린다.

2005. 3

편자

목 차

문학작품에 나타난 하이퍼텍스트성

『트리스트럼 샌디』*

로렌스 스턴

제1장

나는 아버지나 어머니, 아니 사실 두 분 모두 나를 수태하기 위해 애쓰고 계셨을 때, 두 사람이 막 하려는 일에 좀더 신중을 기했더라면 좋았을 것이라고 생각하곤 하는데, 당시 그 행동에 얼마나 많은 것이 좌우 되는지 충분이 인식하셨더라면, ─ 즉 이성적인 존재의 생산뿐 아니라, 그의 적성과 성품의 형성, 그리고 균형 잡힌 육체와 건강한 체질, ─ 또한 부모님은 모르고 계셨지만, 그 순간의 가장 우세한 체액과 기질에 따라 가문의 운명 자체도 뒤집힐 수 있었으니, ─ 이 모든 것을 충분히 고려하고 숙고하여, 필요 적절한 조처를 취했더라면, ─ 지금 독자들이 만나는 저자와는 전혀 다른 내가 되어 있을 것을 확신하기 때문입니다. ─ 여러분, 사람들이 흔히 생각하는 것처럼 이런 일을 하찮게 여겨서는 안 되며, ─ 여러분도 혈기가 어떤 경로로 아버지에서 아들에게, 아들에서 손자에게 대대로 전해지는지 이미 알고 계시리라 생각하는데 ─ 사실 그 일에 관해 많은 것을 익히 들었을 것입니다. ─ 인간의 이성과 야성의 9할, 그리고 이 세상에서의 성공과 실패가 혈기의 움직임과 활동 그리고 그

* 로렌스 스턴 저, 홍경숙 역, 『트리스트럼 샌디1』(문학과 지성사, 2001), pp. 13-22.

주어지는 진로와 경로에 따라 좌우되며 이들이 일단 움직이기 시작하면 좋고
나쁜 건 아무런 상관 없이, – 미친 듯이 전진할 뿐이며, 동일한 경로를 반복적
으로 통과하기 때문에 머지않아 산책로같이 반반하고 매끄러운 길을 만들어버
려, 일단 익숙해지면 악마도 이들을 쫓을 수 없게 되는 것이지요.

그런데, 여보. 어머니가 말했습니다. 시계 밥 주는 거 잊지 않으셨지요? – 하
나님 맙–! 아버지가 목소리를 누그러뜨리며 애쓰며 소리쳤습니다. – 유사 이
래 이런 바보 같은 질문으로 여자가 남자를 방해한 일은 없었을 거요. 도대체
작가 선생의 부친께서는 무슨 말씀을 하시는 겁니까? – 아무것도 아닙니다.

제 2장

– 사실 어머니의 질문 자체가 좋다거나 나쁘다거나 할 것은 없었습니다. –
다만, 선생님, 그 시기가 적절하지 않았다는 말이며, – 결국 어머니의 질문이
혈기를 흩어 쫓아버리고 말았는데, 이들에게는 극미인을 호위하여 그의 손을
잡고 목적지까지 가야 하는 책임이 있었습니다.

경망스럽기 짝이 없는 이 시대의 어리석고 편견에 친 눈을 통해 볼 때,
극미인은 보잘것없고 바보스럽게 여겨지겠지만, – 과학적 탐구의 이성적인 눈
에는, 이미 그 권리가 보장되고 보호되는 존재로 인정받고 있습니다. – 말이
났으니 말이지만 세상에서 그중 박식하다는 세심한 철학자들이(그들의 정신
은 탐구에 반비례하므로) 극미인도 인간을 만든 동일한 손에 의해 창조되었으
며 – 인간이 태어난 동일한 자연적 경로로 태어나, – 동일한 운동력과 능력을
부여받았음을 명백히 보여주고 있지 않습니까. – 극미인도 우리와 마찬가지로
피부, 모발, 지방, 근육, 정맥, 동맥, 인대, 신경, 연골, 뼈, 골수, 뇌, 분비선,
생식기, 체액, 관절로 되어 있으며, – 말 그대로 영국의 대법관 나리만큼이나
활동적이며, 그에 못지않은 우리의 동포라 할 수 있는 것이지요. 극미인도
우리와 마찬가지로 이득을 볼 수도, 손해를 입을 수도 있으며, – 보상을 받을

수도 있고, – 요컨대 털리, 퍼펜돌프 및 여러 저명한 윤리학자들이 인간 상태와 인간 관계에서 기인한다고 말하는 모든 권리와 자격을 갖추고 있습니다.

그런데, 선생님, 그가 만약 혼자 가다가 사고라도 당한다면? – 혹은, 이렇게 나이 어린 여행자에게는 당연한 일이겠지만, 이 작은 신사가 여정에 대한 두려움에 시달린 끝에, 녹초가 되어 목적지에 도달한다면, – 그의 근력과 원기가 쇠약해질대로 쇠약해지고, – 혈기는 형용할 수 없을 정도로 엉망이 되어, – 신경이 혼란에 빠진 침울한 상태에서 경기(驚氣)와 우울한 꿈 그리고 환상에 열 달 동안이나 끊임없이 시달릴 수밖에 없지 않겠습니까. – 결과적으로 수많은 육체적, 정신적 결함의 시초가 다져지고, 이후로는 어떤 의사나 철학자의 능력으로도 온전하게 되지 못할 것을 생각하면 온몸에 전율을 느낍니다.

제3장

전술한 이야기는 나의 삼촌 토비 샌디에게 전해들은 것으로서, 자연과학에 관심이 많고 사소한 일에도 논리적 사고를 잊지 않았던 아버지는, 그때의 상처에 대해 삼촌에게 자주 하소연하며 괴로워했다고 하는데, 삼촌이 기억하는 바로는, 언젠가 내가 팽이를 감으며 팽이 감는 방식의 정당성을 주장하는, 설명하기 힘든 이상한 행동(아버지 말에 의하면)을 보였을 때, – 그 점잖은 신사는 머리를 저으며 꾸짖음보다는 비탄에 가까운 어조로, – 당신의 아들이 다른 사람의 자식들과 전혀 다르게 행동하고 사고할 것이라는 사실을 마음속으로 오래 전부터 예감하고 있었고, 지금 바로 이 같은 경우를 비롯해, 아들에 대한 수많은 관찰로 미루어 이 사실을 확인하게 되었으며, – 아버지는, 아아 슬프다! 하고 말한 후, 다시 한 번 고개를 저으며 뺨을 타고 흐르는 눈물 한 방울을 훔치고는 트리스트럼의 불행은 그 아이가 세상에 나오기 열 달 전부터 시작되었네 하고 말했다는 것입니다.

– 어머니가 옆에 앉아 계시다가 아버지를 올려다보았으나, – 도대체 무슨

소리인지 알 수 없었으며, 그 일에 관해 익히 들어 알고 있던 나의 삼촌, 토비 샌디는, ‑ 아버지를 충분히 이해할 수 있었습니다.

제4장

독서가들 가운데는, ‑ 물론 세상에는 책을 전혀 읽지 않는 훌륭한 사람들도 많지만, ‑ 주인공에 관한 모든 비밀을 처음부터 끝가지 다 알아내지 못하면 불안해 어쩔 줄 몰라하는 사람들이 있습니다.

이런 사람들의 심정을 존중하는 의미에서, 또한 이 세상 어느 누구도 실망시키고 싶지 않은 본인의 심정 때문에, 지금까지 이렇게 상세하게 기록한 것입니다. 나의 삶과 견해가 어느 정도 유명세를 치를 것으로 예상하고 있긴 하지만, 내 짐작이 맞다면 신분, 직업, 종파를 초월해 수많은 사람들이 읽을 것이며, ‑『천로역정』못지않은 인기를 얻어 ‑ 몽테뉴가 자신의 수필집이 거실 창문용 책이 될까봐 두려워했다던 것처럼, 이 작품이 바로 그런 운명을 맞게 될 것이며, ‑ 나는 모든 사람들의 조언을 빠짐없이 참고해야 한다고 생각하기 때문에, 내가 혹시 한쪽으로 너무 깊이 빠져드는 경향을 보이더라도 양해해주시기를 미리 부탁드립니다. 바로 이 때문에 내 인생을 이런 방식으로 기록하기 시작한 것을 다행스럽게 생각하며, ab Ovo라는 호라티우스의 말대로 내 삶의 모든 것을 처음부터 더듬어가려고 합니다.

물론 호라티우스 씨는 이런 방식을 따르지 말라고 했습니다. 그러나 그 양반은 서사시나 비극에 한해서만 말한 것이며, ‑ (어느 쪽인지는 기억나지 않지만) ‑ 만약 내가 틀렸다면 호라티우스 씨께 미리 용서를 구하고, ‑ 나는 내 이야기를 풀어나가며, 그의 이론을 포함한 지금까지 생존했던 어떤 인물의 이론에도 구애받지 않을 작정입니다.

그러니 이런 이야기에 너무 깊이 빠져들고 싶지 않은 분이 계시다면 이번 장의 나머지 부분은 건너뛰라고 할 수밖에 없으며, 이 글은 호기심 많고 캐문기 좋아하는 사람들을 위해 쓴 것임을 미리 밝혀두는 바입니다.

───────────문을 닫으세요───────────

나는 1718년 3월 첫 번째 일요일과 월요일 사이에 수태되었습니다. 물론 틀림없는 사실입니다. ― 내가 태어나기도 전의 일을 자신 있게 얘기할 수 있는 것은 우리 가족들만이 알고 있는 조그만 일화 때문이며, 이 점을 분명히 하고 넘어가기 위해 지금 그 일화를 최초로 공개하는 바입니다.

여러분이 이미 알고 계시는 나의 부친은 원래 터키 물품을 취급하는 상인이었으며, 지방에 있는 조부의 농장에서 여생을 보내기 위해 은퇴했습니다. ― 아버지는 일이든 취미든 매사에 아주 규칙적인 분이었지요. 사실 노예적이었다는 표현이 더 어울리는 그의 극단적인 정확성의 조그만 예로, 아버지가 오랜 세월 규칙으로 삼았던 것은, ― 일 년 열두 달 매월 첫 번째 일요일 밤에, ― 그 일요일 밤은 항상 돌아오게 마련이니, ― 뒷 층계 꼭대기에 서 있는 커다란 괘종시계의 태엽을 감아주는 일이었습니다. ― 그리고 그 무렵 아버지의 연세가 오십을 넘어 육십을 바라보고 있었으니만큼, ― 그 외 소소한 가정일도 차차 같은 시기로 몰아 모두 한꺼번에 해결해버리고 더 이상 이런저런 일로 한 달 내내 귀찮게 시달리지 않도록 했다고, 아버지가 여러 번 토비 삼촌에게 말했다고 합니다.

그의 계획대로 여러 가지 귀찮은 일을 한꺼번에 몰아 해결할 수 있게 되긴 했지만, 한 가 지 불행한 사건이 동반되었으며, 결과적으로 내가 그 희생양이 되어 무덤에까지 그 짐을 짊어지고 가게 된 것이 두려울 뿐인데, 서로 무관한 상념들의 불행한 결합으로, 가엾은 어머니는 시계태엽 감는 소리를 결코 들을 수 없었으니, ― 그때마다 엉뚱한 생각이 갑자기 머릿속에 떠오르곤 했기 때문이며, ― 반대로 다른 일을 하는 도중에 시계태엽 생각이 슬며시 고개를 들곤 했습니다. ― 이런 성질에 대해 누구보다 잘 알고 있던 학자 로크에 따르면, 기묘한 상념들의 결합이 다른 어떤 편견의 원인보다 훨씬 뒤틀린 결과를 초래

한다는 것입니다.

　그런데, 그건 그렇다 치고,

　탁자 위에 놓인 아버지의 수첩에 기록된 바에 의하며, 내가 수태되었던 그 달 25일 성모 마리아의 날에 — 아버지는 형 바비를 웨스트민스터 학교에 입학시키기 위해 런던으로 떠났으며 동일한 기록에 따르면, 아버지는 5월 둘째 주가 될 때까지 아내와 가족에게 돌아가지 않았다고 하는데, — 이것이 그 사실을 확인시켜주는 것이지요. 그러나 무엇보다도 다음 장의 도입부를 읽어 보면 의심의 여지가 없어질 것입니다.

　— 그런데, 작가 선생, 당신의 부친께서는 12월, — 1월, 그리고 2월 내내 무엇을 하고 계셨습니까? — 아닌 게 아니라, 부인, — 저의 부친께서는 그 동안 좌골 신경통을 앓고 계셨습니다.

제 5장

　1718년 11월 다섯째 날, 역사적인 그날에, 모든 남편들이 예상하는 바대로 열 달이 다 되어, — 나 젠틀맨 트리스트럼 샌디는 비열하고 비참한 이 세상에 태어났습니다. — 내가 달이라든가, 혹은 그 외 다른 행성에서(추운 것은 질색이니 목성이나 토성을 제외하고) 태어났더라면 좋았을 것이라는 생각이 드는데, 이 악하고 지저분한 행성보다 다른 곳에서(금성에 대해서는 할말이 없지만) 더 잘 살지 않았을까 하는 미련 때문이며, — 사실 좋게 말해 이곳은 다른 행성을 만들고 남은 찌꺼기 나부랭이로 만들었다는 생각을 버릴 수가 없으며, — 물론 대단한 작위나 재산이라도 물려받는다거나, 혹은 어떻게든 정부 구호 대상자로 선정되거나, 품위나 권력이 따른 직업이 있다면, 여기도 그리 나쁠 것은 없겠지만, — 나는 그런 형편도 못되고, — 누구든 자신의 경험을 토대로 공평함에 대해 말하게 마련이니, — 다시 한 번 이 지구상이 세상에 창조된 그중 비열한 곳이라는 사실을 확언하는 바이며, — 내가 첫 숨을 들이쉰 순간부터, 플랑드르의 바람에 시달린 끝에 얻은 천식으로 숨쉬기조차 힘들게 된 오늘날에 이르기까지, – 사람들이 소위 운명의 여신이라 부르는 여인의 끊임없는 노리개가 되었으며, 그녀가 나에게 이 세상에서 적잖은 악의 무게를 느끼게 했다고 말해도 그녀를 욕되게 하는 것은 아니겠지만, – 세상에 없는 좋은 성격에도 불구하고 내가 그녀에 대해 확실히 말할 수 있는 것은, 내 인생의 고비마다, 또한 나를 괴롭힐 기회가 있을 때마다, 그 불손한 공작 부인은 가냘픈 헤로가 견디었던 것과 같은 일련의 재난과 불상사로 나를 괴롭혔다는 것입니다.

제6장

　지난 장의 도입부에서 나의 생년월일은 정확히 밝혔으나, – 내가 태어난 경위에 대해서는 말씀드리지 않았습니다. 사실 이 일에 관해서는 따로 한 장 전체를 할애할 계획이며, – 무엇보다 선생님과 저는 전혀 안면이 없는 사이로서 나에 대해 너무 많은 것을 한꺼번에 알리는 것도 예의에 어긋나는 일이라고 생각하니, – 조금만 참아주시기 바랍니다. 내 삶뿐 아니라 나의 신념에 대해서도 말씀드릴 계획이며, 내 삶을 통해 나의 성격과 사람 됨됨이도 알게 되고 내 신념도 제대로 맛볼 수 있기를 바라고 기대할 뿐입니다. 나와 함께 이야기를 풀어나가노라면 우리 사이에 이제 막 싹튼 관심이 친밀함으로 자랄 것이며, 우리 중에 어느 쪽이든 싫다고만 하지 않는다면 결국 우정으로 끝맺을 것입니다. – O diem præclarum! – 이렇게 된다면 나에 관한 모든 것이 전혀 하찮게 여겨지지 않을 것이며, 내 이야기도 지루하게 생각되지 않을 것입니다. 그러니 친애하는 친구이자 동료여, 이야기를 시작하는 마당에 말을 너무 아낀다는 생각이 들어도, – 조금만 참고, – 내 방식대로 이야기를 이끌어나가도록 허락해주시기 바라며, – 혹시 내가 여기저기서 시간을 낭비하는 것 같다거나, 대로는 길을 가다 잠깐씩 딸랑이가 달린 어릿광대 모자를 쓰게 되더라도, – 달아나지 마시고, – 보기보다는 분별력이 있어 보인다고 너그럽게 이해해주시기 바라며, - 우리가 여행하는 동안, 나와 함께 웃든, 나를 비웃든, 말 그대로 무슨 짓을 하든, - 성질만 부리지 말아달라고 부탁드리는 바입니다.

『트리스트럼 샌디』와 『미라플로렌스에서 생긴 일』의
하이퍼텍스트적 속성

남승원

1. 머리말

구텐베르크에 의해 개발된 인쇄기술은 유럽사회, 나아가 전세계에 다양한 문화적 변화들을 가져왔다. 특히 인쇄기술에 의해 가능해진 문자해독 능력의 확산은 소수의 엘리트 성직자 계층에 의한 성경 – 지식의 독점을 무너뜨림으로써 종교개혁을 가능하게 하였고 이후 산업혁명, 자본주의 발흥, 민족국가의 형성 등 각 부문의 사회변화를 야기시켰다.[1]

그런데 맥루한은, 언어·문화적인 측면에서 활자인쇄술이 공감각적으로 상호작용할 수 있었던 과거의 문화를 파괴시키고 시각중심의 문화로 변모시켰다고 진단한다. 또한 활자인쇄술을 통하여 신속하고 정확하게 텍스트들을 재생할 수 있게 되었지만, 동질성이나 획일성을 보다 중시하게 함으로써 일상언어가 본래 지니고 있었던 다양성, 이질성 등의 가치를 떨어뜨리는 결과를 가져왔다고 본다.

그렇다면, 80년대 이후 개인 컴퓨터가 일반 가정으로 보급되기 시작하며

---

1) 마샬 맥루한, 임상원 역, 『구텐베르크 은하계』(커뮤니케이션북스, 2001)

제2의 구텐베르크 혁명이라 할 수 있는 최근의 'WWW'나 'HTML'로 이어지는 전자미디어의 급속한 확산은 어떠한 변화를 가져올 것인가?

일단 손쉽게 생각할 수 있는 것은 활자문화에 의해 상실되었던 다양성, 공감각성, 그리고 획일화되지 않은 독특한 개성들의 회복을 가능하게 할 것이라는 기대이다. 전자미디어의 가장 대표적인 표현수단인 하이퍼텍스트는 무엇보다도 기존 텍스트의 선형적인 진행 방식을 거부한다는 점에서 구술문화의 속성과 비슷한 면을 가지고 있기 때문이다. 또한 하이퍼텍스트의 특성인 비종결성과 비선형성은 근대성의 원리에 대한 포스트모던적 비판의 산물로 이해해볼 수도 있다.[2]

이렇게 본다면 규율성, 통일성, 위계질서적 통제와 같은 근대성의 원리에 대한 비판/대안은 전자미디어의 확산이 이루어지기 전부터 시작되어왔던 것이다. 그리고 이는 문학이 가지고 있던 본래의 속성과 다름이 아니다.

이미 영문학사에서는 인쇄된 책의 선형적 위계질서에 대한 비판과 실험이 18세기 소설의 발생 시기때부터 『트리스트럼 샌디The Life and Opinions of Tristram Shandy, Gentleman』와 같은 작품을 보면 줄거리나 인과관계, 일정한 종결 등을 무시힌 자유로운 서술을 통하여 행해지고 있다. 또한 널리 일러진 바대로 보르헤스나 마리오 바르가스 요사 등의 글쓰기에서도 이러한 양상은 쉽게 찾아볼 수 있다.

이는 또한 새로운 과학기술을 예견하는 일련의 작가군들에게서 발생한 SF소설에서도 현실과 가상세계로 설정된 이분법적 경계를 무너뜨리는 내용이라든지, 육체와 기계의 구분을 의심하며 보다 본질적인 것이 무엇인지에 대한 성찰을 보여준다든지 하는 부분에서도 확인할 수 있다. 특히 SF소설가들은 새로운 내용과 새로운 소설기법을 통해 미래를 예견하고자 하는 장르적 특수성으로 말미암아 그 초창기부터 현재의 전자미디어 세계를 그 안에 배태하고 있었다. 그리고 실제로 인터넷이 보급되기 시작하면서 HTML을 이용한 하이

---

2) 정형철, 「하이퍼텍스트 픽션이란 무엇인가」, 이선이 편, 『사이버문학론』(월인, 2001)

퍼텍스트적 글쓰기를 처음으로 시도한 부류들도 다름아닌 SF소설가들이었다.

이 글에서는 이와 같은 성질을 하이퍼텍스트적 속성hypertextuality이라는 포괄적 내용과 구조로 보고 실제 문학장르 내에서 어떻게 다양하게 나타나고 있는지 살펴보고자 한다.

2. 본론

1. 글쓰기 방식으로서의 하이퍼텍스트

–『트리스트럼 샌디』에 나타난 다양한 하이퍼텍스트적 속성

하이퍼텍스트는 시작과 끝에 대한, 기존의 활자매체를 대하는 선형적인 생각을 전환하기를 요구한다. 하이퍼텍스트의 경우 시작의 지점은 그저 읽기를 시작하는 지점에 지나지 않을 뿐이다. 또한 다양한 지점들에서 텍스트를 끝낼 수도 있으며, 또 텍스트를 첨가하거나 확장할 수도 있다. 따라서, 하이퍼텍스트는 전통적인 완성이라는 개념을 거부한다.

1759년에서 1767년 사이에 출간된 로렌스 스턴Laurence Sterne의『트리스트럼 샌디』3)는 제목과 동명 인물인 작가의 자서전 형식을 띠고 있다. 하지만, 주인공이 수태되는 내용으로 시작된 소설은 중반부에 접어드는 6권째(출간 당시에는 9권으로 출간되었다고 한다)에 가서야 주인공이 태어나며, 실제 그 이후에도 자서전적이라고 할만한 내용은 찾아보기 힘들다. 소설의 대부분은 저자가 태어나기 전에 일어난 사건들과 인물들로 채워져 있으며 그에 따른 이런저런 에피소드들이 주의를 사방으로 분산시켜, 줄거리를 더듬어 가며 읽는 행위 자체를 불가능하게 만드는 등 전통적인 소설의 완성이나 이야기의 종결과는 거리가 멀다.

---

3) 로렌스 스턴, 홍경숙 역,『트리스트럼 샌디1, 2』(문학과지성사, 2001). 이후 소설의 내용을 인용할 경우 면수만 표기하기로 한다. 권은 출간 당시의 순서이다.

랜도우George P. Landow는 테니슨의 시 『인 메모리엄In Memoriam』의 단편화 수법이 생생한 서술에 기대고 있는 전통적인 내러티브와 문학 형식에 도전함으로써 전자적 하이퍼텍스트를 예견하고 있다고 지적했다.[4] 스턴의 작품 역시, 연대기(chronology)와 연속성에 대한 회의를 바탕으로 일관성이 없는 짤막한 이야기를 나열하고 있는데 이는 바로 선형적인 내러티브를 거부하는 하이퍼텍스트적 속성을 이미 간직하고 있다고 볼 수 있을 것이다.

－정말 터무니없는 요구야.－증조할아버지가 서류를 구겨, 탁자위에 던져 버리며 소리쳤습니다.－이 계산에 따르면, 부인, 부인의 재산은 1실링의 오차도 없이, 정확하게 2천 파운드인데,－연 3백 파운드의 과부 급여를 요구하다니요.－

－"그거야, 당신의 코가 있으나마나 하기 때문이 아닙니까"하고 증조할머니가 대답했습니다.－

자, 코라는 단어를 다시 입에 담기 전에,－이야기가 흥미진진한 부분에 도달한 이 마당에, 코에 대한 언급으로 야기될 수 있는 모든 혼란을 피하기 위해, 내가 의미하는 바를 알기 쉽게 설명하고, 이 단어의 뜻으로 이해되기를 바라는 바를, 가능한 징확하고 임밀하게 징의하고 님어가는 것이 좋겠다는 생각입니다. 아닌 게 아니라, 이런 경고를 무시하는 작가들의 태만과 아집 때문에, （중략）

－코라는 단어는, 코를 다루고 있는 이번 장 전체에 걸쳐, 그리고 이 작품 어느 부분이든, 코라는 단어가 나오는 곳마다,－그 단어가 의미하는 바는 코를 가리킬 뿐이며, 그 이상도 그 이하도 아닙니다.

(3권 31장 pp.263－265)

－"그 이유는 당신의 코는, 있으나마나 하기 때문이라니까요" 증조할머니가, 다시 한 번 말했습니다.－

(3권 32장 p.265)

---

4) 조지 P. 랜도우, 여국현 외 역, 『하이퍼텍스트 2.0』(문화과학사, 2001), pp. 79-86.

위의 인용된 부분을 보면, 하이퍼텍스트의 구조적 속성이 활자매체 안에서 최대한 드러나고 있다. 스턴은 31장에서 작중인물 트리스트럼의 입을 빌려 증조할아버지와 할머니의 얘기를 하다가 "코"라는 단어가 나오게 되자 그 단어의 소설 내에서 쓰임을 정의하고 있다. 그리고 다음장인 32장에 가면 다시 31장의 마지막 대사와 연결되는 사건이 서술되고 있다. 즉, 31장과 32장은 "코"라는 단어로 링크link된 두 개의 등가적인 웹web문서가 되는 것이다. 또한, " – 코라는 단어는, 코를 다루고 있는 이번 장 전체에 걸쳐, 그리고 이 작품 어느 부분이든, 코라는 단어가 나오는 곳마다, – 그 단어가 의미하는 바는 코를 가리킬 뿐" 이라는 문장에 미루어 생각해본다면, 이는 전자적 하이퍼텍스트 내에서 팝 – 업pop – up의 형식으로 "코"가 전체 텍스트 내에 제공되고 있는 것으로 파악할 수 있다. 특히, 작가가 "코"라는 단어를 별도의 표기(번역본에는 이탤릭체)로 해 놓은것은, 실제 HTML로 이루어진 하이퍼텍스트에서 링크가 가능한 단어나, 블록을 다르게 표시하는 것과 동일한 발상위에 있다.

다시 4권에 가면 장 수가 붙어있지 않은 "슬로켄베르기우스의 이야기 SLAWKENBERGII FABELLA"라는 본 내용과 또 전혀 상관이 없는 새로운 한편의 이야기로 시작된다. 그렇다면 이 내용은 어떤 이유로 작품내에 위치하게 되었을까.

> 아아! 슬프다! 슬로켄베르기우스가 절규하며 소리쳤다. 이런 일은 처음이 아니며–코 때문에 정복하거나 빼앗기는–마지막 성채가 되지도 않을 것이라는 사실이–염려스러울 뿐이다.
>
> (4권 p.327)

> 이와 같은 코에 대한 잡다한 지식들이 아버지의 머리 속에서 끊임없이 맴도는 가운데
>
> (4권 1장 p.327)

그 독립된 이야기의 끝부분과 다음에 시작되는 1장의 첫부분을 인용한 부

분을 보면, 그것은 '코에 대한 잡다한 지식'에 속하는 이야기이다. 즉, '슬로켄베르기우스의 이야기'는 책 안에서 그저 우연히 4장의 첫머리에 위치했을뿐, 사실은 위에 언급한 "코"의 팝-업과 연결되어 있는 완전히 독립된 렉시아lex-ia이다. 이는 랜도우가 지적한 일-대-다 연결(one-to-many linking)이라는 하이퍼텍스트적 시스템의 중요한 형식5)과 비견되는 서술방식으로, 독자들에게 동일한 텍스트 내에서도 상이한 정보들을 얻도록 해주는 하이퍼텍스트적 속성을 보여준다.

그 외에도 극중 인물이 작품 안에서 주고 받은 문서나 자료등을 내용 안에 삽입시켜 서술하기보다는 가공하지 않고 그대로 보여준다든지(1권 20장/3권 10장), 책의 맨 앞에 나와 있어야할 헌정사는 1권 8장의 끝에, 또 저자의 서문은 3권의 20장 안에 위치시키는 등『트리스트럼 샌디』는 작품 전체가 기존의 선형적인 책읽기 방식을 해체하기 위한 구조와 내용으로 이루어져있다.

이외에도 등장인물이 지팡이를 휘두르면 휘두른 지팡이의 자취를 그대로 보여준다거나,

(5권 4장 p.341)

등장인물의 흥얼거림을 일련의 줄표로 대신하여 표현한다거나,

삼촌이 편지를 흥얼거리며 읽는 동안, 반은 계산을 하고 반은 듣는데 정신을 쏟으며, 탁자 위에 양쪽 팔꿈치를 받치고 몸을 앞으로 기울였습니다.

---

5) 위의 책, p. 28.

　　－　－　－　－　－　－　－

　　－　－　－　－　－　－　－　－

　　－　－　－　－　－　－　－그 아이가 갔어요! 삼촌이 말했습니다.

（5권 1장 p.25）

　　하는 방식은 하이퍼텍스트적 속성이 가지고 있는 하이퍼미디어hypermedia/
인터미디어intermedia의 형태를 구현하고자 하는 작가의 의식으로 여겨진다.
　　특히, 3권 11장에서는 한 인물('닥터 슬롭')이 책을 읽는 동안 다른 인물('토
비 삼촌')은 휘파람을 부는 장면이 나오는데 이것을

　　　　vel os s　　　　　　　　　vel i　　　　n
　　　　hunc furem, (…) excruciandus, mancipetur (…)

（3권 11장 p.211）

　　와 같이 다양한 방식의 표현을 시도함으로써 소리나 음성, 또는 영상 이미
지라고 할 수 있는 것들을 활자 매체와 동시에 독자에게 전달하려고 하고
있다. 현대의 전자적 하이퍼텍스트가 실질적인 예술의 형식이 되기 위해서
그래픽, 오디오, 영상 등과 같은 다양한 매체들과 결합해야 하는 것처럼[6],
이미 스턴은 기존의 문학 속에 다양한 방식들을 수용하고 시도함으로써 하이
퍼텍스트적 속성을 가진 글쓰기를 예견하고 있다고 보여진다.

2. 구조로서의 하이퍼텍스트

－『미라플로레스에서 생긴 일』에 나타난 연결linking방식

　　앞서 말했듯이, 일－대－다 연결(one－to－many linking)방식은 하이퍼텍
스트적 시스템의 중요한 방식이다. 랜도우는 독서환경에 있어서의 완전한 하
이퍼텍스트성은 다연속성multisequentiality과 독자들의 선택에 의존하는데,
따라서 완전한 하이퍼텍스트적 시스템(혹은 문서)은 결국 다양한 링크들을

----

6) 정형철, 앞의 책, p. 104.

하나의 단일한 렉시아에 결합시키고 또한 그것들을 렉시아 내의 고정점anchor
이나 사이트에 결합시킴으로써 형성되는 일-대-다 연결방식을 사용하게
된다고 한다.

또한, 이러한 방식은 여러 가지 면에서 하이퍼텍스트성을 지원하는데 첫째,
가지치기branching를 촉진하고 결과적으로 독자들의 선택을 다양하게 해주며
둘째, 다양한 링크들을 하나의 단일한 텍스트에 결합시킴으로써 실제 하이퍼
텍스를 읽는 독자들에게 도움을 주는 안내 지점들을 만들 수 있도록 한다.[7]

이러한 점은 실제 HTML을 이용한다면 손쉽게 만들 수 있는 형태인데,
마리오 바르가스 요사는 『미라플로레스에서 생긴 일』[8]에서 이와 같은 하이퍼
텍스트적 연결방식으로 소설을 구성하고 있다.

이 소설은 전체가 20장으로 구성되어 있는데 모든 홀수장과 20장(A), 그리
고 18장까지의 짝수장(B)은 서로 다른 이야기이다. A부분은 이제 막 고등학교
를 졸업하고 대학을 다니며 라디오 방송국에서 뉴스 연출을 하고 있는 '나'가
14살 연상인 이혼녀-먼 친척이기도 하다-(훌리오)와 결혼을 하게 되기 까
지의 이야기를 다루고 있다. B부분은 '나'가 근무하는 라디오 방송국이 적자
를 면치 못하자 사징이 볼리비아에서 데리고 온 천재적인 라디오 연속극 작가
(페드로 카마초)가 쓴 라디오 연속극의 내용으로 여겨진다. 그리고 B부분은
또 서로 서로 일관성이 있거나 연속성이 있지도 않다. 일종의 단막극이 일관성
을 가지고 있는 부분인 A의 사이사이에 끼어들어 있는 식으로 구성되어 있는
셈이다.

우선 독서를 해나가면서 표면상 A와 B는 전혀 연관성이 없는 이야기이다.
실제로 B부분을 건너뛰어가며 A부분만 읽어도 독자들은 하나의 이야기를
전달받는데 아무 문제가 없다. 그러나, 자세히 보면 A부분과 B부분은 서로
서로 수많은 링크와 노드nod로 복잡하게 연결되어 있는 전자적 하이퍼텍스트

---

7) 조지 P. 랜도우, 여국현 외 역, 앞의 책, pp. 25-36.
8) 마리오 바르가스 요사, 황보석 역, 『미라플로레스에서 생긴 일』(사민서각, 1990)

의 연결 방식을 가지고 있다.

　　이번에 말다툼을 벌였던 이유는 리마에서 그의 데뷔를 알릴 네 가지 연속극의
주인공들 때문이었는데 그 네 작품 모두에서 남자 주인공은 하나같이 <기적처
럼 젊음을 유지하고 있는> 50대의 사내들이었다.
　　「우리는 그 사람한테 어느 청취율 조사를 보건, 주인공인 남자는 서른에서
서른다섯살 사이인게 가장 선호된다고 누누이 설명했지만 그 사람은 당나귀마
냥 고집을 피우더라구.」
(중략)
　　그 순간 나는 페드로 카마초가 라디오 센트랄의 비좁은 작업실에서 50대의
남자들을 주제로 거창하게 늘어놓았던 독선적인 이야기를 떠올렸다. 그의
말대로라면 사람의 지력과 감수성은 그 나이에 전성기를 맞으며 또 그 나이가
되어야 모든 경험들을 동화시킬 수 있다는 것이었다. 그래서 50대에 있는
사람은 여자들에겐 가장 바람직하고 남자들에게는 가장 위엄있게 보인다는
거였다. (밑줄 인용자)

(3장 p.72)

　　그는 다른 사람들에게서 두려움과 음산한 느낌을 불러 일으키는 사람이었고
누구든 길거리에서 그 옆을 스쳐가기만 해도 당장에 그가 별다른 사람이라는
것을 알아차릴 수 있었다. 그는 인생의 절정기에 이른 50대의 남자로 그의
뛰어난 용모와 인품-넓은 이마와 매부리코에 꿰뚫어 보는 듯한 눈길을 지닌
그지없이 정직하고 선량한 사내-으로 보아 여자들에서 관심만 있었다면 돈
후안 같은 사람이 될 수도 있었을 것이었다.

(8장 p.162)

　　인용된 3장 부분은, 청취율 때문에 애써 데리고 온 작가가 주인공의 연령을
어떻게 할 것이냐를 두고 사장과 대립하고 있는 부분이다. 설문조사에 의한다
면 30-35세 사이의 남자를 주인공으로 해야 한다고 주장하는 사장이, 50대
의 나이가 남자에게는 가장 매력이 있다는 이유로 고집을 피우는 작가에 대해

걱정을 하고 있다. 그리고 그 이야기를 듣는 '나'는 어젯밤 작가가 내게 늘어놓은, 50대 남자를 주인공으로 한 이야기를 떠들었던 사실을 순간 떠올려본다. 그러다가 8장에 가면 50대의 남자가 주인공인 독립된 이야기가 나오는데, 일관성도 없고 필연성도 없는 8장의 이야기가 나오게 된 이유를 소설 내에서 찾아본다면 바로 인용된 3장의 밑줄부분과 링크되어 있기 때문이다. 뿐만 아니라, B부분에 등장하는 이야기들은 모두 결론을 내지 않고, 마치 실제 라디오 연속극이 가장 흥미진진한 부분에서 끝내며 청취자들에게 다음회에 대한 궁금증을 증폭시키기 위한 방법처럼 끝을 낸다.

> * 레드 안투네즈는 그날 밤 당장 그의 무분별하고 생각없는 배우자를 버리게 될까? 어쩌면 벌써 그렇게 해버린 것은 아닐까?
>
> (2장 p.53)

> * 그러나 2초, 3초, 4초가 지났어도 그는 총을 쏘지 않았다. 그는 어떻게 할 것인가? 명령에 복종할까? 총성은 울리게 될까?
>
> (4장 p.101)

> * 그는 정말로 그 일을 실행에 옮기게 될까? 그래서 단번에 자신의 완전성을 해치게 될까?
>
> (6장 p.143)

그리고 그 결론—이라고 여겨지는 내용—은 A, B부분을 가리지 않고 소설 전반에 여기저기 흩어져 있다. 심지어는 등장인물들 간의 대화 속에서 링크 link의 기능이 아니라면 아무 의미가 없을 정도로 암시적으로 등장하는 경우도 허다하다. 이것은 특히 뒤로 갈수록 B부분에서, 한 문장 내에도 여러 부분에 해당하는 단어들이 얼기설기 등장하면서 매우 복잡한 양상을 보여준다. 그러다가 B부분의 마지막 장에 해당하는 18장에 이르면, 앞의 B부분에서 연관성을 가진 모든 것들과 링크된 종합적 렉시아의 양상을 보여준다.

이는 일-대-다 연결방식과 더불어 랜도우에 의해 지적된 다-대-일 many-to-one이라 불리는 연결방식과 유사성을 갖는 것으로, 중요한 정보를 효과적으로 재사용하는 것을 촉진시키는 장점을 가지고 있다.[9]

살펴본대로 『미라플로레스에서 생긴 일』은 전자적 하이퍼텍스트에서 쓰이는 연결과 유사한 방식을 활자매체 내에서 적극적으로 사용함으로써, 다연속성을 가지게 되고 따라서 독자들의 선택에 의존하는 하이퍼텍스트적 독서를 가능하게 만들고 있다.

3. 개념으로서의 하이퍼텍스트

-SF문학에서의 하이퍼텍스트적 속성

하이퍼텍스트는 전자적 기술에 의한 텍스트의 새로운 형태임에 틀림없다. 그리고 더불어 랜도우가 지적한대로 열린 결말, 무한한 확장성, 비연속성 등을 특징으로 하는 개념이기도 하다.[10]

김재국[11]은 이렇게 개념으로서의 하이퍼텍스트적 속성을 "사이버리즘"이라 규정하고, 포스트모더니즘과의 연관성 아래 그 유사점으로 7가지를 지적하고 있는데[12], 이를 살펴보면 하이퍼텍스트적 속성은 현재처럼 전자기술이 발전된 환경 속에서 전자적으로 구현된 텍스트를 의미하기도 하지만, 그 개념은 이미 문학사적인 발전 내에서도 찾아볼 수 있음을 알 수 있다. 즉, 비선형적 nonlinear, 다음적multivocal, 개방적, 비위계적non-hierarchical, 혼성hetero-

---

9) 조지 P. 랜도우, 여국현 외 옮김, 앞의 책, pp. 29-30.
10) 위의 책, pp. 13-19.
11) 김재국, 『사이버리즘과 사이버소설』(국학자료원, 2001)
12) ①기존의 전통과 인습에 도전하는 것 ②전위적 실험성과 일탈성 그리고 행위와 참여를 중요시 하는 것 ③파편화 현상과 임의성, 우연성, 유희적 성격을 지니는 것 ④계급적 질서의 붕괴와 초소설적 성격을 지닌 것 ⑤비결정성과 비종결성 혹은 불확정성 ⑥장르 확산 ⑦텍스트 그 자체를 반영시키는 자기 반영에 관심이 있는 것(창작되는 과정 그 자체를 중요시하게 여기는 소설:일종의 구술성을 의미한다고 보아도 무방할 듯 하다;인용자) 김재국, 위의 책, pp. 33-37.

geneity, 유희성playfulness 등으로 정리할 수 있겠다.[13)]

　이러한 하이퍼텍스트적 개념은, Science Fiction이라는 용어가 만들어지고 이후 미국과 영국에서 새로운 장르로 굳어지면서 SF가 가진 그 풍부한 은유적 잠재력안에서 그 모습을 살펴볼 수 있게 된다.

　특히, 80년대에 이르러 미국에서 일어난 사이버펑크운동의 영향아래, 비주류로 폄하되던 SF문학들이 본격적으로 평가되고 기존의 문학에 접목되면서 SF에 나타나는 여러 가지 은유들을 진지하게 논의할 수 있게 되었다. 또한 SF를 인간의 존재와 본질에 대한 근본적인 질문을 가능하게 해준 문학으로 세련되게 발전시킨 사이버펑크운동은 단순한 문학장르가 아니라 하나의 사회이론이나 문화이론으로 여겨지는데, 부르스 스털링이 말한대로 사이버펑크가 고급문화와 대중문화 그리고 과학과 문학 사이의 모순을 통합한다면[14)], SF는 그 자체로 이미 하이퍼텍스트적인 개념을 가진 장르라고 할 수 있다.

　결국 SF는 인간과 기계, 자아와 타자, 육체와 정신, 환상과 현실, 남성과 여성 등 오래전부터 신뢰받아왔던 명확한 경계를 의심함으로써, 하이퍼텍스트적인 개념을 보여주고 있다.

　사이버펑크의 대표적인 소설로 '사이버스페이스Cyberspace'라는 신조어를 처음으로 등장시킨 윌리엄 깁슨의『뉴로맨서Neuromancer』[15)]는 핵전쟁이 끝나고 대기업이 세계를 지배하는 제국의 역할을 하는 시대적 배경을 가지고 있다. 주인공 케이스Case는 다른 사람의 정보를 훔쳐다 파는 직업(사이버스페이스 카우보이)을 가지고 있다. 여기에 등장하는 사이버스페이스는 자신의 신경에 기계를 접속(jack‒in)시켜 들어가는 매트릭스의 공간이다. 주인공은 사이버스페이스에 들어가지 못하도록 처벌을 받아 직업을 잃은 상태(수입이 없어서 장기를 좋은 것으로 제때 갈아 끼우지 못한다)인데, 어느날 신경을 회복시켜주는 대가로 작업 의뢰가 들어오고 이 작업을 수행해 나가며 겪는

---

13) 정형철, 앞의 책, pp. 88-89.
14) 손명신,『사이버펑크 소설의 윤리성』(경희대 석사학위 논문, 2003), p. 5.
15) 윌리엄 깁슨, 노혜경 역,『뉴로맨서』(열음사, 1996)

일들이 주된 내용이다. 그런데 알고 보니 이 일의 의뢰인은 인공지능 윈터뮤트 Wintermute로, 또 다른 인공지능인 뉴로맨서와 결합하여 완전한 존재가 되고 자 했던 것이다.

　　소설은 사이보그가 등장하지만 장기를 갈아 끼워대는 인간과 구별이 되지 않으며, 사이버스페이스가 나오지만 그 역시 현실과 구분되지 않는다. 인공지 능 역시 단순한 기계가 아닌 욕망을 가진 대상으로 나온다. 결국 주인공은 임무를 무사히 마치고 현실로 돌아오 – 는것 같 – 지만 이미 그 경계는 무의미 하게 된다.

> "이제 난 윈터뮤트가 아니야."
> "그럼, 뭐요?"
> 술을 마셔도 아무런 느낌이 없었다.
> "난 매트릭스야, 케이스."
> 케이스는 웃었다. "당신이 소속된 곳은?"
> "아무 곳에도. 모든 곳에. 나는 모든 것의 총합체. 나는 전체야."
> (중략)
> "그래, 상태는 어떻소? 세상은 어떻게 변했지? 이미 세계를 지배하고 있나?
> 당신 신이 된거요…?"
> "세상은 변하지 않았어. 세상은 세상일 뿐."
> "그럼 당신은 무얼 하고 있소? 그 곳에 존재하기만 하는거요?"
> 케이스는 어깨를 한 번 으쓱하고는 보드카와 표창을 술 선반 위에 놓고 담배에 불을 붙였다.
> "같은 패거리하고 대화를 하지."
>
> (『뉴로맨서』 p.372)

　　스위스의 구좌 대부분을 사용해서 새로운 췌장과 간장을 입수했다. 잔금으로 신형 오노 – 센다이 한 대와 스프롤로 돌아가는 표를 샀다.
　　그는 일자리를 찾았다.

그리고 한 여자와 알게 되었다. 그녀의 이름은 마이클이라 했다.

10월의 어느 날 밤, 잭—인 해서 동부 연안 원자력 기구의 무지개 빛 층계 곁을 지날 때, 케이스는 세 사람의 그림자를 보았다.

(중략)

그런데, 린다 바로 뒤쪽에 서서 한 팔을 린다의 어깨에 두르고 있는 것은, 케이스 자신이었다.

어딘가, 바로 곁에서 웃음소리 아닌 웃음소리가 들렸다.

그는 두 번 다시 몰리를 만나지 못했다.

(『뉴로맨서』 pp.373 – 374)

목적을 이룬—듯이 보이는 윈터뮤트는 스스로 변화되었고, '전체'가 되었다고 하지만, 케이스는 느끼지 못한다. 그것은 윈터뮤트가 서열이 있는 사회에서 최고 권력을 가지게 된 것이 아니라 말 그대로 '전체'가 되었기 때문이다. 그리고 그 상태에서 '존재'하기만 하고 '대화'를 하기만 하면 되는 것이다.

그 속에서 주인공 케이스 역시 현실에도, 사이버스페이스에도 존재하게 된다. 이제 본질이라든지, 중심이라든지, 위계적 질서 같은 것은 어디에도 존재하지 않게 된 것이다.

이 속에서 우리는 중심이 없는 텍스트, 서열화되지 않은 구성방식, 그리고 저자와 독자로 구분하는 이분법적 개념의 무의미화 등 하이퍼텍스트적인 개념들을 어렵지 않게 읽어낼 수 있다. 더구나 SF장르는 '진정한 현대 과학에 대한 관심'을 기반으로 하고 있기 때문에 그 개념들에서 전자적인 실제 하이퍼텍스트를 상상해내기는 더욱 손쉬워진다. 이는 페미니즘 SF소설들에서 성의 역할 구분이나, 남성성과 여성성의 구분을 무력화하는 개념을 찾아내는 일도 마찬가지이다.[16)]

---

16) 반대로, SF소설이 전형적인 터프가이 언어와 하드보일드 탐정 소설에서 빌려온 이미지를 사용함으로써, 성의 차이에 대한 가부장적 관념을 오히려 강화한다고 비판을 하는 사람들도 있다. 손명신, 앞의 논문, pp. 16-17.

3. 결론

하이퍼텍스트는 하나의 장르를 말하는 것도 아니며, 어떤 고정된 텍스트의 방식도 아니고, 전자적 환경을 바탕으로 한 새로운 텍스트를 만드는 기술을 지칭하는 것도 결코 아니다. 그리고, 하이퍼텍스트는 이 모두이다. 하이퍼텍스트는 오래전부터 우리가 간직해온 가치가 전자적 환경을 만나 기술적인 면에서도 나타난 양상이며, 그것을 큰 부작용 없이 받아들이기에 우리 사회가 좀더 변화했을 뿐이다.

그렇기 때문에 하이퍼텍스트적 속성은 오히려 우리를 대안으로서의 문학으로 강하게 이끌어 가고 있다. 내용을 통한 깊은 시사성이 없어도 하이퍼텍스트화된 작품은 그 독서 행위 자체로 온갖 고정된 위계질서와 이분법적 사고에 대한 저항이 가능해진 것이다. 더구나 무한정으로 독자의 참여가 가능한 형태로서의 하이퍼텍스트문학은 마치 온 민중이 하나로 일어나던 저 지난시기의 열기마저 느끼게 한다.

그러나 하이퍼텍스트가 오히려 경계를 무너뜨리는 것이 아니라 수많은 새로운 경계를 만듦으로써 상상도하지 못할 또 다른 위계질서를 만들고 있는 것은 아닐까 우리는 항상 경계해야만 한다. 그리고 인터넷이 이미 정보의 바다를 넘어 의미있는 것과 없는 것의 구별이 모호해진 것처럼, 링크와 노우드들로 이루어진 하이퍼텍스트는 분자화되고 파편화된 그저 산만한 한덩어리의 무의미한 텍스트로 전락할 위험도 동반한다.

이러한 점을 고려한다면, 우리가 하이퍼텍스트를 언급할 때에는 구조와 기술의 또다른 부분인 개념으로서의 하이퍼텍스트를 항상 염두에 두어야 할 것이다.

참고문헌

작품

로렌스 스턴, 홍경숙 역, 『트리스트럼 샌디1, 2』, 문학과지성사, 2001.
마리오 바르가스 요사, 황보석 역, 『미라플로레스에서 생긴 일』, 사민서각, 1990.
윌리엄 깁슨, 노혜경 역, 『뉴로맨서』, 열음사, 1996.

이론서

김요한, 『하이퍼텍스트 문학연구』, 한국외국어대 박사학위 논문, 2000.
김재국, 『사이버리즘과 사이버소설』, 국학자료원, 2001.
김종회, 최혜실 편, 『사이버문학의 이해』, 집문당, 2001.
류현주, 『하이퍼텍스트문학』, 김영사, 2000.
배식한, 『인터넷, 하이퍼텍스트 그리고 책의 종말』, 책세상, 2000.
손명신, 『사이버펑크 소설의 윤리성』, 경희대 석사학위 논문, 2003.
이선이 편, 『사이버문학론』, 월인, 2001.
이용욱, 『사이버문학의 도전』, 토마토, 1996.
장노현, 『하이퍼텍스트 서사에 관한 연구』, 한국정신문화연구원 박사학위 논문, 2002.
정형철 편, 『하이퍼텍스트 이론』, 부산외국어대학교 출판부, 2003.
홍성태, 『사이버공간, 사이버문화』, 문화과학사, 1997.
마샬 맥루한, 임상원 역, 『구텐베르크 은하계』, 커뮤니케이션북스, 2001.
조지 P. 랜도우, 여국현 외 역, 『하이퍼텍스트 2.0』, 문화과학사, 2001.

생각해 볼 문제

1. 하이퍼텍스트 문학을 통한 작가와 독자의 원활한 소통이 필연적으로 문학의 발전을 가져올 것인가?
2. 기술이나 구조로서만 하이퍼텍스트 방식을 이용한 문학이 그 자체로 진정한 의미를 가질 수 있을 것인가?
3. 하이퍼텍스트적 속성들을 기존의 문학에서 찾아내는 일이 하이퍼텍스트 문학을 더욱 풍요롭게 할 수 있을 것인가?

『끝없이 두 갈래로 갈라지는 길이 있는 정원』*

호르헤 루이스 보르헤스

작품 해설

보르헤스는 소설의 가장 중요한 요소가 플롯이라는 점을 강조했다. 그리고 이러한 플롯에 의해 전개되는 소설이 추리소설이라고 말했다.

"아주 잘 짜여진 플롯은 문학이 독자에게 제공해야 할 최소한의 약속이다" 라고 보르헤스는 말한다. 때문에 그는 유독 추리소설 형식의 작품을 선호했다. 추리소설은 등장인물의 성격이나 심리상태를 나열하기보다는 플롯에 의해 이 야기가 전개되기 때문이다.

이러한 추리소설의 구조가 명백하게 나타나는 작품이 바로 정원이다.

정원에는 두 개의 사건이 발생하고 두 개의 사건이 각각 다른 사람에 의해 해결되는 구조이다. 서로 얽혀있는 이중의 사건을 뒤따라가는 추리소설 형식 은 독자에게 마치 수수께끼를 풀어가는 것처럼 읽는 재미를 선사한다.

---

* 보르헤스 저, 황병하 역, 『픽션들』(민음사, 1998), pp. 145-166.

작품 보기(全文)[1]

빅토리아 오깜뽀에게

라델 하트가 쓴『유럽 전쟁사』242페이지를 보면 1916년 7월 24일 영국군 13개 사단이 (1,400문의 대포 지원하에) 세르-몽또반 전선을 공격하기로 되어 있었으나 29일 아침까지 연기되지 않으면 안 되었다고 적혀있다. 리델 하트 대위는 공격 연기가 폭우 때문이었는지 특별한 의미를 갖고 있었던 것은 아니라고 적고 있다. 칭따오 대학의 영문학 노교수였던 유춘 박사가 구술한 뒤 직접 검토하고 사명한 아래의 진술은 그 사건의 진상을 명백하게 밝혀주고 있다. 처음 두 페이지는 소실되고 없다.

……그리고 나는 수화기를 내려놓았다. 나는 즉시 독일어로 대답을 하던 그 사람의 목소리를 기억해 냈다. 그것은 리차드 메든 대위의 목소리였다. 빅토르 루네베르크의 아파트에서 메든 대위가 전화를 받았다는 것은 우리들의 일뿐만 아니라 우리의 목숨조차도 끝장이 났다는 것을(내게 그것은 매우 하찮은 일처럼 생각되었고, 또는 그렇게 생각할 수밖에 없었지만) 의미했다.[2] 그리고 또한 그것은 루네베르크가 구속되었거나 살해되었다는 것을 의미했다. 그날, 날이 저물기도 전에 나또한 같은 운명을 맞게 될지도 모를 일이었다. 메든은 냉혹한 인간이었다. 아니 그는 그렇게 냉혹한 인간이 될 수밖에 없다고 말하는 게 옳을지도 모른다. 영국군에 들어가 있는 아일랜드인, 태도가 미심쩍고 반역의 소지가 있다고 의심받고 있는 사람이 어떻게 그러한 기적적인 호기

---

1) 보르헤스, 황병하 역,『픽션들』(민음사, 1998). 발췌부분에서 역주는 제외하였음. 이하 본문에서는「정원」이라 칭하며, 책에서 직접 인용한 부분은 괄호(페이지숫자)로만 명시함.

2) 상상하기조차 싫고 터무니없기까지 한 가정. 빅토르 루네베르크라는 가명의 프러시아 첩자 한스 하베너가 자신의 구속 영장을 소지하고 온 리차드 메든 대위를 자동권총으로 공격했다. 메든 대위는 자신을 방어하기 위해 루네베르크에게 상처를 입혀 죽게 만들었다.

를 덥석 붙들지 않고, 감사하지 않겠는가? 독일제국의 두 첩자 발견, 체포, 아마 사살까지도 연결될 그런 호기 말이었다. 나는 나의 방으로 올라갔다. 나는 어처구니없게도 방문을 잠갔고, 그리고 좁다란 철제 침대 위에 벌렁 드러누웠다. 나는 창문 사이로 낯익은 지붕들과 구름에 덮인 여섯시의 태양을 보았다. 나는 그 어떤 징조나 조짐도 없이 그날이 나의 무자비한 죽음의 징조가 된다는 게 믿어지지가 않았다. 나의 아버지가 죽었는데도 불구하고, 내가 한때 하이 펭의 대칭형으로 된 한정원에서 놀던 어린아이였음에도 불구하고, 이제 나는 죽게 된단 말인가? 그러고 나서 나는 모든 것들이 정확하게 한 사람에게, 정확하게 지금 일어나고 있다는 것에 대해 생각했다. 셀 수도 없을 만큼 많은 세기들의 시간, 그런데 단지 현재의 일들이 일어나고 있다. 육지와 바다 위의 헤아릴 수 없을 정도로 많은 사람들, 그런데 정말로 일어나고 있는 모든 일들이 지금 내게 일어나고 있는 것이다…… 메든의 말대가리상 얼굴에 대한 견딜 수 없는 기억이 그러한 상념을 흐트러버렸다. 나는 증오와 공포의 갈림길에서(이제 난 공포에 대해 말하는 것에 개의치 않는다, 이제 나는 리차드 메든에 대해 코웃음까지 쳤다, 이제 나의 목은 굵은 밧줄을 간절히 고대하고 있다) 틀림없이 안절부절 못하고 들떠 있을 그 군인이 내가 <기밀>을 소지하고 있다는 것에 대해 의심치 않고 있으리라 생각했다. 앙크르강변에 주둔한 새로운 영국 포병대의 정확한 위치, 한 마리 새가 회색빛 하늘을 가로질러 갔고, 나는 정신없이 그것을 비행기로, 그 비행기를 수직으로 폭탄들을 투하해 영국진지를 초토화시키는 프랑스 상공의 수많은 비행기들로 연상했다. 한발의 탄환이 나의 입을 부숴뜨리기 전에 독일에 있는 사람들이 들을 수 있게끔 그 지역의 이름을 소리칠 수만 있다면…… 인간으로서의 내 목소리는 아주 보잘 것이 없었다. 어떻게 나의 목소리를 대장의 귀에 들어갈 수 있도록 할 수 있을까? 그 병들고, 증오스러운 인간의 귀에 말이었다. 그는 루네베르크와 내가 스태포드셔에 있다는 것 외에는 우리에 대해 아무것도 알지 못한 채 헛되이 베를린에 있는 썰렁한 자신의 사무실에서 끝없이 신문들을 뒤적거리며 우리들로부터의 소식들을 기다리고 있을 것이었다…… 나는 큰소리로 말했다. 「나는 도망가야 한다」 나는 마치 메든이 이미 숨어서 나를 기다리고 있기나 한 것처럼, 불필요한 완벽한 침묵 속에서 소리 없이 몸을 일으켰다. 어떤 무엇이 – 아마도 나의 행동이 쓸모없는 짓이라는 것을 스스로 확인하려는 헛동작으로써 – 나로 하여금 나의 주머니들을 뒤져보도록 만들었다. 이미 짐작하고 있던 그런 것들이 주머니 속에서 나왔다. 미제 시계, 니켈 사슬, 네모난 동전, 이제 되려 위험에 빠지도록 만들지도 모를 쓸모없는 루네베르크 아파트의 열쇠들이 달린 열쇠고리, 수첩, 내가 즉시 파기해버리려고 마음먹었던(그러나 파기하지 않았던) 편지 한 장, 가짜 여권, 크라운 은화 하나, 2실링과 몇 펜스, 빨갛고 파란 줄이 나 있는 연필 하나, 손수건, 그리고 단 한발의 탄환이 들어있는 리볼버였다. 어처구니없게도 나는 마음의 용기를 얻기 위해 리볼버를 손에 쥐고 무게를 가늠해 보았다. 나는 막연하게 권총 소리가 멀리까지 들리게 될 거라는 생각을 했다. 10분 정도의 시간이 지나자 나의 계획은 구체적인 윤곽을 드러냈다. 나는 전화번호부에서 소식을 전달해 줄 수 있는 유일한 인물의 이름을 찾아냈다. 그는 기차로 30분도 채 걸리지 않은 펜톤의 교외에 살고 있었다.

　　나는 비겁한 인간이다. 누구가 되었든 간에 위험하다는 것을 부정하지 않을 어떤 계획을 실행에 옮기기 시작한 지금 나는 그렇게 말하고 있다. 나는 그런 계획을 실천에 옮긴다는 게 어마나 어려운 일이었는가를 안다. 내가 그렇게 한 것은 결코 독일을 위해서가 아니었다. 나는 야만적이고, 나로 하여금 첩자라는 천박한 행위를 강요한 날에 대해 그 어떤 의미도 느끼지 못한다. 게다가, 나는 내가 보기에 괴테에 필적하는 한 영국사람 – 아주 겸손한 – 을 알고 있다. 나는 그와 채 한 시간도 얘기를 나누지 못했다. 그러나 그는 내게 있어 그 시간동안 괴테였다…… 내가 그 계획을 실행에 옮긴 것은 대장이 나와 똑같은 혈통의 피를 조금 나누어 가지고 있다고 느꼈기 때문이다. – 내게 수렴되는 셀 수 없이 많은 나의 조상들 말이다. 나는 그에게 한 사람의 황인종이 그의 군대를 갈 수 있다는 사실을 증명해 보이고 싶었다. 게다가, 나는 메든 대위로 부터 도망쳐야했다. 그의 손과 그의 목소리가 언제 나의 방문을 두드릴지 모를 일이었다. 나는 소리 없이 옷을 갈아입었고, 거울 앞에 서서 안녕하고 중얼거렸고, 층계를 내려왔고, 문가에서 적요한 거리를 유심히 살핀 다음 밖으로 나왔다. 기차 정거장은 집에서 그다지 멀지 않은 거리에 있었다. 그러나 나는 차를 타는 게 나을 거라는 판단을 했다. 나는 그렇게 함으로써 사람들의 눈에 많이 띄지 않게 될 거라고 생각했다.

그러나 실상 텅 빈 거리로 나온 나는 내가 영원히 눈에 띄고, 훤히 노출되어 있는 것 같은 느낌이 들었다. 나는 택시 운전사에게 역 중앙입구 바로 앞에서 차를 세우도록 말을 했던 기억이 난다. 나는 의도적으로, 그리고 거의 고통스러우리만치 천천히 차에서 내렸다. 나는 애쉬그로브 마을로 갈 예정이었다. 그러나 나는 보다 멀리 떨어진 정거장의 표를 끊었다. 기차의 출발 시각은 그때 시각으로 몇 분 남지 않은 8시 50분이었다. 나는 서둘렀다. 다음 기차는 9시 30분 출발이었다. 플랫폼에는 사람들이 거의 눈에 띄지 않았다. 나는 객실을 훑어보았다. 나는 객실 안에 몇 명의 농부, 상복 차림의 미망인 한 사람, 그리고 열렬히 타키투스의『연감』을 읽고 있는 어린 아이의 한 부상당한 행복한 군인이 있었던 게 생각난다. 마침내 기차가 덜커덩거리며 움직이기 시작했다. 얼굴이 낯익은 어떤 사람이 플랫폼 끝까지 달려왔지만 기차에 올라타지는 못했다. 그는 리차드 메든 대위였다. 혼비백산한 나는 몸을 부르르 떨면서 되도록이면 으스스한 차창으로부터 멀리 떨어진 좌석의 통로편 구석에 몸을 움츠렸다.

이처럼 가슴이 철렁했던 기분은 곧 거의 유치한 행복감으로 바뀌어졌다. 나는, 결투는 시작되었고, 단 40분 동안에 불과하지만 운명의 덕에 적의 공격을 무산시킴으로써 첫 번째 대결에서 내가 승리했다고 중얼거렸다. 나는 이 작은 승리가 전체적인 승리를 예견해주는 것이라 생각하려고 애썼다. 나는 기차 시간표가 내게 가져다준 중요한 차이가 없었더라면 감옥에 있거나 죽었을 것이기 때문에 이 승리가 작은 것이 아니라고 생각했다. 나는 (약간 궤변적으로) 이처럼 치사한 행복감을 느끼는 게 바로 내가 모험을 잘 끌고 나갈 수 있는 사람임을 증명해 주는 것이라고 생각했다. 나는 이 나약함으로부터 아직 내게 남아 있는 마지막 힘들을 추출해 냈다. 나는 인류가 점차로 보다 대담한 일에 자신을 내던지게 될 것이라는 생각이 든다. 곧 세상에는 전사들과 도적들밖에 없게 될 것이라는 생각이 든다. 곧 세상에는 전사들과 도적들밖에 없게 될 것이다. 나는 그들에게 다음과 같은 충고를 하고 싶다. <대담한 어떤 일을 수행하는 자는 자신이 이미 그것을 완수했다고 생각해야 하고, 마치 과거처럼 절대로 바꿔놓을 수 없는 미래를 자신에게 강요해야 한다.> 그래서 나는 이미 죽은 거나 다름없는 나의 눈들이 마지막이 될지도 모르는 그날의 해거름과, 밤의 도래를 새겨 다는 동안 나의 계획을 진척시켜 나아가고 있었다. 기차는 물푸레나무들 사이를 감미롭게 덜커덩거리며 달려가고 있었다. 기차가 거의 들판 한복판에서 멈추었다. 그 누구도 정거장의 이름을 외치지 않았다.

「애쉬그로브니?」 나는 플랫폼에 있는 몇몇 아이들에게 물었다.

「애쉬그로브예요」 아이들이 대답했다.

나는 내렸다. 등 하나가 플랫폼을 비추고 있었나. 그러나 아이들의 얼굴들은 어둠 속에 묻혀 있었다. 한 아이가 내게 물었다.

「선생님은 스티븐 알버트 박사님 댁에 가시나요?」

다른 아이가 대답을 기다리지도 않고 말했다.

「박사님의 집은 여기서 멀리 떨어져 있어요. 그렇지만 저 길을 따라 왼쪽 방향으로 가다가 교차로가 나올 때마다 왼쪽으로 꺾으시면 결코 길을 잃으시지 않을 거예요」

나는 그 애들에게 동전 하나(마지막 동전)을 던져주었고, 몇 개의 돌계단을 내려갔고, 그리고 고적한 들길로 들어섰다. 길은 완만한 내리막을 이루고 있었다. 길은 포장이 되어 있지 않은 맨땅이었다. 머리 위에서는 뒤엉킨 나뭇가지들이 늘어져 있었고, 손에 닿을 듯 낮고 둥근 달이 나와 함께 걸음을 옮기고 있는 거서처럼 느껴졌다.

한 순간, 나는 리차드 메든이 어떤 방식으로든 나의 이 절망적인 계획을 눈치 챈 게 아닌가 하는 의심에 사로잡혔다. 나는 곧 그것은 불가능한 일이라고 고개를 가로저었다. 계속 왼쪽으로 꺾어지라는 애들의 말을 상기한 나는 그것이 미로의 한가운데에 있는 저원에 이르기 위한 보편적인 절차라는 것을 기억해 냈다. 나는 미로들에 대해 약간의 지식을 가지고 있다. 그것은 내가 단지 취팽의 고손자이기 때문만은 아니다. 취팽은 운남성의 성주였는데『홍루몽』보다 더 많은 등장인물들이 나오는 소설을 쓰기 위해, 그리고 모든 사람들이 길을 잃게 될 그런 미로를 만들기 위해 덧없는 성주의 권력을 포기했다. 그는 이 기이한 오작을 위해 13년이라는 세월을 바쳤다. 그러나 한 이방인이 그를 죽였고, 그의 소설은 무의미한 것이 되어버리고 말았다. 그리고 그 누구도 그 미로를 발견하지 못했다. 나는 영국생 나무들 아래를 걸으면서 그 잃어버린 미로에 대해 생각했다. 나는 그것을 어떤 산의 신비스러운 꼭대기에 있는 범접할 수 없는 완전한 어떤 것으로 상상했다. 나는 그것이 논두렁을 따라 물 아래로 자취를 감추는 그 어떤 무엇으로 상상했다. 나는 그것을 더 이상 팔각정이나 원래의 제자리로 되돌아오는 오솔길들이 아닌, 강들과, 지방들과 왕국들로 만들어진 영원한 무엇으로 상상했다…… 나는 미로들의 미로, 과거와 미래를 포함하고 어떤 방식으로 천체들까지 끌어들이는 그런 점점 늘어나는 꾸불꾸불한 미로에 대해 생각했다. 이 환상적인 생각에 몰입되어 나는 누군가에게 쫓기고 있는 나의 운명에 대해서조차 망각해 버렸다. 나는 얼마만큼 흘렀는지 알 수 없는 시간 속에서 마치 내 자신이 우주에 대한 추상적 인식자가 된 것 같은 느낌을 받았다. 희끄무레하고 생각에 넘치는 들판, 달, 그리고 남아있는 오후의 잔재가 내 안에서 어떤 작용을 일으켰는지도 모를 일이었다. 그것들과 더불어 사람을 전혀 지치게 만들지 않는 내리막길 또한 일조를 했는지도 몰랐다. 저녁은 다정하고, 무한했다. 길은 내리막길을 이루고 있었고, 벌써 분간하기가 힘든 어두운 들판 속에서 계속 두 갈래로 갈라지곤 했다. 나뭇잎들과 거리감에 묶인 날카롭고, 휘파람 같은 어떤 음악소리가 바람의 흔들림 속에서 가까워졌다가 멀어지곤 했다. 나는 한 사람이 어떤 사람들의 적이 되거나, 적이 아니었을지라도 어떤 순간에 적이 될 수도 있지만 한 나라의 적이 될 수도 없다는 생각이 들었다. 마치 반딧불, 언어, 정원, 물의 흐름, 석양과 적이 될 수 없듯이 말이었다. 이런 생각을 하고 있던 나는 어느덧 우뚝 솟은 한 녹슨 철문 앞에 도착했다. 철문의 격자 사이로 포플러 나무 오솔길과 일종의 정자 같은 것이 엿보였다. 나는 곧 두 가지 사실을 깨달았다. 첫 번째 사실은 하찮은 것으로서 아까 들려왔던 음악이 정자에서 흘러나오고 있다는 것이었다. 두 번째 것은 거의 믿기 힘든 것으로서 그 음악이 중국 음악이라는 사실이었다. 바로 그 때문에 전혀 주의를 기울이지도 않았는데도 절로 내 귀에 그 음악이 들려왔던 것이리라. 나는 종 또는 초인종이 있었는지, 내가 문을 두들겼는지 기억이 나질 않는다. 쨍쨍거리는 음악소리는 멈추지 않고 계속되었다.

그런데 집의 뒤편에서 등불 하나가 다가오고 있었다. 이따금 나무등치들을 비추었다가 가렸다가 하면 다가오는 북 형태의 등불은 달빛을 닮은 종이등이었다. 키가 큰 한 남자가 그것을 들고 오고 있었다. 나는 눈이 부셔 그의 얼굴을 볼 수가 없었다. 그가 대문을 열었고, 나의 모국어인 중국어로 말했다.

「자비로운 시팽 씨가 나의 고독을 덜어주려고 이렇게 계속 방문자들을 보내주시는군요. 선생께서도 정원을 보고 싶어 찾아오신 거겠지요?」

나는 우리 중국 영사들 중 한 사란의 이름이 시팽이라는 게 기억났다. 그러나 어리둥절해 되물었다.

「정원이라뇨?」

「끝없이 두 갈래로 갈라지는 길들이 있는 정원 말입니다」

무엇인가가 내 기억 속을 헤집고 일어났다. 나는 내 스스로조차 이해할 수 없는 정확성을 가지고 말했다.

「내 조상 취팽의 정원 말이지요」

「당신 조상이라구요? 그 고명하신 분이 당신의 조상이라구요? 들어오시는
지요」

　축축한 오솔길은 마치 내가 어린시절에 노닐곤 했던 그 오솔길들처럼 꾸불
꾸불했다. 우리들은 동서양의 책들이 즐비하게 꽂혀 있는 한 서재에 당도했다.
나는 노란 비단에 싸인 종이뭉치가 명나라의 세 번째 황제의 주도하에 집필되
었으나 결코 인쇄된 적이 없는 몇 권의 <잃어버린 백과사전> 원고들임을
알아볼 수 있었다. 구리 불사조 상 옆에 있는 축음기 위에서는 레코드 판이
돌아가고 있었다. 나는 또한 주홍자기 하나와, 우리의 장인들이 페르시아의
도공들로부터 배워온 고(古)청자기를 하나 보았던 기억이 난다……

　스티븐 알버트는 미소를 띤 채 나를 바라보고 있었다. 그는 (이미 내가
말한 대로) 키가 아주 컸고, 날카로운 인상의 얼굴에 회색 눈, 그리고 회색
구레나룻을 기르고 있었다. 그는 약간 성직자 같은 느낌을 풍겼으며, 한편으로
는 성원 가은 풍모를 갖고 있기도 했다. 잠시 후 그는 내게 <중국한 학자가
되기 전> 자신이 한때는 텐진에서 선교사 생활을 했다는 것을 들려주었다.

　우리는 앉았다. 나는 길고 낮은 소파에, 그는 창문과 키가 큰 원형 벽시계를
등진 채 앉았다. 나는 추적자인 리차드 메든이 도착하는 데 한 시간도 채
걸리지 않을 거라는 계산이 섰다. 나의 돌이킬 수 없는 계획은 더 이상 기다릴
시간적 여유가 없었다.

「취펭의 삶은 경이로운 거였소 ─ 스티븐 알버트가 말했다 ─. 자신이 태어
난 고향의 성주였고, 천문학과 역학 그리고 사서삼경에 대한 주도면밀한 해석
의 대가였고, 장기의 명수였으며, 뛰어난 시인이자 서예가였소. 그는 단 한
권의 책과 미로를 만들기 위해 그 모든 것을 버렸지요. 그는 압제와 정의와
수많은 침방들과 잔치 그리고 심지어 해박한 지식을 바탕으로 얻을 수 있는
쾌락을 거부했지요. 재신 그는 13년이라는 세월 동안 <청고루淸孤樓>에
칩거하였지요. 그가 죽은 후 그의 후손들은 단지 혼란스러운 원고뭉치들밖에
발견하지를 못했어요. 당신도 아마 알고 있겠지만 그의 가족들은 그 원고들을

불에 태워버리려고 했어요. 그런데 그의 유언 집행자가- 도교의 도인이었는지 불교의 승려였는지 확실치 않지만- 그것의 출판을 고집했지요」

「우리 취팽의 후손들은- 내가 대꾸했다- 그 수도사를 저주하고 있지요. 그 원고의 출간은 무의미한 일이었습니다. 그 책은 앞뒤가 맞지 않는 초고들을 뒤죽박죽으로 모아놓은 것에 불과해요. 저는 한차례 그 책을 들춰본 적이 있습니다. 한 가지 예를 들어보시지요. 그 책의 3장에 보면 주인공이 죽습니다. 그런데 제4장에서는 그가 살아있습니다. 취팽의 또 가른 작업, 미로에 관해서인데……」

「바로 여기에 그 미로가 있소」

그가 래커 칠이 된 높은 책상 하나를 가리키며 말했다.

「상아로 만든 미로라구요! - 나는 탄성을 질렀다- 정말 조그만 미로로군요……」

「상징들의 미로지요- 그가 정정했다-. 그러니까 시간의 불가시적인 미로지요. 무지몽매한 영국인인 내게 그 적나라한 비밀을 벗겨낼 수 있도록 하는 기회가 주어지다니. 물론 벌써 백년의 시간이 지난 지금 아주 자질구레한 세부 시항들까지 파악해 낸다는 것은 불가능한 일이지요. 그렇지만 무슨 일이 일어났는지에 대해 추측한다는 것은 어려운 일이 아닙니다. 한 번은 취팽 선생이 말했습니다. <은퇴해서 책을 쓰겠습니다.> 그리고 다른 한 번은 이렇게 말했습니다. <은퇴해서 미로를 만들겠다.> 사람들은 모두 두 가지의 일을 떠올렸습니다. 아무도 책과 미로를 동일한 대상으로 생각하지 않았던 거죠. 청고루는 아마 복잡한 정원의 한가운데에 세워져 있었을 겁니다. 그것은 사람들로 하여금 구체적인 건축물로서의 미로를 연상하도록 만들었을 겁니다. 취팽 선생은 고인이 되었습니다. 아무도 광활했던 그의 영지에서 미로를 발견하지 못했습니다. 나는 그의 소설이 가진 혼돈이 바로 그 미로가 아닌가 하는 생각이 들었습니다. 두 가지 단서가 내게 명백한 해답을 주었습니다. 첫 번째는 취팽 선생이 완벽하게 무한히 계속될 그런 미로의 축조를 꿈꾸었다는 흥미로운 소문이며, 두 번째 단서는 제가 입수한 편지의 한 부분에서 나오게 된 거지요」

   알버트가 일어섰다. 그가 잠시 동안 내게 등을 돌리고 서 있었다. 그가 검고 황금빛 색깔이 나는 책상 서랍을 열었다. 그가 전에는 연지빛이었던 그 편지를 들고 돌아섰다. 빛이 바랜 원고지에 씌여진 그 편지는 이제 주홍빛을 띠고 있었다. 서예가로서의 취팽의 명성은 헛된 것이 아니었다. 나는 나와 피를 나누고 있는 어떤 사람이 붓으로 정교하게 쓴 다음과 같은 문장을 뚫어져라 읽었다. 나는 그 말뜻을 이해할 수가 없었다. <나는 다양한 미래들에게(모든 미래들이 아닌) 끝없이 두 갈래로 갈라지는 길들이 있는 정원을 남긴다.> 나는 다소곳이 편지를 돌려주었다. 알버트가 계속 말을 이어갔다.

   「나는 이 편지를 입수하기 전에 한권의 책이 무한한 책이 될 수 있는 방법에 대해 생각해 본 적이 있었습니다. 나는 단지 순환적인, 원형의 책 이외에는 그 어떤 것도 생각할 수가 없었습니다. 마지막 페이지와 첫 번째 페이지가 동일해 무한히 계속될 수 있는 그런 책 말입니다. 또한 나는 천하루 밤들 중 중간에 있는 한 밤을 떠올렸지요. 그날 셰헤라자데 왕비는 (필경사의 불가사의한 자의성 때문에)『천일야화』를 원형 그대로 언급하게 됩니다. 그것은 다시 그런 유의 이야기를 들려줄 밤과 마주치게 될 위험을 가지도록 만들고, 그렇게 해서 그것은 무한히 반복을 거듭하게 되는 그런 성격을 가지게 되지요. 나는 또한 플라톤적이고, 세습적인 어떤 작품에 대해 생각했지요. 아버지로부터 아들이 상속되는 그 책에서 각 후손이 새로운 장을 덧붙이거나, 자신의 조상들이 이미 써놓은 부분들을 경건한 주의력을 가지고 정정하는 그런 작품 말이지요. 이러한 상상들은 나를 희열에 달뜨도록 만들어주었지요. 그런 그것들 중 그 어떤 것도, 아주 간접적인 방식으로조차 취팽이 쓴 작품의 상호모순적인 장들과 일치하는 것은 없었습니다. 이러한 혼란에 빠져있던 내게 옥스퍼드로부터 당신이 아까 들춰보았던 그 편지가 배달된 겁니다. 나의 눈은 당연히 한 문장에 가 멈출 수밖에 없었지요. <나는 다양한 미래들에게 (모든 미래들

이 아닌) 끝없이 두 갈래로 갈라지는 길들이 있는 정원을 남긴다.> 나는 즉시 깨달았지요. <다양한 미래들 (모든 미래들이 아닌)>이라는 이 구절은 내게 공간이 아닌 시간 속에서의 무한한 갈라짐을 연상하게 만들었지요. 나는 그 작품을 전체적으로 다시 한 번 읽고 나서 나의 생각에 대해 확신을 가지게 되었습니다. 모든 허구적 작품 속에서 독자는 매번 여러 가지 가능성과 마주치게 되는데, 그는 하나를 선택하고 다른 나머지들을 버리게 됩니다. 취팽의 소설 속에서 독자는 모든 것을 – 동시에 – 선택하게 됩니다. 이렇게 해서 그는 다양한 미래를, 다양한 시간들을 선택하게 되고, 그것들은 무한히 두 갈래로 갈라지면서 증식하게 됩니다. 여기서 이 소설이 가진 모순들의 정체가 밝혀집니다. 예를 들어, 팽이라는 사람이 어떤 비밀 하나를 간직하고 있는데 낯선 사람이 자신의 방문을 두들겼고, 팽은 그를 죽이기로 결심을 했다고 합시다. 당연히 그것의 결말은 아주 다양할 겁니다. 팽이 침입자를 죽일 수도 있고, 침입자가 팽을 죽일 수도 있고, 둘 다 살아날 수도 있고, 둘 다 죽을 수도 있는 등 아주 많습니다. 취팽의 작품에서는 모든 결말들이 함께 일어납니다. 각 결말은 또 다른 갈라짐의 출발점이 됩니다. 한 차례, 이 미로의 길들은 한점으로 모이게 됩니다. 예를 들어, 당신이 이 집에 당도한다는 하나의 사실이 있습니다. 그러나 과거의 한때 당신은 나의 적이기도 하고, 또 다른 때에는 나의 친구이기도 합니다. 만일 당신이 나의 형편없는 발음을 양해하신다면 몇 페이지 읽어볼까 합니다」

등불이 생생하게 드리우는 원 안에 갇힌 그의 얼굴은 의심할 길 없는 늙은 이의 얼굴이었다. 그러나 그 얼굴에는 깨뜨릴 수 없고, 심지어 불사적이라 할 수 있는 어떤 무엇이 깃들여 있었다. 그가 아주 또박또박 두 가지 다른 이야기가 들어 있는 매우 시사적인 한 장을 읽었다.

첫 번째 이야기에서는 한 구대가 전투를 벌이기 위해 황량한 산을 지나간다. 바위들과 어둠에 대한 공포가 군인들로 하여금 죽음에 대해 경시하도록 만들고, 그렇게 해서 그들은 손쉽게 승리를 거둔다. 두 번째 이야기에서는 똑같은 군대가 축제가 벌어지고 있는 한 궁전을 가로질러 간다. 그들은 전장에서의 섬광들을 축제의 연장으로 생각하게 되었고, 그렇게 해서 그들은 승리를 거둔다.

나는 어떤 알 수 없는 경건함과 함께 이 오래된 이야기들을 들었다. 아마 나는 그이야기 자체보다 그것이 나와 피를 나눈 사람에 의해 씌여졌고, 사구의 한 섬에서 절망적인 모험을 하고 있는 도중에 중국과는 관계가 없는 한 나라 사람에 의해 내게 다시 복원되고 있다는 것에 더욱 감동을 하고 있었는지도 몰랐다. 나는 마치 암호처럼 각기 다른 이야기들에서 똑같이 반복되던 마지막 문구를 기억한다. <그렇게 영우들은 싸웠고, 감탄스러우리만치 그들의 가슴은 잔잔했고, 거친 칼을 들고 덤덤히 죽이고, 그리고 덤덤히 죽었다.>

바로 그 순간부터 나는 내 주변과 나의 깜깜한 몸뚱이 안에, 눈에 보이지 않고 손으로 만질 수 없는 어떤 것들이 득실거리고 있는 듯한 착각에 사로잡혔다. 그것들은 우르르 흩어졌다가 평형으로 대오를 이룬 뒤 나중에는 양쪽으로 규합하는 군대들의 득실거림이 아니었다. 물론 군대에 대한 연상이 그것을 떠올리도록 만들어준 것은 사실이었다. 그러나 그것은 그보다 더 형용할 길이 없는 그런 어떤 내적인 소요였다. 스티븐 알버트가 말을 이어갔다.

「나는 당신의 고명하신 조상께서 하릴없이 그처럼 한 사건을 두고 여러 가지 변형된 이야기들을 만드느라 시간을 소비했다고는 생각지 않습니다. 나는 당신의 조상이 한아의 수사학적 실험을 무한히 수행해 보기 위해 13년이라는 세월을 바쳤다고 믿고 싶지 않습니다. 당신의 나라에서 소설은 하급 장르에 속합니다. 그리고 그 당시 소설은 천대받던 장르였습니다. 취팽은 천재적인 소설가였습니다만 명백하게도 단순히 소설가로만 치부해 버릴 수 없는 그런 학자였습니다. 그와 동시대 사람들은 - 그리고 그의 삶 자체가 그것을 완벽히 확인시켜주지만 - 그가 형이상학적이고 신비주의적 열정을 가지고 있다는 것에 대한 증언을 하고 있습니다. 사실 철학적 논쟁은 그의 소설의 상당부분을 차지하고 있습니다. 나는 무엇보다도 시간이라는 문제만큼 그를 초조하게 만들고 고뇌하도록 만든 문제가 없었다는 것을 알고 있습니다. 그런데 바로 이 시간이『끝없이 두 갈래로 갈라지는 길들이 있는 정원』이라는 소설에서 다루어지지 않고 있는 <유일한> 개념이라는 데에 문제가 있습니다. 심지어 그는 <시간>을 뜻하는 유사한 단어조차 쓰지 않고 있습니다. 당신이라면 이러한 의도적인 삭제를 어떻게 설명하겠습니까?」

나는 여러 가지 해결책들을 제시했다. 그러나 그 모든 것들은 정확한 대답이 아니었다. 우리들은 토론을 벌였다. 마침내 스티븐 알버트가 내게 말했다.

「그 해답이 장기인 어떤 수수께끼에 대해 물어볼 때 해서는 안 될 말이 하나 있다면 그것은 무엇이겠습니까? 잠시 생각을 하시고 대답을 해보시죠」

「장기라는 말이겠지요」

「바로 그렇습니다 – 알버트가 말했다 – .『끝없이 두 갈래로 갈라지는 길들이 있는 정원』은, 그것의 해답이 시간인 하나의 거대한 수수께끼, 또는 우화인 거지요. 바로 그러한 깊은 이유 때문에 그는 그 단어를 언급할 수가 없었던 겁니다. 어떤 단어를 강조하기 위한 가장 뛰어난 방법은 그것을 <영원히> 생략해 버리거나, 췌사적인 은유, 또는 뻔히 드러나는 우회적인 언어에 호소라는 방법일 겁니다. 그것이 바로 완곡한 성격을 가진 취팽이 자신의 끝없는 소설 행간 행간에서 선호했던 고통스러운 작업 방식이었던 거지요. 나는 수백 묶음의 원고들을 서로 비교해 보았고, 필경사들이 부주의로 인해 범한 오식들을 정정했고, 원고의 이 혼돈이 가진 본질적인 의도에 대해 분석을 했고, 원래의 순서대로 그것을 재정리했고(재정리했다고 생각했고) 그리고 작품전체를 번역했지요. 확실한 것은 그가 단 한 차례도 <시간>이라는 단어를 쓰지 않았다는 사실입니다. 왜 그러했는지에 대한 해명은 명백하게 드러납니다. 취팽 스스로 생각했던 것처럼『끝없이 두 갈래로 갈라지는 길들이 있는 정원』은 우주에 대한 하나의 이미지입니다. 그것은 불완전하기는 하지만 그렇다고 거짓된 이미지는 아닙니다. 당신의 조상은 뉴턴이나 쇼펜하우어와 달리 획일적이고 절대적인 시간에 대해 믿지 않았습니다. 그는 시간의 무한한 연속들, 눈이 핑핑 돌 정도로 어지럽게 증식되는, 분산되고 수렴되고 평형을 이루는 시간들의 그물을 믿으셨던 거지요. 서로 접근하기도 하고, 서로 갈라지기도 하고, 서로 단절되기도 하고, 또는 수백 년 동안 서로에 대해 알지 못하기도 하는 시간의 구조는 모든 가능성을 포괄하게 되지요. 우리는 이 시간의 일부분 속에서만 존재합니다. 어떤 시간 속에서 당신은 존재하지만 당신은 그렇지 않습니다. 다른 어떤 시간 속에서 나는 존재하지만 당신은 그렇지 않습니다. 또 다른 시간의 경우 우리 두 사람이 함께 존재합니다. 호의적인 우연이 내게 부여한 현재의 시간 속에서 당신은 나의 집에 당도했습니다. 그러나 다른 시간, 그러니까 정원을 가로지르던 당신은 죽어 있는 나를 발견하게 될 겁니다. 또 다른 시간에 나는 지금과 같은 똑같은 말을 하지만, 나는 하나의 실수이고, 유령일 겁니다」

「모든 것에 대해 ― 나는 전혀 떨지 않고 말했다 ― 감사를 드리고, 취팽의 정원을 복원시켜 준 것에 대해 치하를 드리고 싶습니다」

「모든 것에 대해 그러하지는 않겠지요 ― 그가 미소를 머금으며 중얼거렸다 ― . 시간은 셀 수 없는 미래들을 향해 영원히 갈라지지요. 그 시간들 중의 하나에서 나는 당신의 적이지요」

나는 아가 말했던 그 득실거림을 다시 느끼기 시작했다. 집을 둘러싸고 있는 눅진한 정원은 보이지 않는 사람들로 가득 차 있는 것 같았다. 그 사람들은 다름 아닌 시간의 다른 차원들 속에서 여러 가지 다른 모습을 하고 있는 비밀스럽고, 분주한 알버트와 나였다. 눈을 치며들자 어슴푸레한 악몽은 사라졌다. 노랗고 검은 정원에는 단 한 사람밖에 없었다. 그 사람은 마치 동상처럼 강인해 보였다. 그 사람은 오솔길을 따라 오고 있었다. 그는 리차드 메든 대위였다.

「미래는 이미 존재하고 있지요 ― 나는 대답했다 ― . 그러나 현재의 나는 당신의 친구입니다. 그 편지를 다시 한번 읽어볼 수 있을까요?」

알버트가 일어섰다. 우뚝 선 채 그가 높은 책상의 서랍을 열었다. 그동안 그는 내게 등을 돌리고 있었다. 나는 아주 조심스럽게 총을 발사했다. 알버트는 단 한마디의 신음도 뱉지 않은 채 풀썩 쓰러졌다. 나는 그의 죽음이 번갯불처럼 순간적이었다고 맹세한다.

나머지 얘기들은 비현실적이고, 하잘것없는 것들이다. 메든 대위가 뛰어들어왔다. 그가 나를 체포했다. 나는 교수형 선고를 받았다. 증오스럽게도 내가 승리했다. 나는 공격을 가해야 할 도시의 감춰진 이름을 베를린에 교신하는 데 성공했다. 어제 그곳에 폭격이 가해졌다. 나는 그 기사를 탁월한 중국학학자 스티븐 알버트가 유춘이라는 정체불명의 사내에게 살해당했다는 암호를 실었던 바로 그 신문에서 읽었다. 그는 (전쟁의 와중에서) 내가 알버트라는 이름의 도시를 알려야 하는데 그와 똑같은 이름을 가지고 있는 사람을 죽이지 않고는 그것을 알릴 방법이 없다는 것을 알고 있었다. 그러나 그는 나의 끝없는 참회와 피로에 대해 알지 못한다(그 누구도 알 수가 없으리라). (끝)

보르헤스 작품의 하이퍼텍스트성

이우현

1. 서론 : 하이퍼텍스트성과 보르헤스

본고는 하이퍼텍스트성에 대한 고찰이 하이퍼텍스트 연구에 선행되어야 한다는 점을 먼저 제기하고자 한다. 전 세계에 인터넷 사용인구가 점차 증가하고 있으며 하이퍼텍스트가 이미 일상에 깊숙이 자리 잡은 오늘날, 전통적 텍스트가 하이퍼텍스트에 의해 극복되고 있다는 생각 안에는 이미 텍스트 자체가 하이퍼텍스트 속에 포함되어 있다는 뜻을 수반하는 것으로 보이기 때문이다.

때문에 텍스트의 이해가 당연히 하이퍼텍스트의 이해와 평가에 앞서야 한다는 관점으로 하이퍼텍스트성의 문학적 적용으로부터 하이퍼텍스트 픽션으로 구체화되기 이전의 소설 작품 중 보르헤스(Jorge Luis Borges)의 「정원」을 중심으로 작품 내에서 발견되는 하이퍼텍스트성에 대해 말하고자 한다.

하이퍼텍스트(hypertext)는 독자가 원하는 방향으로 텍스트를 자유롭게 읽어나갈 수 있으며 동시에 수많은 자료를 선택적으로 획득할 수 있다. 이와 같은 읽기 방식을 두고 혹자는 백과사전에 비유하고는 한다.

그러나 글쓰기 방식에 있어 백과사전이 순차적, 단계적으로 각각의 항목을 배열하는 것과 달리 하이퍼텍스트는 다양한 연결(link)과 마디(nod)를 이용한 상호연결성을 기본 조건으로 가장 잘 읽힐 수 있는 쓰기 방식을 택한다.

이는 발단으로부터 결말에 이르는 기존의 소설 텍스트를 위한 선형적 글쓰기 방식이 지닌 결론적 종결을 거부하는 동시에 하이퍼텍스트의 특징이라 말할 수 있다.

볼터[1](Jay David Bolter)에 따르면, "보르헤스는 문학이 단일한 스토리라인과 대단원에 구속되어 있기 때문에 고갈되는 것으로 본다. 문학을 갱신하기보다는 증식하기 위해, 가능성들을 차단하기보다 포용하는 방식으로 써야만 할 것"이라 밝히고 있으며 "하이퍼텍스트 픽션의 형성은 기존의 확립된 예술과 문학의 구조를 해체하려고 했던 다다이스트들의 실험정신과 같은 맥락에서 태동된 것"으로 보고 보르헤스가 "하이퍼텍스트성을 활자매체로 시도한 예"라고 지적하고 있다.[2]

이에 본고에서는 보르헤스의 작품 「정원」에 나타난 하이퍼텍스트성을 찾아보고자 한다. 글에 대한 글쓰기, 비선형적 글쓰기로 나타나는 쓰기 방식과 작품을 읽는 방식에서 발견되는 구조와 서술층위에 대한 하이퍼텍스트적 특성을 살핀 이후에 현재 국내에서 진행된 히이퍼텍스트 언구에 따른 하이피텍스트 이론 적용이 지닌 한계를 지적하는 것으로 결론을 대신하고자 한다.

2. 「정원」에서 보이는 하이퍼텍스트성

「정원」에서 알버트 박사는 화자인 유춘과 그의 증조 할아버지인 취팽이 남긴 「끝없이 두 갈래로 갈라지는 길들이 있는 정원」이라는 복잡한 소설에

---

1) Bolter, Jay David. "Literature in the Electronic Writing Space." Literacy Online : The Promise (and Peril) of Reading and Writing with Computers. Ed. Myron C. Tuman. Pittsburgh U of Pittsburgh P, 1992.
2) 볼터는 그 예로 다다, 로렌스 스턴(Lawrence Sterne), 제임스 조이스(James Joyce)와 더불어 보르헤스를 나열하고 있다.

대해 이야기를 나눈다. 그들은 취팽이 남긴 '나는 다양한 미래들에게(모든 미래들이 아닌) 끝없이 두 갈래로 갈라지는 길들이 있는 정원을 남긴다'는 유언이 담긴 편지로부터 이야기를 시작하고, 이 시작지점은 작품의 위치상 맨 처음이 아니라 오히려 결말부에 가까운 중간지점에 자리하고 있다.

물론 이 작품은 "리델 하트가 쓴『유럽 전쟁사』242페이지를 보면" 이라는 텍스트 시작점의 위치에서 시작되고 있다. 그러나 시작점을 뛰어넘어 알버트와 유춘이 대화를 나누는 그 시점에서 독서를 시작해도 전체 작품 줄거리를 이해하는 데 어려움이 없다. 다시 말해 거꾸로 읽어도 무방하다. 이것은 분명 하이퍼텍스트가 지닌 특성이라고도 할 수 있다.

하이퍼텍스트는 텍스트의 시작과 끝이 결정된 기존의 발상을 전환하고자 한다. 하이퍼텍스트의 경우 시작의 지점은 읽기를 시작하는 지점에 지나지 않을 뿐이다. 또한 수많은 지점들에서 끝낼 수 있으며 텍스트를 자유롭게 첨가 또는 확장할 수 있다.

보르헤스의 작품, 기존의 활자매체에 의한 문학작품들 중에서도 모던/포스트모던의 경향을 띤 작품들은 그와 같은 점에서 하이퍼텍스트적이라고 할 수 있는 것이다.

인쇄매체에 의해서도 시도된 그와 같은 하이퍼텍스트적 소설이나 시작품에 대한 재평가가 하이퍼텍스트의 개발과 이론화작업에 의해 가능하게 된 점도 있을 것이다. 그 때문에 하이퍼텍스트와 하이퍼텍스트성 그 자체가 전혀 새로운 것은 아니라고 판단할 수도 있을 것이다. 그러나 랜도우(Goerge P. Landow)가 우려하듯이 그와 같은 논의는 선형성을 기본적인 요건으로 하고 있는 내러티브가 하이퍼텍스트와 하이퍼텍스트성에 의해 받게 된 도전의 심각성을 약화시키는 논리가 될 수도 있다.[3]

여기서 핵심적인 논의의 대상은 다름 아닌 다음과 같은 물음들로 정리해 볼 수 있다. 즉 선형성의 이데올로기적 효과는 무엇인가, 비선형성(non – line-

---

3) 조지 P. 랜도우, 여국현 외 역, 『하이퍼텍스트 2.0』(문화과학사, 2001), pp. 182-183.

arity)의 추구는 어떠한 문화적 변화를 야기하고 있는가, 그리고 비선형성의 추구가 가능하게 된 것은 어떠한 사회적 원인 때문인가, 라는 것이다.

그가 자신의 글쓰기를 '허구'(ficción)라 명명한 것은 글쓰기를 하나의 언어 유희로 간주하고 지적유희로 간주했다는 해석을 가능케 한다. 그의 글쓰기는 일정한 패턴을 고수하고 있는데, 반복되는 구조를 즐겨 쓰며, 소설 텍스트의 발단을 하나의 텍스트로부터 시작하는 방식을 자주 이용한다. 이는 경험적 사실에 근거한 글쓰기가 아니며 또한 어떠한 심리분석도 거부하고 있다. 그 예로 보르헤스가 즐겨 쓰는 상징체계에 대한 연구논문만도 방대한 수를 이루고 있음을 들 수 있다.

보르헤스에 있어 책의 의미는 일반적인 지식 혹은 정보를 전달하는 단일한 체계를 형성하는 텍스트(문서)의 범위를 넘어선다. 그는 소설을 논리적 담론으로 전환하는 동시에 이전의 리얼리즘소설과 분명하게 선을 긋는다. 그의 '픽션'의 대상은 경험적 현실세계가 아닌 이성적 논리세계라고도 하겠다. 바꿔 말하면, 이는 하이퍼텍스트성을 내포한다고도 할 수 있다.

그렇다면 다음의 두 가지 예를 들어 「정원」에 나타난 하이퍼텍스트성을 설명해 보지.

첫째, 보르헤스는 소설이 언어로 구축된 하나의 텍스트라는 점에 주목한다. 즉 소설은 언어로 짜여진 직물이자 유희적 세계인 동시에 가상적 세계이기 때문에 현실의 인과율에 얽매일 필요가 없다는 것이다. 그가 『돈키호테』를 다시 쓰기로 시도한 「삐에르 메나르, 돈키호테의 저자」[4]의 경우처럼 보르헤스의 글쓰기는 '글에 대한 글쓰기'로 소설의 존재론적 위상의 전환을 시험한 것이라 할 수 있다.

이는 하이퍼텍스트가 어떤 표준을 지향하는 것이 아니라, 사용자의 자유로운 텍스트 창출과 이용을 보장하는 것을 목표로 하는 특징과 잇닿아있다고 할 수 있다. 『돈키호테』 앞에서 보르헤스는 한 사용자로서 새로운 글쓰기를

---

4) 보르헤스, 황병하 역, 『픽션들』(민음사, 1998)

시작한 것이다.

또한 이것은 하이퍼텍스트가 지니는 '억압성' 여부의 문제와도 연결된다. 하이퍼텍스트의 발전은 텍스트들에 대한 이해와 포용, 그리고 어떠한 억압성으로부터도 자유로운 하이퍼텍스트의 진정한 자기 해방에 있기 때문이다.

둘째, 보르헤스가 선호한 탐정소설구조에서 찾아볼 수 있다고 하겠다. "아주 잘 짜여진 플롯은 문학이 독자에게 제공해야 할 최소한의 약속이다"라는 보르헤스의 말처럼 그는 탐정소설의 플롯이 지적유희를 제공한다고 생각했다. 이러한 탐정소설의 구조가 명백히 나타나는 작품이 「정원」이다.

이 작품은 2개의 사건이 발생하고 2개의 사건이 각각 다른 사람에 의해 해결되는 구조를 지니고 있다. 이 구조의 역할은, 서로 얽혀 있는 이중문제(enigma)를 풀어내는 지적유희를 제공한다. 이러한 지적유희는 답이 장기라는 수수께끼에서 분명하게 나타나고 있다.

보르헤스 작품에 있어 이러한 식으로 명백함 뒤에 감춰진 모호한 것을 찾아내는 작업은 순전히 독자의 몫이다. 그것은 마치 수학문제를 풀어가는 과정과 유사하다. 수학문제를 풀어내는 데는 공리와 정리를 이용, 주어진 조건 하에서 풀어내야만 한다. 이 사이에 경험적인 요소는 끼여 들 여지가 없다. 추론적 이성만이 문제를 풀어내는 것이다. 정원은 두 개의 문제를 푸는 과정의 기록이다.

왜 유출이 알버트를 살해해야만 했는가? 라는 첫 번째 사건과, 책과 미로를 만들기 위해 칩거한 취팽은 왜 혼란스러운 원고뭉치밖에 남기지 않았는가? 라는 두 번째 사건의 해결을 위해서이다.

첫째 사건은 쉽게 해결된다. 일반적인 탐정소설의 방식대로 작품의 말미에서 해결된다. 하지만 두 번째 사건은 난제이다. 그 난제의 해결사는 알버트이다. 취팽 원고의 독자인 알버트는 모든 독자들에게 문제해결의 실마리를 제공한다. 문제를 풀어나가는데 도움을 주는 두 가지 단서를 잡게 된다. "취팽 선생이 완벽하게 무한히 계속될 그런 미로의 축조를 꿈꾸었다는 흥미로운 소문"과 "입수한 편지"를 통해서이다.

알버트는 문제를 푸는 핵심적인 실마리인 시간이란 단어를 편지로부터 찾아내면서 문제를 해결한다. 운남성의 성주인 취팽의 수수께끼는 책이 곧 미로라는 점을 밝혀낸다. 그리고 또한 취팽이 원하던, 작가 보르헤스가 원하던 '비선형적' 글쓰기의 전형을 제기하고 있는 것이기도 하다.

사건풀이의 과정으로 외견상 탐정소설의 구조를 가지고는 있지만 시간에 관한 형이상학적 논의는 '주제소설'이라 해도 과언이 아닐 만큼 복잡하다.

풀이의 과정에서 자신의 중심 테마를 전개하는 기법은 보르헤스가 자주 보이는 서술전략이다. 보르헤스에게 있어 관념들이란 플롯의 진행에 필수불가결할 뿐 아니라 심지어는 플롯 그 자체로 제시되기도 한다.

뿐만 아니라 「정원」 작품 전문에 소설 텍스트의 상당 분량을 차지하는 각주를 배치함으로써 보르헤스는 하이퍼텍스트가 가지고 있는 링크, 노드를 이용한 상호연결성의 효과를 노리고 있다.

또한 「정원」에서 각주는 상호연결성 외에 전략적으로 기능한다. 허위적인 속성을 부여하거나 자리바꿈에 쓰이는가 하면, 드러나거나 감춰진 인용구, 거짓 인용구를 지시하기도 한다. 패러디, 과상된 철학석 명제, 발명과 지식의 혼합, 거짓 지식 등으로 교묘하게 작용하며 각주들은 사실과 허구의 경계선을 무너뜨리는 역할을 한다. 이러한 보르헤스의 역설적 기법은 언어의 형식논리를 이용해 역으로 언어가 소환하는 현실을 드러내 독자로 하여금 모종의 당혹감과, 당혹감을 넘어선 이후에는 지적 유희를 안겨준다.

보르헤스는 현실의 인과율을 부정한다. 현실의 인과율은 직선적 시간에서만 가능하다. 이러한 인과율은 선택이라는 배타성을 기본으로 한다. 하지만 보르헤스의 동시적 시간에서는 이러한 단 하나의 원인과 단 하나의 결과라는 일인일과율은 해체될 수밖에 없으며 다인다과율이 성립된다. 이는 선택이라는 행위에서 배제되는 모든 가능성이 다 실현되는 동시적 시간이다. 가령 예를 들어 '나는 죽는다'라는 가능성은 가능성으로 존재하는 것이 아니라 '나는

죽지 않는다'는 가능성과 함께 동시에 전개되는 것이다. 즉 보르헤스의 시공간
에서는 한 사람의 삶과 죽음이 서로 다른 시간과 공간에서 동시에 존재할
수 있는 것이다. 그에게 있어 등장인물은 심리적 깊이를 가진 인격체가 아니라
단순히 서사구조의 한 행위자일뿐인 것이다. 글은 그 자체의 논리와 규칙에
의해 전개되는 것이다. 그가 탐정소설의 구조를 선호하는 것은 이야기의 전개
가 인물의 성격과 사건에 의존한다기보다는 플롯에 의존하기 때문이다.

'장기'(ajedrez)라는 수수께끼에서 금지된 단어는 '장기'란 단어이듯이 「정
원」에서 금지된 단어는 너무도 노골적으로 드러나 오히려 감춰져있는 시간
(tiempo)이란 단어이다. 이러한 문제를 가지고 독자와 지적 유희를 즐길 수
있는 가장 적합한 구조로 보르헤스는 탐정소설을 택했던 것이다. 탐정소설의
구조는 수리적 탐구와 마찬가지로 논리적 구조를 지니고 있기 때문에, 독자에
게 자신의 환상적 유희를 강요하지 않으면서도 논리적으로 환상적 세계를
납득시킬 수 있기 때문이다. 보르헤스의 논리는 이성적이지만 그 이성의 틀로
그려내는 세계는 반(反)이성적인 환상세계인 것이다. 그의 기법은 모순어법적
이다. 논리로 반(反)논리를 확립시키는 장치인 것이다.

취팽은, 보르헤스는 보통의 소설가들처럼 단선적인 시간에 만족하지 못한
다. 그는 수많은 가능성을 동시에 다루려 했다. 주인공이 암살자의 칼에 찔려
죽을 수도 있고 반대로 암살자를 죽일 수도 있으며 이도 저도 아니면 암살자를
피해 달아날 수도 있다. 취팽의 책에서는 이 모든 것들이 동시에 일어나고
각각 이야기의 결말은 새로운 이야기들로 갈라지는 또 다른 분기점이 된다.
이 부분이야말로 확장, 재생산, 사용자의 선택, 다양성 등의 특성을 포함한
하이퍼텍스트성이라 할 수 있다.

3. 비선형적 글쓰기

보르헤스에 있어 모든 글쓰기는 하나의 글쓰기의 반복에 지나지 않는다.

「정원」에는 보르헤스의 가장 중심테마이자 서사구조인 '미로'의 개념이 등장하고 작품 내에서 미로의 구조가 펼쳐진다. 미로 안에서 순차적인 언어는 직선적 시간의 지배를 받는다.

하나의 선택은 항상 두 가지의 가능성으로 열리며 그중 하나가 결정될수록 계속적으로 선택이 연계된다고 보면 되겠다. 즉 한 가지가 선택될 때 다른 가능성은 배척된다. 하지만 보르헤스의 경우에는 이러한 모든 가능성이 동시적으로 포착되는 것이다. 이러한 가능성 간의 단계가 순차적으로 일어나는 것이 아니라 동시에 다같이 일어나는 것이다. 이러한 동시적 세계는 순차적 시간의 언어로 포착될 수 없다. 그 동시성을 언어로 포착한다면 그것은 넋두리이며 두서없는 낙서(garabato)이며 카오스(chaos)일 수밖에 없다.

보르헤스는 알버트를 입을 빌어 자신의 시간관을 상세하고 친절하게 설명해주고 있다. 이 부분은 보르헤스의 픽션을 이해하는데 가장 중요한 설명이다. 바로 이런 의미에서 「정원」을 보르헤스 작품 중 기본픽션으로 말할 수 있는 것이다. 이러한 미로적 시간은 그의 다른 작품에서 지속적으로 기본적인 틀을 제공한다.

앞서 말한 각주의 전략적 기능을 다시 말하지면, 각주로 인헤 인용된 텍스트나 화자에 의해 행해진 원인과 이유를 찾기 위해 계속적으로 독서행위가 중단된다면, 이는 보르헤스가 독자를 작가와 동등한 위치로 배려하고 있다고 생각할 수 있다. 보르헤스의 텍스트는 능동적 독자를 요구한다. 이점은 독자가 실제로 존재하는 텍스트나 인용문을 떠올려 인용문을 해석해 내려고 할 때 더욱 분명해진다고 볼 수 있다. 여기서 사용되는 장치는 콜라주 혹은 문학적 몽타주이다.

보르헤스는 20세기 문학의 새로운 패러다임을 열었다. 문학은 현실의 모방이 아니고 문학의 모방이라는 패러다임을 구축했다. 보르헤스는 새로운 형태의 독서행위를 요구한다. 독자는 그의 작품에서 전통적이며 정합적인, 순차적 이야기를 바랄 수 없으며 현실의 반영, 혹은 세밀한 묘사, 작가가 던지는 일단의 메시지를 찾아낼 수 없다. 텍스트는 독서행위가 진행되는 동안 이루어지는 내재적인 현실로서 이해되어야 한다.

보르헤스는 두 가지 방법론을 제시했다. 하나는 세계의 형상(emblema)을 만드는 것이다. 문학은 세계를 반영하는 것이 아니라 세계에 또 다른 세계를 추가하는 것이기 때문이다. 다른 또 하나의 방법은 이러한 동시성을 해석하려 시도하는 것이다. 취팽은 동시적인 시간들을 다루는 소설 속에서 시도하였다. 그 결과는 카오스(chaos)였다.

끝없이 두 갈래로 갈라지는, 그물처럼 갈라지는 시간론을 피력하면서 알버트는 이 카오스의 계획을 추리하며 취팽의 문제를 풀어낸다.

「정원」은 우주에 대한, 불완전하지만 거짓 아닌 이미지이다. 그리고 그 이미지는 불완전하게나마 미로구조로 문학의 차원에서 시도될 수밖에 없었다. 문학은 지극히 순차적이며 조직적인 언어라는 도구로 이루어지기 때문이다.

수없이 갈라지는 시간들 중에서 「정원」의 두 사건은 각기 다른 시간의 축에서 존재한다. 즉 '유춘'의 평면적인 시간과 '취팽'의 입체적인 시간이 그것이다. 이렇게 서로 다른 시간 축에 사건을 위치함으로서 보르헤스는 고전적인 탐정소설의 서스펜스를 제공하기도 한다.

유춘의 사건은 직선적 시간의 추이에 따라 쫓고 쫓기는 긴박한 상황을 연출해내지만, 취팽의 세계를 지배하는 시간은 "분산하고 수렴하고 평행하는" 시간이다. 모든 가능성이 동시적으로 존재하는 시간이다. 이 시간에서는 모든 가능성이 한꺼번에 동시적으로 일어날 수 있다.

보르헤스는 유춘의 사건을 직선적인 시간 축에 배치하고 자신의 시간관에 대한 장광설은 중국학자 알버트의 취팽연구로 돌려 「정원」을 불가해적 소설로부터 구출해내고 있다. 이것이 보르헤스의 소설적 재능이 번득거리는 부분이다. 끝없이 갈라지는 그물망 같은 시간의 최종목적지는 존재할 수 없다. 설령 있다고 하여도 곧 연기될 터이므로 의미가 없다.

데리다는 텍스트를 책이라는 한정적이고 일점근원적인 의미 체계를 벗어나

직물짜기의 구조로 상호간에 연관되어 있으며 차연 작용에 의해서 그 의미를 살포하는 광범위한 개념으로 보았다. 이는 보르헤스가 세계 전체를 도서관, 혹은 한 권의 책으로 보면서 그 세계 내에서 자유로운 해석과 사유의 놀이를 만들어낸 것과 상통하는 측면을 가지고 있다.

보르헤스는 존재의 근원, 우주의 중심 등의 존재에는 관심이 없다. 그에게 있어 세상 혹은 우주는 이미 아득한 옛날에 존재해왔으며 설령 중심이나 근원이 존재할 지라도 그것을 알고자 하는 관심도 노력도 다 무의미할 뿐이다. 이런 점에서 그의 글쓰기는 인식론적 글쓰기라기보다는 존재론적 글쓰기이다. 미로의 시간에서 원인과 결과, 목적과 중심은 다 무의미하기 때문이다. 이러한 그물망 시간을 표현하기 위해 보르헤스는 미로라는 상징을 빌릴 수밖에 없었을 것이다.

4. 구조와 서술층위

보르헤스의 텍스트에는 적어도 두 개 이상의 서로 다른 서술층위가 존재한다.

앞서 말했듯 보르헤스의 텍스트는 글에 대한 글쓰기이다. 모든 텍스트가 '~에 대해서' 글쓰기라는 형식을 취하고 있지만 보르헤스의 텍스트는 그 대상에 있어 분명한 차이를 보여준다.

우선 주제면에서 19세기 리얼리즘 소설이 경험적 사실(의식적, 무의식적, 현실적, 초현실적 사건이든 간에)에 대해서 쓰는 것이라고 하면, 보르헤스의 픽션은 대개의 경우 관념적 사실에 대해서 쓴다. 그러나 더욱 주목할만한 점은 서술형태이다. 그의 텍스트는 최소한 두 개 이상의 텍스트로 구성되어 있다. ─ 외부 텍스트는 외견상 전통적인 구조를 가지며, 이는 각주(脚註), 서류의 발견, 정확한 출판연도의 과학─ 문학 책자의 페이지 인용, 그리고 구체적인 상황 증거를 들어, 독자에게 어떤 사건을 실제로 일어난 사건인 것처럼 꾸민다. 이런 방식으로 화자는 독자로 하여금 어떤 구체적인 사건의 단순한 기록자인 것처럼 믿게 만든다. 이 역시 앞서 말한 하이퍼텍스트성의 하나이다.

그러한 경우 보르헤스의 서술형태는 먼저 무엇에 대해 서술한 다음, 그 서술된 사실이나 사건에 대해서 논증 내지는 반박하는 귀납적 형태로 되어있다. 즉 서술층위가 다른 두 개 이상의 서술행위가 한 텍스트를 구성하고 있다.

이 작품은 자신과 상관없는 이야기를 하는 동일한 화자의 관점에서 기술되고 있다. 이 양자 사이에는 시간적·공간적 거리로 구분된다. 시간적으로 볼 때 두 번째 인용문이 첫 인용문보다 이전 과거의 행위라는 점은 쉽게 이해된다. 하지만 더욱 분명한 차이는 서술층위의 구분이다. 두 번째 인용문의 화자인 나, 유춘은 첫 인용문의 이야기 속의 등장인물로 되어있다. 이는 두 번째 인용문이 첫 번째 인용문의 이야기 속의 하나의 사건이 된다는 의미이다. 첫 인용문의 화자는 자신이 이야기를 하지도 않으며 직접사건에 개입하지도 않는다. 이 화자가 픽션을 쓰는 행위는 첫째 층위에서 실현하는 하나의 서술 외적층위의 행위이다. 그 픽션에 진술된 사건이 첫 번째 이야기 속에 있다. 이 사건은 서술 내적 혹은 서술층위에 위치하고 있다. 그런데 유춘의 이야기 속에는 또 다른 이야기가 존재하고 있다. 그 이야기는 바로 유춘의 선조가 쓴 취팽의 소설이다.

알버트가 읽는 취팽의 소설은 또 다른 층위인 메타서술층위에 위치한다. 이와 같이 하나의 이야기는 산술적으로 무한한 이야기들로 갈라질 수 있는 것이다. 즉 메타이야기는 메타 메타이야기를, 메타 메타이야기는 메타 메타 메타이야기를, 이런 식으로 하나의 이야기가 계속해서 무한히 수많은 이야기들로 증식될 수 있는 것이다. 이처럼 하나의 이야기가 끝나지 않고 계속해서 무한히 다른 이야기들로 증식될 수 있음을 보여줌으로써 다층적 현실세계에 대한 그의 사고를 보여주고 있다. 하지만 각 서술층위간의 관계는 일견 작위적이며 우연적으로 보인다. 다시 말해서 하나의 이야기가 다른 이야기로 증식되어야할 '필연적 인과관계'는 없는 듯이 보인다.

하지만 보르헤스의 말대로 '우연이란 선택받지 못한 필연'이라 했을 때 우연하게 가지치기를 한 듯한 메타이야기들은 모두 필연적인 관계의 결과물들인 것이다. 우리의 현실세계는 한 가지를 선택할 때 다른 가능성을 배척하는 선택과 배제라는 법칙이 지배하는 세계이지만, 보르헤스의 세계는 모든 가능성을 동시적으로 포착하는 세계이다. 즉 서로 모순되고 충돌되는 사건들까지도 모든 가능성이 동시에 포착되는 보르헤스의 세계에서는 모두 필연적인 관계망 속의 사건들인 것이다. 다양한 시공간이 존재하는 중층적 세계에서는 서로 모순되는 사건들까지도 수평적 전개가 가능한 것이다. 이러한 모든 가능성이 동시에 다 포착되는 카오스적·미로적 세계에 아직 익숙하지 않은 보르헤스의 초보독자들에게 그들의 상식적 이해 속에서 수직적 가능성을 단계적으로 보여주는 심연구조가 독자를 덜 당혹스럽게 만들 것이다.

이와 같이 심연구조는 독자를 보르헤스의 세계로 초대하는 첫 번째 안내자이며 그의 글쓰기의 특징적인 요소 중의 하나이기도 하다. 심연구조는 이미지의 시각적인 배열이며, 서로 모순되는 층위의 서술들의 공간들을 바로크적으로 조직하여 역설적 질서를 건설하기도 한다. 이러한 역설에 보르헤스가 경탄히는 것은 경험과 역설의 불일치가 아니리, 이이리니컬하게도 논리의 한계와 힘을 드러내준다는 점이었다. 역설은 픽션의 주인공들이 독자나 구경꾼이 될 수 있다면, 역으로 그 독자나 구경꾼인 우리들 역시 픽션이 될 수 있음을 보여주는 전치(轉置 inversiones)적 장치를 이끌어내는 힘이기도 하다. 이렇게 보르헤스의 서술전략은 문제를 제기하고 여러 해결책을 제안하면서도 또한 그 해결책들의 무용함을 증명해 내는 역설의 전략을 사용한다. 이러한 동시전략은 우주에 대한 신의 의도를 알기에는 인간의 역부족을 보여주는 것이라고 볼 수 있다.

서술층위를 달리하면서 수없이 많은 메타이야기를 산출해낼 수 있는 수직적 심연구조는 「정원」의 다층적 세계를 포착하기 위한 기본적 서사구조를 이루고 있는 것이다. 또 이는, 하이퍼텍스트의 다양성, 자기 증식성의 근간이 될 만한 중요한 부분이라고 하겠다.

5. 결론

보르헤스의 작품을 사조적으로 포스트모더니즘에 속하는 것으로 평가하는 것은 어려운 일이다. 비평적 범위, 즉 시간적 구획을 정할 수 있는 기준 자체가 불명확한 상태에서는 분류의 의미를 찾을 수 없을 것이다. 다만 이 글에서 살펴본 것과 같이 보르헤스는 서양 정신의 근본을 이루고 있던 로고스의 존재를 예민하게 감지했으며, 그 권위와 흐름에 휩쓸리지 않고 자신의 영역을 확보했던 것은 분명하게 보인다. 데리다의 해체작업에 동반자가 되어준 보르헤스의 존재는 그 증거가 될 수 있을 것이다.

사실상 현재 우리가 볼 수 있는 하이퍼픽션들은, 특히 월드 와이드 웹에 올려진 온라인 상태의 것들은 대체로 하이퍼텍스트성 그 자체에서 나오는 특이한 형식적 속성만이 두드러질 뿐 그 외의 미학적 요소들이 간과되고 있는 편이다.

또한 하이퍼텍스트를 마치 어느 날 우리 앞마당에 떨어진 것인 양 곱지 않은 시각으로 바라보는 평자가 비교적 많다.

하이퍼텍스트의 특수한 속성을 "비선형성"에서 찾는 것은 무엇보다도 활자 매체의 선형적 구조와의 차이를 부각시키기 위한 것이다. 이 비선형성은 다선형적, 다중심적, 반위계질서적인 글쓰기 공간을 가능하게 하는 하이퍼텍스트성의 핵심이다. 그런데 하이퍼픽션도, 물론 새로운 형태이긴 하지만, 아직까지는 대체로 서사적인 글쓰기를 우선적인 것으로 하고 있다는 점이 지적되어야 한다. 따라서 문체의 특성에 대한 물음과 함께 활자 소설의 경우와 같은 다음과 같은 물음들이 하이퍼텍스트 픽션에 대해서도 제기될 수밖에 없다. 즉 픽션에 등장하는 인물들의 행동의 동기는 무엇인가? 사건들은 관심을 기울일 만한 것인가, 요컨대 이야기를 읽을만한 "재미"가 있는가 등이다.

그와 같은 질문들과 함께, 하이퍼텍스트가 과연 독자와 저자를 특정의 속박으로부터 해방시키는 효과를 가지는가? 즉 저자와 독자를 구별하는 활자문화의 개인주의적 방식을 해체하고 저자와 독자가 보다 더 직접적인 관계를 맺을 수 있는 공동체적 구술문화로의 회귀를 가능하게 하는가 등의 물음도 제기된다. 어떻게 보면 이야기하는 자가 사이버스페이스(cyber – space) 내에서 토로한 것에 대해 구술문화에서의 관객/청중이 현장에서 즉각적으로 반응을 보이듯이, 읽는 이가 클릭을 하여 이야기의 전개과정에 영향을 주게 된다는 점에서는 그렇다고 대답할 수도 있다.

물론 독자가 겉으로는 자유롭게 선택하여 나름대로의 방식으로 이야기를 "만들어가는" 것으로 보일지라도, 사실은 그 모든 선택의 가능성들이 이미 저자에 의해 만들어진 것이라는 점에서 저자의 통제는 여전히 남아있게 된다. 마찬가지로 교육용의 하이퍼텍스트 방식도 인덱스, 각주, 참조물들, 참고문헌들의 목록 등을 통해, 철저한 연구라는 일종의 착각을 만들어내고 있는 백과사전과 같이, 모든 것을 다 포함하고 있는 것이라는 환상을 심어주기 쉽다. 이 점은 인터넷 상에서 필요한 모든 정보를 다 얻을 수 있다는 환상을 자칫 가지기 쉬운 우리가 참고해야 할 것이나.

하이퍼텍스트가 강압의 가능성을 내포하는 이유는 그것이 – 명백하게 의도되었든 아니든, – '전체주의적' 내부 네트워크를 지향하기 때문이다. 현재의 하이퍼텍스트는 근본적으로 링크(기계적 연결) 및 링크 아이콘 그리고 연결된 마디들(스크린들)을 가진 데이터베이스다. 그리고 그 제공자가 있다. 이것은 하이퍼문학에서도 마찬가지인데, 하이퍼소설을 대할 때 독자들이 각자 나름대로 선택하여 독서경로를 탐험한다고 해도, 그 길들은 작가가 설계한 것이다. 즉 제공자의 권력이라는 문제가 부상한다.

또한 하이퍼텍스트의 양방향성을 이용하여, 독자 스스로가 일정한 경로에 나타나는 텍스트의 서사 시퀀스를 스스로 구성한다고 해도 그것은 매우 단편적이거나 에피소드화로 남거나 파편화할 가능성이 높다. 따라서 독자의 게릴

라적 침투가 최초 제공자의 견고한 권력 구조에 어떻게 작용하고 그 작동의
폭은 어느 정도인지는 지켜보아야 할 과제다.

　이상의 것들은 텍스트와 하이퍼텍스트의 이해와 오해에 연관해서 관찰해야
할 수많은 사실들의 일부다. 이제 우리는 하이퍼텍스트를 이해하고, 그것을
더욱 발전시켜, 과거로부터 지금까지의 텍스트들을 세밀히 관찰하고 연구해야
한다. 특히 아날로그 텍스트들의 이른바 선형성, 견고성, 일방성 속에서 일어
났던 수많은 작은 반란과 탈주들을 보아야 한다.

참고문헌

작품

호르헤 루이스 보르헤스, 황병하 역, 『픽션들』, 민음사, 1998.

이론서

김종회, 최혜실 편, 『사이버문학의 이해』, 집문당, 2001.
김춘진 외, 『보르헤스』, 문학과 지성사, 1996.
류현주, 『하이퍼텍스트문학』, 김영사, 2000.
신정환 , 「보르헤스와 바로크 미학」, 이베로아메리카 연구10집, 부산 외국어대
　　학교, 1999.
이선이 편, 『사이버문학론』, 월인, 2001.
정경원 외, 『라틴아메리카 문화의 이해』, 학문사, 2000.
황병하, 『메타비평을 위하여』, 민음사, 1997.
호르헤 루이스 보르헤스, 송병선 역, 『모래의 책』, 예문, 1996.

생각해 볼 문제

1. 선형성의 이데올로기적 효과는 무엇인가?
2. 비선형성(non-linearity)의 추구는 어떠한 문화적 변화를 야기하고 있는가?
3. 하이퍼텍스트가 과연 독자와 저자를 특정의 속박으로부터 해방시키는 효과를 가지는가?

『도매가로 기억을 팝니다』*

필립 K. 딕

작품 해설

필립 K. 딕은 SF 작가들 중에서도 독특한 작품세계를 구축하고 있는데, 대개의 SF 주류작가들이 인류의 진보에 대한 믿음을 바탕으로 한 긍정적이고 낙관적인 미래상을 구사해온 반면, 필립 K. 딕은 암울하고 비관적인 세계, 불확실성의 세계를 주로 그려왔다. 또한 그는 '내가 알고 있는 나 자신, 혹은 내가 인식하고 있는 세계가 진실된 것인가.' 하는 질문을 심각하게 던지곤 해왔다. 디스토피아를 배경으로 하거나, <도매가로 기억을 팝니다>와 같이 자기 정체성에 심각한 의문을 품게하는 작품이 그의 작품에 주류를 이룬다. 주인공은 여행에 대한 가짜 기억을 이식받으려 하다가 사고를 일으키고 그 상흔을 해결하려는 과정에서 가짜 기억과 진짜 기억이 뒤섞이는 요란한 혼란 속에 말려든다.

종종 딕의 세계에서 아이덴티티 문제는 정신분열과 다중인격을 통해 드러나기도 한다. 여기서부터 아이덴티티의 혼란은 인간의 존재에 대한 좀더 보편적인 질문으로 연결된다.

---

*필립 K. 딕 저, 유영일 옮김, 『죽은자가 무슨 말을』(집사재, 2002), pp. 63-95.

<도매가로 기억을 팝니다>는 항상 화성여행을 꿈꾸던 남자가 저렴한 가격으로 꿈을 이루기 위해 기억 이식 회사를 찾아갔다가 사실 자신의 기억이 이미 누군가에 의해 이식된 허구라는 것을 알게 되는 내용이다. 그 이후로 주인공은 계속 정체불명의 사건들에 휘말리게 되고, 그가 기억하고 있는 것들이 사실인지 허구인지 스스로도 분간할 수 없는 상황으로 빠져 들어가게 된다. 사적이고 내밀한 자신의 기억마저 지배당하고 조작되는 시스템으로 유지되는 미래 사회가 배경인 이 소설은 '조작된 기억과 개인의 정체성'이라는 문제에 초점을 맞추고 있다.

작품 보기

그는 잠에서 깨어났다. 화성을 여전히 애타게 갈망한 채. 아, 계곡. 계곡을 따라 걷는 기분은 어떨까? 꿈에 대한 기억은 희미해지기는커녕 의식이 돌아올수록 더욱 생생해졌다. 오히려 강렬한 열망으로 바뀌고 있었다. 그러나 그가 절실히 느끼는 다른 세계는 국가기관 요원이나 고위 관료가 아닌 이상 발을 디딜 수조차 없는 그림의 떡에 불과했다. 하물며 일개 밀단 직원인 내가 화싱에 가겠다고? 체. 지나가던 개도 웃을 일이다.

"당신 일어났어?" 아내가 잠기운이 채 가시지 않은 목소리로 물었다. 여느 날처럼 썩 좋지 않다는 암시를 내비치며. "일어났으면 레인지에서 뜨거운 커피 버튼 좀 눌러줘."

"알았어." 더글러스 퀘일은 그렇게 대답하고는 침대에서 일어나 맨발로 부엌을 터벅터벅 걸어갔다. 뜨거운 커피 버튼을 지그시 누른 다음 식탁 의자에 털썩 앉아 신선하게 갈린 담뱃가루가 들어 있는 작은 노란색 통을 꺼냈다. 딘 스위프트 코담배를 코에 대고 기분좋게 한번 빨아들이자 혼합 향료가 코의 점막을 자극하더니 입천장이 불에 덴 것처럼 화끈거렸다. 그러나 빨아들이는 일을 멈추지 않았다. 그렇게 해야 밤마다 되살아나는 꿈과 욕구, 불쑥불쑥 고개를 드는 열망을 이성의 틀 속에 묶어 둘 수 있기 때문이었다.

갈거야. 죽기 전에 반드시 화성에 가고 말겠어, 라고 퀘일은 혼잣말로 중얼거렸다.

물론 어림도 없는 일이다. 꿈을 꿀 때조차 그 사실을 잘 알았다. 더구나 모든 것을 적나라하게 비추는 햇빛, 거울 앞에서 머리를 빗고 있는 커스틴의 부산한 움직임은 언제나 그렇듯 그의 처지를 다시금 일깨워주었다. 아무짝에도 쓸모없는 초라한 월급쟁이 주제에, 퀘일은 씁쓸해졌다. 적어도 하루에 한 번 그에게 이런 생각을 떠올리게 하는 커스틴이었으나, 그렇다고 아내가 원망스럽지는 않았다. 모름지기 아내의 역할은 허황한 꿈에 사로잡혀 들떠 있는 남편을 보기 좋게 땅바닥으로 끌어내리는 일일 것이다. 땅바닥이라, 퀘일은 피식 웃음을 흘렸다. 그야말로 적절한 비유였다.

"뭐가 재밌어서 그렇게 웃어?" 커스틴이 잠옷 위에 걸친 화려한 분홍색 가운을 바닥에 질질 끌며 부엌으로 걸어 들어왔다. "분명 또 꿈이겠지. 허구한 날 그놈의 꿈만 꾸고 있으니."

"맞아." 퀘일은 부엌 창문을 통해 공중에 떠서 주행하는 자기부상 차량들, 차의 방향과 속도를 조절하는 자동화 고속도로, 그밖에 직장을 향해 분주하게 움직이는 사람들을 멍한 시선으로 내다보았다. 잠시 후면 그도 저 무리 속에 섞일 것이다. 여느 날과 다름없이.

"안 봐도 뻔해. 어떤 계집년 꿈이겠지." 커스틴이 메마른 목소리로 중얼거렸다.

"아니. 신에 대한 꿈이었어. 전쟁의 신말이야. 그 신에게는 훌륭한 분화구가 여럿 있는데, 그 주변엔 뿌리를 깊게 내리고 갖가지 식물들도 자생하고 있어."

"여보." 커스틴이 남편 옆에 앉아 진지하게 말을 꺼냈다. 목소리는 의외로 부드러웠다. "바다, 지구의 바다 밑은 훨씬 더, 아니 화성과는 비교할 수 없을 정도로 엄청나게 아름다울 거야. 당신은 물론 모두가 인정하는 사실 아니유? 그래서 말인데 아가미 복장을 두 벌 빌려 연중무휴로 여는 바다 밑 휴양지에서 한 일 주일 정도 휴가를 보냅시다. 그리고 또-" 커스틴이 순간 말을 멈추었다. "당신 내 말 듣고 있는거야? 제발 내 말 좀 들으란 말이야. 세상에는 당신이 쓸데없이 집착하는 그 빌어먹을 화성보다 더 좋은 게 얼마든지 있다구. 그런데 내 말을 귓가로 흘려버려!" 커스틴이 날카로운 목소리로 소리를 질렀다.

"이 구제불능 인간아! 당신 도대체 뭐가 되려고 이래?"

"일하러 가야겠어." 퀘일이 아침 식사도 잊은 채 자리에서 일어나며 말했다. "아무리 발버둥쳐봐야 말단 직원일 뿐이니까."

커스틴이 눈을 부릅뜨고 퀘일을 쏘아보았다. "당신은 갈수록 나빠지고 있어. 날마다 더 미쳐가고 있다구. 도대체 어디까지 갈 셈이야?"

"화성까지." 퀘일은 그렇게 대꾸하고는 옷장 문을 열어 깨끗한 셔츠 한 벌을 꺼냈다.

택시에서 내린 더글러스 퀘일은 인파로 발 디딜 틈 없는 세 개의 보도를 천천히 걸어 현대적이고 매력적인 디자인으로 사람의 시선을 끄는 한 출입구 앞에서 발길을 멈추었다. 잠시미동도 않은 채, 번쩍이며 잇달아 다른 색깔로 바뀌는 네온 간판을 주위 깊게 읽었다. 물론 전에도 몇 번 이 간판을 본 적이 있지만…… 이렇게 코앞에서 보기는 치음이었다. 느낌이 매우 달랐다. 방금 그는 대단히 색다른 일을 시도했다. 어쩌면 지금이 아니더라도 조만간 겪게 될 일인지도 몰랐다.

리칼 주식회사

이게 해결책이 될 수 있을까? 아무리 그럴듯해 보여도 실제로는 존재하지 않는 환상에 지나지 않는가. 적어도 이성적으로 따져볼 때 그랬다. 하지만 이미 퀘일의 마음은…… 이성과 다른 길을 걷고 있었다. 어쨌든 퀘일은 약속 시간을 잡았다. 이제 시간은 5분밖에 남지 않았다.

희미하게 스모그가 낀 시카고 대기를 깊게 들이마신 다음, 휘황찬란하고 화려한 출입구를 열어 안내원이 있는 곳으로 천천히 걸음을 겼다.

금발 머리에 가슴을 훤히 드러낸 채 단정하게 차려입은 안내원이 상냥하고 유쾌한 목소리로 말했다. "퀘일 씨, 어서 오십시오."

"네, 리칼 코스에 대해 알고 싶어서 왔습니다."

"퀘일씨, '리칼'이 아니라 리콜이에요." 안내원이 그의 말을 정정해 주었다. 그리고는 책상에 부드러운 팔꿈치를 대고 화상 전화기의 수화기를 들어 이렇게 말했다. "더글러스 퀘일씨가 도착하셨습니다. 지금 안으로 모실까요? 아니면 조금 기다리시게 할까요?"

전화 수화기에서 남자의 목소리가 들렸다.

"퀘일 씨, 안으로 들어가셔도 좋습니다. 맥클레인 씨가 기다리고 계십니다." 퀘일이 어정쩡한 자세로 발을 떼었을 때 뒤에서 안내원의 목소리가 들렸다. "D실입니다. 오른쪽으로 가세요."

조금 갈피를 잡지 못하고 헤맨 다음에야 퀘일은 D실을 찾을 수 있었다. 문을 열고 안으로 들어가니 호두나무로 만든 커다란 책상에 앉아있는 온화한 표정의 중년 남자가 눈에 들어왔다. 화성에서 수입한 최신 유행의 개구리 가죽 회색 양복을 입고 있었는데, 복장만으로도 그 사람이 바로 맥클레인임을 짐작할 수 있었다.

"더글러스 씨, 앉으세요." 맥클레인이 통통하게 살찐 손을 뻗어 책상 맞은편에 있는 의자를 가리켰다. "그래, 화성을 여행하고 싶으시다구요? 아주 멋진 생각입니다."

퀘일은 긴장한 얼굴로 자리에 앉았다. "그런데 비용이 합리적이지 못한 것 같군요. 너무 비싼 데다 그렇다고 실제로 제가 얻는 것도 없지 않습니까." 그 돈이라면 벌써 화성에도 갔다 왔겠다, 라고 퀘일은 생각했다.

"그건 걱정 마세요. 화성 여행을 입증할 만한 확실한 물증을 마련해 놓았으니까요." 맥클레인은 자못 자신있는 목소리로 말했다. "모든게 다 있습니다. 제가 지금 보여드리지요." 그런 다음 대단히 인상적인 호두 나무 책상 서랍을 열어 안을 손으로 더듬었다. "이건 보관용 티켓입니다" 곧이어 마닐라지 봉투에서 글자와 무늬가 돋을새김된 조그만 사각형 보드지를 하나 꺼냈다. "이게 화성에 간 걸, 아니 갔다온 걸 증명해줄 거예요. 그리고 이건 그림 엽서.”
그 말과 동시에 총 천연색 3차원 그림 엽서 네 장을 퀘일이 볼 수 있게 책상
위에 가지런히 내려놓았다. “이건 필름이에요. 선생님께선 임대받은 비디오카
메라로 화성의 명승지들을 찍어두거든요.” 필름 역시 퀘일에게 보여주었다.
“화성에서 만났던 사람들의 명함과 거기서 속달로 보내온 200포스크레드 상
당의 기념품들. 다음 달 안에 댁으로 도착할 겁니다. 이건 여권, 물품을 구입하
고 받은 영수증들. 물론 이것말고도 더 있습니다.” 맥클레인이 입을 다물고
퀘일을 예리한 눈으로 바라보았다. “그리고 선생님 자신도 화성에 갔었다고
생각할 거예요.” 그가 빠르게 말을 이었다. “저희에 대해서는 기억하지 못하게
됩니다. 저는 물론 여기에 있었다는 기억마저 까맣게 잊어버리게 될 테구요.
실제로 화성을 여행했던 것처럼 기억할 거예요. 저희가 자신있게 보증하지요.
2주간의 화성 여행을 완벽하게 기억할 뿐 아니라 세세한 것들까지 기억 세포
에 저장됩니다. 만약 화성 여행에 대한 의심을 품고 여기로 다시 오신다면
비용을 전액 환불해 드립니다. 어떠십니까?”

“하지만 정말 간 게 아니잖아요. 이런 물건들이 아무리 진짜와 판박이같이
똑같아도 전 화성에 가지 않은 걸요.” 이내 퀘일의 입에서 깊은 한숨이 불규칙
하게 새어나왔다. “그리고 인터플랜 비밀요원도 절대 될수 없구요.” 실제와
똑같은 기억을 뇌속에 주입한다는 리칼 주식회사의 광고가 퀘일에게는 터무니
없는 거짓말처럼 느껴졌다.

“퀘일 씨.” 맥클레인은 참을성 있게 차분한 목소리로 설명하기 시작했다.
“저희에게 보내신 편지 내용처럼 선생님은 앞으로도 화성에 갈 수 있는 기회
나 가능성이 거의 없습니다. 그럴만한 여유도 없으시겠지만 무엇보다 자격
요건에도 맞지 않아요. 인터플랜의 비밀요원 따위가 갑자기 되는 것도 아니니
까요. 그래서 평생의 꿈을 실현할 수 있는 유일한 방법은. 으흠, 바로 저희의
도움을 받는 것뿐입니다. 선생님 생각은 어떠세요? 선생님은 비밀요원도 될
수 없을뿐더러 꿈속에서나 화성을 여행하실 수 있을 거예요.” 그리고는 킬킬

숨죽여 웃었다.

"하지만 비밀요원이었고 화성을 여행했다는 기억을 얻는 일은 가능합니다. 바로 그 점을 주목하세요. 이만하면 비용도 적당하지 않습니까? 추가 부담금도 전혀 없답니다." 맥클레인은 그렇게 말을 마치면서 퀘일에게 확신을 주려는 듯 미소를 지었다.

"그럼 그 가상 기억은 사실에 입각하여 정확하다고 자신하실 수 있나요?"라고 퀘일이 물었다.

"실제 기억보다 더 정확합니다. 선생님이 정말 인터플랜 요원의 자격으로 화성에 갔었다고 칩시다. 아마 지금쯤 화성에 대한 기억은 거의 희미해졌을 거예요. 저희가 분석한 결과에 따르면 어떤 사건에 대한 실제 기억은 매우 빠른 속도로 사라집니다. 그 사라진 기억은 다시 회복되지 못해요. 하지만 저희가 제공하는 기억은 절대 사라질 염려가 없습니다. 혼수상태에 빠진 동안 선생님의 뇌속에 주입되는 기억은 오랜 시간을 화성에서 거주했던 숙련된 전문가들의 작품이지요. 아주 세세한 일까지도 기억하게 될 거예요. 그리고 선생님은 아주 좋은 패키지를 고르셨습니다. 만약 명왕성을 선택하셨거나 내행성 동맹국의 황제가 되길 원하셨다면 훨씬 까다로웠을 거고……비용도 만만치 않았을 거예요."

퀘일이 지갑을 찾기 위해 주머니 안으로 손을 넣으며 입을 열었다. "좋아요, 화성은 내가 가장 가고 싶은 곳이지만 영원히 갈 수 없는 곳이겠죠. 이 방법밖에 달리 도리가 없겠군요."

"그렇게 생각하지 마세요." 맥클레인이 차갑게 말을 받았다. "이건 차선책이 아닙니다. 왜곡까지는 아니어도 점점 모호해지고 희미해지는 실제 기억보다 가상 기억이 오히려 더 낫다고 할 수 있지요." 맥클레인은 퀘일에게서 돈을 건네 받은 다음 책상 버튼을 눌렀다. "됐습니다, 퀘일씨." 사무실 문이 열리더니 곧이어 체격이 건장한 남자 두 명이 모습을 나타냈다. "이제 선생님은 비밀요원의 신분으로 화성에 가는 겁니다." 맥클레인은 자리에서 일어나 퀘일에게 다가간 뒤 긴장하여 땀으로 축축해진, 퀘일의 손을 잡아 악수를 했다. "아니. 정확히 말해 이미 화성에 도착한 셈이 되는군요. 선생님이 지구로 다시 돌아오는 시각은 오늘 오후 네시 삼십 분입니다. 그때가 되면 택시가 선생님을 댁까지 모셔다드릴 거예요. 아까도 말씀드렸듯이 저를 비롯하여 이 곳에 왔었던 기억은 모두 지원질 겁니다. 심지어 저희 회사의 존재마저 전혀 기억하지 못합니다."

퀘일은 입술이 바짝바짝 탈 정도로 긴장한 채 두 남자를 따라 사무실 밖으로 걸음을 옮겼다. 앞으로 일어나는 일들은 전적으로 이들에게 달렸다해도 과언이 아니었다.

화성에 갔다 왔다고 내가 실제로 믿게 될까? 내 욕구가 과연 충족될수 있을 까? 퀘일은 불길한 예감을 떨쳐버리지 못했다. 그러나 단순히 예감일 뿐, 정확 히 알 도리는 없었다. 시간이 지나야 알 수 있는 일이었다.

맥클레인의 책상에서 사무실을 사내 수술실과 연결해 주는 인터콤이 울리 더니 이내 한 목소리가 흘러나왔다. "퀘일씨가 이제 막 혼수상태에 빠졌습니 다. 지금 오시겠습니까, 아니면 저희들이 알아서 시작할까요?"

"정해진 대로 알아서들 시작히게. 로우, 뭐 별디르게 있겠니." 행성 여행을 기억하도록 프로그램을 짜는 일은 보너스로 비밀요원에 대한 가상 기억을 주입하든 말든. 그리 특별할 것도 없이 정해진 절차만 따르면 되었다. 맥클레 인은 한쪽 입술을 일그러뜨리며 머리를 빠르게 굴렸다. 한 달에 스물 명의 고객을 확보한다면…… 이 일로도 먹고 살 만은 하겠군.

"사장님 지시대로 하겠습니다." 로우가 말을 마치자마자 인터콤이 꺼졌다.

맬클레인은 책상 뒤편에 있는 저장 구역에서 3번 상자와 62번 상자를 꺼냈 다, 그 안에는 각각 화성 여행과 인터플랜 비밀 요원임을 입증할 만한 증거물 들이 들어 있었다. 그는 그 두 개를 손에 들고 책상으로 발길을 돌려 편안하게 자리에 앉고는 이어서 상자 속에 든 물건들을 책상 위에 쏟았다. 전문가들이 퀘일의 뇌속에 바쁘게 가상 기억을 주입하는 동안 그것들을 그의 집에 놓아두어야 했다.

비밀요원들이 쓰는 1포스크레드짜리 소형 권총, 제일 큰 아이템이군. 비용도 가장 많이 들지 아마. 라고 맥클레인은 생각했다. 그리고는 크기가 콩알만한 발신기로 눈을 돌렸다. 적에게 신분이 노출되면 언제든 삼킬수 있을 정도로 최소형이었다. 입이 벌어질 만큼 실물과 판박이처럼 똑같은 암호책...... 회사의 모델들은 매우 높은 정밀도를 자랑했다. 실제 물건들을 그대로 본따 만들었기 때문이다. 전부 제기능을 발휘하지 못하지만 퀘일의 기억 속에서는 놀랄 만큼 빛을 발할 것이 틀림없었다. 그밖에 50센트짜리 고대 은화 반 조각 이외에도 존던의 설교문 중에 몇 구절이 휴지처럼 속이 비칠 정도로 얇은 종이에 휘갈겨 쓰여 있었고, 화성의 술집에서 나눠주는 성냥갑 몇 개와 '화성 국립 키부츠'라고 새겨진 스테인레스 숟가락, 또―

그 순간 인터콤이 울렸다.

"사장님, 방해해서 죄송합니다만 예상치 못한 아주 불길한 일이 벌어졌습니다. 지금 오셨으면 하는데요, 나키드린의 효과가 나타나 퀘일 씨는 지금 혼수상태에 빠졌습니다. 모든 준비가 갖춰졌지만―" "지금 가겠네." 심상치 않음을 직감한 맥클레인이 사무실 밖으로 뛰어나가 몇 분 후 수술실에 도착했다.

위생 처리된 침대에 누워 있는 더글러스 퀘일이 눈을 감은 채 규칙적으로 천천히 숨을 쉬고 있었다. 어렴풋이나마 두 명의 기술자와 맥클레인을 인식하는 듯했다.

"가상 기억을 이식할 자리가 없나?" 맥클레인은 짜증이 밀려왔다. "2주간의 기억을 지워버리면 되질 않나. 국가 기관인 서해안 이민국의 말단 직원이니까 당연히 작년에 2주간 휴가를 보냈을 거야. 그걸 지워버려." 이런 문제는 맥클레인을 적잖이 성가시게 만들었다. 아마 영원히 그럴 것이다.

"그런데 문제는" 로우가 초조한 목소리로 말을 받았다. "전혀 다른 데 있습니다." 이어서 침대를 향해 허리를 굽히며 퀘일에게 말을 걸었다. "지금까지 했던 말을 맥클레인 씨에게 해주세요." 그리고는 맥클레인에게 고개를 돌리며 속삭였다. "가까이에서 들어보세요."

침대에 누운 남자의 회녹색 눈이 맥클레인의 얼굴에 머물렀다. 맥클레인은 그의 눈빛이 날카로워졌다는 생각에 불안했다. 어떤 온기도 담겨 있지 않은 금속성의 눈빛이었다. 그 섬뜩할 정도로 차가운 눈빛이 맥클레인의 심기를 불편하게 만들었다. "나한테 원하는 게 뭐지?"

퀘일이 거칠게 물었다. "당신은 내 신분을 노출시켰어. 몸을 갈가리 찢어놓기 전에 당장 내 앞에서 사라져." 퀘일은 맥클레인을 뚫어지게 노려보았다. "특히 당신, 당신이 총책임자지?"

그때 로우가 끼어들었다. "화성에는 얼마나 있었나요?"

"한 달." 퀘일이 신경질적인 어조로 대꾸했다.

"거기에 간 목적이 뭐죠?" 로우가 계속 질문을 했다.

퀘일의 메마른 입술이 일그러졌다. 그는 입을 다문 채 로우의 얼굴을 정면으로 올려다보았다. 그리고는 적개심에 불탄 목소리로 딱딱 끊어지듯 말했다. "인터플랜의 비밀요원. 아까도 말하지 않았나? 똑같은 말 되풀이하게 만들지 말고 아까 했던 말을 녹음해서 당신 상관한테 들려주지 그랬어." 그리고 나서 눈을 감아버리자 날카로운 광채도 함께 사라졌다. 맥클레인은 안도의 한숨을 내쉬었다.

로우가 귀엣말로 속삭였다. "성질이 사나운 사람이군요."

"기억 사슬을 끊어놓으면 다시 전으로 돌아갈 거야. 전처럼 순해지겠지." 맥클레인이 퀘일에게 고개를 돌렸다. "그래서 당신이 그렇게 화성에 가고 싶어 안달했었군요."

퀘일은 여전히 눈을 감은 채 말했다.

"화성에 가고 싶어한 적 없었어. 단지 임무를 수행해야 했기 때문이지. 그래서 갔던 거야. 선택의 여지도 없었다구. 물론 어느 정도 호기심이 있었던 건 사실이야. 하지만 누구나 낯선 곳에 대해 그 정도 호기심은 있지 않나?"

퀘일이 다시 눈을 뜨더니 자신을 둘러싸고 서 있는 세 명을 하나하나 쳐다

본 뒤 마지막 눈길을 맥클레인에게 던졌다. "내 몸속에 뭘 넣었는지 모르겠지
만 효과 한번 죽여주는군. 기억에 없던 것까지 기억하게 만들고 말야."

　그리고 잠시 생각에 잠긴 듯했다. "커스틴이 의심스러워." 그가 혼잣말로
중얼거렸다. "아무래도 관련돼 있는 것 같아. 인터플랜에서 기억을 영원히
회복하지 못하도록…… 날 감시하기 위해 보낸 게 아닐까. 그렇다면 화성에
가고 싶어하는 내게 그토록 바가지를 긁어댄 것도 무리가 아니군." 그리고
찰나였지만, 이해했다는 듯 입가에 희미하게 쓴웃음을 지었다.

　맥클레인이 말했다. "퀘일 씨, 저희를 믿어주세요. 저흰 어떤 의도도 없었습
니다. 단지 수술하는 중에ㅡ"

　"믿어요." 퀘일이 대답했다. 그의 얼굴에는 지친 기색이 역력했다. 몸에
약기운이 퍼지면서 무의식의 세계로 점점 깊게 빠져드는 모양이었다. "내가
어디에 갔었다고 했지?" 그가 중얼거렸다. "화성? 기억하긴 어렵지만ㅡ 화성
을 보고 싶어했지. 모든 사람들이 그렇듯. 하지만 난ㅡ" 목소리가 점점 작아졌
다. "단지 말단 직원인데, 초라한 월급쟁이일 뿐인데."

　로우가 허리를 곧게 펴며 사장에게 말했다. "실제로 겪었던 일과 일치하는
가상 기억을 원했던 겁니다. 그러니 가짜가 곧 진짜가 되는 셈이지요. 지금
이 사람이 하는 말이 모두 진실입니다. 나키드린에 반응해 잠재의식 속으로
빠져들었어요, 그래서 화성 여행에 대한 잠재 기억이 뚜렷해진 거죠. 물론
혼수 상태에 빠졌을 때 만입니다. 다른 식으론 그 기억을 회복하기 불가능했을
겁니다. 누군가, 아마 국방과학연구소인 모양인데, 이 사람의 기억들을 모조리
지워버린 것 같아요. 그래서 퀘일씨는 그저 막연히 화성이 자신에게 어떤
특별한 의미를 부여할 거라고 생각해온 거지요. 비밀요원의 경우도 그랬구요.
그들은 그것마저 제거할 수는 없었습니다. 그건 기억이 아니라 욕구니까요.
처음 그 임무 수행에 나선 동기가 되었던 욕구이기도 하죠."

　다른 기술자인 킬러가 맥클레인에게 물었다. "이제 어떡하죠?" 이대로 가상
기억을 그냥 이식할까요? 결과는 예측하기 힘들어요. 여행에 대한 기억 가운데

일부가 기억나는 바람에 갈피를 잡지 못하고 혼돈에 빠질지도 모릅니다. 그럼 두 개의 상반된 전제가 머리 속에 함께 내재하게 됩니다. 즉 화성에 간 동시에 화성에 가지 않은 셈이 되지요. 그리고 진짜 인터플랜 비밀요원인 동시에 비밀요원이 아닌 게 되기도 하구요. 정말 비논리적이군요. 제 생각엔 가상 기억을 주입하지 말고 이 상태에서 그냥 집으로 돌려보내는 게 좋은 것 같은데요. 정말 예민한 문제라서요."

"그래야 되겠군." 맥클레인이 대답했다. 그 때 한가지 생각이 그의 머리를 스쳤다. "혼수 상태에서 깨어나면 뭘 기억하게 될 지 예상할 수 있나?"

"어렵습니다." 로우가 나지막하게 말했다. "아마 화성 여행에 대한 실제 기억이 어렴풋이, 그리고 간간이 떠오를 지 모릅니다. 그러면 그 기억이 진짜 인지 아닌지를 두고 심각한 고민에 빠질 거예요. 어쩌면 수술을 하는 동안 무언가가 잘못됐을 거라고 생각할지도 모르구요.

그리고 여기에 왔었던 일을 기억할 겁니다. 그 기억은 지우지 않고 그대로 놔둘 예정인데 ─ 물론 사장님께서 그러길 원하신다면요."

"우리는 더 이상 개입해선 안돼. 지금까지 본인조차 모를 정도로 그렇게 완벽하게 위장된 신분을 벗겨내고 진짜 인터플랜 비밀요원이라는 사실을 밝혀 낸 것만으로 충분히 어리석은 짓을 했어. 아니 더럽게 운이 없었던 거지." 더글러스 퀘일이라고 불리는 이 남자의 일에서 가급적 빨리 손을 떼는 편이 신상에 더 이로웠다.

"3번과 62번 증거물들은 어떻게 하실 참입니까?" 라고 로우가 물었다.

"취소할 거야. 지불한 비용의 절반을 환불해야겠지."

"절반이라구요! 어째서 절반이죠?"

맥클레인이 대답을 얼버무렸다. "절충적인 해결책이라구."

─ 중략 ─

"퀘일씨." 표정이 험악하고 나이가 꽤 들어보이는 인터플랜 심리학자가 말했다. "검사 결과 아주 기막힌 환상 하나가 깊숙이 잠재해 있더군요. 아마 의식적으로 떠올린 적은 없을 겁니다. 그게 정상이지요. 지금부터 하는 말에 너무 당황하지는 마십시오."

함께 있던 인터플랜 고위 간부가 가볍게 말을 받았다. "당황해도 별수 있나."

심리학자가 말을 계속했다. "인터플랜 비밀요원이 되는 환상은 상대적으로 성숙한 나이에 품었던 것이라 어느정도 그럴듯해 보이는데 이 환상은 어린 시절에 꾸었던 기괴하고 황당무계한 꿈이지요. 의식적으로 기억해 내지는 못할 겁니다. 대충 어떤 환상이냐 하면, 당신은 아홉 살이고 좁은 시골길을 따라 걸어요. 그때 또 다른 항성계에서 갖가지 희한한 우주선이 당신 앞에 착륙합니다. 당신 이외에는 어느 누구도 그 우주선을 보지 못합니다. 그 안에는 매우 작고 약해 보여 마치 들쥐를 연상케 하는 생명체가 타고 있지요. 그런데 그들은 겉모습과는 달리 지구를 침략하려는 야욕을 품고 있었습니다. 지구 밖에서는 이 정찰 부대들의 공격 신호가 떨어지기만을 기다리는 우주선이 수천 수만에 달했구요."

"그러니까 내가 침략을 막는다는 건가요?" 퀘일이 흥분과 경멸이 뒤섞인 묘한 감정을 느끼며 말을 이었다. "한방에 무찔러 버리거나 발로 짓밟아 버려서 말이요?"

심리학자가 참을성있게 말했다. "침략을 막긴해도 힘으로는 아닙니다. 당신은 그들의 대화 수단인 텔레파시를 통해 지구에 온 목적을 간파하지만 친절하고 따뜻하게 그들을 대하지요. 그 자들은 지각있는 생명체 중에 그렇게 마음씨가 고운 생명체를 처음 본 터라 감사를 표하기 위해 당신과 계약을 체결합니다."

퀘일이 입을 열었다. "내가 살아있는 한 지구를 침략하지 않겠다는 계약?"

"정확히 맞아요." 그리고는 인터플랜 고위 간부에게 고개를 돌려 나직이 말했다. "겉으론 냉소적이어도 무척 마음에 드나봅니다."

"단지 존재하는 것만으로" 퀘일이 흥분을 가라앉히지 못하며 그렇게 중얼 거렸다. "살아있는 것만으로 외계인의 공격으로부터 지구를 구한다고 그렇다 면 지구에서 가장 중요한 인물이 되겠군요. 손하나 까딱하지 않고도 말이죠."

"네, 정말 그렇군요." 심리학자가 동의했다. "이게 바로 당신의 잠재의식 속에 깊숙이 내재해 있던 겁니다. 어린 시절 환상이죠. 최면요법과 약물요법을 병행하지 않으면 의식의 표층으로 끌어올리기 힘들어요. 하지만 언제나 당신 의 잠재의식 속에 존재하며 더 깊숙이 잠재할지언정 절대 사라지는 법이 없습 니다."

그들의 말에 귀 기울이며 앉아있던 맥클레인에게 인터플랜 간부가 말을 건넸다. "이렇게 극단적으로 허무맹랑한 가상 기억도 이식이 가능합니까?"

"그럼요, 얼마든지 가능합니다. 솔직히 이보다 더한 것도 들은 적이 있는걸 요. 이 정도는 거뜬히 재현할 수 있습니다. 앞으로 스물네 시간 후면 지구를 구한다는 현실로 탈바꿈하게 될 거예요. 실제로 일어났다고 믿게 되지요."

고위 간부가 말을 받았다. "그럼 이제 시작하세요. 미리 우리가 화성 여행에 대한 기억을 다시 한 번 제기했으니까요."

퀘일이 물었다. "화성 여행이라니요?"

아무도 그의 말에 대꾸하지 않자 그는 마지못해 입을 다물었다. 잠시 후 경찰차가 그들 앞에서 멈추더니 퀘일과 맥클레인, 인터플랜 간부를 태우고 리탈 주식회사로 향했다.

"이번엔 실수하지 않는 게 좋을 겁니다." 인터플랜 간부가 큰 덩치에 몸을 떨고 있는 맥클레인에게 주의를 주었다.

"뭐가 잘못될 지는 예상할 수 없어요."라고 맥클레인이 식은땀을 흘리며 중얼거렸다. "이건 화성이나 인터플랜과는 차원이 달라요. 혼자서 외계인의 지구 침략을 막는다?" 그가 머리를 흔들었다. "어린애가 그런 꿈을 꾸다니 정말 기막히는군요. 그것도 폭력을 쓰지 않고 단순히 자비를 베풀어서. 참

유별난 꿈이에요." 그리고는 커다란 리넨 손수건으로 이마의 땀을 훔쳤다.

그의 말에 반응을 보이는 사람은 아무도 없었다.

맥클레인이 다시 입을 열었다. "사실 참 감동적이기도 합니다."

"건방진 꿈이야." 인터플랜 간부가 굳은 목소리로 중얼거렸다. "자기가 죽기만 하면 전쟁이 시작된다구? 그 환상이 떠오르지 않았던 것도 당연하지. 내 평생 그런 터무니없는 환상은 처음이요." 그 말과 함께 못마땅한 눈으로 힐끗 퀘일을 보았다. "체, 월급 주기가 아깝군."

리칼 주식회사에 도착하자 안내원인 셜 리가 숨을 헐떡이며 그들을 마중하기 위해 뛰어나왔다. "다시 오신 걸 환영합니다, 퀘일 씨." 셜리는 수박을 연상케 하는 가슴- 오늘은 빛나는 오렌지색이었다- 을 살짝 출렁이며 안절부절못했다. "저번에 만족스런 결과가 나오지 못해 유감입니다만, 이번에는 틀림없이 만족하게 되실 거예요."

맥클레인이 땀으로 번진 이마를 단정히 접은 아일랜드산 리넨 손수건으로 닦으며 말했다. "그렇게 되구 말구요." 그런 다음 신속히 로우와 킬러를 호출해서 그들과 더글러스 퀘일을 수술실로 보낸 다음 인터플랜 간부와 셜리와 함께 자신의 사무실로 돌아왔다. 이제 기다리는 일만 남았다.

"이번 가상 기억과 맞아떨어지는 물증들이 있나요?" 셜 리가 초조해져 서성거리다 맥클레인과 부딪치고는 수줍게 얼굴을 붉히며 물었다.

"그런 것 같아." 맥클레인은 기억해 내려 애썼지만 이내 포기하고는 차트를 뒤졌다. "81번, 20번, 6번이 적당하겠군." 그리고 책상 뒤편에 있는 저장 구역으로 가서 해당하는 상자들을 꺼내 검토를 위해 책상위에 올려놓았다. "81번은 다른 항성계의 생명체가 퀘일씨에게 주는 마법의 지팡이에요. 치유 능력이 있어요. 감사의 증표라고 하면 되겠지요."

"진짜 효과는?" 간부가 호기심을 보이며 물었다.

"한때 그랬다는 거죠"라고 맥클레인이 참을성있게 설명했다. "그러니까, 음, 퀘일씨가 사방팔방으로 이 지팡이를 휘두르는 바람에 몇 년 전부터 마법을 쓸 수 없게 된 겁니다. 이제 이 지팡이는 그저 추억거리에 불과하죠. 하지만 특별한 힘이 있었다는 걸 기억할 거예요.”

그리고 20번 상자를 열며 만족의 미소를 지었다. “이건 지구를 구한 퀘일씨에게 사무국장이 수여한 감사장이에요. 사실, 지구 침략의 음모를 아는 사람은 오직 퀘일 씨인 것으로 되어 있기 때문에 엄밀히 따지면 이 감사장은 없는 게 더 나을지도 모릅니다. 하지만 좀더 신빙성을 높이는 데 기여할 거예요.”

마지막으로 6번 상자를 살폈다. 이게 뭐였지? 기억이 나지 않자 그가 얼굴을 살짝 찌푸리며 셜리와 인터플랜 간부가 넋을 잃고 지켜보는 가운데 상자 속으로 손을 집어넣었다.

“문서예요.” 셜 리가 끼어들었다. “아주 이상한 글자네요.”

그제야 생각이 난 듯 맥클레인이 설명했다. “이건 외계 생명체의 정체가 무엇이고 어디서 왔는지를 말해줍니다. 여기, 출발 지점과 항해 일지가 상세하게 적힌 우주 지도도 있군요. 물론 외계인이 사용하는 언어로 쓰여있기 때문에 읽지도 못합니다. 하지만 외계인들이 영어로 읽어주었던 기억이 날 겁니다.” 맥클레인은 그 세 가지 물건을 책상 가운데로 끌어모았다. “이걸 모두 퀘일 씨 댁에 몰래 놓아둘 거예요. 집에 돌아가면 볼 수 있게 말이죠. 환상일지도 모른다는 의심을 버리게 해줍니다. 이것도 일종의 관리 운용 절차라고 할 수 있습니다.” 그리고는 로우와 킬러가 잘 해나가고 있는지 걱정하며 초조하게 웃음을 흘렸다.

그 순간 인터콤이 울렸다. “사장님, 방해해서 죄송합니다만.” 로우의 목소리였다. 목소리가 심상치 않자 맥클레인은 초조해졌다. “문제가 발생했습니다. 여기로 와서 직접 보셔야 할 것 같은데요. 현재 나키드린의 효과가 나타나 전과 마찬가지로 의식을 잃은 상태인 데다 아주 정상적으로 반응하고 있습니다. 그런데-”

맥클레인이 수술실로 헐레벌떡 뛰어갔다.

위생 처리된 침대에서 더글러스 퀘일이 눈을 반쯤 감은 채 천천히 그리고 고르게 숨을 쉬고 있었는데 의식을 완전히 잃지 않은 모양이었다.

"몇 가지 질문을 했었어요." 로우가 하얗게 질린 얼굴로 사장에게 정황을 설명했다. "혼자 힘으로 지구를 구한다는 그 기억을 어디에 이식하면 좋을지 결정하기 위해서였는데, 정말 이상하게도ー"

"아무한테도 말하지 말라고 했어." 더글러스 퀘일이 약기운에 취한 목소리로 그렇게 중얼거렸다. "그들과 계약을 맺었지. 잊고 있었는데. 하지만 어떻게 그런 일을 잊을 수 있겠어?"

불가능한 일이라고 생각했는데. 그게 진짜였다니, 맥클레인은 혼잣말로 중얼거렸다.

"감사의 표시로 편지도 써서 줬어. 아파트에 숨겨 지. 그걸 보여줄까?"

맥클레인을 따라 들어온 인터플랜 간부에게 맥클레인이 말했다.

"퀘일 씨를 죽여서는 안 될 거예요. 죽는 날엔 그 외계인들이 다시 돌아올 테니까요."

"살상용인 마법의 투명 지팡이도 선물받았지." 이제 눈꺼풀은 완전히 감겨 있었다. "화성에서 인터플랜의 표적이었던 그 자를 죽일 때 그걸 사용했어. 서랍을 열면 화성 회충이 든 상자 옆에 있을거야."

인터플랜 간부는 망연자실하여 아무 말 없이 그대로 돌아서 수술실을 떠났다.

가짜 물증들은 치워버려야겠어. 맥클레인이 힘없이 혼잣말로 중얼거렸다. 그는 천천히 사무실로 걸어갔다. 감사장도 모조리ー

곧 진짜가 나타날테니.

SF문학에 나타난 하이퍼텍스트성

강선화

1. 서론

금세기에 들어와 SF문학에 직접적으로 최대 영향을 끼친 일은 컴퓨터의 출현이다. 현재 인간이 원하는 것들은 사이버상에서 모두 가능하게 되었다. 그것은 비록 아직까지는 상상과 공상에 머물러 있지만 인간의 최종적 바람을 그대로 담고 있다. 우리의 존재 이유는 이제 현실 자체보다는 공상 속 이상에 있으며, 그것이 마치 현실인양 착각하고 있을 정도이다. 그럼 우리가 누리는 사이버의 유혹이 우리 현실에 얼마나 가까이 와 있는 것일까.

소설이나 영화 등 현재 우리의 생활을 점령하고 있는 픽션에는 현실과 가상 현실을 다룬 작품들이 많지만, 그렇게 가상현실과 현실을 뚜렷이 구분하는 게 어떤 의미가 있을까. 그 두 가지를 다루는 많은 작품들에서 가상현실은 화려하고 멋있는 데 반해 현실은 누추하고 심심하다. 감기에 걸려서 아프다거나 치통을 앓는다거나 할 때처럼 우리의 현실은 사소하고 그야말로 일상적이다. 그렇지만 공상은 현실과는 다르게 일상적이지 않다.

인간은 지금 자신이 처한 위치가 어디인가에 항상 의문을 갖고 있다. 앞에 놓인 컵처럼 실체가 있으면 막연하게 그것을 부르는 이름은 공유할 수 있지만

내 현실과 다른 이가 처한 현실이 같다고 확인할 수 있는 증거는 없다. 그러니
까 자신의 현실을 남에게 전한다는 것은 불가능하다. 현실과 가상현실의 구분
도 그렇다. 가상현실이라는 말자체를 인정하지 않는다면 현실과 가상현실을
구분하는 것도 무의미할 것이다. 이러한 인간의 의문을 이용하여 SF를 소재로
한 소설 장르들이 등장했다고 해도 과언이 아니다. 특히 SF류의 소설은 소재의
다양함과 현실을 넘어선 공간성등, 탈중심화를 지향하면서 그 형식면에서도
여타의 소설들과는 다른 방향성이 제시되기도 한다. 대표적인 예로 하이퍼픽
션으로의 전환을 들 수 있는데, SF소설만의 독특한 스토리와 형식상의 많은
열린 가능성은 작가나 독자 모두에게 흥미로운 영역으로 다룰 가치를 제공한
다고 하겠다.

하이퍼텍스트는 무엇보다도 시작 - 중간 - 끝의 유기적인 조직화를 중심으
로 한 아리스토텔레스시대부터의 전통적인 플롯 개념을 원천적으로 부정하고
있다. 이것은 그동안 인쇄 매체에서의 선형적, 논리적, 연속적 사고가 하이퍼
텍스트의 역동적인 방식에 의해 도전을 받고 있는 것이라고 해석할 수 있다.
새로운 기술적 구현에 호응하여 소설의 형식과 내용에 있어서도 그 상상의
영역은 디욱 넓어지고 있는 것이다. 현실에 권태를 느끼는 인간의 욕망은
작품 속에서 유토피아의 세계를 그렸으며, 가공의 생물과 상상의 세계로 이어
지는 판타지를 창조했다. 소리, 그래픽, 동영상등이 포함 되면서 입체적이고
역동적인 예술생산의 도구로서 새로운 가능성을 연 하이퍼텍스트는 이러한
인간의 소망을 실현하기에 형식적 토대를 마련했다고 할 수 있다.

2. 사이버스페이스

사이버공간을 주활동공간으로 하고 있는 문학의 속성은 아직까지 기존 문
학의 속성과 크게 다른 모습을 보이지는 않고 있다. '사이버 스페이스'의 가상
적 특성과 일치하는 성격이 돋보이는 것은 'SF류의 소설' 들에서이다. 정보화

사회가 더욱 진척되고 그만큼 인간의 실생활 공간이 축소되면 인간들이 추구할 가상 공간 의존도가 높아질 것이므로 점차 '사이버 문학'은 두각을 드러낼 것으로 짐작된다.

깁슨(WilliamGibson)은 『뉴로맨서(Newromancer)』에서 '사이버스페이스(cyber－space)'라는 용어을 사용했다. 깁슨이 그의 소설에서 묘사하는 '사이버스페이스'는 다국적 기업의 데이터를 3차원의 비디오 게임으로 나타나게한 것인데, 등장 인물들은 머리에 전극을 꽂고, 이 전극에 연결된 컴퓨터 단말기를 통해 시스템에 들어간다. 그 인물의 두뇌와 몸은 따로 활동하면서, 두뇌로는 컴퓨터 매트릭스(Matrix) 안을 돌아 다니고, 몸은 밖에서 계기판을 두드려 좌표를 입력한다. 여기서 그 인물의 몸과 분리된 두뇌가 돌아다니는 컴퓨터매트릭스 안의 공간이 바로 '사이버스페이스'이다. 이 때 그 인물의 몸에 연결된 두뇌는 따로 움직이며 자신의 몸을 마치 '고기 덩어리'나 컴퓨터 매트릭스의 수동적인 구성 재료처럼 느낀다. '전뇌 공간'이라고 작품 속에서 지칭한세계는 일종의 가상 세계, 환상 세계이다.

또한, 모의 시험 스위치로 신경을 연결해 타인에 대한 감각 이입, 간접적으로는 감정 이입까지도 가능한 세상이다. 작품의 주된 줄거리는 주인공 케이스가 전뇌 공간을 총괄하는 AI, 인공 지능에게 고용되어 위험한 임무를 수행한다는 모험 활극으로 펼쳐진다.

<뉴로맨서>에서 깁슨이 그린, 사람이 들어갈 수 있는 '사이버 공간'은 아직 기술적으로 해결되지 않았다. 깁슨의 소설에 나온 사이버 공간이라면 그 속에 들어 간 사람에게는 모상이 환상을 낳는다고 볼 수도 있다. '환상(fantastique)' 장르야말로 통신 문학의 몫이 될 수 있다. 모상이 낳는 환상이란, 현실과 격리된 사이버 공간을 현실로 받아들이는 사람이 사이버 공간 안에서만 맛보는 일시적 경험일 뿐이다. 깁슨의 주인공이 사이버 공간에서 경험한 환상이 마지막에 허망하게 깨질 수 밖에 없었던 이유도 그 때문이다.

사이버 공간이 이렇게 비극적 진공이 되기 쉬운 까닭은 베르자에프(N. A.

Berdyaev)가 잘 간파했듯, 기계가 생활에서 인간성을 앗아가다 보니, 인간이 신의 형상보다 기계에 비슷해지기를 바랐고, 마침내 인간이 기계를 닮고 나니 기계는 인간을 인간으로 취급하지 않게 되었기 때문이다. 기계 쪽에서 보면 인간은 하나의 기능에 지나지 않게 되어 버렸던 것이다. 무슨 일이 생겨도 인간을 기계 쪽에서만 바라봐서는 안 될 노릇인데 말이다.

또한 <뉴로맨서>는 사이버스페이스에서 펼쳐지는 남녀 간의 애틋한 사랑을 다루고 있다. 남자는 여자를 만나 사랑하게 되지만, 결국에는 여자를 잃고, 모든 것을 상실한 채, 사이버 스페이스에 홀로 남는다는 줄거리를 갖고 있다. 여기서 말하는 '사이버스페이스'란 그 안에 상호 연결된 다양한 '가상 현실 (virtual reality)'들을 구축할 수 있는 광범위한 네트워크이다. 그런데 '사이버 - '라는 접두어의 의미에서 우리가 관심을 둘 것은, 위 소설이 암시하듯 사이버스페이스 그 자체라기 보다는 거기에 구축되는 '가상 현실'이다. 다시 말해 '사이버 - '라는 말은 깁슨의 소설에 등장하는 인물들의 사랑이 갖는 '합의적 환각'이란 특성처럼 '가상(假想)'이란 의미를 지니게 되었다. '사이버스페이스'를 배경으로 하는 문학이란, 윌리암 깁슨의 소설 주인공들처럼 '사이버스페이스' 에서만 존재하고 그 공간과의 연결이 끊어지면 존재 의미가 사라지는 현실 공간과는 무관한 인물들만 등장하는 소설이다. 이는 기존의 주류 문학에서 다루었던 인간의 희노애락과 희망과 절망을 깊이 있게 그려내기에는 무리가 있을 것이다. 이러한 변화는 인간의 정서와 더 나아가서는 본성까지도 서서히 바꾸어야만 한다는 결론에 이르게 됨을 암시한다.

"어떻게 울지, 몰리? 눈이 완전히 막혀 있지 않나?"
"난 울지 않아요, 거의."
"그래도 어떻게 우나, 만일에 누가 울린다면 말이야?"
"침을 뱉죠, 눈물샘에서 관이 나와 입으로 연결되어 있어요."
"그렇다면 벌써 아주 중요한 걸 배웠군 그래. 눈물은 그런 식으로 취급해야만 해."[1]

주인공 케이스와 짝이 되어 행동하는 몰리는 외과 수술을 받아 특수 렌즈를 눈 주변의 피부와 봉합해 버린 여자다. 그러나 열 손가락마다 손톱 밑에 칼날을 이식해 넣기도 한 그녀는 우리가 콘택트 - 렌즈에 대해 별로 의식하지 않는 것만큼이나 자기 눈에 대해 거리낌이 없다.

발달된 생체 공학으로 인해 잔혹한 폭력이나 심지어는 살인 행위조차도 대단한 일이 못되는 세상, 전뇌 공간이라는 현실 아닌 현실과 타인과 감각과 뒤죽박죽이 되어버린 그로테스크한 사회에서 인간의 본 모습은 어느 면으로 보나 온전하기 어렵다.

사이버스페이스는 앞에서 언급했듯이 가상공간의 개념이 강하다. 현실에서 접할법한 공간은 인간에겐 더 이상 재미나 신비감을 가져다줄 수 없다. 그래서 인간들은 새로운 자극을 원하고 그것을 실현시킬 대안으로 문학, 즉 픽션을 갈구하는지 모른다. 픽션에서 다루어지는 대리만족의 무대는 무한하다. 우리가 현실에서 살아가는 동안, 가상의 공간에서는 과연 어떤 일이 벌어지고 있을까. 이러한 호기심을 충족시킬 방법은 우리가 현실을 사는동안 가상을 엿볼 수 있는 통로는 만들어 놓는 것이다. 그 통로 역할을 하는 것이 하이퍼픽션의 쌍방향적 통로일 것이다. 농부가 일기를 줍는 동안, 우리는 암스트롱이 고공비행을 하는 동안 보았던 신기한 세계를 이미 체험하고 있을 수도 있으며, 그곳의 끔찍한 괴물들과 전쟁을 하고 있을 수도 있다. 우리는 이미 농부의 상상속에 들어가서 암스트롱이 되어 있을 수도 있는 것이다. 이러한 재밌는 발견은 우리의 상상을 더욱 멋지게 실현시켜주며 우리의 갈증을 해소해 줄 것이 분명하다. 제한되어 있다는 것, 한계를 인정해야만 한다는 것, 우리의 힘이 미치지 못하는 영역에 대한 동경을 우리는 문학속 가상현실을 통해 실현함으로써 카타르시스를 느낄 것이다.

사이버스페이스는 우리의 기술적 미래를 상징하는 개념이다. 즉, 이것은

---

1) 윌리엄 깁슨, 노혜경 옮김, 『뉴로맨서』(열음사, 1996)

지금의 현실이 아닌 것이다. 윌리엄 깁슨은 이 공간을 일컬어 "합의된 환각으로서…… 진정한 의미의 장소가 아니다. 공간도 아니다. 관념적 공간이다."라고 했다. 사이버스페이스는 전혀 새로운 단계의 커뮤니케이션 미디어이다.

3. 인간의 정체성 위기

어느 시대에나 문학 텍스트는 그 현실반영 기능 탓에 외부 상황으로부터 큰 영향을 받아 왔다. 말에서 글로, 다시 종이가 나오고 필사에서 인쇄로 바뀐 것처럼 문학에 새로운 매체가 등장할 때마다, 우리는 이 매체가 문학에 끼치는 영향을 지나치게 과장해 왔다. 매체의 환경 차이를 갖고 '새로운 문학 패러다임'까지 들먹인다면, 그것은 문학의 본질을 호도하는 것이 될 수 있을 것이다. 우리가 종이책을 기피하는 '시각인'이 되어 버린 시대에, 전자 글쓰기와 통신 공간이 영상 문학의 길을 터주긴 했지만, 글로 이루어지는 문학의 입지가 다른 예술 장르보다 불리하기는 통신 공간에서나 현실 공간에서나 마찬가지다. 게다가 이제 통신 공간에 발을 디딘 문학이 발을 쉽게 빼기도 어려울 전망이다. 따라서 지금 우리가 논의하는 통신 문학은 당면한 피스널 컴퓨터 통신이 전시하는 사이버 공간에 들뜨지 않고, 그것을 차분히 받아들이는 '문학'이어야 한다. 전자 글쓰기가 대규모 통신망에 곧 바로 연결됨으로써 문학의 환경이 바뀌고, 시·공간에 대한 인간의 인식까지 얼마큼 달라져 그것이 작품에 반영될 수는 있다. 그러나 옛날이나 지금이나 문학의 영원한 주제인 본질적 '인간 조건'은 달라지는 것이 아니며, 달라질 수도 없다. 사이버 공간같은 가상 공간에 민감하게 반응하지 않을 수 없는 '건축'이 생산이나 물류 공간보다 주로 그것을 통제하는 정보 공간의 설계 쪽에 더 큰 영향을 받는 것에서도 알 수 있다. 문제는 이제 우리가 언어 기호로 축조하던 문학 공간을 속성이 아주 다른 정보 공간처럼 설계할 수 밖에 없게 된 상황이다.

우리가 '통신 문학'을 기존의 모더니즘 문학에서 변별할 수 있는 구실은 세 가지로 크게 나눌 수 있다. 첫째가 퍼스널 컴퓨터의 대량 보급으로 일반화된 전자 글쓰기로 만들어 저장한 '하이퍼 텍스트'는 가변성이 크고, 종이에 인쇄하지 않으면 글의 존재 방식이 달라진다는 것이고, 둘째는 컴퓨터가 다른 수많은 컴퓨터들과 이어짐으로써 만들어 내는 '사이버 공간'에 전자 글쓰기로 쓴 작품을 곧장 전송하면 읽는 사람들이 그 자리에서 반응할 수 있고, 독자가 작가의 글쓰기에 끼어 들어 '교향적' 영향을 미치게 되어, 작가와 독자의 전통적 관계를 바꿀 수 있다는 것이며, 셋째는 위 두 가지가 부정적으로 겹쳐 앞으로 작가와 독자의 구별도 무의미할 '사이버 공간'에서 그들의 글쓰기가 현실 공간의 기호와는 다른 모상(simulacre)을 가질 수 있다는 것이다. 이렇게 되면 실제 삶을 유지하는 현실 공간에서는 정체성의 위기에 처할 수 있다는 우려가 생긴다. 통신 문학을 우리가 기존 문학에서 변별한 위 세 가지 구실은 세상의 모든 존재가 양면성을 나타내듯 통신 문학의 가능성이지만, 오히려 그것의 한계로 작용할 수도 있다. '사이버 소설'인 깁슨의 <뉴로맨서>는, 앞의 셋째 구실이 초래할 부정적 결과를 예측했다. 문학의 당면한 환경 변화를 수용할 수 밖에 없는 통신 문학은 나머지 두 구실을 바탕으로 새로운 가능성을 찾아 내야만 한다.

윌리엄 효츠버그의 「회색의 물체Gray Matters」(1971)를 보면 인간의 뇌를 기계화된 지하의 벌통같은 데 산 채로 보존해 놓고, 필요하면 수세기에 걸쳐 감정(感情)에서 완전히 해방될 때까지 교육을 시킨다. 그리고 나서야 그 뇌들은 완전한 육체를 갖추도록 허용이 되어 낙원의 세계에 풀어놓게 된다. 그러나 이 소설에서의 신세계는 에덴의 언덕과는 정반대로 나타난다. 왜냐하면 감정이 없으면 인간의 생명은 회색이기 때문이다.

포우의 「볼도마 씨 증상의 진상」(1945)에서의 화자는 죽음의 순간에 사람을 최면술에 건 것을 보고하고 있다. 그 후 수개월 동안 신체는 굳어지기는 했지만 썩지 않고 화자의 질문에 숨가쁜 소리로 계속 응답을 한다. 그 상황이 기괴하여 화자는 마침내 견디지 못하고 볼두마의 간청을 받아들여 끝내 진짜로 죽게 한다. 화자가 최면상태에 있는 사람을 몽환상태에서 깨어나게 하자 수초내에 시체는 공포에 질린 화자의 눈 앞에서 썩어버린다. 이처럼 부패가 뒤따른다는 주제는 인간이 결국 타고난 한계 내에 갇히게 된다는 것을 보여준다. 육체의 부패는 도덕적 부패의 분명한 이미지 구실을 한다. 생명연장의 수법은 즉각적인 부패에서 절정에 이르는데, 이것은 우리가 아직 깨닫지 못하는 질서를 인간이 받아들여야 한다는 것을 보여준다.

모든 사람은 그가 소유하고 있는 것에 대해서는 항상 불만을 품게 되고 결핍된 것을 끊임없이 갈구한다. 현존하는 사물에 대한 끝없는 불만과 그것을 충족시키려는 인간의 부단한 노력과 욕망이 바로 모든 진보와 개혁의 근원이며 보다 나은 생활을 설계하게 하는 원천이다. 이러한 점에서 유토피아를 진보의 원리라고 적극적으로 평가한 인물은 아나톨 프랑스였다. 인간이 만들어낸 SF에 항상 따라 다니는 특징중 하나도 정상적인 경험을 넘어서려는 욕망에서 출발한다는 것이다. 유한한 존재인 인간은 SF에서 재생의 신화를 통하여 인간의 신성(神性)문제에 다가서려는 시도를 해왔다. 언젠간 죽음을 맞아야만 하는 한계에 직면하는 인간은 가상현실을 통하여 그 한계를 극복하는 꿈을 꿔왔다. 생명의 연장, 죽음을 초극하려는 노력이 그것이다.

필립 K.딕의 소설 「안드로이드는 전기양의 꿈을 꾸는가 Do Androids Dream of Electric Sheep」, 「도매가로 기억을 팝니다We Can Remember It for You Wholesale」, 「마이너리티 리포트」에는 미래 사회속에서 인간의 정체성 혼란를 그리고 있다. 1950년대 미국 SF소설붐 속에서 세계관은 낭만적 미래 세계였다. 즉, 과학 기술은 모든 문제를 해결할 수 있으며 과학 기술의 발달은 인간에게 유익하다라는 생각을 했던 것이다. 그러나 필립 K. 딕은 이러한 분위기에서 짖궂게 '기술의 발전이 과연 인간을 행복하게 하는가' '기술이 인간을 대체할 때 인간과 기술의 구분은 무엇인가' '기술이 모든 것을 가능하게 한다면 인간의 역할은 무엇인가' 라는 의문과 혼란을 주제로 인류의 미래를 기술 발전에 의한 낙원이 아닌 암울하고 비관적인 혼돈의 세계로 그렸

다. 즉 '디스토피아'을 묘사하고 그 속에서 방황하는 인간을 그리고 있는 것이
다. 위의 발췌 작품 「도매가로 기억을 팝니다」를 살펴보자.

항상 화성여행을 꿈꾸던 남자가 저렴한 가격으로 꿈을 이루기 위해 기억
이식 회사를 찾아갔다가 사실 자신의 기억이 이미 누군가에 의해 이식된 허구
라는 것을 알게 되는 내용이다. 그 이후로 주인공은 계속 정체불명의 사건들에
휘말리게 되고, 그가 기억하고 있는 것들이 사실인지 허구인지 스스로도 분간
할 수 없는 상황으로 빠져 들어가게 된다. 사적이고 내밀한 자신의 기억마저
지배당하고 조작되는 시스템으로 유지되는 미래 사회라는 배경속에서조작된
기억과 개인의 정체성의 혼란에 대한 해답 찾기가 이 작품의 주요 골격이다.

이렇게 한 작가의 상상력이 시간과 공간을 뛰어넘어 우리의 현실을 다시
한번 조망해보도록 이끌어낼 수 있다는 것은 작가의 소설이 주는 철학적인
메시지들은 단순히 텍스트 속에서만 존재하는 것이 아니라 현실적인 맥락과도
맞닿아 있다는 것이다. 그가 만들어낸 세계의 등장 인물들은 계속 고민하게
되고, 그것을 해결하기 위해 뭔가 액션을 취하려 해도 결국 대부분의 시도는
좌절된다. 주인공들은 거대한 집단에 쫓겨 초라하게 도망치고, 믿어왔던 신념
은 완전히 박살나며 심지어 본인의 정체성마저 부인되는 현실에 괴로워한다.
소중히 간직해왔던 즐거운 기억은 모두 조작된 것으로 밝혀지고, 믿고 싶지
않았던 악몽이 현실이 된다는 것이 필립 K.딕 소설의 주요 골자들이다.

현재의 우리 현실이 작가가 상상하고 보여주는 세계에 조금씩 공감해가고
비슷하게 흘러가고 있는 것이라는 결론에 닿게 된다. 복제가 실제의 자리를
빼앗아 대체해가고, 그동안 굳게 믿어왔던 것들이 한순간에 무너지고, 삶의
희망과 용기라고 믿어왔던 것이 조작된 가짜로 드러나는 일등 필립 K. 딕의
소설에서 현재 사회의 좌표들을 읽을 수 있을 것이다.

월리엄 깁슨의 『뉴로맨서』는 미래 도시에서 케이스라는 사이버스페이스
카우보이와 여자 경호원 몰리가 인공지능을 추적하며 현실 세계와 사이버스페
이스를 넘나드는 이야기다. 핵전쟁 이후에 거대 기업이 지배하는 지구에 새로

운 세력이 탄생하는데 그것이 바로 인공지능이다. 테시어 애시풀이라는 재벌 그룹이 탄생시킨 두 개의 인공지능은 하나로 합체하여 새로운 공간을 장악하려고 한다. 하지만 육체가 없는 인공지능 1회(윈터뮤트)는 사람이 손에 의해 또 다른 인공지능과 결합하게 되어 있고 그 때문에 주인공 케이스가 선택된다.

많은 SF영화들에서도 보여지듯 우리의 예정된 미래는 어둡고, 파괴적이고, 냉혹하다. 이 작품 역시 유토피아라기 보다는 디스토피아 쪽에 더 가깝다. 그렇게 생각하는 이유는 작가가 말하는 미래 시대의 '능력'에 대한 개념 때문이다. 여기서 능력이란 기업의 능력을 말한다. 다국적(초국적)기업은 이전의 장애를 극복하였다. 불사성(不死性)을 획득했고, 두 개의 세계 (현실 세계와 사이버스페이스)를 완전히 장악한다. 그렇다고 해도 아주 비관적이지 않는 게 윌리엄 깁슨의 특징이다. 얼핏 무정부적으로 보이기도 하는데 작가는 자신의 소설 속 세계가 지금 우리가 살고 있는 현실 속의 세계보다 더 소름끼치는 것은 아니라고 생각한다고 말한다. 작가 윌리엄 깁슨은 삶의 다른 방식을 새로운 개념으로 이끌어내고 있다. 사이버스페이스 외에도 무중력 상태의 자이온 이라든지, 『뉴로맨서』(인격을 기록한 ROM구조물을 지닌 거대한 램구조물은 자신이 실존하는 실체라고 생각한다)에서처럼 육체를 떠난 정신의 세계로 몰입하게 하는 심스팀의 스위치를 통해 다른 사람의 신경 중추속으로 들어가 그 사람과 같은 느낌을 느끼는 것 등인데, 대개는 과학 소설들이 아직 오지 않은 시간에 대한 상상을 근거로 해서 독자들에게 재미를 선물하지만 『뉴로맨서』의 경우는 20년도 안된 세월 동안 많은 개념들이 현실화되고 우리 삶 속에 파고든 것 같아 좀 더 심각하게 읽힌다. 또한 인간 관계를 보면, 미래 젊은이들의 감수성과 인간 내면을 잘 그려내고 있다. 주인공 케이스와 몰리, 케이스와 이전 여자 친구 린다 리, 아미티지와 케이스 관계 등은 현실과 사이버 세계를 넘나드는 주인공의 행보는 구분 자체를 무의미하게 한다. 현실 세계에서의 평면적 인간 관계 유형이 아닌 살인 등의 파격적인 문제 해결 방식이나 이미 죽은 옛 여자 친구와의 사이버 섹스 등 보통 인간 관계의 틀로는 도저히 해석이 불가능한 상황 속에서 차갑고 날카롭고 고독한 관계라는 감성적인 판단만 남긴 채, 테크놀로지가 지배하는 사회 속에 '인간과 인간의 관계'라는 것은 이미 하위 개념인가 라는 질문만 던지게 된다.

4. 결론

SF의 두드러진 특징이 무감각한 기술적인 외삽법이지만, 모든 종류의 신화를 널리 이용하고 창조한다는 것은 SF가 무엇보다도 인간에 관한 소설이며, 또 인간에 관한 소설로서 우리의 세계관과 인간관의 중심이 된 상징에 대한 고찰에 끊임없이 깊이 관여하고 있다는 것을 말해준다. 하이퍼텍스트가 실질적인 예술의 형식이 되기 위해서는 가상 현실 기술에 의해 가능해진 차원을 수용해야 할 것이다. 하이퍼텍스트는 사실주의적 소설이 성취하는 것과 같이 '상상 현실 속으로 몰입함으로써 얻을 수 있는 즐거움'과 가상 현실 기술의 목표가 되는 '상상된 현실 속에서의 행동의 즐거움'을 함께 제공해야 한다. 지금으로서는 아직 미성숙 단계인 하이퍼텍스트 픽션은 이러한 잠재력을 실현시키지 못하고 있다. 사실 우리가 하이퍼텍스트 픽션을 읽는 과정도, 즉 다양한 연결 고리들을 선택하여 나름대로의 질서를 만들어 가는 과정도 결국 하나의 선형적 텍스트를 구성하는 결과를 낳는다. 즉, 하이퍼텍스트의 특성은 '비선형적'이라기보다 '선택적'이라는 말이 맞을 것이다. 전자 기술이 지구촌 사람들의 친밀도를 강화할 것이라는 판단이 있을 수 있지만 전자 문화는 공동체 의식을 오히려 약화시키고 각 개인의 단절과 고립을 조장하고 있는 면이 있다. 리모콘으로 텔레비전의 채널들을 파도타기 하듯이 바꾸는 것에 익숙한 사람들 은 클릭을 통한 읽기와 보기, 즉 하이퍼텍스트성을 활용한 일종의 '문화적인 MTV'를 당연히 선호하게 되는 것이다. 우리 인생 체험의 대부분이 비선형적 특성을 지니고 있긴 하지만 인생 체험의 중요한 일부는 대단히 선형적인 특성을 지니고 있다. SF작가들에게는 다른 이들과 다르게 특별한 인류를 위한 양심이 선행되어야 한다는 생각이다. 사이버스페이스는 아직 정복되지 않은 미지의 공간이다. 주인 의식과 사랑과 타인에 대한 배려로 무장된 진정한 네티즌들이 이 미지의 땅을 개척하고 문화를 심는다면 좀 더 인간적인 모습의 사이버스페이스를 건설할 수 있을 것이다.

참고문헌

작품

필립 K.딕, 유영일 옮김, 『죽은자가 무슨 말을』, 집사재, 2002.
윌리엄 깁슨, 노혜경 옮김, 『뉴로맨서』, 열음사, 1996.

이론서

김종회, 최혜실 편, 『사이버문학의 이해』, 집문당, 2001.
류현주, 『하이퍼텍스트문학』, 김영사, 2000.
이재현, 『인터넷과 사이버사회』, 커뮤니케이션북스, 2000.
이용욱, 『사이버문학의 도전』, 토마토, 1996.
아서 클라크 외, 박상준 엮음, 『SF시네피아』, 서울창작, 1995.
로버트 스콜즈, 에릭S.라프킨, 『SF의 이해』, 평민사, 1993.
조지 P. 랜도우, 여국현 외 옮김, 『하이퍼텍스트 2.0』, 문화과학사, 2001.

생각해 볼 문제

1. SF의 가상현실이 현실이 된 이 즈음, 인간의 정체성 문제와 인간성 상실 문제해결을 위한 대안은 무엇인가?
2. 기존의 문학적 형식과 내용을 무너뜨린 SF소설이 그 문학적 의무를 어떻게 이행할 것인가?
3. 필립 K.딕 작품을 비롯한 SF소설이 현재의 우리에게 주는 시사점은 무엇인가?

하이퍼텍스트 작품의 실제

『99人の最終電車』*

井上夢人

작품 해설

　일본에서 인터넷에 관심이 집중하기 시작한 시기는 1994년 이후부터이다. 그 전에는 컴퓨터가 일반적으로 생활속에 침투하고 있지 않았고, 컴퓨터나 네트워크에 관한 용어들도 잘 알려지지 않고 있었다. 그러다가 90년대 중반에 들어서 사회 문화 전반에 걸쳐 인터넷이 영향력을 행사하기 시작했는데, 일반 신문이나 잡지에서도 많이 다루어지기 시작했다.

　이와 더불어 문학에서도 변화가 일어나 사이버문학이나 하이퍼텍스트 문학이 등장했다. 일본에서는 하이퍼텍스트의 선구자라고 할만한 井上夢人(Yumehito Inoue)이『99人の最終電車(99인의 최종전차)』(1996 − 2001)라는 획기적인 소설을 썼는데, 그는 프로작가로서는 드물게 이 소설을 web상에서 무료로 공개하고 있기도 하다. 또한 이 소설은 HTML(Hyper Text Markup Language)기능에 기반하여 독자 링크기능을 적극적으로 활용해 만들어졌다는 점에서 높은 평가를 받을 만하다. 즉 비선형적으로 작품을 읽어갈 수 있다는 것이다.

---

* http://www.shinchosha.co.jp/99/inde/156a.htm

이 소설은 지하철 銀座線을 무대로 하여 모두 103명의 등장인물이 나온다. 등장인물 당 이야기는 1분씩 진행되며 등장인물 각 자신의 시점을 가지고 쓰여져 있다. 그래서 여기서는 각 이야기 마다 지하철 승객 한사람 한사람이 주인공이 되는 것이다. 글쓰기에서는 색채나 여백을 효과적으로 사용하여 시각적으로 보기 쉽게 하고 있다. 또한, 가로로 글쓰기를 함으로써 도식화된 그림이나 악보 등을 잘 활용하고 있는 등 다양한 장점을 가지고 있다. 반면 많은 캐릭터가 등장하고 아주 복잡하게 이어져 있기 때문에 미리 스토리를 알수 없다는 단점이 있다.

작품 보기

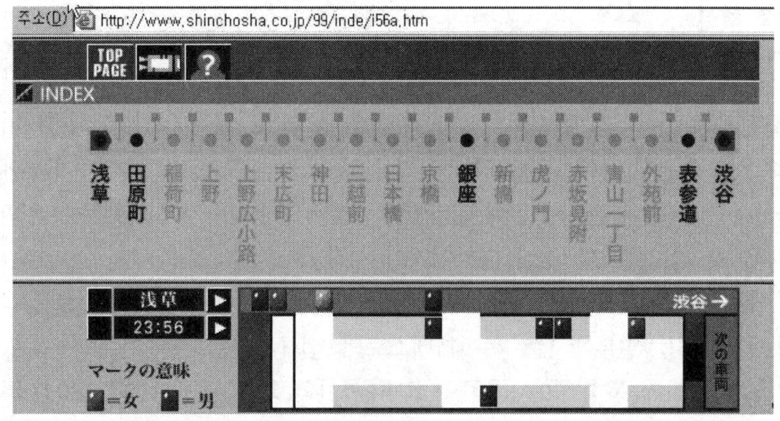

<그림 1> 지하철 銀座線 약식도와 플랫폼.

지금은 淺草와 澁谷에 전철이 있다. 굵은 글씨는 지금 여기서 승객이 기다리고 있다는 표시. 클릭을 하면 홈 상태가 표시된다.

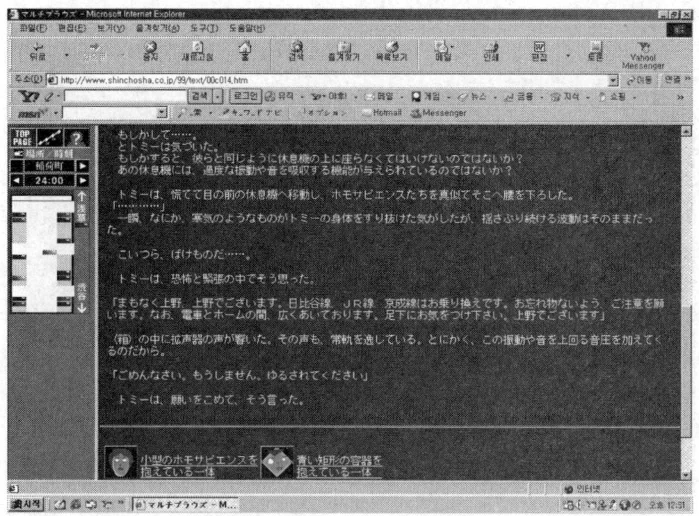

<그림 2> 색채나 여백을 효과적으로 이용한 예.

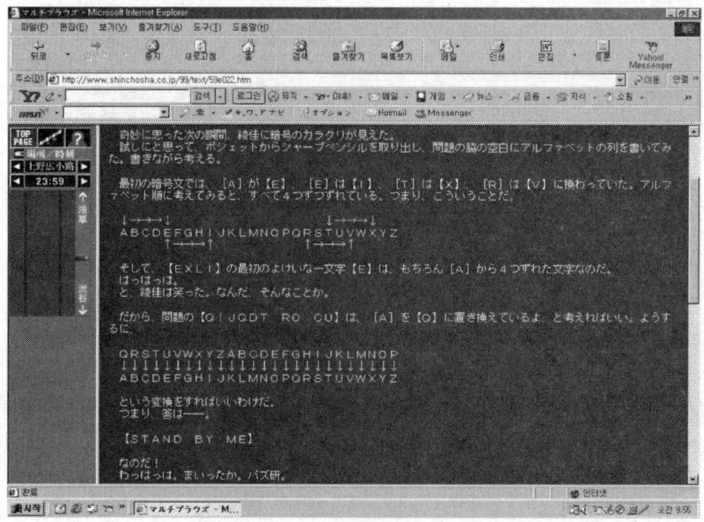

<그림 3> 도식화된 그림을 활용한 예.

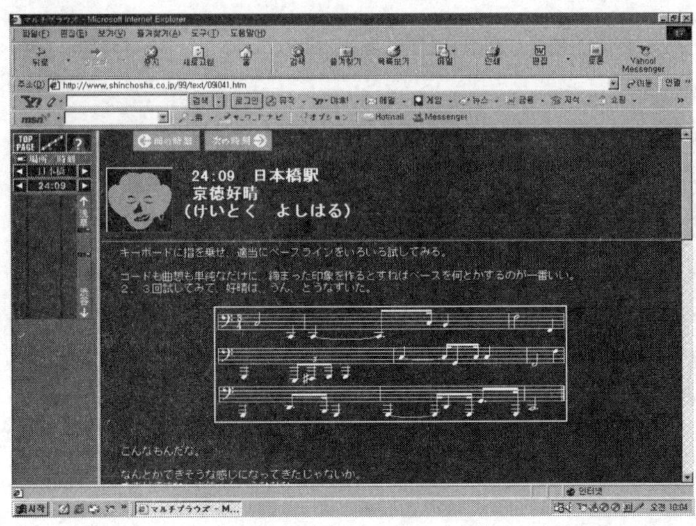

<그림 4>

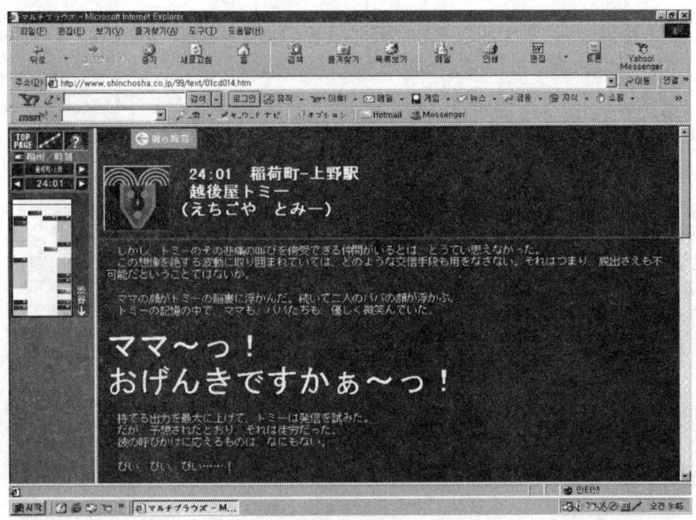

<그림 5> 소리 나는 대로 발음을 적거나 글씨의 크기를 바꿔 속도감을 주는 예.

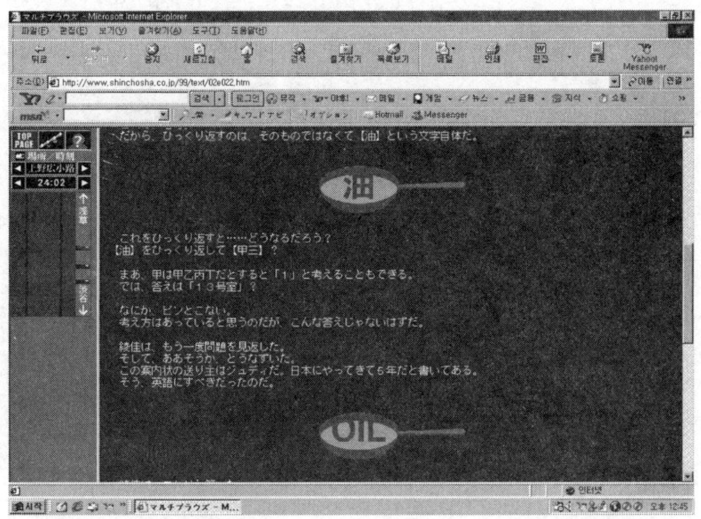
だから、ひっくり返すのは、そのものではなくて【油】という文字自体だ。

これをひっくり返すと……どうなるだろう？
【油】をひっくり返して【甲三】？

まあ、甲は甲乙丙丁だとすると「1」と考えることもできる。
では、答えは「13号室」？

なにか、ピンとこない。
考え方はあっていると思うのだが、こんな答えじゃないはずだ。

綾佳は、もう一度問題を見返した。
そして、ああそうか、とうなずいた。
この案内状の送り主はジュディだ。日本にやってきて6年だと書いてある。
そう、英語にすべきだったのだ。

<그림 6> 그림을 삽입한 예.

일본 하이퍼텍스트 소설의 실제

가와무라 마치코 : 河村町子

1. 서론

과학기술의 발전으로부터 비롯한 현대사회의 여러 특징 중 단연 손꼽을 수 있는 것은 전자기기를 응용한 영상 매체의 발전이다. 영상 매체는 다양한 정보 전달 방식을 바탕으로 우리 주변에 깊숙이 자리 잡고 있다. 그 예로 가장 쉽게 접할 수 있고 널리 알려져 있는 것을 꼽으라면 인터넷이라 하겠다.

인터넷의 등장으로 인해 우리 생활은 급격히 변모하고 있다. 인터넷 상용화 이후 현재의 우리는 인터넷이 아니면 정보를 쉽게 구할 수도 없고 어떤 경우에는 시스템의 유지 자체가 어려운 지경에 이르게 되었다. 인터넷은 비단 웹의 세계를 지배하는 것이 아니라 사회 문화 전방에 걸쳐 영향력을 행사하고 있다.

그와 더불어 문학에서도 변화가 일어났다. 사이버 문학이라는 용어가 등장했는데 그것은 빠른 매체의 변화와 맞물려 우리가 이전에 보지 못했던 문학의 한 형태라 할 수 있다.

최근 몇 년 동안 인터넷의 속성을 적극적으로 활용한 사이버문학이나 하이퍼텍스트가 등장했다. 인터넷이 가지고 있는 네트워크 기능과 하이퍼텍스트 기능 그리고 멀티미디어적 속성이 인간을 가상공간으로 빠져들게 하고 있다.

이러한 인터넷 속성들이 현재까지 종이로 된 문학에서 경험할 수 없었던 문학을 선보여 이용자들에게 새로운 방향을 제시하고 있다고도 하겠다.

이 글에서는 사이버문학 세계에서 주도적인 자리를 잡아가고 있는 하이퍼텍스트를 중심으로 일본내의 사이버문학이 등장하게 된 배경에서부터 현황까지 살펴보고, 하이퍼텍스트 소설『99인의 최종전차』[1]를 중심으로 하이퍼텍스트적 구성과 특징을 알아보고자 한다.

2. 일본 사이버문학의 동향

1994년 이후 일본에서는 인터넷에 대한 관심이 높아졌다. 그 이전에는 전문과나 매니아들을 대상으로 한 잡지에서 인터넷에 대한 것이 많이 다루어졌지만, 1995년에는 '인터넷'이 유행어가 되었다. 러시아에서는 독자참가형의 하이퍼텍스트 소설이 만들어진 시기다.[2] 독일에서는 독일을 대표하는 보도기관과 IBM의 공저로 1995년에 사이버문학을 육성하기 위한「인터넷 문학상」이 창설되었다. 그것이 현재는 출판과 프로바이더 각각 대기업의 투자를 받고 있는「디지털 문학상」으로 맥을 잇고 있다. 그 현상은 매체가 사이버문학에 관심을 기울이고 있다는 것을 보여 준다. 사이버문학을 쓰는 사람들이 스스로 문학상을 만들었다기보다는 영향력이 있는 미디어 매체가 문학상을 만들어서 대중들에게 알리기 시작한 것이다.

최근에는 사이버문학 작품이 마치 한 편의 영화처럼 영상, 소리를 문장과 함께 보여줌으로써 각 부문별 담당자를 두고, 그들을 아우르는 감독이 등장함은 물론 컴퓨터 화상디자인사무소가 제작에 직접 참여해 대규모로 운영되고 있는 추세이다. 그에 비해 일본은 크게 뒤떨어져 있다. 일본에서는 스토리를 중요시한 컴퓨터게임이 상대적으로 많은 편이지만 현 단계로서는 컴퓨터게임

---

1) http://www.focus.ne.jp/99/top.htm
2) http://www.sharat.co.il/hyper.htm

과 사이버문학의 명확한 경계선이 없기 때문에 구별이 용이하지 않다. 물론, 게임제작이 활발히 이뤄지고 있는 곳에 잠정적으로 사이버문학을 쓰는 사람이 있다고도 할 수 있다.

한편 위와 같은 이유로 사이버문학의 개념에 대한 논의는 이루어지지 못하고 있지만 하이퍼텍스트 소설이 점차 늘어가는 현상은 주목할 만하다.

井上夢人(Inoue Yumehito)[3]는 일본 내 하이퍼텍스트의 선구자라고 불릴 만한 획기적인 작품을 만들기도 했는데 그는 하이퍼텍스트를 이용해 소설 『99人の最終電車(99인의 최종전차)』[4]를 창작하여 일본 최초로 성공을 거두었다. 그는 인터넷 공간에서 할 수 있는 리얼타임성이나 HTML(Hyper Text Markup Language) 링크기능 등을 사용해서 소설을 썼다. 본래 종이를 이용한 텍스트가 위에서 아래로 향해 읽고 다음 페이지로 가는 1차원적 구조를 취하는 반면 하이퍼텍스트가 2차원, 3차원적인 비단선적인 정보구조로 표현 할 수 있는 특성을 단적으로 보여준 한 예라고도 하겠다. 그러나 이 작품세계를 진행하는데 모순 없이 프롯트를 구축하기에 시간이 많이 걸리는 것은 단점이라 하겠다. 그 작품에 이어 규모는 작지만 白龍亭의 『九人茶店(9인 차집)』[5], 中原一廣의 『大二本イカン株式會社物語り(AMITION - STORY of Dainippon Ikan Corparation)』, 結城明端의 『雜踏』(2001년 Last Update) 등이 등장했다. 이들 하이퍼텍스트 작품은 인간의 지식이나 사고형태에 가까운 구조를 보여준다.

2002년에 일본에서는 독일의 문학상 규모보다 작은 「電氣仕掛けのブンガク賞」[6]이라는 전자문학상이 창설되었다. 또한, 사이버스페이스특징을 충

---

3) 그는 미스테리 작가로 데뷔해 1982년에 『焦茶色のパステル(짙은 갈색의 파스텔)』을 써서 제28회 江戶川亂步賞을 수상했다. 1996년 4월부터는 web 상에서 소설 「99人の 最終電車」를 연재하고 있다.

4) 이 작품을 만드는데 처음 6개월로 계획되어 있었지만 모순 없이 줄거리를 구성하는데 지금까지도 이어져 있다. 원고용지 4,000장을 넘는 이 작품은 제작이 끝나면 CD-ROM로 출판 예정이다. http://members-abs.home.ne.jp/s-brundle/net06.html

5) 「99인의 최종전자」를 견본으로 제작한 작은 규모의 소설.

분히 활용해 새로운 표현을 목표로 한「ジャストシステムインターペー
スコンテスト(JIC)」7)가 1997년에 실시되기도 했다.

　현재 일본의 현상으로 미루어 보건데 앞으로 일본에서 전자문학을 쓰는
사람이 점점 늘어날 것으로 예상된다. 그러나 좋은 하이퍼텍스트 작가를 육성
하기에 앞서 고전이라 칭할 수 있는 문학 작품의 충분한 고찰과 연구가 선행되
어야 한다. 또한 세계 전자문학의 걸작을 선출해 일본어로 읽을 수 있게 하는
작업은 고액의 예산을 필요로 하는데 그것을 어떻게 수급하느냐도 앞으로의
과제라고 생각된다.

3.『99인의 최종전차』에 나타난 하이퍼텍스트성

1) 작품의 구성에서 발견되는 다성성

　『99인의 최종전차』는 하이퍼텍스트, 즉 HTML(Hyper Text Markup
Language) 링크를 이용한 지금까지 볼 수 없었던 스타일의 소설이다. 하이퍼
텍스트 독법으로 어드벤처 게임과 비교하는 경우가 많은데 어드벤처게임이
주어진 미션에 대해 성공이나 실패여부에 따라 이야기가 변화하는데 비해
하이퍼텍스트소설은 시작부터 결말까지의 모든 경우의 수를 고려, 이야기가
만들어져 있으므로 단순히 두 가지로 나뉘지 않는다.

　또한 하이퍼텍스트소설은 소설에 비해 묘사하고 있는 양이 많다8). 어드벤

---

6) 마이크로소프트, 메디어팩트리, 東芝 등 다섯 회사가 Pocket PC탑재 단말용의 문학상
　을 서적관련 정보잡지《ダ・ヴィンチ》에서 개최했다. 이번 문학상은 PDA용 전자
　서적 분야의 진흥을 목적으로 새로운 작가를 발굴하려고 한 것이다. ─ ＜ケータイ
　Watch＞, 2002. 8. 1 http://k─tai.impress.co.jp/cda/article/news_toppage/10439.html
7) (주)Just system 은 인터넷에서 새로운 표현형태를 모색하여 신세대의 창조자가 될
　만한 인재 발굴・육성을 목표로 기획을 했다. (협찬: 일본전신전화주식회사/ 후원:
　매일신문사)
8) 같은 시간에 많은 인물 시점에서 이야기가 그려져 있다.

처게임은 플레이어가 등장인물을 조작함으로써 이야기를 전개시키는 것에 비해 하이퍼텍스트소설은 등장인물에 구애받지 않고 어떤 것을 선택해도 이동이 가능한, 보다 자유롭고 다성적인 면모를 보인다고 할 수 있다. 이를테면 첫 페이지와 마지막페이지가 없고 시간이나 공간, 보는 시선까지 자유롭게 이동할 수 있는 것이다.

소설 『99인의 최종전차』는 지하철 은좌선(銀座線)을 무대로 하고 있다. 마지막 전차 두 대(淺草 출발과 澁谷 출발)가 23:57에 동시에 출발해 그 두 대의 전차가 24:13 은좌역(銀座驛)에 마주하고 정차하는 약 20분 동안의 이야기다. 전차의 맨 처음 차량과 맨 뒷 차량을 타고 있는 103명 승객들을 주인공으로 해서 이야기가 전개된다.

이 작품은 시간적인 기점 <23:56 淺草驛(천초역)>을 첫 페이지로 시작을 하지만 독자가 원하는 장부터 읽을 수도 있다. <作品を讀む(작품을 읽는다)>를 선택하면 팝업으로 <그림 1>과 같이 도판이 표시되는데 이것을 이 하이퍼텍스트를 읽어가는 목차라 할 수 있다. 은좌선 노선도·차 안·플랫폼 약식도가 있는 인덱스 페이지에서 독자가 원하는 시간, 장소를 선택해 작품을 읽어나갈 수 있는 것이다. 시간은 1분씩 진행되며 선택한 인물[9]의 행동과 대사가 나온다. 이용자가 선택한 인물의 시각으로 이야기가 전개되기 때문에 어떤 인물을 선택하는가에 따라 스토리 전개는 달라진다. 인물과 관련된 사람의 정보를 알고 싶으면 표시된 부분을 클릭함으로써 언제나 자유롭게 자신이 선택한 사람이 가지고 있는 정보로 이동을 한다. 이와 같이 이 소설에는 사람과 사람이 관련되어 있기 때문에 책과는 별개로 이용자 자신이 창작을 하듯 스토리를 만들어야 한다. 등장인물이 많으면 많을수록 복잡해지고 시간이 많이 소요된다.

모든 링크는 한 두 화면 단위로 새롭게 제작되어 있다. 이렇게 작은 단위마다 다른 방향으로 넘어가는 장치를 제공하기도 하고 <次の時刻>을 누르면

---

9) 초기에는 99명으로 구성할 계획으로 시작을 했지만, 지금은 103명이 있다.

다음 시간대의 장면으로, <前の時刻>을 누르면 전 시간대의 장면으로 가게
하는 식의 다양한 시간 이동법도 사용되어 있다.

다만 이렇게 텍스트가 복잡해지면 자기가 어디에 있는지 또, 어떤 목적으로
어디로 가야 되는지 잊어버리게 되는 문제가 생긴다. 이것은 독자가 읽는
순서를 자유롭게 선택할 수 있기 때문에 생기는 문제라고 할 수 있는데, 이
소설의 경우에는 시간, 이름, 장소를 지정하기만 하면 언제든지 첫 장 혹은
전단계로 되돌아갈 수 있으며, 캐릭터도 한눈으로 알 수 있게 그려져 있다는
것은 장점이라 하겠다.

이상에서 소설『99인의 최종전차』는 우리가 상상할 수 없을 만큼 다양한
스토리 라인을 바탕으로 제작되어 있으며 누구나 접근하기 쉬운 소설로 평가
받을 만하다. 그러나 다양한 선택을 할 수 있음에도 불구하고 이야기 전개를
미리 짐작하게 하는 단점을 가지고 있다. 다양한 읽기를 제공하기 위해 링크된
많은 정보들 속에서 독자에게 어느 정도의 예상을 불러일으키는 것이다.

2) 하이퍼텍스트 글쓰기

소설『99인의 최종전차』에 투영되고 있는 현상은 아래와 같이 정리해볼
수 있을 것이다.

첫째, 이 소설은 색채나 여백 등 화면에 많은 노력을 기울인 작품이다.
우선 레이아웃을 보면 검은 바탕화면에 흰 글씨로 구성되어있다. 그것은 지하
철이라는 분위기를 묘사하기 위해 검은 색을 선택한 것으로 생각된다. 그러나
컴퓨터의 글씨가 도트이기 때문에 화면이 깨끗이 나오지 않아서 문장 배경으
로 검은 색은 적절하지 않다. 문자 숫자가 적은 안내문이나 항목 열거 등에는
사용할 수 있겠지만 긴 문장을 읽다보면 쉽게 피곤해진다.[10] 그러나 이 소설은
대체적으로 짧은 글로 행을 바꾸면서 쓰여 있고 행간도 효과적으로 이용하는
등 여러 가지로 애를 쓰고 있는 것을 볼 수 있다. <그림 2> 과 같이 문장과

---

10) http://www.yin.or.jp/user/moriya99/atoz/h6.04.htm

문장사이에 여백을 둠으로써 독자로 하여금 시각적으로 읽기 편하게 하거나 상상력을 동원하여 긴장감을 동원하는 효과를 주고 있다. 또한 배색(配色)을 씀으로 해서 검은 색 양도 계산해서 만들어져 있기 때문에 전혀 보기 흉하지 않다.

둘째, 글쓰기를 가로로 함으로써 도식화된 그림이나 악부(樂符)등을 잘 활용하고 있다. 일본에서 대부분의 소설책이 글자를 세로로 배열하고 있는 반면 컴퓨터에서는 글자가 가로로 배열된 것이 특징이라 할 수도 있다. 이 소설도 예외가 아닌 하나인데, 가로로 씀으로써 세로로 표현하기 어려운 도식화된 그림이나 악부 등을 삽입하고 있다. 이와 같은 특성은 <그림 3> <그림 4>에서 볼 수 있다. <그림 3>은 96년에서 97년에 걸쳐 행해진 인기투표해서 상위권을 유지했던 퍼즐을 푸는 여자, 落合綾佳(Ayaka Ochiai)의 한 예이다.

그녀는 지하철 안에서 퍼즐을 푸는데 위와 같은 방식은 그녀가 생각하는 과정을 명확하게 표현하는데 성공적이라고 할 수 있다. 이런 서사는 선명한 이미지를 독자들에게 전할뿐만 아니라 독서과정의 지루함을 느끼지 않게 해 준다.

셋째, 컴퓨터의 자판에 의해 만들어진 새로운 회화문자[11]는 채팅이나 글쓰기에서 많이 찾아볼 수 있다. 회화문자는 디지털적 사고의 한 가지 표현 방식이라 할 수 있는데 글쓰기 작품의 의미를 압축시켜서 전달할 수 있으며 참신하고 긴박감을 더해준다는 장점이 있다. 그러나 이런 문자들은 일반 독자들이 이해하기 어려울 뿐만 아니라 소설의 내적 가치를 반감시킬 수 있다.

물론 소설『99인의 최종전차』는 이런 해독 불가능한 암호문 형태의 회화문자를 제공하고 있지 않다. 그러나 등장인물 越後屋トミ一(Tommy Echigoya)에서 고유명사를 { o : o ...OO.}, {. o o o . o o o }, {.,;: o O}, {; o ; o ...} 등으로

---

11) 이모티콘. ♡, ☝, ♀ 등.
　자판에 있는 문자들을 조합해서 만든 회화언어도 있다. 예를 들어 ＾＾; , T・T, m(_ _)m ,등.

사용하고 있는 것을 볼 수 있다. 여기서 그는 다른 혹성에서 온 외계인이고 지구에 있는 명사를 모르기 때문에 특징 있는 등장인물을 묘사하기 위한 색다른 작법이라 할 수 있을 것이다. 또한 <그림 5>과 같이 의도적으로 소리 나는 대로 발음을 적거나 글씨의 크기를 바꿔 속도감을 주고 있다.

이처럼 비교적 짧은 문장이면서 글씨 크기를 각각 다르게 표현함으로써 등장인물의 심리 상태를 표현하는데 효과를 보고 있으며 독자들은 일단의 리듬이나 박자를 느끼며 읽을 수 있기도 하다.

넷째, 소설 속에 그림이 삽입되어 있다. 이와 같은 특성은 <그림 6>에서 볼 수 있다.이것은 즉각적으로 이해를 돕는다는 장점인 반면 그림을 많이 사용함으로써 '소설'이 가지고 있던 본래의 텍스트적 성질을 방해해 흥미를 떨어뜨리는 단점을 지닌다. 물론 여기서는 작가가 묘사를 통해 설명하기 어려운 부분에서만 그림을 사용하고 있는 것으로 보인다. 이런 방식은 글로 설명하는 것보다 훨씬 독자에게 간단히 전달할 수 있으며 소설을 읽는 재미를 덧붙이고 있다.

4. 결론

이상으로 일본 사이버 문학의 동향과 일본에서 최초로 만들어졌다는 하이퍼텍스트 『99인의 최종전차』의 구성과 특징을 살펴보았다. 이 소설은 여백을 읽기 편하게 활용하거나 글쓰기 방식으로부터 다양한 장점을 확인할 수 있었다.

또한 이야기의 전개, 짧고 빠르게 넘어가는 작품의 길이, 간결한 문체 등이 특징적으로 나타나기도 했다. 이 작품은 기존 소설의 독법으로 읽을 수 있는 작품이라고도 지정할 수 있을 것이다.

반면 하이퍼텍스트 구조에 충실해 많은 캐릭터가 등장하고 아주 복잡하게 이어져 있기 때문에 어떠한 상황전개를 미리 알 수 없어야 함에 불구하고 지나치게 친절한 링크의 정보 전달로 인해 미리 스토리를 알게 되는 단점도 있다.

　일본의 현주소는 다른 나라에 비해서 하이퍼텍스트 소설이 뒤떨어져 있다고 할 수 있다. 그럼에도 이 소설로 인해 이후 많은 작품이 지속적으로 생산될 것이라 기대할 수 있다. 앞에서 밝혔듯 좋은 하이퍼텍스트 작가를 육성하기 위해서는 기존 소설이 연구와 고찰이 선행되어야 하고 이에 따른 고액의 예산이 필요하다. 이 비용을 어떻게 하느냐가 일본 전자문학을 발전시키는데 중요한 열쇠가 될 것이다.

참고문헌, 웹 사이트

井上夢人,『99人の最終電車』(web新潮社,　1996－2001).

http://www.shinchosha.co.jp/99/

森田均,『日本におけるインターネット上の仮想共同体』,　別府大學短期
　　大學部紀要第15号,　1996.

森田均,『テキスト/ハイパーテキスト/文學論』

後藤齊,「ゆるやかな分散型總合學術情報システムの構築へ」,『人文學と
　　情報處理』15号,　1997.

http://www.sal.tohoku.ac.jp/~gothit/hum_inet.html

Shunji Mikami,「情報環境論」,　1999

http://sophy.asaka.toyo.ac.jp/users/mikami/kankyo99/991006.html

佐藤容子,「文學とコンピューター」

http://ultimavi.arc.net.my/banana/Workshop/Programs/sato_abst.html

井桁貞義,「インターネット上に見るロシア現代文學」

http://www.kt.rim.or.jp/~igeta/russian/russianinternet.html

『99人の最終電車』讀者の手引き　http://www.shinchosha.co.jp/99/manu/pre-
　　pare.htm

作者のつぶやき　http://www.shinchosha.co.jp/99/reader/mes.htm#t1

99人の最終電車人氣投票

http://www.asahi－net.or.jp/～WL5K－KRD/SOUKO/MEDIA/99KIKAKU.
htm

井上夢人インタビュー　前編

http://www.shinchosha.co.jp/99/special/special01.html

井上夢人インタビュー　後編

http://www.shinchosha.co.jp/99/special/special02.html

＜Justsystem＞, 1996.4.25

http://www.justsystem.co.jp/news/96f/news/j9604252.html

＜Justsystem＞, 1996.12.16

http://www.justsystem.co.jp/news/96l/news/j9612161.html

＜Justsystem＞, 1997. 5 .23

http://www.justsystem.co.jp/news/97f/news/j9705231.html

＜ケータイWatch＞,2002.8.1

http://k－tai.impress.co.jp/cda/article/news_toppage/10439.html

＜Yomiuri on Line＞, 2003.7.8

http://www.yomiuri.co.jp/net/feature/20030708fe04.htm

インターネット空間の作家たち　http://members.jcom.home.ne.jp/s－brun-
dle/net06.html

黒拔きについて　http://www.yin.or.jp/user/moriya99/atoz/h6.04.htm

アドベンチャーゲーム　http://www.blue－ruby.com/GAME－DOJO/adv/bun
rui.htm

サンディエゴ日記　http://www.isc.meiji.ac.jp/～nomad/suzuki/0009.html

http://www.sharat.co.il/krok/hyper.htm

생각해 볼 문제

1. 하이퍼텍스트 작품을 산출하기 위해서는 실제 고액의 예산이 필요하다.
   이 경우 상업에 종속되는 기존의 문학이 가지고 있던 단점과 어떻게
   차별화 할 수 있을 것인가?
2. 하이퍼텍스트 작품에서 지나친 링크를 통한 정보 전달로 인해 전체적인
   이야기 전개나, 전체 텍스트의 크기를 알 수 없을 경우에도 독자의 능동적
   참여가 가능할 것인가?

『An exploration of me, myself and I』*

David Yun

작품 해설

　본고에서 소개할 하이퍼픽션은 텍스트 중심적인, 즉 '고전적인' 데이비드 윤의 지하철이야기이다. 조지 랜도우가 이끄는 비평그룹의 하이퍼텍스트 홈페이지에 링크되어 있으며, 다음의 인터넷 주소로 직접 들어갈 수 있다.
　http// 65.107.211.206/cpace/ht/dmyunfinal/frames.html
　'나' 자신으로의 탐험은 작가의 자전적 이야기를 담은 하이퍼픽션으로 주인공의 내면적 성찰에 관한 내용이 주를 이룬다. 밀레니엄이라는 새로운 세계를 맞이하면서 '나는 누구인가?' 혹은 '나는 어디로 나아갈 것인가?'에 대하여 끊임없이 생각한다. 이 작품은 고뇌하는 모든 과정들이 지하철이라는 매체를 통해 이루어진다. 그리 복잡하지 않은 구조로 하이퍼픽션 읽기를 경험해 보는 데 좋은 텍스트이다.

---

* http// 65.107.211.206/cpace/ht/dmyunfinal/frames.html

작품 보기

Cathedral Parkway
(110 Street)

I think back a moment. When I went through the turnstyle
and up the stairs and then my head was to the level of the
ground, a bright explosion of light happened before my
eyes.

"Millennium Approaches"

"What?"

go
home

<그림 1>

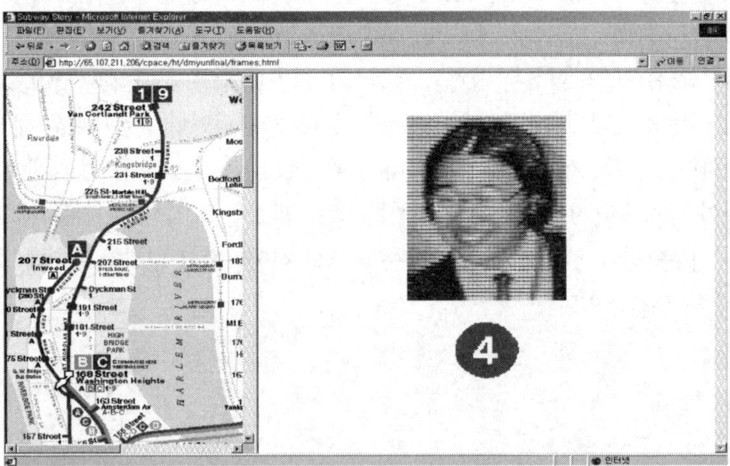

<그림 2>

MANHATTAN
CENTRAL PARK
HARLEM RIVER
EAST RIVER
Woodlawn
242 Street
Van Cortlandt Park
238 Street
Kingsbridge
231 Street
225 St
215 Street
207 Street
Inwood
Dyckman St
191 Street
181 Street
168 Street
Washington Heights
163 Street
Amsterdam Av
155 Street
148 Street
Lenox Terminal
145 Street
137 Street
City College
135 Street
125 Street
116 Street
Columbia Univ
Cathedral Parkway
103 Street
96 Street
86 Street
79 Street
72 Street
66 Street
Lincoln Center
59 Street
Columbus Circle
50 Street
42 St
Times Sq
34 Street
Penn Station
23 Street
14 Street
Christopher St
Sheridan Sq
Houston St
Canal St
Franklin St
Chambers St
World Trade Center
Cortlandt St
Rector St
Bowling Green
South Ferry
205 Street
Norwood
Bedford Park Boulevard
Mosholu Pkwy
Bedford Park Blvd
Lehman College
Kingsbridge Rd
Fordham Rd
183 Street
Burnside Av
176 Street
Mt Eden Av
170 Street
Highbridge
167 Street
161 Street
Yankee Stadium
149 Street
Grand Concourse
138 Street
Grand Concourse
125 Street
116 Street
East Harlem
110 Street
103 Street
96 Street
77 Street
68 Street
Hunter College
Lexington Av
59 Street
Lexington Av
42 St-Grand Central
33 Street
28 Street
23 Street
Union Sq
Astor Place
Bleecker St
Prince St
Spring St
Canal St
Chinatown
Brooklyn Bridge-City Hall
Broadway-Nassau St
Fulton St
Wall Street
Broad Street
Whitehall St
South Ferry
Gun Hill Rd
Burke Av
Allerton Av
NY BOTANICAL GARDENS
Pelham Pkwy
Bronx Park East
BRONX ZOO
Fordham
182-183 Sts
East 180 St
E Tremont Av
West Farms Sq
174-175 Sts
174 St
Tremont
Freeman St
Morrisania
Simpson St
Intervale Av
Prospect Av
Jackson Av
The Hub
3 Avenue
149 Street
East 143 St
St Mary's St
Mott Haven
Cypress Av
RANDALLS ISLAND PARK
WARDS ISLAND PARK
Roosevelt Island
Queensboro Plaza
23 St
45 Road
Court House Sq
21 Street
Van Alst
Vernon Blvd-Jackson Av
21 Street-Queensbridge
Astoria
30 Av
36 Av
Long Island City
METROPOLITAN MUSEUM OF ART
American Museum of Natural History
Riverdale
Upper West Side
Upper East Side
West Side
Greenwich Village
Soho
Tribeca
Chelsea
East Village
Lower East Side
East Broadway
Grand Street
Delancey St
Chambers St
Governors Island

<그림 3>

225 Street

<그림 4>

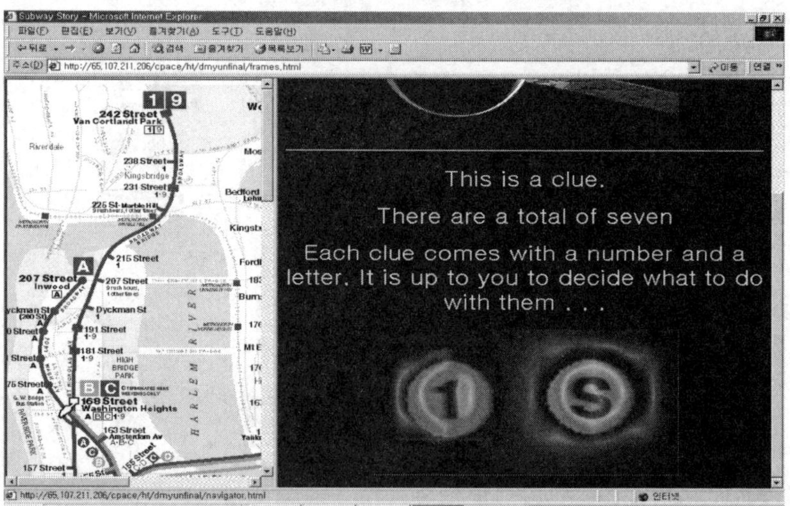
This is a clue.
There are a total of seven
Each clue comes with a number and a
letter. It is up to you to decide what to do
with them . . .

<그림 5>

미국 하이퍼텍스트 소설의 실제

김 명 숙

1.『An exploration of me, myself and I』의 구성

첫 페이지를 열면, 제목과 함께 지하철 지도가 나온다. 이 지도는 앞으로의 여행 중에 네비게이션의 역할을 한다. 우선 제목을 클릭해보면 Welcome to subway story 라는 환영인사와 함께 Please choose which line you would like to ride: 지하철 몇 호선을 타고 여행을 시작할 것인지의 질문이 나온다. 첫 번째로 독자에게 주어지는 선택인데, 1, 9, 2, 3, 4, 6, 7, A, C, E, B, D, F, Q, L, N, R, S, J, M, Z 중 어느 노선을 선택하느냐에 따라서 각각 다른 행선지가 나오고, 이에 따라서 시작되는 텍스트가 달라진다. 지하철 지도에서 보듯이(5페이지에 부기) 1호선과 9호선은 242 Street Van Cortlandt Park로서 행선지가 동일하게 나타난다. 이를 선택한 독자들은 1999년 12월 1일자의 이야기를 읽게 된다. 그런 다음 계속되는 링크로 이야기를 펼쳐나갈 수도 있고, 중간에 다시 첫 페이지로 돌아와 다른 행선지를 선택할 수도 있다. 만약 2호선을 선택한 독자라면 이번에는 148 Street – Lenox Terminal로 가게 된다.

이 하이퍼픽션을 읽는 과정에서 독자들은 지하철을 갈아타야 할 상황에 부딪히기도 하고, 다른 행선지를 따라온 이야기를 텍스트 중간에서 만나기도 한다. 보통의 경우 한 개에서 두 가지 링크로 진행되는 이야기는 다른 지하철 노선과의 교차점에 이르러서는 선택할 수 있는 링크도 많아진다. 예를 들면 1, 9, 2, 3호선이 만나게 되는 72street 의 경우 모두 5개의 링크된 단어를 따라 각각 다른 이야기들로 미끄러져 들어갈 수 있다.

이야기들은 이렇게 따로 진행되었다가 다시 환승역에서 만나게 된다. 이 작품은 비교적 링크의 사용이 절제된 하이퍼픽션이다. 그리하여 독자들이 독서 중에 길을 잃고 헤매어 이야기의 흐름을 놓지는 일을 방지해 주고 있다. 이 작품은 한마디로 아주 간단한 소규모의 하이퍼픽션이라 할 수 있겠다.

본고에서는 강조된(하일라이트 된) 부분을 모두 클릭 하여 가지치기된 이야기들을 하나로 묶을 수 없으므로 21개의 노선 중 1호선을 선택하였으며 다음과 같은 순서로 클릭 하여 작품을 살펴보았음을 알려둔다.

1호선을 타고서

themselves
me
different
city
out
ever—darkness
225
191
181
168
157
145
137

125
happened
my head
something
diner guy intrigues dave mean중에서
 dave를 선택하여 아래의 단어들을 클릭하면 72street에서 다시 만나게 된다.
.....................................dave
you
me
me의 사진이 나온다.
gay
gay
puberty
one thing
home
development
hate
sin against nature
listening
believe
crutch
angel
angels
angel
head
chowder
haven't we met before

72street 다시 만난 이 곳에서 이번엔 mean을 클릭 한다.
....mean
later
me
sexually
going
another
darkness
david
come
your
sleep.

2. 『An exploration of me, myself and I』의 줄거리

『An exploration of me, myself and I』의 대략의 줄거리는 다음과 같다.
(1호선을 선택한 경우)

1999년 12월 1일.

주인공인 나는 오늘이 세기의 마지막 달의 첫날이라고 말 하면서 이야기를
시작한다. 매시간 사람들은 미쳐가고, 최근의 모든 것들이 급격히 변함으로
인해서 모두들 너무 늦기 전에 자기 자신들에 관해서 무언가를 깨달아야 한다
고 생각한다. '나는 누구일까?'라고 물으면서 오늘날 자신을 매도시킨 것은
니체의 군중에 대한 생각이라며 모든 사람들은 이 군중속의 하나이기 때문에
어떤 좋은 사람을 만나본 적이 없다고 말한다. 나는 다른 사람들과 전적으로
다르다고 믿고 있다. 나는 밀레니엄이라는 새로운 매체가 머릿속으로 끌어내
는 요란한 선전에 사로잡힌다. 진행되는 것은 아무것도 없는데 모두들 무언가

진행되고 있다고 믿으면서 다시 한 번 세상에 질책한다. 그 후 나는 시내로 나와 반짝이는 태양을 보고, 기분 좋을 정도로 따뜻한 햇살을 느끼며 지하철을 타기위해 지하도 안으로 들어간다. 지하철은 언제나 나를 두렵게 만드는 동시에 매료시키는 존재이다. 나는 지하철에서 아는 사람들 만나기를 좋아한다. 왜냐하면 그것은 나를 외롭게 하지 않는 유일한 일이기 때문이다.

지하철역을 빠져나와 태양광선과 마주치는 순간 나는 지하철을 탔던 시간이 며칠된 것 같은 공허함을 느낀다. 나는 아무것도 기억할 수가 없이 마치 무언가에 끌려가듯이 걸었다. 나는 식당에 가서 커피 한 잔을 시켜 나와 비슷한 연배로 보이는 어떤 사람 옆에 앉아서 긴장된 마음을 가라앉혔다. 난잡한 외모가 나의 관심을 끌었고 나는 나의 이름이 데이브라고 간단히 소개를 했다. 나는 잠시 머뭇거린 후 내 이름도 데이브라고 소개했다. 나는 원래 사교적이지 않은데 이상하게도 그에겐 무언가가 친숙하게 느껴졌다. 내가 그에게 우리 전에 만난 적이 있냐고 묻자 그는 그런 기억이 없다고 말한다.

DAVE선택

주인공인 나는 아주 어렸을 때부터 말하는 것이나 생각하는 것이나 모든 게 남들과는 다르다고 생각했다. 그 이유는 바로 내가 게이이기 때문이다. 하지만 나는 내가 게이 라고 생각하지 않는다. 그리고 또한 나는 게이가 되기를 희망하지도 않았다. 나는 어려서부터 아버지와 잘 어울리지를 못했고, 나는 언제나 인형을 가지고 놀기 좋아하는 소녀 같았다. 사춘기가 되기 전까지 다른 남자아이들과 다르다고 생각해본 적은 없었다. 그런데 사춘기는 나에게 정말 큰 혼란의 시기였다. 왜냐하면 사춘기 때 선생님께서 가르치시는 성교는 나에게는 해당되지 않는다고 생각했기 때문이다. 어쨌든 나는 게이이기는 하지만 지금의 나에 대해선 아무런 문제가 없다고 믿는다. 게다가 나는 성 정체성과 종교 사이의 중립적인 입장에 서게 되기까지 오랜 시간이 걸렸다. 이유는 성경에 보면 동성연애는 자연에 위배되는 죄라고 써있고, 남자와 여자가 하나

되어 만드는 가정이라는 사회조직을 무너뜨린다는 얘기가 쓰여 있기 때문이다.

나는 복잡한 생각에 머리를 식히기 위해 산책을 하기로 하였다. 뭐 좀 먹기 위해 식당에 먼저 들렀다. 카운터에 앉아 죽을 먹고 있는데, 식당 문이 열리길래 문 쪽을 향해 쳐다보았다. 순간 데이브는 숟가락을 떨어뜨리고 숨을 멈추었다. 문을 열고 걸어 들어오는 사람은 '나'였던 것이다. 나라고 느꼈던 그 사람이 내 옆에 앉았고 나처럼 당황하는 얼굴로 나를 올려다보았다. "우리 만난 적 있던가요?"라는 말이 낯설게 느껴지기만 했다. 나는 그를 본적도 만난 적도 없다. 하지만 그는 마치 우리가 어디서 만났던 것처럼 나를 친근하게 쳐다보고 있었다. 이런 이상한 느낌을 받는 사람을 만난 적이 없는데 나는 이해가 되질 않았다. 나는 어처구니없고, 의심쩍은 마음속에서 탈출하기 위해 그곳을 떠났다. "이봐요 전 그만 가야겠어요. 대화해서 즐거웠어요"라는 말과 함께 테이블에 돈을 좀 남겨두고 나왔다. 식당 밖으로 나온 후 계속 앞만 보고 걸었다.

MEAN선택

나는 정신과 의사인 피터스 박사에게 동성연애 문제로 상담을 하게 된다. 의사는 나에게 내면만 들여다보지 말고, 자신의 행동을 보라고 한다. 물론 다른 남자를 보면 거울을 보는 것과 같이 끌린다는 것만은 인정할 수 있다. 하지만 나에게 정신적으로 이상이 있다는 것에 대해서는 인정하려들지 않는다. 나는 일주일 전 자신과 이름이 같은 데이비드라는 남자를 만났던 그 잠깐 동안의 일들을 의사에게 말한다.

나는 의사와 함께 나의 집에 가줄 것을 권유한다. 데이비드의 방은 대체로 조용했다. 나는 소설을 쓰는 작가이며 시를 쓰는 것도 좋아한다고 했다. 나는 의사에게 "책상이 아닌 다른 곳에서 직업을 갖는 다는 것은 나에게 상상도 할 수 없는 일" 이라며 내가 글 쓰는 일에 굉장한 자부심을 가지고 있음을 보여준다.

나는 지하철에 올라탄 후 이 달의 첫 날부터 일어났던 일들을 하나 둘씩 생각한다. 나는 자유의 여신을 보기위해, 그리고 내가 왜 이렇게 변했는지 생각해보기 위해 스테이튼 섬으로 가는 페리를 타고 펠루스라는 곳을 떠났다. 나는 그 곳에 도착하며 하늘에게 내 모습을 되찾게 해달라고 기도한다. 하지만 하늘도, 자유의 여신상도 나에게 아무런 대답을 주지 않는다. 체념한 나는 활력과 희망과 생명의 섬으로 돌아가기 위해 다시 배에 올라탔다. 나는 배에서 내린 후 다시 지하철역으로 걸어 내려갔다. 그곳은 단지 나를 잠들게 할 뿐이었다.

3.『An exploration of me, myself and I』의 특징

우선 이 작품은 어느 경로를 가든지 강조된(하일라이트된) 단어들이 그리 많지 않다. <그림1>에서 보는 바와 같이 한 개의 단어로 이루어져 있는 것이 많다. 15번째에 단어를 클릭 하는 순간에 이르러 Cathedral Parkway (110 Street) 처음으로 my head와 explosion중 어느 단어를 선택할지에 대하여 독자는 처음으로 고민을 하게 된다. 따라서 문학의 새로운 동향으로 떠오르는 하이퍼픽션을 처음 접하는 독자라 할지라도 길을 잃거나 헤매는 일이 없이 순조롭게 어려움 없이 읽을 수 있다는 데에 이 작품은 큰 장점이 있다.

다음으로는 네비게이션 역할을 하는 지도에 관한 이야기이다. 이 하이퍼픽션에는 텍스트 왼쪽에 지하철 지도가 있다. <그림2> 에서 보듯이 21개의 지하철 노선과 그 노선의 연결 방향을 통해 텍스트의 이야기가 어디까지 진행되었는지, 혹은 이야기의 결말까지는 얼마만큼이 남았는지를 지도상에서 눈으로 확인 해 볼 수 있다. 그렇기 때문에 지하철을 갈아타게 되는 상황에 부딪히더라도 길을 잃고 헤매지 않도록 하는 아주 유용한 역할을 한다.

또한 여기에서는 독자를 당혹스럽게 하는 경우가 부분적으로 있다. 주인공의 자전적 이야기를 담은 작품이라서 그런지 위에서 언급한 단어순으로 20번째 Mosholu Parkway에서 me라는 단어를 누름과 동시에 <그림3> 과 같이 주인공의 사진이 뜨기도 한다.

『An exploration of me, myself and I』은 허구성을 전제로 한 픽션이기는 하지만 작가의 실제 내면적 성찰이 가미 된 작품이다. 따라서 작가는 이러한 경향을 독자들에게 넌지시 알리는 목적으로 이 방법을 사용한 것이라고 볼 수 있다.

<그림4>를 보면 225 street에서 텍스트 전체가 까맣게 나타남을 볼 수 있다. 이는 독자의 선택이 주어지는 갈림길의 상황에서 ever darkness를 누르면 나타나는 화면이다. 어둠이라는 단어에 부합하여 스크린 자체가 까맣게 되는 것이다. 그리하여 독자들은 기존의 인쇄 텍스트 읽기와는 다른 텍스트 읽기의 당혹감을 경험하기도 한다.

마지막으로 이 작품은 독자들에게 재미와 궁금증을 유발시키고 있다. 위에 써있는 순서대로 강조된 모든 단어들을 클릭 하여 마지막에 다다르면 <그림 5>에서 보는 바와 같이

> this is a clue.
> there ara a total of seven
> each clue coms with a number and a
> letter. it is up to you to decide what to do
> with them...

이라는 문구와 함께 1이라는 숫자와 S라는 문자가 나온다. 총 7가지의 경로를 통하여 나온 문자들을 합하면 새로운 단어가 생성되는 것이다. 그렇기 때문에 독자들은 작가가 결국 말하려는 의도가 무엇인지 알아내기 위해 텍스트 읽기를 계속 해 나간다. 또한 퍼즐 맞추기를 하듯이 하나하나의 스펠링들을 연결하는 재미도 맛 볼 수 있다. 이러한 점은 기존에 있는 다른 하이퍼픽션과

는 차별화된 방식으로서, 독자들에게 텍스트 읽기를 계속 시도하려는 의도에서 빚어진 것이라 할 수 있다.

4. 결론

우리가 현재 거대한 매체 전환기를 경험하고 있다는 것은 널리 알려진 사실이다. 이러한 전환은 하나의 송신자가 다수의 수신자를 상대하여 상호작용이 가능한 양방향 매체로의 변화로 설명되기도 하고, 또는 아날로그에서 디지털 매체로, 마침내는 책으로부터 인터넷으로 주도매체의 이전이라고 소개되기도 한다. 이러한 모든 소용돌이의 중심에는 현재의 다양한 매체들의 형식을 통합적으로 지원하는 컴퓨터라는 새로운 기술이 놓여있다. 컴퓨터는 다른 매체들을 결합하고 기본 정보를 디지털로 통일함으로써 하나의 매체로서 기능한다. 이로써 우리 시대의 가장 강력한 커뮤니케이션 수단인 전자네트워크 "인터넷"이 생성된 것이다. 이는 현재 전사회적 의사소통의 네트워크는 모든 종류의 정보를 아날로그에서 디지털화 하는 가운데 인터넷을 통해 새롭게 구성되고 있다고 해도 과언이 아니다. 이러한 새로운 매체 상황에서 인문학의 영역에서도 신기술이 미학에 미치는 영향이 끊임없이 논의되고 탐구되어 왔다.

새로운 매체의 전환이 인문학의 영역에 까지 확대되리라는 것은 아무도 예상하지 못했던 일이다. 작가의 상상력에 의해서 완성되어진 작품은 책이라는 활자 인쇄술의 기술로 독자들에게 읽혀지곤 했다. 그런데 컴퓨터라는 것이 특정한 부위의 사람들만 사용하는 낯선 것이 아닌 각 가정에 하나쯤은 있어야 하는 필수품이 되어버린 지금, 독자들은 손으로 책장을 넘기며 읽는 방식이 아닌 마우스와 키보드, 모니터로써 읽게 된다. 게다가 이야기를 순차적인 방식이 아닌 자유자재로 왔다 갔다 하는 역동적 글 읽기를 하게 된 것이다.

새로운 기술로 탄생하게 된 가상공간에서도 문학이라는 이름으로 수많은 실험과 다양한 형식의 작품들이 발표되어 왔고, 그 가운데 이전에 책이라는 매체에서는 불가능했던 완전히 새로운 형식의 문학이 출현했다.

예전의 문학은 작가와 책의 테두리 안에서만 행해졌으며 아무도 그것의 권위에 도전하지 못했다. 왜냐하면 책에는 다소의 예언적인 성격이 있기 때문이다. 즉, 책 속에서 작가와 대면하여 의사소통을 할 수 없었기 때문에 독자가 비판적으로 생각할 수 있는 부분에 대해서 직접 반박하고 나서지 못했다. 하지만 거대한 매체전환기를 경험하고 있는 오늘날은 컴퓨터의 등장으로 인해 글쓰기 환경 자체를 모니터와 키보드로 전환시킴으로써 독자와 작가의 생각이 통신상의 공간을 통하여 자유롭게 넘나들 수 있게 되었다. 이와 같은 변화를 겪게 됨으로써 문자 언어와 책으로 현현했던 문학은 점점 쇠퇴하기 시작하였고 그 대신에 전자 언어를 통한 글쓰기는 점점 발전하기 시작한 것이다.

글을 쓴다는 것은 인간의 창조적 사고의 과정이다. 한편의 글을 완성함에 있어 생각의 가지치기는 굉장히 무한하다. 작품은 정해진 구성에 맞추어 쓸 수도 있겠지만 연상 작용의 흐름으로 인해 전혀 다른 결론을 내릴 수 있는 생각을 할 가능성도 있다. 따라서 자유롭게 무한한 상상력을 펼쳐서 만든 생각의 조각들을 연결하는 것이 하이퍼텍스트 글쓰기이다.

하이퍼텍스트란 컴퓨터로 읽는 텍스트이기 때문에 문서들이 링크로 연결된 것이다. 즉 비연속적 글쓰기를 말한다. 수 없이 여러 곳에서 갈라지고 선택을 독자들에게 맡김으로써 독자들이 다양한 경로를 통해 결론에 도달하는 텍스트이다. 하이퍼텍스트는 프로그램언어인 HTML로 구성되는 전자적 텍스트로, 고정되어있는 순차적 연속으로 표현되는 것이 아니라 다이나믹하게 형성되어 가는 짜임으로 존재한다.

앞에서 살펴 본 실재 하이퍼픽션인 David M. Yun의 『An exploration of me, myself and I』는 자신의 존재와 그 내면성에 관하여 끊임없이 고뇌하는 이야기를 하고 있는 작품이다. 이 하이퍼픽션을 통해서 하이퍼텍스트적 속성인 비선형성, 다매체성(사진, 이미지 그래픽, 소리)이라는 하이퍼텍스트의 대표적 속성도 알아보았다.

　매체의 전환으로 인한 문학의 새로운 형태인 하이퍼텍스트는 탈 시공간적, 양방향적인 사이버 매체에 적응하는 독자를 대량으로 길러내고, 작가와 독자와 작품의 층위에서 이루어진 여러 가지 변화를 기대할 수 있다는 점에서 순기능을 지적할 수 있다. 하지만 인터넷이라는 매체를 통해 유포되기 때문에 컴퓨터네트워크를 소유하지 않는 사람은 소외시킨다는 점에서 하이퍼텍스트의 역기능도 찾을 수 있다.

　끝으로 우리는 하이퍼텍스트 문학이 널리 확산되어 있는 이 시점에서, 하이퍼텍스트를 거부감 없이 받아들이려면 새로운 사고방식으로 세계를 넓게 바라보는 안목을 가져야 한다. 또한 하이퍼텍스트의 한계와 가능성을 받아들여 좀더 나은 문학의 한 형태로 자리 잡는 것이 무엇보다도 중요하다고 하겠다.

참고문헌

김종회, 최혜실 편,『사이버문학의 이해』, 집문당, 2001.

류현주,『하이퍼텍스트문학』, 김영사, 2000.

이선이 편저,『사이버문학론』, 월인, 2001.

조지 p. 랜도우, 여국현 외 옮김,『하이퍼텍스트 2.0』, 문학과학사, 2001.

생각해 볼 문제

1. 하이퍼픽션에 등장하는 인물들간의 이야기들은 과연 내적 동기에 의해 연결되어 있는가?
2. 하이퍼텍스트가 기존의 문학에 비해 과연 독자와 저자를 다양한 억압으로부터 보다 해방시키는 효과를 가지고 있는가?

『Dispossession』*

Robert Kendall

작품 해설

이 작품은 초기 하이퍼텍스트 시 작품으로 비교적 단순한 화면 구성을 보여
준다. <그림1>에서 'begin poem'을 클릭하면 <그림2>가 나타나는 데, 여
기서부터 독자는 자신이 원하는 단어를 선택할 수 있다. 이 작품은 주어진
몇 개의 단어를 선택해감으로써 시 구절을 이어가는 방식으로 진행된다. 독자
가 선택할 수 있는 것은 2-5개 정도의 단어 중 하나이지만, 한 단어를 포함한
문장은 여러 가지로 나타나기 때문에 같은 단어를 선택한다고 해도 반드시
같은 구절이 제시되는 것은 아니다.

<그림2>는 이 작품의 첫 화면으로 오른쪽 하단에는 섬 그림이 있다. 섬의
위치에 따라 'east', 'south', 'west', 'north'가 나타나고 이것을 클릭하여 작품
을 시작할 수도 있다.

<그림1-10>은 계속 이어지는 화면을 나타내고 있다. 이 작품은 화면에
서 특별한 변화는 없지만, 자세히 보면 왼쪽에 있는 물결 그림들이 계속 움직
이면서 일렁이는 것처럼 느끼게 한다.

---

* http://www.eastgate.com/Dispossession/Welcome.html.

독자가 선택한 단어를 포함하고 있는 시 구절을 보면, 시행의 배열이 비교
적 자유로운 것을 알 수 있다. 이러한 시행의 배열은 각각의 시어가 가지고
있는 느낌을 살리거나 강조하는 역할을 하고 있다.

작품 보기

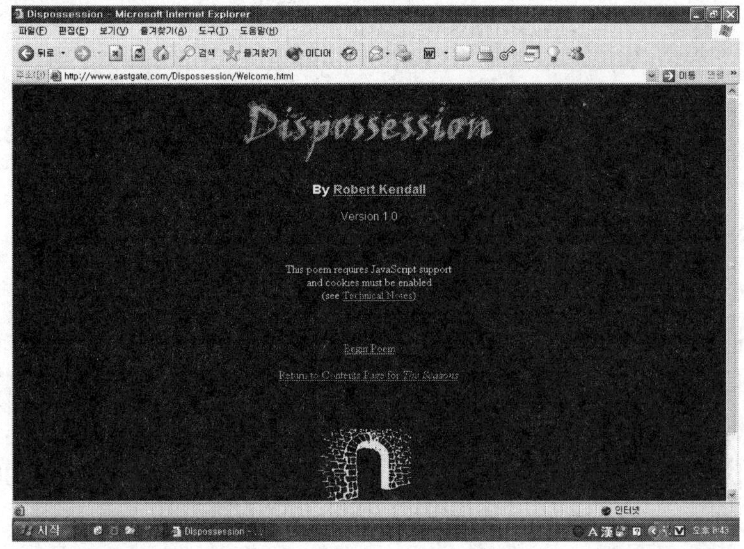

<그림 1>

Dispossession - Microsoft Internet Explorer
Dispossession
winter
ahead
new
door
waters
days
pages
abandon
back
choices
never
South
apart
http://www.eastgate.com/Dispossession/_vti_bin/shtml.dll/map.htm/map2?249,65
인터넷
시작
Dispossession - ...
반문서 1 - 한글
Dispossession - ...
A 漢
오후 8:44

<그림 2>

Dispossession - Microsoft Internet Explorer
ahead of him
new
days
his
완료
인터넷
시작
Dispossession - ...
반문서 1 - 한글
Dispossession -
A 漢
오후 8:50

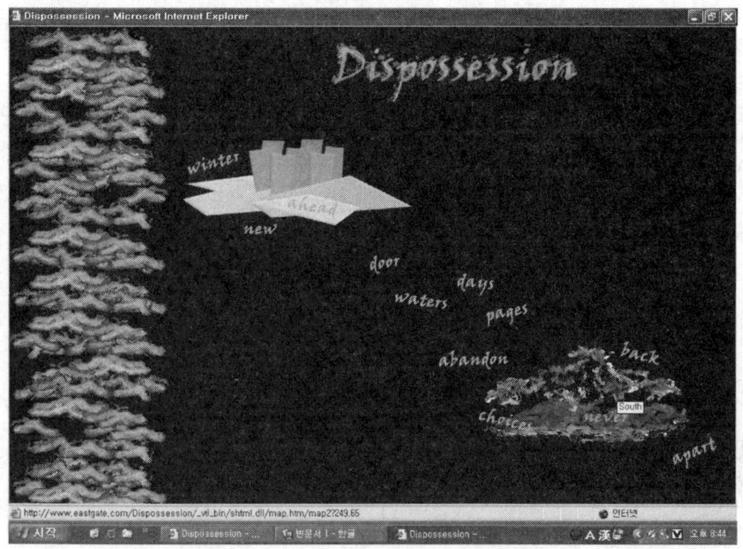

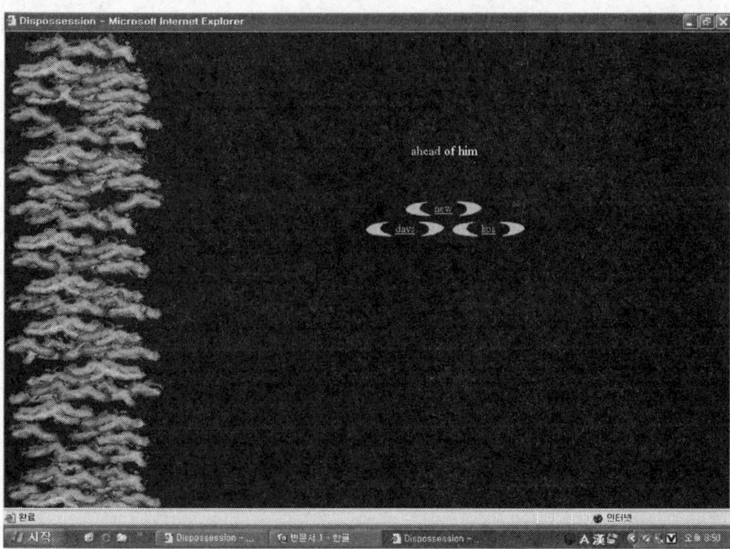

<그림3>

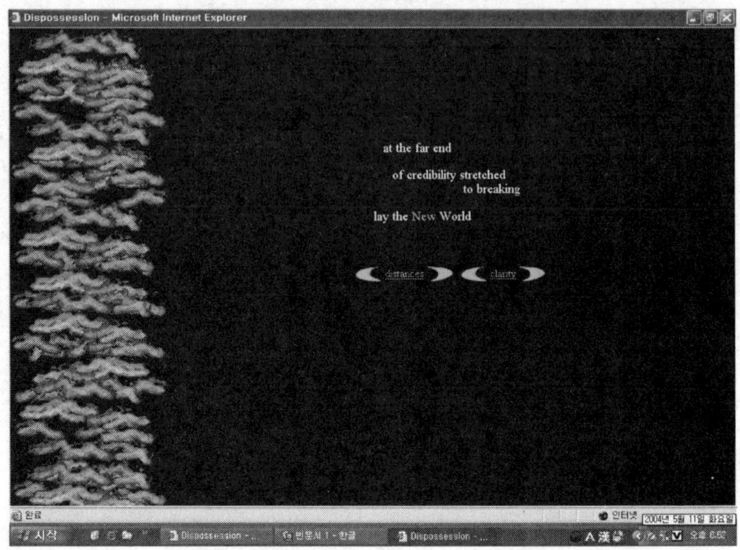

<그림 4>

<그림 5>

144 사이버 문화, 하이퍼텍스트 문학·작품편

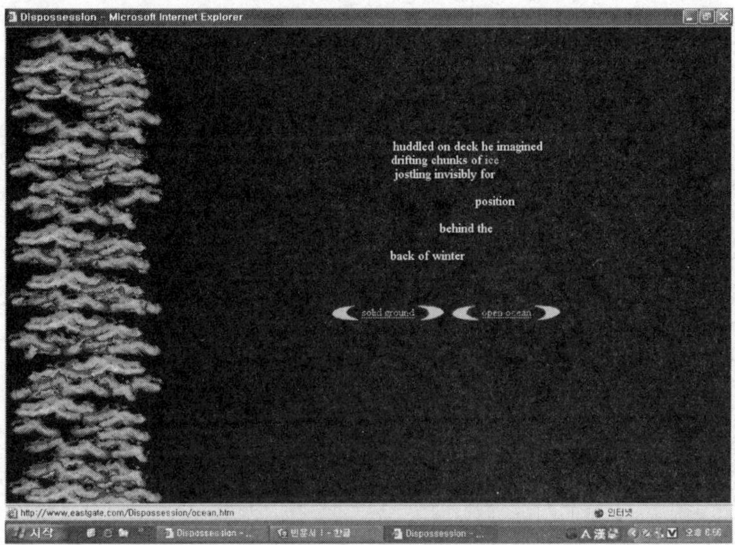
Dispossession - Microsoft Internet Explorer
huddled on deck he imagined
drifting chunks of ice
jostling invisibly for

position

behind the

back of winter

solid ground   open ocean

http://www.eastgate.com/Dispossession/ocean.htm
인터넷
시작   Dispossession -   빈문서 ! - 한글   Dispossession - ...   A漢   오후 6:56

<그림 6>

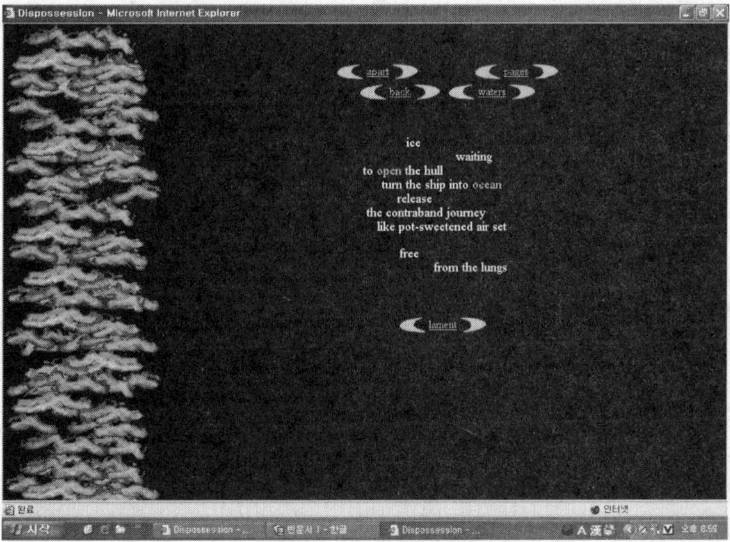
Dispossession - Microsoft Internet Explorer
apart   paget
back   waters

ice
waiting
to open the hull
turn the ship into ocean
release
the contraband journey
like pot-sweetened air set

free
from the lungs

lament

완료
인터넷
시작   Dispossession -   빈문서 ! - 한글   Dispossession - ...   A漢   오후 6:59

<그림 7>

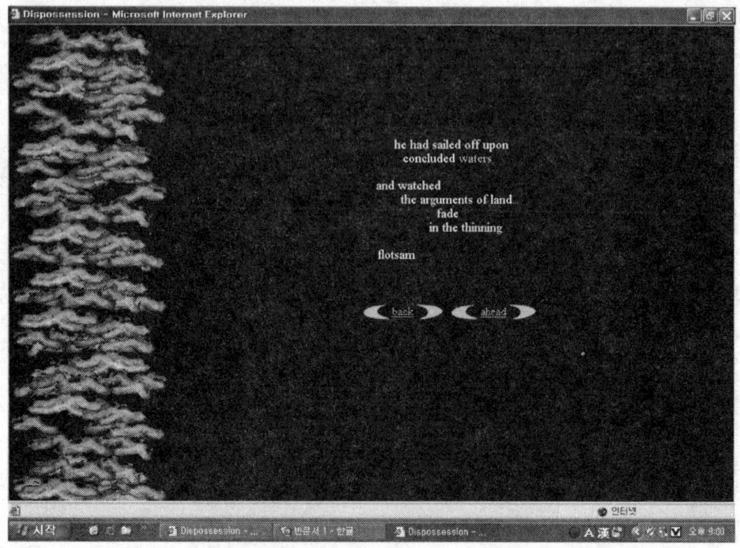

he had sailed off upon
concluded waters

and watched
the arguments of land
fade
in the thinning

flotsam

back   ahead

<그림 8>

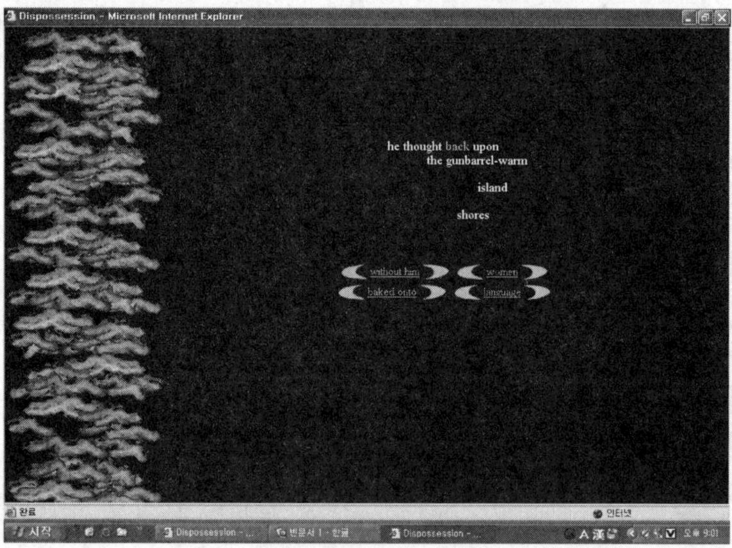

he thought back upon
the gunbarrel-warm

island

shores

without him   women
baked onto   language

<그림 9>

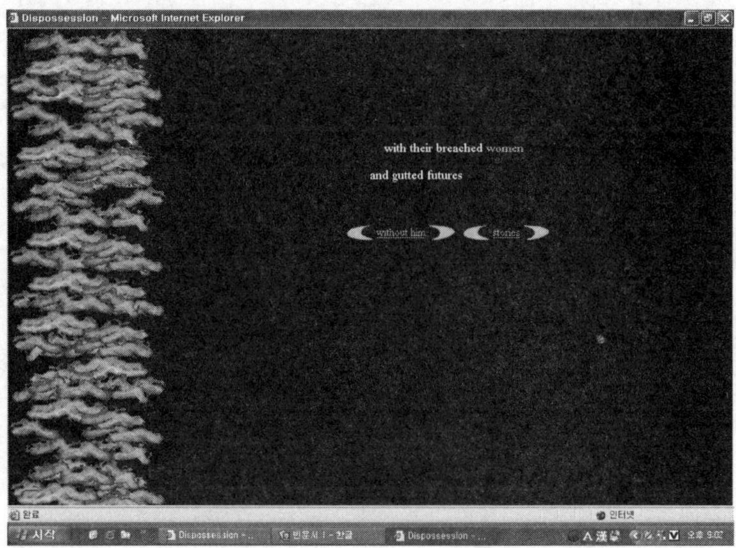

<그림 10>

미국 하이퍼텍스트 시의 실제

장은영

1. 서론

1450년 구텐베르크의 인쇄술이 발명된 이후 문학은 대량 생산이 가능해졌고, 일반 독자들은 손쉽게 문학을 접할 수 있게 되었다. 인쇄라는 미디어의 발달은 문학의 확산과 발달에 결정적 역할을 했다고 해도 과언이 아니다. 그러나 19세기 말부터 새로운 미디어들이 등장하면서 소리와 영상이 문학의 자리를 잠식하게 되었고, 20세기 중반 이후 컴퓨터가 등장하면서 문학 또한 기술과 결합되어 아날로그의 토대를 벗어나게 되었다. 디지털 기술을 기반으로 하는 새로운 미디어의 발달은 문자 문화로 인식되어 온 문학을 멀티미디어화하고 있다. 테크놀로지의 발달은 문학 내적인 것 뿐 아니라 문학 외적인 환경 조건들까지도 변화시키고 있으며, 문학에 대한 새로운 개념을 재고하게 한다. 인쇄의 발달에 힘입은 예술 장르인 문학과 컴퓨터라는 미디어와의 결합으로 생겨난 멀티미디어적 문학의 형태가 하이퍼텍스트이다.

그러나 하이퍼텍스트의 등장[1]이 기존의 모든 문학적 담론을 넘어서거나

---

1) 하이퍼텍스트는 1945년 미국의 베네바 부시가 메멕스라는 기기를 만들어 링크와 노드로 구성된 비선형적 읽기를 시도한 것에서 시작되었다. 이후 이러한 글읽기 구조

완전히 새로운 개념들만을 제기하는 것은 아니다. 예술과 기술의 결합체라 할 수 있는 하이퍼텍스트는 기존의 문학적 기반 위에서 탄생했으며, 문학에 있어서 새로운 대안적 이념을 보여주는 하나의 실체라고 할 수 있다. 따라서 하이퍼텍스트를 논하면서 거론되는 새로운 비평의 개념들 또한 기존의 문학 비평론에서 제기되어 왔던 것과 유사한 맥락을 보여주고 있다. 특히 포스트모 더니즘과 후기 구조주의에서 거론된 비평 이론들은 하이퍼텍스트적 특질을 설명하는 이론적 근거가 되고 있다.

기존의 문학 작품 중에서도 그 작품에 나타난 하이퍼텍스트적 요소에 기인하여 하이퍼텍스트로 재창조된 것들을 발견할 수 있다. 시의 경우 테니슨의 「In Memoriam」이나 엘리엇의 「The Waste Land」 등의 작품은 하이퍼텍스트 화되었다.

이러한 현상이 말해 주는 바는 하이퍼텍스트가 테크놀로지의 발달만으로 이루어진 것이 아니라 기존 문학의 기반 위에서 탄생되었다는 것이다. 그러나 하이퍼텍스트는 테크놀로지의 힘을 빌어 인쇄 문학의 한계를 넘어서고자 한 다.

본고에서는 실제 하이퍼텍스트 작품을 분석하면서, 거기에서 나타나는 하이퍼텍스트 비평의 개념들을 살펴보고자 한다.

2. 텍스트성과 하이퍼텍스트

롤랑바르트가 말하는 텍스트2)는 코드들의 무한한 역동성으로, 코드들의

는 1987년 마이클 조이스에 의해 하이퍼픽션이라는 새로운 형태로 소설화되었다. 하이퍼픽션은 90년대 들어서면서 텍스트의 비선형 구조를 넘어 하이퍼미디어로 발전하여 멀티미디어 문학의 모습을 보여주고 있다. 그리고 하이퍼드라마, 소프트포엠 등 여러 장르에 있어서 시도되고 있다. 이들을 포괄적으로 하이퍼텍스트라 하겠다.
2) 롤랑 바르트가 사용하는 텍스트의 개념은 크리스테바가 말한 '상호텍스트'의 개념을 포함하고 있다. 크리스테바는 바흐친의 '대화주의'를 소개하면서 "모든 텍스트는 인용의 모자이크로 구성되어 있다. 그리고 모든 텍스트는 다른 텍스트의 흡수와 변경이

유희는 다양한 의미를 가능케 하는 두꺼운 언어를 생산하도록 해준다. 즉, 텍스트는 코드들의 생산적인 교차점이라고 할 수 있다. 모든 말로 된 대상들은 텍스트에 해당하는 요소가 있지만, 충분히 텍스트적인 작품은 언어적인 잠재성을 극대로 활용하게하는 작품이다.[3] 독자와의 관계에서 볼 때, 롤랑바르트는 작가가 생성한 의미가 소비되는 독서가 아닌 독자가 의미를 생성해가는 독서 행위에서 읽혀지는 것을 텍스트라고 보고 있다. '쓰여지는' 텍스트가 텍스트인 것이다. 바르트의 '쓰여지는' 텍스트는 독자가 독서를 통해 작품의 의미를 재생산해낸다는 것을 의미한다. 즉, 바르트는 의미(진리)가 다소 숨겨져 있는 텍스트가 아닌 상호 엮어져 가며 만들어낸 생성의 개념을 텍스트로 삼고자 한다.[4]

이렇게 볼 때, 한편의 텍스트는 일관된 의미망을 직조해내지 못하고 기호들이 떠돌며 의미를 만들고, 교차되는 장일 뿐이다. 그러나 그것이 곧 무의미를 말하는 것은 아니다. 독자 스스로 단속적 시간 속에서 제 나름의 의미를 만들고, 그것들은 서로를 억압하거나 지배하지 않고 공존하기 때문이다. 인쇄 문학은 그 내용 뿐 아니라 주석이나 다양한 서술 방법 등을 통해 텍스트로써 존재한다. 인쇄 문학에서 볼 수 있는 주석은 그 부분과 관련된 다른 작품이나

다."라는 바흐찐의 개념을 사용하기 위해 상호텍스트성이란 용어를 도입했다. 상호텍스트성이란 개념은 텍스트의 역사성을 가리킨다. 크리스테바가 이 개념을 발전시킴에 따라 이 개념은 역사의 의미마저 변형시킨다. 상호텍스트성은 특별한 종류의 텍스트의 역사성, 현대 언어 이론이 빠뜨렸던 역사성(변형의 역사)을 가리킨다. 상호텍스트성, 즉 치환은 정립계의 안정을 파괴한다. 의미화 체계 간의 이동, 즉 상호텍스트성의 활동은 정립계의 계속적인 재결형을 요구한다. 주체와 객체 입장의 통일성에 의문을 갖게 만든다.
이와 관련한 크리스테바의 말을 인용하면 다음과 같다. "만약 우리가 매 의미화 실행이 다양한 의미화 체계의 치환의 장(상호텍스트성)임을 인정한다면, 그 의미화 실행의 발화 장소와 지시된 대상은 결코 하나이거나, 완벽하거나, 서로 동일하다고 할 수 없고, 일람표 작성이 가능하도록 항상 복수로 분산되어 있음을 이해하게 된다."캘리 올리버(박재열 역),『크리스테바 읽기』(시와 반시사, 1997), p. 148.
3) 뱅상 주브(하태환 역),『롤랑 바르트』(민음사, 1994), pp. 67-68.
4) 롤랑 바르트,『텍스트의 즐거움』(연세대학교 출판부, 1990), p. 69.

자료를 제공하기도 하며, 또는 제 나름대로 방향성을 가지고 가지를 뻗어나가
기도 한다. 이것은 하이퍼텍스트가 실현하고 있는 링크의 연결방식과 유사하
다. 하이퍼텍스트는 링크를 통해 독자의 선택에 따라 다른 방향으로 자유롭게
전환된다. 독자는 하이퍼텍스트를 통해 자신의 텍스트를 창조할 수 있다. 작품
에 대한 다양한 해석의 차원에서 그치는 것이 아니라 자신의 코드에 맞는
텍스트를 만들고, 자신만의 의미망을 획득할 수 있다. 또한 의미의 치환이
손쉽게 가능하다. 하이퍼텍스트는 상호텍스트성을 기반으로 하는 텍스트라고
해도 과언이 아닐 만큼 의미를 재결합하고, 분산한다.

Robert Kendall[5]이 만든 하이퍼텍스트(하이퍼 시)『Dispossession』은 시라
는 장르의 문학이 무한한 의미의 놀이가 될 수 있다는 가능성을 보여준다.
·『Dispossession』의 첫 화면은 12개의 단어가·특정한 배열 순서 없이 흩어져
있다. 각 단어들 사이에 특별한 연관성은 없다. 그 중 하나를 클릭해 들어가면
하나의 텍스트인 노드를 만나게 된다. 그 텍스트 속에는 클릭한 단어가 시구절
속에 포함되어 있고, 다시 선택할 수 있는 몇 개의 단어들이 주어져 있다.
그런 방식으로 단어들은 링크되어 있고, 이 텍스트는 시작이 없었던 것처럼
끝없이 이어진다. 텍스트의 시작과 끝은 독자가 결정할 뿐이다.

이론적으로 볼 때, 하이퍼텍스트는 무한히 뻗어나갈 수 있는 가능성을 갖고
있지만 실제로 무한히 뻗어나가는 것은 아니다. 한 단어를 포함한 몇 개의
문장들과 주어진 단어들을 모두 클릭하게 되면 같은 구문이 반복되어 나타난
다. 그러나 이 때 같은 것이 반복된다고 해서 이전의 의미망을 되풀이하게
되는 것은 아니다. 주목해야할 것은, 같은 구문이 나타나더라도 이들은 문맥의
순서에 따라 다른 맥락에서 이해될 수 있다는 점이다. 또한 하나의 단어도

---

5) 로버트 캔델은 1995년 처음으로 컴퓨터를 이용해서 시를 썼다. 이 때 독자들은 '시라
는 것이 무엇인가?'에 대해 새로운 개념을 갖게 되었고 컴퓨터라는 새로운 매체가
지닌 무한한 가능성에 매료되었다. 켄델은 시어가 종이에 고정되지 않고 바뀌기 때문
에 자신이 쓴 시들을 Soft Poem이라고 불렀다. 류현주,『하이퍼텍스트 문학』(김영사,
2000), pp. 178-179.

그것이 포함되어 있는 구문에 따라 다양한 층위의 의미를 지니게 된다.
각기 다른 선택에 따라 작성된 텍스트를 보면 다음과 같다.

DISPOSSESSION

winter, ahead, new, door, days, waters, pages, abandon, back, never, choice,
apart 중 door에서 시작한 경우(A)와 back에서 시작한 경우(B), ahead로 시작한
경우(C)를 예로 들면 다음과 같다.

A. — there was a door in him and he could feel it
    — flapping in the wind or was it the useless beating of a long wing
    — he didn't want to cross over that threshold out into the cold impersonal
      weather
    — that went on without him
    — from the single word Never
    — an entire ocean and welled up decisive antiwords of water and salt
      to fill the throat cancel breath
    — he had sailed off upon those concluded waters and watched the argu-
      ments of land fade in the morning flatsam
    — ahead of him
    — ...

B. — he thought back upon the flesh—warm island shores
    — with their breached woman and rented futures
    — that went on without him
    — he didn't want on abandon the rutted wanderlust that was like a
      home to him the inexhaustible nights leading forever into late summer
    — but everthing had come apart once too often
    — the loose days ground against one another

        — painfully white and stark
        — like rows of teeth clenching upon
        — …

C.   — <u>ahead</u> of him
        — at the far end of credibility stretched to breaking lay the New World
        — with its hard steel—framed scenery and forgiving highwayed distances
        — huddled on deck he imagined drifting chunks of ice jostling invisibly
          for position behind the back of winter
        — ice waiting to open the hull turn the ship into ocean release the
          contraband journey like pot—sweetened air set free from the lungs
        — he had sailed off upon concluded waters and watched the arguments
          of land fade in the thinning flotsam
        — he thought back upon the gunbarrel—warm island shores
        — with their breached women and gutted futures
        — …

　　제시된 것 중 하나의 단어를 선택해서 클릭하게 되면 위와 같이 각기 다른 시 텍스트가 작성된다. 『Dispossession』이라는 제목에서 짐작되는 분위기는 세 편 모두에 공통적으로 형성되어 있으나 세 편은 각각 독립적인 작품이다. 그러나 세 편이 전혀 연관을 가지고 있지 않은 것은 아니다. 작품의 전반적인 분위기는 유사하며, 연작시라고 해도 무리가 없을 것으로 보인다.

　　이러한 방식으로 더 많은 시를 생성하는 것이 가능하다. 물론 애초에 작가가 설정한 단어나 문장을 완전히 벗어나지는 못하지만, 그러한 문제가 하이퍼텍스트의 한계로 작용하지는 않는다. 문장 구성에 독자가 참여하는 것도 가능하고, 언어에 존재하는 모든 단어를 입력하는 것도 얼마든지 가능한 일이다. 하이퍼텍스트는 의미의 장이 부단히 생성될 수 있는 가능성을 제공한다.

3. 탈중심화와 비선형성

조지 P. 랜도우에 따르면 하이퍼텍스트는 무한하게 재중심화가 가능한 체계를 제공하며, 무한하게 재중심화 가능한 체계의 일시적인 초점은 독자에게 달려 있다고 본다. 그럴때 독자는 진실로 능동적인 독자가 될 수 있다는 것이다. 하이퍼텍스트의 기본적인 특성의 하나는 그것이 일차적 구성축도 지니지 않은 채 서로 연결된 텍스트들의 몸체로 이루어졌다는 점이다. 따라서 독자는 하이퍼텍스트를 무한하게 탈중심화할 수 있으며 동시에 재중심화할 수 있는 체계로 경험하게 된다.6)

텍스트가 구성축을 지니지 않았다는 것은 그것이 시작과 끝이 없음을 의미한다. 또 시작과 끝이 없다는 것은 선형적 서사가 없다는 것이다. 『하이퍼텍스트 2.0』에서 파젤은 "하나의 네트워크에는 '꼭대기'나 '바닥'이 없다. 오히려 네트워크는 네트워크의 구성소들 사이의 가능한 상호작용을 증가시키는 복수의 연결들을 지니고 있다. 그 시스템을 감독하는 중심적인 지배적 권위는 존재하지 않는다."7)라고 말했다. 특정한 구성축이 없는 비선형적 구조는 곧 네트워크 형성과 관련된다.

하이퍼텍스트 『Dispossession』은 완전한 네트워크적 구성을 보여준다. 링크를 통해 자유롭게 단어와 단어들을 연결하며 거기에서 새로운 구문이 생겨난다. 따라서 네트워크적 구성 속에서는 복수적이고, 다양한 의미의 장이 생성될 수 밖에 없다.

하이퍼텍스트는 끝없이 이어진다. 위 텍스트의 경우는 주어진 단어들이 계속해서 반복되어 제한된 네트워크 속에서 독자가 이동하게 되지만, 그것은 기술적 보완점이지 하이퍼텍스트의 본질적 문제로 지적할 수는 없을 것이다.

---

6) 조지 P. 랜도우, 위의 책, pp. 59-62.
7) 위의 책, p. 70.

위 하이퍼텍스트의 경우처럼 대부분의 하이퍼텍스트는 노드와 링크가 고정되어 있고, 독자의 선택에 따라 다른 텍스트로 이동할 수 있다. 그런데 이 하이퍼텍스트의 제작자 로버트 켄델은 노드와 링크마저도 유동적인 텍스트를 만들고자 시도하였다. 유동적 링크는 하이퍼텍스트에 있어서 역동성을 부과하기 위한 것이었다.8) 이것이 시사하는 바는 하이퍼텍스트도 상호텍스트적이고, 탈중심적인 문학의 하나의 모델이지 완성체는 아니라는 점이다. 인간의 사고가 인터넷이라는 가상 공간 안에서 형상화된 하나의 모델로서의 하이퍼텍스트는 문학의 다른 가능성들을 열어주는 역할을 하고 있는 것이다.

4. 결론

시대의 변화에 따라 문학의 역할이나 위상도 함께 변하고 있다. 뿐만 아니라 문학의 근본적 개념에 대해서까지 재고해야 할 필요성을 느끼는 시대가 되었다. 인쇄의 발달이 문학의 향유를 대중들에게 확산시켰다면, 컴퓨터의 발달은 누구나 쓸 수 있는 문학의 시대를 열었다 해도 과언이 아니다. 문학은 작가의 것에서 독자의 것으로 그 중심이 옮아갔으며, 여기서 작가 중심의 의미망이 해체되고 모든 독자들이 하나의 코드가 되어 의미를 직조하고 새로운 텍스트를 생산하는 그리고 그것들이 공존할 수 있는 토대가 미디어의 발달에 힘입어 만들어졌다. 하이퍼텍스트는 그러한 문학의 가능성을 몸소 보여주는 한 실체이다.

상호텍스트성, 탈중심화, 비선형성은 현대 비평 이론에서도 보여지는 개념이지만 하이퍼텍스트를 설명하는 데 있어 중요한 요소들이기도 하다. 이 개념들은 모든 하이퍼텍스트들의 특성으로 나타나는 글쓰기 방식의 특질이며, 테크놀로지와 문학의 결합을 통해 좀 더 선명해졌다. 이것이 가능한 이유는 무엇보다 컴퓨터에서 가능한 링크의 방식 때문이라고 생각된다. 인쇄 문학에

---

8) 위의 책, pp. 310-311. 류현주, 앞의 책, pp. 180-181.

서 사용하는 각주의 경우가 링크와 비슷한 역할을 해 낼 수는 있지만 링크처럼 자유롭게 텍스트와 텍스트를 넘나들기는 어렵다. 링크는 상호텍스트성, 탈중심화, 비선형성 등 하이퍼텍스트 비평에서 거론되는 모든 요소들을 가능케한 테크놀로지이다.

하이퍼텍스트의 탄생은 포스트모던한 문학과 예술의 매체가 될 것이라고 하이퍼텍스트 작가들은 말한다. 그렇다고 하이퍼텍스트가 대안적 매체인지 아닌지에 대한 논의가 문학의 위기를 말하는 것은 아니다. 그런데 이를 혼동하는 경우가 많다. 하이퍼텍스트가 문학의 수준을 하락시킬 것이라는 우려는 곧 그러한 혼동에서 나타나는 현상이다. 하이퍼텍스트는 단지 문자문학이 지녀왔던 주체로서의 권위를 무너뜨린 것 뿐이지 문학의 생존을 위협하는 것은 아니다. 문자만으로 이루어진 인쇄 책자가 곧 문학의 본질은 아닌 것처럼 문학성은 문자에 국한된 것만은 아닐 것이다. 인쇄 문학의 한계를 넘어서는 하이퍼텍스트는 문학의 범주를 벗어나는 것이 아니라 그것을 넓히고 있는 것이다. 테크놀러지의 힘은 텍스트의 가능성을 확장하고, 대중화하고, 대량화하고 있다.

참고문헌

국내서

김요한, 『하이퍼텍스트 문학연구』, 한국외국어대 박사학위 논문, 2003.

김재국, 『사이버리즘과 사이버소설』, 국학자료원, 2001.

김종회, 최혜실 편, 『사이버문학의 이해』, 집문당, 2001.

류현주, 『하이퍼텍트문학』, 김영사, 2000.

배식한, 『인터넷, 하이퍼텍스트 그리고 책의 종말』, 책세상, 2000.

이선이 편, 『사이버문학론』, 월인, 2001.

정형철 편, 『하이퍼텍스트 이론』, 부산외국어대학교 출판부, 2003.

홍성태, 『사이버공간, 사이버문화』, 문화과학사, 1997.

국외서

뱅상 주브, 하태환 역, 『롤랑 바르트』, 민음사, 1994.

롤랑 바르트, 김명복 역, 『텍스트의 즐거움』, 연세대학교 출판부, 1990.

조지 P. 랜도우, 여국현 외 역, 『하이퍼텍스트 2.0』, 문화과학사, 2001.

캘리 올리버, 박재열 역, 『크리스테바 읽기』, 시와 반시사, 1997.

생각해 볼 문제

1. 인문학의 위기와 하이퍼텍스트의 관계에 대해서 생각해 보자.
2. 하이퍼텍스트의 기술적인 측면과 정신적인 측면에 대해 생각해 보자.
3. 하이퍼텍스트가 지니는 구술성에 대해 생각해 보자.

하이퍼텍스트 문학

『디지털 구보 2001』*

작품 해설

『디지털 구보 2001』은 세 명의 등장인물(이상, 구보, 구보의 어머니)을 초점화자로 설정해, 각각의 24시간을 시간대별로 나누어 구성한 세 개의 장으로 되어 있다. 독자들은 세 명의 화자 중 하나를 선택해 독립된 이야기를 읽어나갈 수도 있고, 텍스트 내에 설정되어 있는 연결점을 따라가 또 다른 화자로 이동하거나, 전혀 다른 텍스트로 옮겨갈 수도 있다. 이야기 얼개는 다음과 같다.

이상은 시나리오뱅크라는 벤처 기업을 설립해 성공한 사업가이자 시인이다. 그는 자신의 회사를 지키기 위해 H전자상거래 회사를 해킹이라는 방법으로 파산시키기도 하고, 그로부터 야기된 현실적 위기를 타개하기 위해 사이버 공간을 이용하기도 하는 등 이른바 디지털 시대에 적극적으로 대응해가는

---

* 『디지털 구보 2001』은 2004년 5월 현재 웹상에서 접속해 텍스트를 감상할 수 없는 상황이다.
이하 발췌된 부분은 http://www.wisebook.com/booktopia/contents/hypertext/contents을 인쇄한 원고에 기초했음을 밝혀두는 바이다. 때문에 텍스트 본문 안에 설정되어 있는 여러 링크들이 활성화되는 양상을 제대로 적시할 없다.

인물이다. 30대 이혼녀인 소설가 구보는 이상과 친구도 애인도 아닌 어색한 관계를 이어간다. 구보의 이야기는 채팅 장면으로 시작하지만, 그녀의 복잡한 가정사와 여성의 내면 심리를 섬세히 묘사하는 것이 주축을 이룬다. 아버지의 폭력으로 인한 어린 시절의 상처로 심각한 수준의 결벽증마저 가지고 있는 구보는 어머니의 불행을 닮아가지 않기 위해 노력하지만, 이미 또 하나의 어머니가 되어 가고 있는 자신을 발견한다. 구보의 어머니는 폭력적인 남편에게 시달리며, 딸의 행복을 통해 그 시절의 불행을 보상받고 싶어 하는 인물이다. 어머니의 이야기는 같은 시간대 구보의 이야기와 겹쳐지며 새롭게 재현된 어머니의 시각을 드러낸다.

작품 보기

05:00 시뱅을 만나다*

구보는 문득 시계를 올려다봤다. 새벽 5시를 절반쯤 넘긴 시각이었다. 조금 전까지만 해도 사방을 덮었던 어둠이 어느새 희뿌옇게 맑아오고 있었다. 그녀는 키보드를 두드리던 손가락을 뚝뚝 꺾으며 의자를 한껏 뒤로 젖히며 무심하게 화면을 응시했다.

구술 시대의 메시지 전달방식은 통합적이었다. 말, 몸짓, 표정, 소리, 눈짓, 리듬감을 동원해서 전달하는 메시지는 당연히 총체적이고 효율적이었다. 청중

---

* 『디지털 구보 2001』은 세 명의 초점화자, 곧 구보, 구보의 어머니, 이상으로 설정되어 있다. 텍스트 전체가 크게 3장으로 구성되어 있는 꼴인데, 각 장은 다시 시간대별로 나뉘어져 있다. 텍스트 중간 중간 굵은 고딕체로 처리된 단어나 구절은 '연결점(Link)'로, 또 다른 화자의 이야기나 전혀 다른 텍스트로 옮겨갈 수 있다.
'05:00 시뱅을 만나다'에서부터 '09:00 구보의 결벽증'은 '구보'가 초점화자로 설정되어 있는 부분이다. 작가는 이혜진으로, 1999년 <중앙일보> 신춘문예에 『소인국』이 당선되어 문단에 데뷔했다.

의 즉각적인 반응과 거기에 따른 화자의 반응. 이런 양방향성 때문에 의사소통은 훨씬 원활했다. 그러나 일단 입을 빠져나온 말은 화자와 청자의 망각에 의해 허공으로 사라져 간다. 보관과 축적의 필요성을 느낀 사람들은 문자를 발명했고 이로써 지식은 축적되고 멀리까지 전달될 수 있었다.

그러나 문자는 분절적 메시지였다. 추상적인 글자로만 메시지를 전달해야 했고, 상호작용도 되지 않기 때문에 이해가 어려웠다. 따라서 글쓰기와 글읽기를 위해 상당 기간의 훈련이 필요했다. 반면 사이버 공간의 의사소통은 구술과 문자의 장점을 통합적으로 발전시킬 가능성이 보이고 있다. (옹, 구술문화와 문자문화, 문예출판사, 피에르 레비. 지능의 테크놀로지……)

논문은 서론에서 단 한 줄도 진척이 되지 않은 상태였다. 빈 화면에 깜빡이는 커서가 불안하게 뛰는 구리의 심장처럼 느껴져 그녀는 무심코 미간을 좁혔다.

구보는 다시 의자를 모니터 앞으로 바싹 끌어당겨 앉았다. 논문 쓰기를 멈춘 그녀는 채팅사이트를 클릭해 맘에 드는 아바타에게 1: 1 대화를 신청했다. 곧바로 회신쪽지가 날아왔다. 그럼 그렇지. 상대방은 서른 네 살 띠동기로 닉네임이 시뱅이었다.

　― 시뱅? 닉네임이 상당히 특이하군여.

　― 그쪽도 만만치 많은데, 디지털 K씨?

존댓말인지 반말인지 모를 애매한 말투로 맞받아치는 시뱅의 말투가 어딘지 모르게 익숙하게 느껴졌다

　― 뭔 뜻이지?

구보는 다자고짜 먼저 말을 내려서 했다. 시뱅도 별로 불쾌해하는 눈치는 아니었다.

　― 시나리오뱅크.

- 오호라.

구보는 머릿속이 점등이라도 된 듯 순간적으로 기분이 밝아졌다. 채팅방에서 쓸만하다고 생각되는 인간을 낚아 올리는 건 대어를 낚는 것만큼이나 솔찮은 인내심이 요구되는 일이었다. 시뱅은 시덥잖은 인사말은 아예 걸렀으며 쓸데없는 호구조차 따위도 훌쩍 건너뛰었다. 단 두 번의 왕복 커뮤니케이션으로 구보의 성격과 직업을 아주 근사치에 가깝게 집어내는 재기발랄함도 보였다. 그런 그에게 구보는 점점 마음이 붙어갔다. 다소 황당한 희망이었지만 그라면 논문에 보탬이 될 만한 반짝이는 글귀 따위를 우연히 흘려줄 수도 있을 것 같았다.

- 폰이 발명돼서 사람의 귀와 입이 연장됐다면 컴이 발명돼서 연장된 점은 과연 뭐가 있을까?

구보는 미소를 한입 크게 베어문 채 시뱅의 답변을 기다렸다. 창 밖은 아까보다 한 켜 더 엷어져 있었다.

06:00 가위눌림

새처럼 작은 등을 토닥여 솔비를 재우고 나자 채팅하던 생각이 났다. 재빨리 방에 가보았으나 시뱅은 벌써 사라지고 없었다. 구보는 담배연기를 날리며 시뱅과의 아쉬운 이별의 뒷 끝도 더불어 날려버렸다. 자신의 손안에 가두었다고 생각되는 것들이 모래알처럼 스르르 빠져나가 버리고 난 뒤의 허탈함, 움켜잡지 못한 것에 대한 짧은 분노의 회오리가 지나가면 정해진 수순처럼 포기가 찾아오고, 그 포기의 끝자락을 잡고 원래의 평온함이 찾아올 것을 구보는 믿기로 했다. 간사한 감정의 소용돌이를 믿느니 시간을 타고 춤추는 변덕스런 감정의 본질을 믿는 게 여러모로 더 편하다는 걸 구보는 진작부터 깨닫고 있었다.

구보는 컴퓨터를 끄고 침대에 누워 천정의 무늬를 세기 시작했다. 서른 넷을 세다가 그녀는 흠칫 놀랐다. 이건 잠이 오지 않을 때 어머니가 주로 쓰던 방법이었다. 그래도 잠이 오지 않으면 어머니는 아예 자리를 털고 일어나 앉아 호들갑스레 화투점을 쳤다. 참으로 궁상맞다고 생각했던 어머니 팔자를 닮아 가고 있는 건 아닐까. 거기까지 생각의 꼬리를 이어가다 말고 구보는 벌떡 일어섰다.(이승우, 「하얀 길」, 『미궁에 대한 추측』) 구보는 입술을 꼭 마주대어 붙인 채 절대, 그럴 순 없지, 하고 속으로 독하게 뇌까렸다.

꿈속에서 어머니는 자고 난 이불 위에다 화투짝으로 운수점을 한 번 떼어보더니 며느리 잡도리하는 어머니처럼 주절주절 잔소리를 엮어대었다.

— 님 보구 국수 먹구, 이건 또 뭐? 시악까시두 있네.

어머니는 화투뭉치를 손으로 헛트려서는 네 장씩 짝을 이룬 것들을 골라잡고 있었다. 다 큰 구보가 손을 흔들며 어머니를 불렀으나 어머니는 들은 것 없다는 듯 여전히 화투짝에만 눈을 팔았다. 어린 구보는 냉장고에 갇힌 채 소리 한마디 못 질렀다. 술 먹고 싸움질하다 한 대 얻어맞은 것처럼 얼얼한 얼굴을 한 아버지의 붉은 얼굴이 하회탈같이 야비한 웃음을 그은 채 다 큰 구보 앞을 쑥 지나쳤으나 도저히 잡혀지지가 않았다. 어린 구보는 고개를 무릎에 박은 채 몸을 더욱 더 웅크렸다. 사람의 몸이 저렇게까지 작아질 수 있다니, 다 큰 구보는 놀라웠다.

— 이 나이에 시악까시가 다 뭐야? 에그 남부끄러워라.

어머니는 다 큰 구보의 발악에도 아랑곳하지 않고 헤프게 키들거리며 알쏭달쏭한 불평만 늘어놓았다. 시간이 갈수록 어린 구보의 몸은 삶은 콩나물처럼 점점 숨이 짖아들어 갔다.

— 어어, 어어

허우적대던 구보의 몸뚱아리가 스프링처럼 튕겨져 올랐다.

꿈에서 깬 구보의 속옷이 땀으로 흥건히 젖어 있었다. 가슴속이 답답하고 오금이 저려서 소리를 낼 수도 없고 고개 한쪽 돌리기조차 힘든 가위눌림의 상태란, 그것을 어찌어찌 지나고 난 흐름에도 너무도 큰 충격처럼 입맛이 쓰고 매우 꺼림하기 십상이다. 구보는 죄인처럼 쩔쩔매며 손바닥을 자꾸 비벼 대었다.

어머니가 연례행사처럼 냉장고 틈새에 온갖 물건들을 다 갖다 쑤셔넣는 날이면 독한 가위눌림과 함께 이 꿈이 영락없이 찾아와 구보의 무의식을 마구 헤집어놓았다. 이상한 건 꿈속에서의 어머니였다. 어머니는 술 취한 아버지가 아홉 살 난 자신을 냉장고에 꽁꽁 가둔 뒤로는 병적으로 냉장고의 틈새를 못 견뎌 했다. 말 한마디 없이 아버지의 술주정을 온몸으로 당해내던 그녀가 처음으로 아버지의 머리칼을 쥐고 흔들었던 것도 바로 그날이었다. 그런데 꿈속의 어머니는 늘 화투만 쳤다. 어린 구보가 냉장고에 갇힌 걸 아는지 모르는지 닳아버린 화투짝을 소리가 나도록 착착 챙기며 어설픈 점괘에만 수다스럽게 집착하는 것이었다. 참으로 알 수 없는 노릇이었다. 어쩌면 이는 어머니에 대한 께름칙한 연민과 입맛이 쓴 부담감이 엉뚱하게 불완전 연소된 우울한 상흔일 수도 있으리라. 마치 어머니가 못 견뎌하는 냉장고의 틈새처럼.

07:00 구보를 닮은 어머니 어머니를 닮은 구보

구보는 눈두덩이를 세게, 거푸 눌렀다. 잠을 제대로 자지 못하면 늘 눈두덩이가 붓고 아팠다. 시원스레 세수라도 한바탕 하고 나면 눈두덩이의 통증이 조금은 씻겨져 나갈 것 같았다.

욕실로 가려다 구보는 먼저 딸아이의 방에 들렀다. 딸아이는 날개로 몸뚱아리를 감싼 작은 새처럼 팔짱을 끼고 잔뜩 웅크린 채 잠들어 있었다. 구보는 딸아이를 흔들어 깨우려다 말고 켜져 있는 컴퓨터의 모니터를 뚫어져라 쳐다보았다. 아이도 제 어미처럼 부쩍 채팅에 열을 올리는 눈치였다

열어둔 아이 방의 창문으로 아직은 덜 여문 햇살이 바람처럼 흑 끼쳐왔다. 갑자기 구보는 소름이 쪽 돋았다. 햇빛에 잠긴 아이의 얼굴이, 꼬무락대는 입술이, 검고 환한 머리털이 순간 너무 곱고 깨끗해서 그림 속의 화병처럼 지나치게 환상적으로 비쳤기 때문이다.

구보는 아이가 좀더 자게 햇빛이 새는 창을 짙은 감청색 커튼으로 봉한 뒤 조용히 방문을 닫고 욕실로 향했다. 아이도 자신을 닮아 맑은 곳에선 호두 알처럼 단단한 잠의 껍데기를 만들지 못했다.

부엌에선 어머니가 냉동실에 든 고기를 꺼내 찌개를 끓이고 있었다. 생선 굽는 냄새도 났다. 아침마다 바지런히 뭔가를 조리고 굽고 끓여내지만 어머니의 요리는 늘 맛이 모자라거나 넘쳤다. 모자란 건 채우면 됐지만 넘치는 맛은 모른 체 꿀떡 삼켜주기도 민망할 만큼 엉망이었다. 아버지가 살아있을 땐 이 여물지 못한 손맛 때문에 어지간히도 타박을 받았었다. 손끝이 알곡처럼 여물지 않은 것은 그래도 나았다, 대책 없는 살림솜씨에 비하면. 개수대에선 늘 시큼한 냄새가 피어올랐고 씻어서 건져논 숟가락엔 덜 씻겨진 밥풀이 뭉개진 채 늘어붙어 있기도 했다. 가장 참을 수 없었던 건 남은 음식을 버리지 않고 줄기차게 재탕 삼탕해 도시락 반찬에 넣는 것이었다. 오래돼 물엿이 굳고 색깔이 바랜 오징어볶음을 버리지 않고 어묵조림에 섞어 같이 조린다거나 먹다 남은 김치찌개를 된장 끓일 때 다시 휘휘 저어 섞는다거나 하는 식이었다.

아버지가 돌아가신 후부터 구보는 어머니가 없는 날을 골라 냉장고의 내용물을 다 끄집어내어 다시금 차곡차곡 정리했다. 재탕 삼탕해 아이덴티티가 불분명한 이중국적의 음식들은 모두 쓰레기통에 쓸어 넣어 버렸으며 숟가락과 그릇들은 냄비에 넣고 푹푹 삶았다. 대학 때 아무도 몰래 요리학원에 다녔던 것도 어머니를 닮을 것 같은 두려움 때문이었다. 뭔가 다른 게 하나라도 있어야 어머니의 삶에서 멀찍이 비켜갈 수 있을 것만 같았다.

화장실 바닥에 흥건하게 고여있는 물 때문에 구보는 또 한번 기분이 상했다. 어머니는 구보가 축축한 화장실 바닥을 못 견디게 싫어하는 걸 알면서도 쉽사리 그 버릇은 고치질 못했다. 하긴 그 손이 어디가랴. 구보는 젖은 양말을 발에서 벗겨 세탁기 안에 획 던져버렸다.

08:00 이혼, 그 후

이혼한 후부터 어머니와의 식사는 그녀의 음식만큼이나 불편했다. 오늘 아침은 이혼하겠다고 일방적으로 통고한 그날보다 두 배는 더 분위기가 꼬여 있었다.

이혼을 선포했을 때 어머니의 반응은 예상대로 원시적이고 폭력적이었다. 머리채를 잡아 흔들고 고함을 치고 그러다 눈물을 흘리며 애원했다. 심지어는 전남편의 작업실로 찾아가 손을 마주잡으며 둘의 이혼을 간곡하게 만류했다. 하지만 그런 어머니를 바라보는 남편은 요지부동이었다. 사위로서 장모에 대한 최소한의 예의만 지킨 채 침묵을 지킬 뿐이었다.

그전까지만 해도 배멀미처럼 간헐적으로나마 마음이 술렁이기도 했던 구보는 남편의 태도를 전해들은 뒤 안정을 되찾았다. 그는 그런 사람이었다. 평소에 제 몸처럼 끔찍히 아끼던 딸아이도 위자료에 얹어 선뜻 주었을 만큼 매몰찬 사람. 그는 구보가 공부하면서 소설을 쓰는 데 대해 누구보다도 부정적인 입장을 취했었다.

― 소설가가 대학원은 왜 가? 머리에 먹물 들면 절대 진실된 글은 쓸 수 없어. 넌 인정하지 않겠지만 네 문제는 가슴으로 글을 쓰는 게 아니라 잔머리를 굴려 글을 쓴다는 거야. 흥, '사이버 시대의 소통이 소설의 담론구조에 미치는 영향'? 웃기구 있네, 평론가는 구데기야. 썩은 시체를 갉아먹듯 소설가의 치부만 입맛 다시며 찾아다니는 구데기. 네가 정 구데기가 되겠다면 말리진 않겠어. 하지만 언젠간 기필코 후회하게 될 거야. 지 엄마 닮아서 음식솜씨도 없는 게.

남편의 마지막 말이 이혼을 결심한 구보의 가슴에 결정적으로 쐐기를 받았다면 사람들은 믿어줄까.

새벽에 치른 난리굿은 전혀 아는 바 없다는 듯 딸아이는 연신 작은 입을 오물거리며 구보가 놓아주는 반찬을 씹어 삼키느라 바쁘다. 구보는 아홉 살치고는 눈치가 지나치게 뻔한 딸아이가 안쓰럽다. 어머니의 모자라거나 넘치는 맛의 음식을 아무 말 없이 꼬박꼬박 먹어주는 유일한 사람은 바로 딸아이였다, 마치 예전의 구보처럼. 그런데도 어머니는 종종 딸아이를 향해 불만과 짜증 섞인 시선을 날리곤 했다.

― 맛있니?

구보의 순화(旬話)를 읽은 딸아이가 종처럼 고개를 크게 흔들더니 젓가락을 왼손에 쥔 채 수화로 '엄마도 많이 먹어', 했다. 그걸 본 어머니가 심술이라도 난 듯 허공을 향해 손사래를 휘휘 쳤다.

― 에구, 정신 사나워. 밥상에선 제발 그 수화 좀 집어쳐!

구보는 신경질적으로 숟가락을 놓았다. 금속성의 숟가락이 식탁 유리매트에 부딪히는 소리가 지나치게 컸는지 밥알을 씹던 딸아이의 눈이 바람이라도 불어넣은 듯 크게 부풀어올랐다. 어머니도 놀란 듯 어깨를 움찔 떨었다. 아주 잠깐 동안의, 그러나 참을 수 없이 무거운 정적. 아무 것도 들리지 않기는 매한가지일 텐데도 딸아이는 예고 없이 갑작스레 찾아든 침묵을 못 견뎌했다. 아이의 큰 눈에 물기가 맺히는 걸 본 구보는 후, 한숨을 내쉬며 다시 숟가락을 들었다 어머니도 그림 속 정물처럼 조용히 앉아 말없이 수저질을 계속할 뿐이었다.

7:00 컴퓨터 보안시스템*

이상(李想)은, 일어나자마자, 컴퓨터를 점검했다. 새로 저장된 이미지파일은 발견되지 않았다. 촬영 모드에서 실시간 모드로 전환해 보았다. 주차되어 있는 자동차를 클로즈업하여 이곳저곳 비춰보았다. 어떤 이상도 없었다.

최근 누군가가 이상의 자동차에 세 번이나 고의적으로 흠집을 냈다. 고민 끝에 이상은 보안 시스템을 만들었다. 우선 주차장이 가장 잘 보이는 담 위에

---

* 본 장 '07:00 컴퓨터 보안시스템'에서부터 '11:00 연산오류'까지는 '이상'이 초점화자로 설정되어 있는 부분이다. 작가는 노희준으로, 1999년 <문학사상> 신인공모에 『캔』이 당선되어 문단에 데뷔했다.

폐쇄회로 카메라를 설치했다. 차 전체에 얇은 전류가 흐르게 한 다음, 센서를
달아 전압에 이상이 생길 경우에만 컴퓨터에 전파를 발신하도록 해 놓았다.
어떤 쇠붙이든 차에 닿기만 하면 곧바로 전파가 컴퓨터에 수신되고 폐쇄회로
카메라에 포착된 범인의 모습이 이미지 파일로 저장된다. 최근 일주일 동안은
자동차에 달라붙은 습기 때문에 발생한 몇 번의 오작동을 제외하고는 사진이
찍힌 적이 없었다.
　이상은 모니터 안을 물끄러미 쳐다보다가 얼굴을 찌푸렸다. 이년 전만 해도
매일 아침 여덟 시부터 저녁 여덟 시까지 화면 속에 갇혀 있어야 했다. 회사건
물 안에 있는 동안에는 모니터 안에 언제나 이상을 흉내내는 또 다른 이상이
있었다. 사각지대는 없었다. 카메라의 눈은 휴게실 안까지, 화장실 안까지 따
라붙었다. 이상이 구석에 처박혀 낮잠을 자거나, 휴게실에서 상사 욕을 하는
동안 누군가는 조용히 이상의 근무 카드에 접수를 입력했다. 혹 오줌이나
똥 누는 실력에는 접수가 안 붙었을까. 이상은 설핏 웃으며 컴퓨터를 꺼버렸다.
그곳에서는 보이는 것만이 진실의 전부였다.
　출근 준비를 펜티엄급 속도로 끝내고, 이상은 집을 나와 골목길에 세워둔
렉서스(Lexus)로 달려갔다. 구석구석 다시 한번 살펴보았지만 아무 문제도 없
었다. 불소 도장된 은색 표면에는 갓 면도된 매끈한 수염발까지 선명하게
비쳤다. 자동차는 이상에게 완전히 솔직했다.
　사실 처음엔 꼭 렉서스를 살 생각은 아니었다. 말끔한 정장을 한 두 명의
상담원이 집에 방문하기 전까진 분명히 그랬다. 그들은 차의 기능에 대해서는
오래 설명하지 않았다. 품질은 말할 필요조차 없다는 식이었다. 육만 킬로까지
보장기간이며, 엔진오일을 갈 때가 되면 고객이 전화하기 전에 수리공이 먼저
고객을 방문하여 무료정비를 실시한다는 등등의 이야기가 대부분. 무엇보다
이상의 마음을 사로잡은 것은 무언가에 들떠 있는 듯한 그들의 눈빛이었다.
새삼 벅차 오르는 감격을 느끼며 이상은 차에 올라타 시동을 걸었다. 중립에서
가볍게 액셀러레이터를 밟아보았다. 알피엠이 사천 삼천을 오르내리는 데도

진동이나 소음이 전혀 없었다. 이상은 차를 출발시키며 마음속으로 천천히 중얼거렸다. 이상, 넌 성공했어.

8:00 시나리오뱅크

이상(李想)이 시나리오뱅크에 출근한 것은 정각 8:00시. 사장실에 들어서자마자 류 시인에게서 전화가 왔다. 평소 때와 마찬가지로 류 선배는 자기 할 말만 짧고 간략하게 내뱉고는 대답도 듣지 않고 전화를 끊어 버렸다. 수화기를 내려놓고 나서야 10시 이후에 자주 만나는 청담동 재즈 바로 오라는 얘기임을 알 수 있었다. 알게 된 지 10년이 넘었는데도 류 선배의 약속하는 방식은 변하지 않았다. 예나 지금이나, 설사 가지 않는다 해도 신경 쓸 사람은 아니었다.

이 메일을 확인하고, 결재해야 할 전자문서들을 검토하고 나니 삼십 분이 훌쩍 지나갔다. 매일 하던 대로 커피 메이커에서 커피를 따르는데 잔에 미세하게 금이 가 있었다. 가슴이 철렁 내려앉았다. 한달 전 차 문짝에 깊이 패어 있던 흉한 흠집이 연상된 탓이었다. 깨진 잔으로 커피를 마시며 이상은 곰곰이 생각했다. 정말 누굴까. 누가 자꾸 내 차에 깊숙한 칼자국을 남기는 것일까. 청담동 주택가에서 이상의 차는 유일한 외제차가 아니었다. 누군가에게 특별히 원한 살 만한 일을 한 적도 없었다. 계획적인 범죄라기에는 너무 유치했고, 그저 어떤 미친놈의 악취미라기에는 세 번이라는 횟수가 납득이 가지 않았다. 한숨이 나왔다. 정말 알 수 없는 일이었다.

생각이 복잡해지거나 우울할 때면 언제나 하는 버릇대로 회전의자를 천천히 돌려 40평 남짓의 사무실을 휘둘러보았다. 17인치 모니터에 매달려 저마다 자신의 일에 열중하고 있는 직원들의 모습이 빠짐없이 시야에 들어왔다. 몇몇 이상과 눈이 마주친 직원들이 가볍게 눈인사를 보냈다. 순간 거짓말처럼 복통이 사그라들었다. 그래, 우선은 일을 해야지. 이상은 컴퓨터를 가동시키고 모니터에 시선을 집중시켰다. 자동차 걱정에 시간을 낭비하기에는 할 일이 많았

다. 내일 모레까지는 새로 맡은 게임 시나리오의 알고리즘(Algorithm) 검토를
완수해야 한다.

　상상력을 생사의 무기로 삼는 인터넷 사업에 있어 대기업 식의 일방향적
지시체계는 철저히 지양되어야 한다는 게 경험으로 얻은 이상의 경영방침이었
다. 하지만 동시에 한 배를 타고 있다는 공동체 의식만큼 절실하게 요구되는
것도 없었다. 모순되는 두 가지 요구를 충족시키는 환경을 만들기 위해 이상은
새 사무실 설계 회의 때 사장실을 공개하고 모든 칸막이를 아크릴과 유리로
제작할 것을 제안했다. 한 번의 큰 위기를 겪고, 종래 경영방식의 문제점이
서로에 대한 불신에 있었다는 사실을 깨달은 뒤라, 창립 멤버 모두는 이상의
의견에 적극적으로 동의해 주었다. 그리고 6개월 뒤, 이제 새로 건설된 회사에
서로의 공간을 가름짓는 벽 따위 남아 있지 않았다. 핵심간부들은 언제든지
직원들의 일하는 모습을 바라볼 수 있다. 하지만 그 반대도 마찬가지이기
때문에 누구도 감시당한다고 생각하지는 않았다. 하기야 따지고 보면 평사원
개념이 없는 모두가 간부고 경영자인 회사다. 모두가 직함이 있는 데다 빠짐없
이 우리사주 직원이니까. 일을 하며, 사무실을 둘러보며, 이상은 차 생각을
까맣게 잊었다. 이 모든 것들의 중심에 있는 자기 자신이 자랑스러웠다.

9:00 게임 시나리오

　이상은, 수형도를 일일이 검토하며 전체 스토리가 프로그래밍이 가능하게
설정되었는지, 각 단계마다 컷의 연결이 자연스러울 것인지를 타진해보았다.
이번 경우는 무척 까다로웠다. 고객이 요구한 것은 게 게임 진행자, 즉 게이머
의 선택에 따라 결과가 달라지는 시나리오 다섯 단계가 설정되어 있었는데,
하나의 이야기 구조로 수십 개의 각기 다른 서사를 감당할 수 있어야 했다.

　작가들도 골머리를 썩였겠지만 이상은 그야말로 죽을 맛이었다. 시나리오
작가들은 인문학도들이라 컴퓨터에 난다 긴다 해봤자 프로그래밍에 대해서는
문외한이었다. 반면 의뢰인들은 시나 소설 같은 활자매체를 보면 머리에 쥐가

난다고 말하는, 컴퓨터밖에 모르는 전문 코더(Coder)들. 언제나 벌어지는 일이지만 중간에서 고생하는 건 이상이다. 이상이 맡은 역할은 모든 상상을 언어로하는 작가들이 코딩에 적합하게 이야기를 꾸밀 수 있도록 조언해주고, 시나리오 초본이 완성되면 이번에는 모든 상상을 컴퓨터로 하는 코더들이 쉽게 이해할 수 있도록 재구성하는 일이었다. 이야기를 창조하지도, 코딩을 하지도 않지만, 이상은 둘 사이에 없어서는 안 될 다리 역할을 하고 있었다.

말하자면 활자언어를 컴퓨터 언어로 바꾸는 일종의 번역 작업이었다. 다행히 일은 거의 다 끝나가고 있었다.

10:00 구보(仇步)에게

전화를 한 것은, 10시 10분쯤. 통화 중인지 휴대전화는 음성사서함으로 넘어갔다. 집에 전화를 했더니 어머님이 받았다. '구보는 집에 없다우. 벌써 나갔어.' 이상은 신경질적으로 수화기를 내려놓았다. 그러고 나서야 어머님에게 실수했다는 생각이 들었다. 젠장. 언제나 이런 식이라니까. 갑작스럽게 어머니 얼굴이 떠올랐다. 순식간에 눈물이 맺혔다. 퇴사조치를 받은 날이었다. 술을 마시고 새벽 네 시쯤에야 집에 들어섰다. 어머니는 그때까지도 거실에 있었다. 리모트 컨트롤을 손에 쥐고 소파에 모로 누운 채였다. 아무리 흔들어도 깨어나지 않았다.

사인은 심장마비였다. 사망추정시간에 방영된 프로그램들을 뒤적거려 보았지만 도대체 뭘 보고 놀랐는지 끝내 알 수 없었다. 만화 아니면 어린이 연속극이나 할 시간이었다. 장례식을 끝내고 어머니에 대해 이것저것 기억해보려했지만 거실 소파에 앉아 드라마 보는 모습밖에 생각나지 않았다. 어머니는 죽어서도 텔레비전만 보았다.

담배 한 대를 피워 물고 체머리를 했다. 옛말에도 풍수지탄이라 했다. 이제와서 후회해야 소용없는 일이었다. 눈물을 들인 다음 구보에게 다시 전화를했다. 이번에도 받지 않았다. '통화 안 될지도 모르니까 미리 시간이랑 약속장소 남길게. 일곱 시쯤이 좋을 것 같고 너네 집 앞으로 갈게. 메시지 듣는 대로 전화해.' 사서함에 메시지를 남기고 나서, 이상은 두 대 째의 담배에 불을 붙였다. 한번 입 밖으로 나간 말소리가 몇 시간이고 며칠이고 기계 속에 저장되어 있다가, 본인은 알지 못하는 때에 상대방이 듣고, 또 제멋대로 저장하거나 삭제한다는 건 어쩐지 기분 나쁜 일이었다. 음성 남기기를 싫어한다는 것을 알면서도 구보는 전화를 잘 받지 않았다. 매번 핑계를 댔지만 남자의 전화 따위를 기다릴 여자가 아니라는 것을 이상은 알고 있었다. 그런데도 여자의 눈빛은 항상 초조해 보였다. 도대체 여자는 뭘 기다리는 것일까. 이상은 '눈 너머 깊은 곳에서 여자가 어떤 종류의 물고기를 기르고 있는지' 궁금했다.

04:00 어머니의 꿈*

"구보야, 구보야 뭐하니!"

"……."

"구보야, 구보야! 살았니, 죽었니!"

웬 아이들이 몰려와 한참 전부터 구보를 불러대고 있었다. 무엇을 하는지, 그러나 구보는 통 대답이 없었다. 얘가 어디 갔을까. 그 소리에 귀를 기울이고 있던 어머니는 끄응, 소리를 내며 맨바닥에 누워 있던 몸을 일으켜 세웠다. 연례 행사처럼 남편의 주정이 한바탕 집안을 휩쓸고 난 다음이었다. 그런 날이면 어머니는 꼼짝없이 앓아 누워야 했다. 무조건 돈을 내놓으라고 멱살을 잡고 뒤흔드는 남편의 힘에는 도저히 당해낼 재간이 없었던 것이다. 오늘도 구보는 제 아비를 뜯어말리느라 꽤 여러 번 손찌검을 당했다. 벌겋게 독이 올라 자식까지 패댕이치는 남편은 짐승이나 다름없었다. 그러나 결국, 화장대 모서리에 찍혀 구보의 이마에 붉은 피가 솟구쳐 오르는 것을 보고서야 어머니

---

* 본 장 '04:00 어머니의 꿈'부터 '07:00 딸을 위해 끓이는 돼지고기 고추장 찌개'까지는 '구보의 어머니'가 초점화자로 설정되어 있는 부분이다. 작가는 오내영.

는 비상금을 내주고 말았다. 어디 가서 콱 뒈져버리기나 하지. 아무 일 없었다는 듯 옷매무새를 바로 하는 남편의 등에 대고 어머니는 혼잣말처럼 중얼거렸다. 그리고는 함부로 헝클어진 차림새를 다듬지도 못하고서 바닥에 오랫동안 널브러져 있었다. 이대로 확 죽어버렸으면, 그런 사이 남편이 나갔고, 그 뒤로 구보 역시 보이지 않았다. 대체 얘가 어디로 갔을까. 금세 이마에 흉이 질 텐데.

마루로 나서는 순간, 어머니는 냉큼 달려드는 불안한 기운에 화닥 놀랐다. 뒷골까지 치고 올라오는 냉기에 사지가 다 떨릴 지경이었다. 다급한 마음으로 어머니는 집안 구석구석을 살펴보았다. 그러나 구보는 아무데도 없었다.

"구보야, 구보야, 살았니, 죽었니!"

어머니는 아이들의 목소리를 밧줄 삼아 휘청휘청 밖으로 나가 보았다. 누가 가져다 놓았는지 마당 한가운데 하얀 냉장고가 휑덩그렁하게 놓여 있었다. 그것을 보자 어머니는 중요한 장기 기관 하나가 쑥 빠져나간 것처럼 기우뚱했다. 비틀거리며 냉장고 앞까지 다가간 어머니는 눈을 꼭 감고 벌컥 문을 열었다. 눈을 뜨지 않아도 그 안이 훤히 보이는 것 같았다. 어머니는 숨이 막혔다. 손이 저리고 다리가 풀려 그 자리에 풀썩 주저앉고 말았다. 어머니는 머저리처럼 구보의 이름만 불러댔다. 구보야, 구보야, 구보야.

구보는 거기에 있었다. 제 몸보다 작은 냉장고 속에, 눈을 부릅뜨고서 온몸에 하얗게 서리가 뒤덮인 채(영화 <301 · 302>)

"문 좀 열어줘요, 제발!"

넋을 놓고 냉장고 앞에 웅크리고 있을 때, 이번에는 다 큰 구보의 목소리가 어머니의 뒷덜미를 채갔다. 그제야 어머니는 눈을 흡, 떴다. 활짝 열린 냉장고 안에 있는 사람은 구보가 아니라 어머니 자신이었다.

"엄마, 나 좀 꺼내줘요! 이 문 좀 열어주세요!"

도무지 근원을 알 수 없는 곳으로부터 구보의 애닳은 목소리가 들려오고 있었다. 어머니는 가슴이 답답해 정신을 차릴 수가 없었다. 끊임없이 에미를 찾아대는 구보의 소리가 아득해질 뿐이었다. 어머니는 힘껏 냉장고에서 제 몸피를 끄집어내려고 애썼다. 그러나 그 앞에는 술 취한 남편과 무표정한 사위 그리고 말 못하는 손녀가 지켜 서 있었다. 무슨 일인지 그들은 모두 이 생 사람들 같지 않았다. 하얗게 질린 목소리가 계속해서 들려왔지만, 시멘트 벽 같은 그들의 시선에 막혀 어머니는 새된 소리로 구보의 이름만 불러댔다. 구보야, 구보야, 구보야.

05:00 시뻥을 만나다

— 메시지는 육체의 연장이라고 먀살 맥루한이 이미 실컷 지껄었을텐데?
— 그 말은 복잡한 컴퓨터 조작해체 땜에 사람간의 의사소통이 왜곡, 통제 될 수 있다는 항간의 우려를 싸그리 일축하는 건가?
— 좋으실 대로.
— 난, 난 말야, 사이버 공간에선 육체의 많은 부분들이 자유롭다고…….
구보가 여기까지 글자를 쳐넣었을 때 뭔가 둔탁하고 단단한 것이 바닥에 떨어지는 듯한 소리가 연속적으로 났다. 소리의 방향은 분명 아이의 방 쪽이었다. 그녀는 이것저것 잴 것 없이 콩튀듯 후닥닥 튀어나갔다.
— 아악!
불도 켜지 않은 어두운 부엌 구석에 오르락내리락 하는 것은 분명 사람 그림자였다. 구보의 입에서 반사적으로 비명이 터져 나왔다. 귀를 찢는 날카로운 금속성의 비명소리에 놀란 구보가 얼른 주먹으로 제 입을 틀어막았다. 냉장고 앞에서 일렁이는 산발한 머리에 파자마 차림의 실루엣은 분명 어머니였다.
— 도대체 뭐하는 거예요!
놀란 어머니는 바퀴벌레처럼 쪼르르 부엌구석으로 가 잔뜩 몸을 웅크린 채 오들오들 떨고 있었다.
"틈이 보이길래……나는 그저 틈이 보이길래……니가 갇힐까봐, 나는 그저······."

구보는 실내화를 소리가 나도록 끌며 냉장고 앞으로 가 제대로 닫히지도 않은 냉장고 문을 거칠게 열어 젖혔다.

— 이러지 않아도 돼요! 난 이 틈새로 들어갈 수 없을 만큼 컸어요!

냉장고 안에 아무렇게나 쑤셔박혀 있던 쿠션과 신문뭉치들을 거칠게 끄집어내며 구보는 발을 텅텅 굴렀다. 신새벽의 예기치 않은 소란에 잠이 깬 딸아이만 아니었대도 구보는 어머니의 두 어깨를 사정없이 잡아 흔들며 어머니가 연례행사처럼 벌이는 이 끔찍한 행동에 대해 온갖 비난을 거칠게 퍼부어 댔을 것이다.

05:00 꿈의 연장

화닥 몸을 일으키고 보니 사방이 어두웠다. 먹먹한 검은 빛 사이로 살려달라고 하던 구보의 목소리가 이명처럼 다가왔다 사라졌다. 어머니는 유령처럼 자리에서 일어나 구보의 방으로 건너가 보았다.

구보의 방에서는 환한 빛이 새어 나오고 있었다. 어머니는 조심스럽게 문을 열고, 한 뼘도 되지 않는 틈 새로 휘적휘적 구보를 찾았다. 그리고 금세 어머니의 어두운 시야로 달팽이처럼 움츠리고 앉아 있는 구보의 모습이 잡혀들었다. 적막한 가운데 구보의 손끝에서 시작되는 키보드 소리가 과장되게 들려올 뿐이었다. 그제야 어머니는 안도했다. 구보는 있어야 할 자리에 아주 잘 있는 셈이었다. 어머니는 가슴을 쓸어 내렸다. 그러나 곧 밤새 그렇게 앉아 있었을 구보가 측은해 한숨이 절로 났다. 어머니는 딸의 굽은 어깨 위로 내려앉은 엄청난 생의 무게가 안쓰러운 것이었다. 그것이 구보가 학교적 들고 다니던 무거운 가방이라면 차라리 대신 들어주기라도 할 터였다. 하지만 구보가 '어머니'가 되고 제 어머니의 생을 그대로 닮아 '혼자 된 어미'가 되기까지 어머니는 딸에게 해줄 수 있는 일이 별로 없었다. 어머니는 혹 구보가 제 어미의 낌새를 눈치챌세라 조용히 딸의 세계로부터 한 걸음 뒤로 물러섰다.

어머니는 자신이 구보에게 뜻하지 않는 독(毒)임을 짐작하고 있었다. 다소 억울한 일이기는 했지만 세상 모녀들의 관계가 다 그러하리라 싶어 짐짓 모른 체할 뿐이었다. 그렇게 돌아서는데 어깨로 으쓱 한기가 느껴졌다. 나이 탓이다. 나이를 먹으면 신경도 약해지는 법이니까. 어머니는 소리내어 말했다.

방으로 들어가던 어머니는 반갑지 않은 손님처럼 희붐한 냉장고를 힐끗 보았다. 이런 망할! 평소에는 위－잉 하며 돌아가는 소리조차 생의 일부처럼 여기다가도 이럴 때면 언제나 딸의 생명을 위협하던 이물스런 무생물 같아 자기도 모르게 욕이 나왔다.

어머니가 냉장고를 처음 본 것은 구보가 아홉 살쯤 된 무렵이었다. 물건을 나르느라 미군 부대에 드나들던 남편이 버려진 냉장고를 주워온 것이었다. 남편은 아내에게 물건의 쓰임새를 알려주지 않았고 아내 역시 굳이 그것의 용도를 알고 싶어하지 않았다. 있으나마나 한 물건이었으므로 어머니는 그것을 마당 한쪽에 함부로 부려 놓을 수 있었다. 그렇던 것이 하나밖에 없는 자식을 집어삼키리라고는 꿈에도 생각하지 못했었다. 모처럼 집에 와 집의 기둥이라도 뽑아내 갈 것처럼 돈을 내놓으라며 난리를 쳐대던 술 취한 남편은 구보를 냉장고 안에 가두어버렸다. 겨우 정신을 차린 어머니가 구보를 찾아냈을 때, 구보는 이미 까무룩히 정신을 잃어가고 있었다. 제 몸보다도 작은 공간에 구겨 넣어져 있던 몸은 뻣뻣해 잘 펴지지도 않았다. 어머니는 금방이라도 숨이 넘어갈 듯 껄떡거리는 아이를 맵게 때렸다. 아이의 몸에 붉은 손자국이 성큼성큼 나는 것도 몰랐다. 다행히 집 앞을 지나가던 언청이 노파의 눈에 띄어 아이는 서둘러 응급처치를 받을 수 있었고 목숨도 구할 수가 있었다. 그러게, 부정 탄 물건을 함부로 들이는 게 아녀. 노파의 음산한 말투는 지금도 잊을 수가 없었다. 아무려나, 어둠이 몰려가고 총총히 별이 박힌 하늘을 따라 아이를 업고 집으로 돌아오는 길에 어머니는 서럽게 울었다. 그 이후로 어머니 는 냉장고를 볼 때마다 가슴이 쿵, 하고 내려앉았다. 그것은 어머니에게 또 하나의 남편이었다.

    그때의 기억을 상기한 어머니는 매운 눈초리로 흘겨보며 냉장고 앞으로 다가갔다. 그리고는 문을 열었다. 냉장고 안은 듬성듬성하게 자리를 메꾼 반찬통 몇 개만 있을 뿐, 온통 거슬리는 틈뿐이었다 어머니는 그 틈으로부터 구보의 신음이 흘러나오는 것 같아 마음이 어지러웠다. 그리고 급기야 정신을 잃어가는 구보의 환상이 보이기 시작했다. 어머니는 정신없이 식기와 앞치마, 행주와 고무장갑 같은 것들을 냉장고 안에 마구 쑤셔 넣었다. 그래도 여전히 구보는 그 안에 있었다. 어머니는 부주의하게 거실로 나가 쿠션이며 신문 따위들을 한아름 가져와 냉장고 안을 메꿔 나갔다. 그러다 일순 주위가 환해졌다. 그 탓에 어머니의 눈이 파르르 떨렸다. 아악! 등뒤에서 날카로운 비명도 들려왔다. 어머니는 허둥대던 손놀림을 멈추고 천천히 뒤를 돌아보았다. 주방 문턱을 밟고 구보가 망연히 서 있었다.

    "도대체 뭐하는 거예요!"

    노기 띤 목소리로 구보가 소리쳤다.

    "틈이 보이길래……나는 그저 틈이 보이길래……니가 갇힐까봐, 나는 그 저……."

    어이없는 표정으로 구보는 어머니를 노려보았다. 어머니는 그것을 이겨내지 못하고 어깨를 움츠렸다. 언제부턴가 어머니는 다 큰딸이 두려웠다. 그래서 등이 시린 날도 많았다. 구보가 성큼성큼 다가와 냉장고 안에 있지 말아야 할 것들을 거칠게 끄집어냈다.

    "이러지 않아도 되요! 난 이 틈새로 들어갈 수가 없어!"

    정신을 가다듬고 살펴보니 냉장고 안은 난장판이 되어 있었다. 어머니는 방으로 가기 위해 엉거주춤 일어났다. 한발짝 내딛기도 전에 무릎이 저려 어머니는 풀썩 주저앉고 말았다. 어머니는 그제야 커다란 눈망울로 이쪽을 바라보는 손녀딸을 보았다.

06:00 새벽녘 회상

방안은 아주 어둡고 십사 인치 텔레비전의 텅 빈 화면이 검푸른 빛으로 불투명하게 떠 보였다. 거울은 더욱 검었다. 무릎걸음으로 다가가 어둡고 깊을 뿐 아무 것도 되비치지 않는 거울을 바라보다가 어머니는 문득 서글퍼졌다. 하나밖에 없는 딸자식이 하필 에미 팔자를 그대로 닮아 가는 것 같은 탓이었다. 일찌감치 남편을 모르고 살아야 한다는 것과 평생 멍에를 지듯 딸 하나를 데리고 살아야 한다는 것이 바로 그랬다. 이유야 어찌 되었든 간에 누가 보더라도 그것은 몹쓸 대물림에 틀림없었다. 그 바람에 어머니는 스무 살 즈음부터 시작된 암울한 삶을 재생하여 사는 기분이었다. 정말 섬뜩한 일이었다. 어머니는 다시 한 번 남편을 탓했다. 여태 죽은 남편의 그늘에서 허우적대고 있는 모녀의 날들이 아득할 뿐이었다.

남편이란 인물은 한 군데 정착해 살 인물이 못 되었다. 떠넘겨지듯 아버지로부터 남편을 따라가라는 말을 들었을 때에도 그는 고향을 멀리 두고 여기저기로 떠돌던 중이었다. 등만 보이며 저만치 앞서가는 무뚝뚝한 사내와 이미 타인의 얼굴로 문 앞에 서 있던 아버지 사이에서 훌쩍훌쩍 울기만 하던 어머니는 결국 그를 따라 나섰고, 어느 허름한 여인숙의 더러운 이불 아래에서 짐을 지듯 처녀를 잃었으며 만삭이 다 되어서야 그의 고향에 정착할 수 있었다. 그는 등짐을 내려놓듯 어머니와 구보를 집에 두고 다시 밖으로 나갔다. 어느 날 밤인가는 손님처럼 찾아와 구보의 잠든 모습만 보다가 돌아가고, 또 어느 날인 가는 서둘러 일을 보듯 정사만 치르고 사라졌다. 오랫동안 그가 오지 않으면 매번 다른 여자들과 살림을 차렸다는 소문만 바람처럼 집안 문턱을 드나들 때도 있었다. 일 년쯤 소식이 끊어진 다음 남편이 다시 왔을 때, 그는 아주 다른 사람이 되어 있었다. 남편은 한동안 낯선 아비가 되어 집에 머물러 있었지만 그는 늘 말없는 손님이었고, 술이라도 마신 날이면 어김없이 어머니와 구보에게 손찌검을 해 돈을 빼앗아가 버리는 못된 강도나 다름없었다.

차라리 남편의 부재가 모녀에게는 더 나았다.

　그렇게 제 아비가 함부로 들고나는 통에 구보는 나이를 먹어갔다. 그리고 일찌감치 제 아비로부터 등을 돌렸다.

　구보가 열 다섯 살이 되던 해, 다른 임자들에게로 떠돌던 남편의 죽은 육신이 어머니에게 돌아왔다. 잘 됐다, 고 중얼거렸지만 어머니는 비죽비죽 솟아나는 눈물을 쉬이 숨길 수가 없었다. 언제나 집에 없던 남편이 이 세상 어느 구석에도 없을 거라는 서러움 탓이었다. 그래도 그는 구보의 아비였던 것이다. 그러나 구보는, 장례를 치르던 날에도 눈물 한 방울 흘리지 않았다. 저를 버려둔 아비에 대한 원망이 깊은 탓일 거였다. 외롭고 어린 상주 구보는 마치 남의 초상집에서 곡을 해주는 아이처럼 무심했다. 그리고 어머니는 그때 구보가 이미 사람에 대한 마음을 아주 버렸다는 사실을 어렴풋이 알 수 있었다.

　다시 위 - 잉, 소리를 내며 돌아가고 있는 냉장고 모터 소리에 어머니는 거울에 비친 자신의 모습을 보았다. 그리고 소리 없이 중얼거렸다.

　"구보가 들어갈 틈은 냉장고가 아니라, 이 세상 곳곳에 생긴 균열이구나"

새로운 문학의 양식, 하이퍼텍스트 소설의 도전

『디지털 구보 2001』의 성격과 의의

김종회

1. 종이책과 전자문학 텍스트, 그리고 경계의 와해

문학의 장르개념을 비롯하여 서술방식이나 태도 등에 분명한 의미가 부여
되고 그 의미가 질서정연하게 분화되던 시대가, 이제 우리 문화사 또는 문학사
의 지평선 너머로 이울고 있다. 이를테면 지금 우리는 문학사적으로 한 시대의
경계가 무너지는 동시에 그 다음 단계로 다가오는 시대의 성격이 모호한 만큼
양자를 결정적으로 구분하는 경계선 자체가 모호한, 매우 복잡한 변화의 지점
에 서 있다.

어찌 이것이 문학에서 뿐이겠는가. 문학을 배태하고 포괄하는 우리의 삶
자체가 이미 그렇게 경계의 와해를 감당해야하는 시기가 아니겠는가. 일찍이
문화인류학자 레비 스트로스가 '꿀과 담배'의 양분법으로, 곧 생식(生食)과
화식(火食)의 예각적인 대비로 자연과 문명의 양 극단을 설명하던 방식은
더 이상 유효하지 않다. 이 양자가 함께 얼크러지고 그 접촉과 환류를 통해
새롭게 형성되는 회색지대, 회색공간(gray zone)이 오히려 가치와 생산성을
인정받는 시대가 되었다.

이를테면 일과 놀이, 생업과 문화향수가 동일한 코드로 소통되고, 이제는

어느 누구도 '놀이'의 생산성을 부정하는 태도가 경직되고 의고적인 것임을 의심하지 않게 되었다. 나라마다 있는 저 오랜 개미와 베짱이의 민담 가운데, 베짱이의 노래가 재화로 치환되는 발상의 전환이 문화산업의 모티브를 이룬다거나, 더 직접적으로 영화 한 편이 자동차 수십만대의 수출에 필적한다거나 하는 등속의 논의가 일상의 차원에서 진지하게 이루어진다.

문학의 생산과 소비를 형성하는 두 축으로서 작가와 독자, 창작과 독서의 관계도 그렇다. 우선 작가의 영역에서 독자들의 '교사'로서, 아니면 여러 걸음 양보하여 독자들을 위해 복무하는 '가수'로서 일방통행적 역할을 감당하던 작가의 지위는, 더 이상 그 엄숙한 명호를 내걸기 어려워졌다. 반면에 작가 자신이 독자의 눈높이로 내려서는 경우, 독자가 작가의 역할을 수행하거나 아니면 작가의 창작행위에 개입하여 작품의 완성에 참여하는 경우 등 새로운 패러다임이 만들어지고 있다.

이렇게 되면 작품이 읽히지 않고 팔리지 않는다는, 수용과 유통의 문제는 이미 작가만의 영역에서 다룰 문제가 아닌 셈이다. 이러한 작가와 독자의, 상호 밀접하게 상관되어 있는 역할론은 거대담론에서 사적인 글쓰기로 이행되는 사회사적 배경으로부터 자유롭지 못하지만, 더 크게는 그러한 인식의 근본마저 휩쓸어 버릴 만큼 강력한 문화유형의 변화와 맞물려 있다.

문자매체와 활자문화에서 영상매체와 전자문화로의 변화, 아날로그적 서사구조에서 하이테크 디지털 미디어에 의한 글쓰기 모델로의 변화를 넘어서, 이윽고 문자와 영상과 소리의 혼합에 의한 통합매체의 출현을 목도하고 있는 때이다. 이러한 혁명적 변화, 금세기의 코페르니쿠스적 전환이 그에 맞는 발화의 형태와 사사구조를 촉발하는 것은 지극히 자연스러운 사정이라 할 터이다.

서사학(narratology)에서 영상언어(visual language)로, 디지털 매체의 양방향성(interactivity), 비선형성(nonlinarity), 통합성(audio-visuality) 등의 개념이 일반화되는 형식으로 문학의 경계가 확대되면서, 종이책만을 판도라의 상자 맨 밑바닥에 남겨두던 고집은 전시대의 유물로 치부되기에 이르렀다. 기실

이러한 상황에 따른 도의적 판단이나 주제론적 평가는 새로운 논의를 필요로
하거니와, 당금 서사구조의 현실이 진출해 있는 그 전방지점을 부인할 길은
없다. 바야흐로 디지털 시대, 사이버 문화, 전자문학 텍스트 등의 개념은 하나
의 시대정신(zeitgeist)으로 착근을 시도하고 있는 형편이다.

2. 하이퍼텍스트 소설의 창작방식과 새로운 시도

작가와 독자 사이의 경계가 와해되고 그 소통의 관계가 새로운 모델을 정립
한다는 측면에서, 하이퍼텍스트 문학은 새로운 조명을 필요로 한다. 이 방식으
로 만나는 작가와 독자는 지금까지와는 전혀 다른 국면에서 전혀 다른 역할을
수행한다.

작가는 일종의 데이터 제공자로서 일정한 순서로 인터넷 상의 웹사이트에
소설의 길을 열어 놓지만, 독자는 작가가 정해놓은 길을 따라 소설을 읽을
수도 있고 전혀 다르게 읽을 수도 있다. 독자는 마우스를 누르면 원하는 부분
을 이곳저곳 열어갈 수 있다. 다시 말해 마우스로 링크를 클릭해서 여러 개의
독서로(reading path)를 택하여 소설을 읽을 수 있는 것이다.

이와 같은 하이퍼텍스트의 근원적인 생각을 처음 시작한 사람은 바네바
부쉬였고, 그는 이미 1940년대에 책장을 넘기며 사전의 단어를 찾는 방식으로
는 넘치는 정보와 자료의 관리가 어렵다고 생각했다. 반면에 인터넷에서는
원하는 단어를 넣기만 하면 규정된 배열을 통과하여 곧바로 자료검색이 가능
하지 않은가.

부쉬의 생각은 1960년경 테오도르 넬슨에 의해 본격적인 실용의 단계로
들어선다. 그는 자료의 저장 또는 자료의 활용이 고정된 장소 개념을 넘어서는,
비선형적 텍스트 개념으로 '하이퍼텍스트(hypertext)'란 용어를 사용했다. 이
것이 문학의 한 형식이 되었을 때 마치 새로운 '의식의 흐름'과도 같이 다양한
가능성, 창의적 상상력을 발양할 수 있다.

일찍이 김동인이 「광화사」에서 부분적이고 한정적으로 시도해 보았던, 주인공의 행동에 여러 경우의 서사적 전개를 부여하는 것이 아주 자유로워진다. 그런가 하면 독자는 스스로 선택하는 독서로를 따라 작품을 읽을 뿐 아니라 작가의 글쓰기에 참여하거나 그 글쓰기를 변형할 수 있고, 경우에 따라서는 독자들이 모여 릴레이식 글쓰기를 할 수도 있다. 이야기의 제작 뿐만이 아니라, 때로는 컴퓨터 게임과 같은 방식으로 독자가 작품의 구성을 만들어가는 다양한 플롯을 창조할 수도 있다.

그러할 때 작가와 독자는 근본적으로 지금까지의 문학작품에서와는 다른 창작문법 아래에 있고, 심지어 작품의 생산은 기본 골격에 해당할 뿐 정작 중요한 것은 아직 완성되지 않은 작품의 감상에 독자가 참여함으로써 비로소 작품을 완성해가는 패러다임의 변화를 보게 되는 것이다. 우리 고전문학에서 구비문학(口碑文學)이 갖는 '현장성'을 여기에 참고해 볼 만하다. 이 지점에서 작가와 독자를 이분법적으로 구분하는 것은 무의미한 일이 된다.

그러나 이처럼 획기적인 창작 방식의 변화가, 시대적 조류를 앞서가는 것으로 환영받기만 하는 것은 물론 아니다. 하이퍼텍스트 문학은 필연적으로 디지털 매체의 네트웍(network) 기능과 손잡고 있다. 네트웍은 누구에게나 열려 있으므로 누구나 언제든지 여기에 작품을 올리면 작가로서의 역할을 할 수 있다. 그러할 때 작가의 저열성을, 그리고 작품의 질적 하락을 견책할 장치가 극히 미흡하다. 아울러 신세대가 중심인 네티즌의 감성에 의존할 수밖에 없는, 수용의 수준에도 문제가 생길 가능성이 약여하다.

하지만 이러한 우려조차도 이 형식의 문학이 활성적 전개를 보이고 생산과 소비가 일정 수준 이상으로 진척되었을 때의 일이다. 우리 문학에 있어 이 대목은 아직 초동단계를 벗어나지 못했다. 그동안 우리 사이버 문학의 현주소가 인터넷에 활자 형식의 작품과 다를 바 없는 작품을 올려놓는 데 그친 것으로 평가되어 온 것이 바로 이를 말한다.

그런 까닭으로, 앞으로 정말 변화하는 시대정신을 반영하고 동시대의 깊이 있는 바닥을 두들기며 문학 향수자로 하여금 문화현상의 중심에 서 있다고 느낄 수 있도록, 제대로 제작된 하이퍼텍스트 문학이 요청되어 온 것이 사실이다.

새로운 세기를 맞으면서 우리 문화의 지평 위에 새롭게 등장한 디지털 북 또는 전자책(e-book)이라 불리는 새로운 문화매체가 기업적 경영의 형태를 추구하고 있고, 문학 관련자들의 인식이 변화하고 있는 것은, 이 문제에 괄목할 만한 환경변화가 아닐 수 없다. 이러한 흐름을 타고 근자에 본격적인 하이퍼텍스트 문학의 산출이 이루어지고 있는 것은, 여러 모로 주목을 요하는 일이다.

3. 우리 문학의 새 영역, 그 첫걸음 — 『디지털 구보 2001』

하이퍼텍스트 문학의 국내 첫 시도는, 정과리 교수를 중심으로 진행된 문화관광부 산하의 '새천년 예술' 하이퍼 시 사이트 (언어의 새벽 http://eos.mct.go.kr) 프로젝트였다. 1백여명의 시인이 동원된 이 프로젝트는 문자매체의 지위 하락과 영상매체의 영향력 확산을 받아들이면서 문자 ·영상· 소리의 혼합에 의한, 다시 말하면 시각적인 요소와 청각적인 요소의 통합에 의한 통합매체의 가능성을 시연해 보인바 있다.

이들의 의도는 "동영상 음향을 주된 매질로 하고 감각적 반응 시간을 최대한도로 단축하는 하이퍼 텍스트를 순수한 문자 언어로만 구성하여 감각적 반응시간을 가능한 한 지연시키고 그 사이에 사유와 상상이 개입될 여백을 열어 놓음으로서, 문자언어 특히 문학의 고유한 활동인 반성적 활동을 하이퍼 텍스트에 심어보고자 하는 것"이라고 서술되어 있다.

그런데 하이퍼텍스트란 개념 자체가 벌써 '순수한 문자언어'의 영역을 넘어가 버렸으며, 하이퍼텍스트 문학 자체가 이미 '문학의 고유한 활동인 반성적 성찰'에 큰 비중을 두고 있지 않은데, 국내 첫 시도로서 하이퍼텍스트 시 체계를 구축하면서 이처럼 어정쩡한 자세를 내보이는 것은 순수한 복고적인 태도로 과감한 실험 정신도 아닌 형국이 되기 십상이다.

이 시범적 작업에 대해 신범순 교수가, 시작도 끝도 통일성도 없는 텍스트로서 잡단창작의 한 유형이라거나 주체의 분산이라는 당초의 시도가 그 정체성을 상실했다거나 하는 문제점을 비판한 것은, 앞서 언급한 의도의 명확성과 관련이 있어 보인다. 하이퍼 텍스트는 하이퍼텍스트인 것이며, 이 방식의 문학적 산출이나 향수를 추구할 양이면 먼저 동시대의 문학인들에게 여전히 마성적 영향력을 발휘하고 있는 문자 언어에의 미련을 벗어버려야 할 것이다. 그것이 아니면 문자언어의 단계를 넘어서 다음 단계의 문화적 현상 한 복판으로 진행할 준비가 덜 되었다는 지적을 면키 어렵다.

이 새로운 시도에서 한 걸음 더 나아간, 그리고 그 유형의 개념을 소설 양식으로 옮겨간 것이, 최혜실 교수가 주도하여 창작한 하이퍼텍스트 소설 『디지털 구보 2001』이다.

수세기에 걸쳐 우리에게 익숙한 문자적 의미에 동영상, 소리, 이미지와 같은 새로운 매질이 가세한, 거기에 디지털 단편영화까지 덧붙인 이 소설은 그 문학사적 지위가 결코 만만치 않다. 이는 단순히 문자적 속성의 와해와 새로운 통합서사의 출현이라는 부분적 의미망을 구성하는 데 그치지 않고, 21세기의 거대한 인문학적 패러다임의 전환이라는 문제와 맞물려 있다. 작품의 성과를 세밀하게 탐색하기에 앞서 이와 같은 발생론적 구조를 통해 보면, 이 작품은 언필칭 '21세기의 『혈의 누』'란 호칭을 부여받을 만하다.

소설적 내용의 구성에 있어 이 작품은, 그 제목이 지시하는 바와 같이 박태원, 최인훈, 주인석으로 이어지는 구보계 소설 범주에 든다. 그런데 그 구보는 전대의 구보들과 사뭇 다른 입지를 가졌다. 산책자의 지팡이 또는 지적 탐색자의 더듬이를 가졌던 전대의 구보들은 이 소설의 생산자적 지식인과 다르다. 더욱이 이 구보는 여성 지식인이다. 중심인물을 여성 지식인으로 내세운 것은, 여성성이란 구태의 극복 가능성과 새로운 단계로의 진입을 시사한다. 여성을 얽어매는 육신적 제한 조건들이, 사이버 공간이라는 바탕 및 배경의 확장과 더불어 새로운 서사적 패턴을 이룰 가능성이 발생한다.

구보가 전대의 구보를 패러디했다면 구보의 남자 친구 이상 역시 역사적 인물로서의 작가 이상을 패러디했다. 일제하 상실과 말소의 시대에 치열한 문학적 열정을 모더니즘적 기법으로 표현했던 이상은 여기에서 컴퓨터 시나리오 작가로 디지털 기술과 인문적 상상력을 통합하고자 하는 새로운 인식의 토대를 갖춘 지식인으로 변형되어 나타난다.

또 하나의 중심축인 구보의 어머니는 박태원 소설의 어머니에 대응될 만큼 삼등분으로 구획된 자기 영역의 역할이 있다. 어머니와 구보, 또 구보와 구보의 딸로 이어지는 모성애의 사슬은, 이 디지털 문화로 백화난만한 시대에 가장 근원적인 모성의 문제가 무엇을 의미하는가라는, 문명적 인성과 자연적 본성의 충돌이라는 저 고색창연한 역사적 과제를 다시 환기하는 장치로 기능한다. 이 대목에 강력한 엑센트를 부여하기 위해 구보는 이혼한 여자로, 딸은 장애아로서의 외형을 갖는다.

이 세 인물, 구보와 이상과 어머니가 하루동안이라는 제한된 시간대에 걸쳐 각기 겹치기도 하고 헤어지기도 하면서 서술적 사건을 만들어 간다. 독자들은 인물이나 시간대에 따라 마련된 독서로를 통해, 어느 인물 어느 시간이든지 원하는 지점에서부터 읽기를 시도할 수 있다. 매체의 특성상 그 읽기는 보기·듣기·느끼기를 함께 감각할 수 있는 가능성의 길 위에 펼쳐져 있다. 독자의 의도 또는 그 실행에 따라 소설의 이야기 과정이 다시 짜여지며, 문자와 동영상과 이미지가 동시에 다양하게 작동함으로써 기존의 소설문법이 가진 속성 및 한계로부터의 일탈이 가능해 진다. 이를테면 문자매체의 서술형태와는 전혀 판이한 통합서사의 형태가 지금 여기서 우리 앞에 놓이게 되는 것이다.

이미 언급한 바와 마찬가지로 이 경우의 작가는, 독자에게 선험적인 독서로를 제시하고 다양한 자료를 제공하며 독자가 그 향수의 노상에서 풍성한 체험을 누릴 수 있도록 조력을 공여하는 존재로 전화된다. 과거의 오만한 교술자로서의 작가는 존재하지 않으며, 사이버 문화공간에서 자기 방식의 읽기를 시도하는 독자도 결코 과거처럼 겸손하지 않다. 아울러 작가와 독자 사이의 경계 또한 무력해진다. 이 하이퍼텍스트 소설은, 바로 이와같은 문화적 변이양상의 반영이기도 하다.

그런데 이 소설 또한 디지털 문화의 기계적 과정과 사회적 매개체로서 인간의 삶을 유기적으로 연결하고 있으며, 그로 인한 한 시대 문화의 '문열이' 기능을 감당하고 있으되, 그 서사적 내용 자체는 의고적이며 시대적 변화의 선진적 지점을 점유할 만한 의식의 변화에는 이르지 못했다. 이 작품을 두고 비판의 언설을 세우자면 그 초점이 이 대목이어야 하며 일부의 격앙이 앞선 매체의 양식의 성격에 관한 포괄적 비판은 매우 신중하지 못한 경우이다.

4. 콜럼버스의 달걀을 넘어서, 새로운 서사세계로

디지털 시대, 사이버 문화, 하이퍼텍스트 문학, 시대는 이렇게 흘러가고 그것은 이제 인위적으로 되돌릴 수 없는 도저한 물결을 형성하고 있다. 종이책이여 안녕! 전자책을 넘어서! 이러한 수사가 일상적 언어로 횡행할 날이 바로 목전에 있다. 그런데 이 창대한 시대사적 흐름에 동화하기를 거절하는 문자로서의 문학은 이제 어떻게 될 것인가?

과거의 영예를 간직한 문학, 그 문학의 정신주의가 이 시대의 그로테스크한 형상을 감당하지 못하고 패배와 멸절의 예감에 떨고 있을 때, 고작해야 문학이나 인문학의 위기라는 레토릭을 작성하고 있을 때, 그 때의 문학은 무엇을 어떻게 해야 할 것인가? 그처럼 성한데 없이 상처입고 황량한 불모의 광야로 나섰다고 생각될 때의 정신주의 문학은, 오히려 그 상황으로 인하여 새로운 기력과 반탄력을 발양할 수도 있을 터이다. 그 오랜 역사과정을 품고 있는 이 종류의 문학이 그 내부에 끌어안고 있는 반동적인 힘이 죽지 않았다면 그 문학 또한 죽은 것이 아니다. 그것은 그것대로의 희망이 있다. 그러나 그것은 아무래도 과거지향적이며 견고한 형식 속에 내용을 담으려 할 것이며 무엇보다 소수일 것이다.

그러할 때 그와는 다른 얼굴을 가진 디지털 시대의 문학은, 우리 사회의 모든 부면에서 전방위적으로 기존의 경계가 무너지고 범주가 해체되는 시대적 상황을 수용하면서, 더 진전된 실험적 단계로 진입해 갈 것이다. 전문성을 가진 작가나 독자가 아닌 평범한 독자들은 이러한 변화에 어떻게 대응할 것이며, 그처럼 일반화된 가변성의 세계 또는 그것이 연장된 사이버 공간에서 발생하는 가치중립주의나 허무주의의 문제점들은 어떻게 다루어져야 할 것인가? 물론 이 문제는 여기에서 와는 달리 별도로 준비되는 논의를 필요로 한다.

이렇게 시대정신이 변하고 문화 및 문학의 반응양태가 달라지는 전환의 시기에, 『디지털 구보 2001』은 영상언어를 디지털 매체에 적용하는 새로운 문학의 가능성으로 제시하면서 문학사적 진일보라는 도전적 명제를 체현했다. 이는 이 작품의 제작에 어시스턴트 라이터로 참여했던 한 젊은 작가의 표현을 빌리자면, '콜럼버스의 달걀을 넘어서' 가는 길이었다. 일찍이 이인직의 『혈의 누』가 열었던 문학의 새 길, 그리고 루카치가 도스토예프스키를 두고 명명했던 '새로운 서사시'의 길 등이 이 작품의 미래와 더불어 어떻게 문학사적 친족관계를 형성할 지 주목해 볼 일이다.

하이퍼텍스트와 하이퍼텍스트 소설의 서사

『디지털 구보 2001』을 중심으로

채근병

1. 서론

하이퍼텍스트란, 텍스트의 블록들(어휘소)을 서로 결합시켜 전자적 연결점들로 구성한 텍스트를 말한다. 독자 혹은 하이퍼텍스트 실행자는 텍스트 안에 있는 개별적인 정보의 단위들을 '연결(Link)' 기능에 의해 다른 마디와 연결시켜 여러 가지 형태로 활성화시킬 수 있다.[1] 때문에 하이퍼텍스트를 구체적 양태로 발현시키기 위해서는 컴퓨터, 인터넷 등으로 구축된 디지털 매체 환경이 절대적이다. 종래의 인쇄 매체로 출간된 종이 서적과는 전혀 다른 형태의 매체 환경이 발생하는 것이다. 이는 하이퍼텍스트 생산자(작가) 또는 소비자(독자)에게 소위 '매체적 상상력'[2]을 요구하게 되는데, 새로운 세계 곧 가상현실에서 이루어지는 소통의 양식에 불확정적인 공간 영역을 더욱 확대시켜 작가나 독자 모두에게 새로운 시각으로 텍스트를 바라볼 수 있게 한다.

하이퍼텍스트를 접한다 말은, 곧 컴퓨터와 인터넷 등이 기반이 된 디지털 매체 환경 내에서 자신이 원하는 정보를 자유롭게 선택한다는 말과 크게 다르

---

1) 조지 P 랜도우, 여국현 외 역, 『하이퍼텍스트 2.0』(문학과학사, 2001) 참조.
2) 김성재, 「문학과 멀티미디어」, 『문학정신』, 1994년 5월, p. 10.

지 않다. 따라서 하이퍼텍스트에 있어서 중요한 특징은 '상호연결성'이랄 수 있는데, 이러한 특징으로부터 '텍스트 개방성, 상호텍스트성, 다성성, 탈중심화, 비선형성' 등 다양한 비평적 원리들이 추론될 수 있다.[3]

하지만 이러한 하이퍼텍스트의 기본적인 특징들을 만족시키고 있는 국내 문학 작품은『디지털 구보 2001』을 제외하고는 전무한 실정이다. 현재 웹 상에서 접할 수 있는 수많은 '사이버 소설'들은 특별한 의미의 글쓰기에서 일상적 글쓰기로의 전환을 유도하긴 했지만, 종래의 무협소설, SF소설, 환타지소설, 연애소설 등이 보여준 장르적 관습에서 벗어나지 못하고 있는 것으로 보인다.[4] 또한 이러한 '사이버 소설'들은 하이퍼텍스트에서 필수적으로 요구되는 '상호연결성'이 결여되어 있어 상호텍스트성이나 비선형성과 같은 비평적 가치들을 관찰하기에는 많은 무리가 따른다.

따라서 본고에서는 국내에서 최초로 시도된 본격 하이퍼텍스트 소설인『디지털 구보 2001』를 중심으로, 하이퍼텍스트 소설로서의 의미를 분석하고자 한다. 하지만 2004년 5월 현재 웹 상에서『디지털 구보 2001』를 접할 수 없는 이유로, 연구의 성과는 상당히 제한될 수밖에 없다. 하지만 국내에서 시도된 본격 하이퍼텍스트소설로는『디지털 구보 2001』이 처음이었기 때문에, 그 서사적 구성 원리를 분석함에 있어 하이퍼텍스트의 특징들이 관찰될 수 있다는 기대가 전혀 근거 없을 수는 없다.[5]『디지털 구보 2001』의 하이퍼

---

3) 조지 P. 랜도우, 앞의 책 참조
4) 김재국,「사이버 환경의 등장과 소설의 변화」,『사이버문학론』(월인 2001) 참조.
5) "디지털 구보는 하나의 거대한 그물망과 같다. 독자는 캐릭터나 이야기를 파괴할 수도 창조할 수도 있다. 독자는 작가가 되며 또 작가는 다시 독자로 돌아와야 한다. 누구도 이야기를 멈추게 할 수도, 결론을 내릴 수도 없다. 이러한 쌍방향성은 하이퍼텍스트의 주요특징이며, 디지털 구보는 이를 집중적으로 구조화했다"는 것으로 보아『디지털 구보 2001』이 하이퍼텍스트의 본래적인 특징을 구현하기 위해 기획되었다는 것을 알 수 있다.
『디지털 구보 2001』인포메이션, www.booktopia.com
김명석,「하이퍼텍스트소설『디지털 구보 2001』의 서사분석」, <현대문학의 연구> 제20집, 2003. 2. 재인용.

텍스트적 의미와 가치는 향후 이어질 하이터텍스트소설과 문학에 적지 않은
영향을 끼칠 수 있을 것이다.

2. 하이퍼텍스트의 특징과 유형

1) 하이퍼텍스트와 하이퍼텍스트로 실현된 문학의 특징

상술한 바, 하이퍼텍스트는 개별적인 정보의 단위(node)들이 여러 개의 덩어
리로 연결된 구조이다. 각각의 마디는 자체적으로 독립되어 있으면서도 '연결
(link)' 기능에 의해 다른 마디와 연결되어 독자가 개별 정보를 심화시키거나
체계화할 수 있다. 마디의 내용은 반드시 연결을 활성화할 때만 화면 위에
나타나기 때문에, 하이퍼텍스트의 기본 개념은 '연결'이라고 할 수 있다. '연결'
은 마디와 마디 또는 마디 안의 두 가지 항목 사이의 기계적 연결 상태를
지칭하는데, 상호 참조를 위해 같은 수준의 개념이나 마디를 병렬적으로 연결할
수도 있고, 주종관계를 보여주는 계층적 연결로 나타날 수도 있다. '연결점
(anchor)'은 텍스트 상의 어디에 링크된 마디가 있는지 표시해준다. 결국 하이퍼
텍스트는 수많은 마디가 거미줄처럼 링크되어 있는 구조라 할 수 있는데,
각각의 마디는 그 자체로 독립되어 있기 때문에 동일한 인터넷 주소(URL)안에
존재한다 하더라도 각각 다른 파일 이름을 지니고 있다. 따라서 하나의 마디가
활성화되면 이전까지 읽었던 마디는 완전히 사라지고 현재의 마디에서부터
새롭게 시작된다. 다시 말하면, 지금 화면 위에 실현된 마디가 새로운 중심이
된다는 뜻이다. 때문에 하이퍼텍스트는 비직선적, 유동적 구조를 바탕으로
끊임없이 탈중심화, 재중심화가 진행되는 텍스트라 할 수 있다. 따라서 하이퍼텍
스트의 가장 핵심적이며 본질적인 특성은 '상호연결(interconnection)'이다.[6]

하이퍼텍스트의 구조적인 특징은 1)링크를 통해 하나의 정보로부터 다른

---

6) 김진량, 『인터넷, 게시판 그리고 판타지 소설』(한양대학교 출판부, 2001) 참조.

정보로 이동이나 확장이 자유롭고 2)똑같은 정보라도 여러 가지 경로를 통해 접근할 수 있는 다선형의 선택이 가능하고, 3)하이퍼텍스트 상에서의 정보 접근은 연결의 활성화를 통해서만 가능하기 때문에 독자의 능동적인 선택이 필수적이다, 등으로 요약할 수 있다.

이러한 하이퍼텍스트는 문학 양식에도 커다란 변화를 야기하는데, 그것은 하이퍼텍스트가 가지고 있는 본래적 특징인 '유동성'으로 말미암아 텍스트의 내적 통일성이 파괴될 수 있기 때문이다. 하이퍼텍스트 형식으로 구성된 문학은 종래의 시작과 끝으로 이루어진 정격화된 플롯을 유지할 수 없다. 대신 독자의 능동적인 선택에 따라 수없이 많은 줄거리가 조합될 수 있고, 시작과 끝은 선택의 숫자만큼 늘거나 줄 수 있다.

때문에 하이퍼텍스트로 실현된 문학은 우선 디지털 정보 형태로 유통 관리되어야 할 것이다. 그래야만 디지털 정보의 유연성에서 비롯되는 각종 하이퍼텍스트적 특성이 현실화될 수 있기 때문이다. 그리고 그것은 인터넷 매체를 통해 유통되거나 혹은 CD - ROM 형태로 출판되더라도 온라인 상의 효과를 그대로 살릴 수 있어야 한다. 또한 하이퍼텍스트로 실현된 문학은, 하이퍼텍스트 형식의 본질적 조건이라 할 수 있는 연결(link)와 마디(node)를 이용해 상호 연결성을 유지해야 할 것이다.

2) 하이퍼텍스트 소설의 유형

하이퍼텍스트가 가지고 있는 특징들을 국내의 상황에 엄밀하게 적용시키기에는 어려운 점이 적지 않다. 초고속 통신망이 세계적 수준으로 갖추고 있다고는 하지만 하이퍼텍스트의 본질적인 특징이 구현된 문학을 찾기가 결코 쉽지 않을뿐더러, 혹 있다 하더라도 초보적인 수준의 것이거나 현재 웹 상에서 접속 자체가 안 되고 있는 실정이다.

본고에서는 하이퍼텍스트의 본질적인 특성을 '정보 단위들의 자유로운 연결'이라 전제하고, 본문 연결점의 유무와 연결점의 성격에 따라 하이퍼텍스트

의 유형을 구분하고자 한다.[7]

① 평면형 하이퍼텍스트소설

이는 가장 초보적인 하이퍼텍스트 형태로, 연결점이 본문 중간에 나타나지
않고 맨 처음과 끝에만 위치한다. 이 유형은 기성 작가들의 작품을 인터넷
상에 게재할 때 사용하는 형식이다. 본문 안에는 아무런 연결점이 없기 때문에
화면 상단 메뉴 목록을 이용해 다른 마디로 옮겨 갈 수 있는 장치가 마련되어
있다. 하지만 '앞으로', '뒤로', '상위메뉴' 와 같은 연결 장치는, 지금 현재
화면의 바로 전후 화면이나 그 상위 메뉴로 옮겨가는 기능만을 제공하기 때문
에 하이퍼텍스트의 본질적인 기능을 완벽하게 구현하기에는 부족한 면이 있
다. 이 유형은 웹 상에서 활자 매체로 발간된 책을 몇 가지 컴퓨터 운용 기술을
통해 페이지를 넘겨보는 양상과 흡사하다. 현재 웹 상에서 한국어로 창작,
유통되거나 검색 가능한 문학 텍스트의 대다수는 이 유형에 해당되고, 또한
그 텍스트의 수가 엄청나기 때문에 하위 유형을 나누기 위해서는 각 해당
텍스트의 소재나 주제 등 내용적인 면을 고려하여 장르를 가를 수밖에 없다.
무협소설, 과학소설, 환타지소설, 연애소설 등이 그것인데, 이러한 것들은 하
이퍼텍스트의 특징들을 구현하고 있다기 보다는 종래의 장르적 관습을 원용하

---

7) 하이퍼텍스트의 유형에 대한 논의는 논자에 따라 다양하다. 조지 P. 랜도우는 1)저자
   의 힘이 배가되는 유형(저자가 독자와 함께 저자로서의 힘을 공유하는 방식) 2)저자가
   정해놓은 대로 본질상 하나의 주된 내러티브를 독자가 구성하거나 발견하는 방식(독
   자가 주어진 전혀 다른 스토리들의 묶음이나 내러티브의 단편들로부터 하나 이상의
   스토리를 직조해내는 방식) 3)허구적 렉시아들로 이루어진 스토리들과 내러티브를
   이론이나 넌픽션 재로들과 함께 직조하는 스토리 4)저자 자신의 창조적인 글쓰기로
   부터 전적으로 유래한 허구적 하이퍼텍스트와 저자가 다른 많은 다른 작품들의 틈
   속에서 작업한 텍스트, 등으로 나누었다. (조지 P. 랜도우, 앞의 책 참조)
   또한 정형철은 마이클 조이스의 관점을 응용해 '탐색적 사이버 소설'과 '구성적 사이
   버소설'로 분류하였다. (정형철, 「하이퍼텍스트 픽션이란 무엇인가」,『사이버문학론』,
   (월인, 2001) 참조)
   본고에서는 본문 연결점의 유무와 연결점의 성격에 따라 하이퍼텍스트의 유형을
   나눈 김진량의 분류를 참조한다. (김진량, 앞의 책 참조.)

는 동시에 청소년들의 시대적 정서를 담아내고 있는데 주력한다. 따라서 하이퍼텍스트의 본래적 특징을 관찰하기에는 상당한 무리가 따른다.

② 경로형 하이퍼텍스트소설

이 유형은 이야기 마지막에 배치된 연결점을 선택함으로써, 새로운 마디로 옮겨 가 다른 텍스트를 계속 진행시킨다. 텍스트 속에 마련된 마디가 아니라, 이쪽으로 갈까? 저쪽으로 갈까? 혹은 이렇게 할까? 저렇게 할까? 또는 참인가? 거짓인가? 등과 같은 질문이 나오고 그에 대한 선택을 함으로써 활성화된다. 때문에 경로형 텍스트의 연결점은 완전히 새로운 마디를 활성화하는 기능을 가졌다기 보다는 저자가 미리 마련해 놓은 선택 가능한 이야기 경로(path)라 할 수 있다. 이 유형에 해당되는 국내 텍스트를 다시 평면형 텍스트처럼 하위 유형으로 구분할 수 있겠지만, 그에 해당된다고 판단되는 텍스트가 극히 미비한 실정이다.

③ 탐색형 하이퍼텍스트소설

이 유형은 비연속성, 비선형성, 상호텍스트성 등 하이퍼텍스트가 갖고 있는 본질적인 특징이 문학 텍스트의 양식에 구체적으로 적용된 경우이다. '연결하기' 기능을 실현시키기 위해 텍스트 중간에 여러 개의 연결점이 끼워져 있고, 이런 연결점들을 마우스로 클릭할 경우 또 다른 마디로 옮겨가 다른 이야기를 이어가는 것이다. 이야기 중간에 마디가 삽입되어 있다는 것은, 독자의 선택에 따라 이야기 조합이 달라질 수 있다는 것을 뜻한다. 따라서 이 유형에서는 읽기 자체가 하나의 창작 행위로 발전할 수 있는 가능성이 항상 열려 있다. 또한 새로운 연결이 끊임없이 생성될 수 있기 때문에, 색상의 변화, 사진이나 그림의 활용, 동영상의 동시 운용 등이 가능하다.

이 유형에 해당하는 국내 텍스트로는 『디지털 구보 2001』이 유일한데, 이 텍스트는 세 명의 등장 인물을 서술자로 내세워 세 개의 서로 다르면서 겹치는 줄거리를 만들어낸 경우이다. 각각의 줄거리는 시간 단위로 분절되어 있고, 그 안에 사진, 인용어구의 원전 등으로 옮겨갈 수 있는 연결점을 곳곳에 배치하고 있다.

3. 『디지털 구보 2001』의 주제 분석

『디지털 구보 2001』은 인터넷 MBC(www.imbc.com)가 인터넷 서점 북토피아(www.booktopia.com)와 손잡고 기획한 한국 최초의 본격 하이퍼텍스트 소설이다. 세 화자(이상, 구보, 구보의 어머니)의 24시간을 시간대별로 연결한 세 개의 기본 스토리로 구성되어 있고, 텍스트 중간에 '연결점'이 설정되어 있기 때문에 독자는 자신이 선택한 화자를 독립적으로 읽어갈 수도 있고, 도중에 다른 화자의 이야기로 이동해 갈 수도 있으며 인터넷으로 연결된 백과사전 같은 텍스트로도 이동할 수 있다. 이것은 독자가 자발적으로 선택한 연결의 방법에 따라 수많은 이야기가 생성될 수 있음을 뜻하는데, 이는 하이퍼텍스트의 본질적인 특징인 '상호연결성'이 『디지털 구보 2001』의 가장 중요한 텍스트 생성 방식임을 의미한다.

하지만 현재 웹 상에서 접속이 불가능하기 때문에 텍스트 안에 내재되어 있는 연결점으로 활성화되는 여러 매체적 응용 양상과 하이퍼텍스트의 주요한 특성을 파악하기에는 현실적인 문제가 있다. 이에 본문에서는 『디지털 구보 2001』의 서사적 구성원리와 주제적인 면을 검토하는 것으로 제한하고자 한다.

1) 새로운 시대의 풍경과 '산책'의 의미

제목에서도 알 수 있듯이, 『디지털 구보 2001』는 1930년대 박태원의 소설 『소설가 구보씨의 일일』과 깊은 연관성을 띄고 있다. 박태원의 소설에서, 구보는 일본 유학을 하고 귀국한 뒤 직장도 없이 홀어미 밑에서 소설을 쓰며 식민지의 수도 서울 거리의 극장, 다방, 정거장, 술집 등을 방황하며 자기 행적을 대학노트에 기록한다. 『소설가 구보씨의 일일』에 대해 '인구 38만 2천명을 헤아리는 식민지 수도 서울의 근대적 풍경을 산책하는 산책자의 개념을 들어 모더니즘의 양상을 지적할 수도' 있을 것이라는 평가[8]는, 『디지털 구보 2001』에서의 '구보'가 갖는 의미와 3장으로 구성되어 '상호연결'되어 있는 구조의 의미를 파악하는데 적절히 활용될 수 있다.

모더니즘 소설의 공통적 모티프로서 '승차'와 '산책'의 테마를 지적하는데, 특히 도시 산책은 인간의 순수 기억 재생의 조건이 된다. 산책은 행위의 세계에서의 분리를 의미하며, 주체로 하여금 생활에서의 직접적 반응을 차단시켜 방심, 몽상의 세계로 이끌어간다. '산책'과 마찬가지로 '카페' 혹은 다방 체험도 '행위에의 무관심'을 조장하는 환경조건이 된다. 1930년대 박태원이나 이상은 이를 잘 파악하고 이해한 문인들이었다.[9] 이러한 맥락에서 본다면 『소설가 구보씨의 일일』에 그려진 1930년대 식민지 경성의 전차와 백화점 등의 근대적 풍경은, 『디지털 구보 2001』에 이르러 '맥도널드', '스타벅스' 등과 같은 다국적 기업이 지배하는 서구자본주의적 풍경으로 진화한다. 『소설가 구보씨의 일일』의 구보가 보는 백화점 등이 근대적 생활양식의 시발점과도 같았다면, 『디지털 구보 2001』의 구보나 이상이 드나드는 '코엑스몰'이나 '롯데월드'는 21세기 서구 자본주의적 생활 방식이 가히 전지구적인 지배력을 보여주고 있는 상징으로 표상된다.

'코엑스(Convention and Exhibition Center)'는 설립 취지뿐 아니라 규모에서도 '세계'를 지향하고 있으며 국제적 문화 교류의 장으로도 활용되고 있다. 국가간의 무역과 문화교류가 거래되고 있는 이 건물 지하에는 '코엑스몰(CoexMall)'이 자리 잡고 있는데, 그 안에는 미로처럼 얽혀있는 통로를 따라 다국적 기업의 상품이나 상가들이 수없이 늘어서 있다. 미로처럼 얽혀 있는 통로를 따라 걸으며 자신의 호기심을 자극하는 상품이 진열되어 있는 상가에

---

8) 김윤식 · 정호웅, 『한국소설사』(예하 1994), p. 238.
9) 최혜실, 『한국 모더니즘 소설 연구』(민지사 1992) p. 202.

들어가 전 세계 어디에서나 같은 품질을 보유하고 있는 물품을 소유하고자 하는 것은, 하이퍼텍스트 행위자(독자)가 텍스트를 읽어가다가 텍스트 안에 링크되어 있는 연결점들을 클릭하면 곧바로 또 다른 텍스트가 열리는 상황과 매우 유사하다.

대규모 쇼핑센터와 엔터테인먼트 복합시설물의 결합으로 이루어진 '롯데월드'라는 공간의 성격 또한 같은 맥락에 있다고 할 수 있다. 대규모의 백화점이 맞붙어 있다는 사실도 그러하지만, 인간의 서사적인 욕망을 환경이란 전달매체를 통해 실현시키고 있는 곳이 테마파크라고 한다면 롯데월드라는 공간에 들어와 있는 인간은 현실세계와는 전혀 다른 자족적인 질서체계를 체험하고 있는 것이다.

구보와 이상의 일상생활에서 적지 않은 부분을 차지하고 있는 코엑스몰과 같은 환경은, 이미 그것 자체로 '새로운 시대의 풍경'이며 그러한 풍경을 산책자로서 바라본다는 것은 '새로운 시대의 풍경'에 대한 현대의 고현학적 태도와 맥을 같이 한다고 하겠다.

2) 소통의 가능성과 디지털 문화

『디지털 구보 2001』의 전체가 3장으로 구성되어 있는 것 자체가 어찌 보면 단절 혹은 소통불능이라는 주제의 한 측면을 강하게 암시하는 것이라 할 수 있다. 구보는 자신의 어머니에게 늘 냉랭한 태도를 보이며 딸과는 장애 때문에 말조차 온전하게 나눌 수 없다. 또한 이상은 자신의 옛 연인이었던 구보가 어떤 생각을 하고 지냈는지 제대로 알지 못하며 직장 동료들 역시 이상 자신의 사고를 이해하지 못한다. 구보의 어머니는 자신의 딸과 제대로 된 대화를 나누어 본 적이 없다. 이렇듯 주요한 등장인물들은 대개 소통불능의 상태로 빠져 있는데, 이러한 단절의 상황은 디지털 매체의 도움으로 새로운 돌파구를 마련한다.

말을 하지 못하는 구보 딸의 장애는 현대인의 의사소통의 단절적 상황을 강하게 암시한다. 구보와 전남편과의 심한 다툼이 딸의 장애에 간접적인 원인으로 제시되는데, 이는 타인에 대한 이해와 배려심의 부족이 결국은 언어조차 잃어버리는 소통불능의 극단적인 결과를 초래하는 것이다. 이때 딸아이의 수화는 구보를 비롯한 기성세대의 허황한 언어행위를 대신하는 것이기도 하지만, 딸아이 스스로가 선택한 또 다른 소통의 방식은 컴퓨터를 통한 글쓰기 혹은 편지쓰기이다. 컴퓨터를 이용한 딸아이의 글과 그것을 읽어주는 구보 어머니의 육성의 결합이 이루어지는 장면은 기존의 문화가 가지고 있는 의사소통수단에 대한 단점의 보완과 새로운 시대의 소통의 방식을 암시한다. 인간들 간의 대면적 접촉이 한계를 보이는 순간, 디지털 매체를 통해 그 한계를 극복하고자 하는 것이다.

또한 인터넷 시대의 가장 독특한 대화방식인 '채팅'은 이 작품 안에서 주요한 의사소통의 도구로 활용된다. 구보는 자신의 어머니와의 대화에서는 늘 단절감과 암담함을 느끼지만, 채팅을 통해 잠시 대화를 나눈 낯모르는 사람과는 상대의 속내를 추측해낼 정도로 속도 빠른 유대감을 드러낸다. 물론 그 유대감의 정체가 분명하여 관계의 지속이 유지된다고는 볼 수 없지만, 기존의 대화방식이 갖는 한계를 '채팅'이라는 디지털 시대의 대화매체는 새로운 방식으로 넘어서고자 하는 것이다.

그리고 컴퓨터와 인터넷을 통한 '채팅'에 비해 순발력과 단순함에서 앞서는 '핸드폰' 역시 이 작품에서 주요한 의사통신 수단으로 활용된다. 기계를 통한 메시지의 전달은 그 시공간적 한계를 넘어서며 인간의 소통의 범주를 엄청나게 확장시키기도 하지만, 역시 간단한 기계의 조작만으로 메시지의 단절 혹은 왜곡이 가능하다는 점에서 디지털 통신 매체가 갖는 이중성은 이 작품의 주요한 주제적 축을 담당한다.

기존의 아날로그적 대화의 방식에서 디지털 매체적 방식으로의 급속한 전환이 가히 전면적이라 판단한다면, 『디지털 구보 2001』에서 드러내는 갖가지 새로운 소통의 방식은 인간 의식세계의 확장과 그와 동시에 새로운 유폐와 고립의 방식을 일으킬지도 모른다는 이중성을 동시에 드러내 보여준다.

(3) 하이퍼텍스트적 개방성과 여성성

"여성을 옭아매는 육신적 제한 조건들이 사이버 공간이라는 바탕 및 배경의 확장과 더불어 새로운 서사적 패턴을 이룰 가능성이 발생"[10]했다는 평가는 하이퍼텍스트문학이 확보할 수 있는 새로운 여성성의 발견을 암시한다. 뿐만 아니라 하이퍼텍스트의 비선형과 상호텍스트성, 다성성 등의 특징들이 페미니즘적 시각과 얼마나 자연스럽게 조우할 수 있는지, 또한 지배서사의 우월적 지위에 대해 얼마나 비판적이며 대항적으로 작용할 수 있는지 엿볼 수 있다.

박태원의 작품과는 달리『디지털 구보 2001』에서 구보는 여성 지식인으로 설정되었다는 것 자체가 여성성에 대한 고민이 작품의 주요한 주제의 축일 수 있다. 구보는 자신의 어머니 그리고 딸과의 관계에 대해 늘 고민하는데, 그러한 고민의 시발점에는 폭력적인 아버지가 존재하고 있다. 그러한 폭력의 아버지로 상처받은 어머니와 같은 삶을 반복하지 않기 위해, 구보는 요리학원을 다니는 등 여러 노력을 기울이지만 그것의 결과는 대개 자신에게 투영된 어머니를 확인하는 것뿐이다. 아버지에 의해 냉장고에 갇힌 기억으로 인해 구보는 결코 씻을 수 없는 상처를 얻게 되고, 전남편과의 불화 그리고 그로 인한 딸의 장애 등으로 이어지며, 여성으로서의 삶이 얼마나 신산스러운 것인지 이 작품은 보여준다.

이러한 자신의 삶에 대한 지난한 물음은 곧바로 자신의 직업인 소설가에 대한 물음으로 이어진다. "시나리오뱅크"를 설립한 뒤 '이야기'를 팔아 돈을 벌기까지 하는 이상과는 달리, 구보는 디지털 시대, 사이버 시대에서 소설이란 무엇인지, 소설가란 어떠해야 하는지 자문한다. 구보가 몸담고 있는 "하이퍼텍스트 소설"이란 그것 자체가 하나의 산업이고 상업일 수밖에 없다. 그러한

---

10) 김종회,「새로운 문학의 길, 하이퍼텍스트 소설의 도전」,『사이버 문학의 이해』(집문당 2001), p. 313.

공간에서 '소설적 행위'가 가능하기 위해서는 결국 '재미'가 담보될 수밖에 없는 것인데, 그 '재미'는 문학이 스스로 자문하며 얻어내는 생산적인 사고의 방식과는 거리가 상당한 것이다. 때문에 구보의 질문은 '사이버 서사'에 대한 반성적 사유로 읽힐 수 있다. 결국은 자신의 삶을 늘 되짚고 되물어야 하는 문학적 행위의 본연이 '사이버 시대'에서도 그 진정성은 이어질 수밖에 없다는 것이다.

모진 가족사를 상처로 간직하고 있는 여성으로서의 삶과 소설가로서 자신에 대한 반성적 사유는, 때문에 하이퍼텍스트가 내재적으로 보유하고 있을 수밖에 없는 거대서사에 대한 비판적 기능과 맞닿는 것이다.

4. 결론

하이퍼텍스트의 물질적 기반은 컴퓨터, 인터넷 등이 주축이 된 디지털 환경이다. 이러한 디지털 문화 환경은 기존의 아날로그적 문화를 급격히 변화시키는 동시에 문학의 영역에도 심대한 영향력을 행사하고 있다. 기존의 서사 패턴이 가지고 있는 플롯 중심의 선형성은 비선형성으로, 작가가 가지고 있는 절대 우월적 서사 편집과 그로 인한 고정성은 불확적성과 비고정성으로 변모되어가고 있는 것이다.

이러한 하이퍼텍스트적 특징들은 유발시키는 가장 요인은 '상호연결성'이라 할 수 있다. 독자 스스로 선택해 새로운 이야기 조합을 끊임없이 발생시킬 수 있는 하이퍼텍스트는 작가의 선험적 권위를 뛰어 넘는 동시에 독자의 자유로운 선택이 끝없이 이어지는 한 영구히 새로운 텍스트로 늘 태어난다.

하지만 국내에는 이러한 하이퍼텍스트의 특징들을 구체적으로 실현하고 있는 문학 텍스트는 전무한 실정이다. 현재까지는 『디지털 구보 2001』만이 하이퍼텍스트에 대한 문학적 구현을 본격적으로 감행한 유일한 경우이다. 『디지털 구보 2001』는 구보, 이상, 구보의 어머니 등 세 명의 화자를 설정해

각각의 시점으로 진술해나가는 구조와, 그 각각 세 명의 화자가 시간대별로 나뉘어 독자 스스로 선택하면 어느 시간대, 어느 화자로도 이어질 수 있는 구조를 동시에 취하고 있다. 또한 본문 텍스트 안에 많은 연결점들을 설정해놓아 동영상과 이미지, 혹은 또 다른 웹으로 이동할 수 있는 장치를 마련해 놓았다. 구보라는 인물의 설정은 '산책'의 의미를 21세기적 풍경 내에서 관찰해보고자 하는 의도라 볼 수 있으며, 폭력적인 남편으로 상징되는 전시대적 가부장적 권위에 대항해 진정한 의미의 여성성를 탐구해보자 했다고 볼 수 있다. 또한 현대 사회의 소통 불가능성을 하이퍼텍스트적 상호연결성과 디지털 문화의 개방성으로 새로운 통로를 찾아보고자 했다.

이러한 내용적 측면과 하이퍼텍스트라는 형식적 측면이 어우러지면서, 『디지털 구보 2001』는 국내 최초로 본격적인 하이퍼텍스트 소설이라는 미학적 성취를 이루어냈다. 하지만 독자의 참여가 미비했다는 점, 특히 현재 웹상에서 어떠한 방식으로도 텍스트를 접할 수 없다는 점은 본 연구 뿐 아니라, 앞으로도 이어질 하이퍼텍스트 문학의 미래에도 부정적인 영향을 끼칠 수밖에 없을 것이다.

참고문헌

조지 P 랜도우, 여국현 외 역, 『하이퍼텍스트 2.0』, 문학과학사, 2001.
클라우디아 스프링거, 정준역 역, 『사이버에로스 : 탈산업 시대의 육체와 욕망』, 한나래, 1998.
김재국, 『디지털 시대의 대중소설론』, 예림기획, 2002.
김재국, 『사이버리즘과 사이버소설』, 국학자료원, 2000.
김종회·최혜실 편, 『사이버 문학의 이해』, 집문당, 2001.
이선이 편저, 『사이버 문학론』, 월인, 2001.
이영수 외, 『사이버펑크』, 명경, 1994.
최병우, 『다매체 문화와 사이버 소설』, 푸른 사상, 2002.

최혜실, 『모든 견고한 것들은 하이퍼텍스트 속으로 사라진다.』, 생각의 나무, 2000.
홍성태, 『사이버공간, 사이버문화』, 문화과학사, 1996.

생각해 볼 문제

1. 『디지털 구보 2001』은 국내에서 최초로 시도된 본격 하이퍼텍스트문학이라 평가받는다. 하지만 2004년 현재 『디지털 구보 2001』은 웹 상에서 어떠한 방법으로도 접속이 불가능하다. 이러한 사정에 이른 근본적인 원인은 무엇일까?
2. 제목에서처럼, 『디지털 구보 2001』은 박태원의 소설 『소설가 구보씨의 일일』, 그리고 최인훈, 주인석 등의 작품 등과의 연관성을 배제할 수 없다. 그 주제적 연관성과 차이점을 대해 생각해보자.
3. 하이퍼텍스트—사이버 문화 혹은 문학이 갖고 있는 여러 긍정적 의미와 미래적 전망에 배해 실제 작품이 창작되어 유통되고 있지 않다. 원인은 무엇일까?

사이버 소설

「청산녹수」*

진산

작품 해설

1995년 PC통신 하이텔의 무림동 무협공모전에서 우수상을 받은 「청산녹수」는 진산 특유의 섬세한 감수성과 짙은 서정성을 특징으로 하는 새로운 무협의 세계를 보여준다.

작품은 '모운청'(모부인)과 그녀의 쌍둥이 아이 '희아'와 '창', 그리고 모부인의 노복 '한사충'의 필사적인 도주로 시작한다. 도주의 과정과 함께 그들이 도주하게 된 배경, 모운청의 과거와 가족의 이야기가 서술된다. 중국 무림세가의 외동딸이었던 모운청은 천하의 무예를 자랑하는 여걸이었지만 한 악인(惡人)의 칼에 깊은 내상을 입고 생명이 위태로운 처지에 놓이게 된다. 생명을 구할 수 있는 마지막 수단으로 영약을 구하러 동이의 나라(신라)로 내려간 모운청은 산삼으로 몸을 치유하고, 죽음의 순간에서 만난 신라의 화랑 '황선'(황장군)을 만나 가정을 일군다. 쌍둥이 남매를 낳아 행복하게 살아가는 그들

---

* 소설의 원문은 무협 사이트 http://cafe.daum.net/fantasy1018의 자료실에서 제공받아 발췌하였다.

의 가정에 단 하나의 걱정거리가 있다면, 몸이 약해 짧은 수명을 살아가야만 하는 딸 희아.

그러던 와중, 신라의 소수선녀가 집을 방문하고 평화롭던 상황은 급작스러운 사태에 직면한다. 신라의 무녀로 존중받는 그녀는, 모운청과 황선의 아들인 창이 백제의 왕을 죽일 운명을 지닌 중요한 인물이라고 예언한다. 신라의 화랑이었고 장군인 황선은 무녀의 말을 받아들일 수밖에 없지만, 어머니 모운청은 백제사람들의 손아귀에서 죽임을 당해야 하는 창의 운명을 피하기 위해 필사적으로 도주한다. 지속적으로 추격하는 군사들을 따돌리지만, 창을 내놓아야 하는 막다른 골목에 몰린 순간, 딸 희아는 수명이 얼마 남지 않은 자신이 오빠를 가장해 신라사람들에게 대신 돌아가겠다고 말한다. 쌍둥이 남매였던 그들의 운명은 바뀌고, 작품의 말미에서 딸 희아가 창의 운명을 대신해 백제의 왕을 죽임으로써 작품은 결말을 맺는다.

이 작품은 몇 가지 점에서 기존의 무협이 지니지 못한 특징을 보여준다. 여성이 주요한 인물로 등장한다는 것. 여성은 단지 무예를 잘하는 인물이 아니라, 사건과 작품의 중심 정서를 이끌어 가는 인물이다. 이 소설에서 모운청과 딸 희아가 그러하다.

또한, 개인과 국가의 갈등과 비극이라는 큰 테두리를 구성하고 있다는 것. 기존 무협이 개인과 개인, 문파와 문파 간의 복수와 다툼을 그린다면, 개인의 행복과 국가의 안위간의 비극적 엇갈림이라는 구도는 낯선 풍경이라 할 수 있다. 또한 이 작품 전체를 규정짓는 비극적 서정미의 세계는 주목할 만하다. 문장은 섬세하고 절제된 감성을 표현하며, 사건의 진행을 시적 문장 속에 함축하고 있다.

작품 보기

(서장~2장, 4장 후기)

서장 도주(逃走)

눈을 뜨면서 제일 먼저 보인 것은 어지럽게 뒤편으로 사라져가는 눈 덮인 땅바닥이었다. 이어서 들려 온 것은 멀찌감치에서 번져오는 어른들의 고함소리, 창칼 부딪치는 소리…….

코에 물씬 들어오는 몸냄새로 미루어 자신을 업은 것이 충실한 노복 한사충(韓師忠)이라는 사실을 알 수 있었다.

신라 말에 서투른 한사충은 어린 시절부터 희아를 잘 업어주었지만, 이렇게 끈으로 몸에 동여매어 잠든 그녀의 머리가 땅을 향해 처진 것도 모를 정도로 아무렇게나 업고 다니지는 않았었다.

본능적으로 위기라는 것을 느낀 희아는 거칠게 숨을 몰아쉬며 달리는 사충의 등에 몸을 붙이면서 한족(漢族)의 말로 물었다.

“사충 아저씨, 우리 지금 어디로 가는 거야?”

달리던 사충은 희아가 깬 줄도 몰랐었는지 흠칫 놀라며 멈추어 섰다.

“작은 아씨, 깨어나셨군요. 조금만 더 이 아저씨한테 매달려 있는 겁니다. 무슨 일이 생겨도 놀라지 말고 무서우면 눈을 꼭 감으셔요.”

사충은 말을 하면서도 주변을 둘러보며 희아를 동여맨 끈을 고쳐 묶었다. 잠에서 완전히 깨어난 희아는 이곳이 사냥터로 유명한 서라벌 부근의 숲이라는 것을 알 수 있었다.

숲이라고는 하지만 너무나 울창하고 산짐승들도 많아 활과 칼을 가지고 사냥을 하겠다는 사람 아니면 들어오기가 으스스한 그런 숲이었다. 사냥을 하는 사람 말고 이 숲에 뛰어드는 사람이라면, 그것은 단 하나, 도망자일 것이다.

희아는 서글픈 소리로 물었다.

"사충 아저씨, 우리는 도망가는 거야?"

오십 줄이 되어 가는 한사충의 눈매는 무사의 그것으로는 최고지만 사람다운 매력은 없었다. 가늘고 길쭉한데다가 눈동자는 불투명하여 아무리 들여다보아도 그 심사를 알 수 없는 그런 눈이다.

웬만한 사람은 그의 눈을 들여다보기를 좋아하지 않았다. 그러나 일곱 살짜리 이 작은 아가씨는 그를 좋아했다. 지금도 그녀의 눈이 한사충의 눈을 들여다보며 깜빡이고 있는 것이다.

어찌 알까, 지금 평화롭기만 하던 아가씨와 가족에게 닥친 이 위해(危害)를. 내가 어찌 짧은 말로 설명해 줄 수 있을까.

등뒤에 매달린 희아의 얼굴을 보며 잠시 대답할 생각도 잊고 서있던 사충은 침 한번을 삼키고 바로 몸을 추슬렀다.

"아가씨, 이제 마님과 도련님을 만나러 가야 합니다. 중간에 칼이나 화살이 덤벼들 수도 있습니다. 하지만 이 사충 아저씨가 반드시 다 막아 드릴 테니까 무서워하지 말고 마님을 뵐 때까지 아무 말도 하지 마십시오. 아시겠지요?"

희아는 잠자코 고개를 끄덕였다. 잠에서 깨어날 때 아주 멀리서 아득하게만 들렸던 사내들의 고함소리가, 머뭇대는 사이 점점 더 가까워지고 있다는 것을 알았기 때문이었다.

사충은 크게 한 번 숨을 쉬더니 이윽고 온 힘을 다하여 숲을 내달리기 시작했다.

한겨울, 달빛에 빛나는 은색의 눈 바다 위를 그는 일곱 살 짜리 아이를 업은 채로 날 듯이 뛰어가고 있었다. 아래 위 회색 옷을 입고, 등에 업은 아이에게는 회색 장포를 뒤집어씌우고, 답설무흔(踏雪無痕)의 신법으로 달려가는 그를 보통 사람이라면 알아볼 수 없었으리라. 다만 아주 귀가 좋은 사람만이 이따금 얼어붙은 눈덩이 부서지는 소리에 고개를 갸웃할 수 있을 뿐.

그의 신법이 빠르면 빠를수록 뒤에 업힌 희아의 숨은 가빠졌다. 아이는 오로지 한 가지 생각뿐이었다.

'엄마랑 오라버니를 만나러 간다면……, 그러면 아버지는? 아버지는 어디 계시는 거야?'

그 시각, 희아가 방금 전까지 잠들었던 화려한 지붕 아래에는 대낮같이 환하게 횃불이 밝혀지고 군졸 수백 명이 집의 안팎을 지키고 있었으며, 가장 깊숙한 방안에서는 네 사람이 머리를 맞대고 있었다.

한 사람은 스님이요, 한 사람은 문관(文官)이요, 한 사람은 무관(武官)이요, 한 사람은 무녀(巫女)였다.

사십 줄의 스님이 염주를 굴리며 말을 시작했다.

"역시 모부인은 여걸이요 이거 머리를 쓴다고 쓴 우리들만 닭 쫓던 개꼴이 되었구려."

삼십대의 문관이 입을 열어 대꾸했다.

"모부인과 한사충의 신법이 대륙에서도 유명한 것이었던 만큼 이 밤을 넘기면 반드시 백제나 고구려의 땅으로 들어설 것이요 그때라면 정말 어찌할 길 없이 개꼴이 되고 말 거요."

그러나 문관과 비슷한 나이의 무관도, 그리고 육십대가 넘어 머리가 하얗게 센 무녀도 아무 말 하지 않았다.

"아미타불……. 소승은 어쩐지 마음이 좋지 않습니다 그려. 이 방법을 택한다고 반드시 위업이 이루어진다는 보장도 없는 터에."

침묵을 누르기 위해 스님이 입을 열자 순간 무녀의 눈빛이 번쩍했다. 그러나 말은 문관이 빨랐다.

"원명(元明) 스님, 지금 무어라 말씀하시는 거요? 이 일은 우리 신라 왕실의 백년지대계(百年之大計)요 소수신녀(素手神女)님의 점괘(占卦)를 믿지 못한다는 거요?"

말 그대로 무녀의 손은 하얀 색이었다. 세어 버린 그녀의 머리와 묘한 조화를 이루어 신비로운 그녀의 소수(素手)가 앞으로 내밀어졌다. 그것은 문관의 말을 제지하는 것이었다. 저승에서 들려오는 것같이 나지막한 울림이 있는 소수신녀의 말이 시작되었다.

"아무말 마오. 저 스님이야 불법을 믿는 사람이 아닌가. 나의 잡술 따위에 믿음이 갈 리가 있겠는가. 하나……."

말의 시작은 문관을 향한 것이었으나 말의 끝은 원명을 향하고 있었다.

"이 소수가 나라님을 위해 점대를 든지 벌써 오십 년이 넘어 아주 재주가 없다고는 못할 일. 더구나 이 일은 내가 처음 점대를 들던 나이 아홉 살부터 신령께서 꿈에 계시(啓示)하시던 일이었느니. 이 소수를 믿고 일을 맡기신 나라님을 생각해서라도 그 문제는 더 이상 말을 말기로 합시다, 스님."

이십 년 가까운 나이 차이에도 불구하고 신녀의 말투는 예의를 갖춘 것이었다. 그러나 경고의 뜻도 예의 못지않았다. 이 일의 시작은 나라님이니 너는 더 이상 군소리 말라! 원명은 조용히 불호를 외우며 고개를 가볍게 조아렸다. 아직 불법이 계림을 뒤덮지는 못한 터. 이어 소수신녀의 눈길은 아직 한마디도 꺼내지 않고 있는 무관을 향하였다. 원명과 문관의 눈도 그를 향하였다.

서장 도주(逃走) -2

황선(黃仙).

무관의 이름은 그것이었다. 젊은 시절 낭도의 우두머리, 황선랑. 삼십대 중반의 신진무관.

"황장군."

소수신녀가 예의 낮은 소리로 말을 걸었다.

"황장군의 심정은 알겠소만…… 이 일에 황장군의 힘이 제일 필요하오. 거듭 말하거니와……."

"압니다, 신녀님."

황장군은 신녀의 말허리를 잘랐다. 그러나 예의에 어긋나지는 않도록, 오히려 신녀가 말하기 어려운 문제를 제 입으로 먼저 꺼내주었다.

"추적대의 제 1대는 이미 보냈습니다. 숫자로 힘을 먼저 빼놓기 위해 정병 백 인이 출발했습니다. 지금쯤 접전이 시작되었을 것입니다."

신녀는 한숨을 쉬었다.

"반드시 피를 보아야 한다는 말인가……. 장군이 나서서 모부인을 설득할 수는 없겠소?"

"제 아내의 마음은 제가 압니다. 아내는 설득되지 않을 것입니다."

황장군의 말투는 조금도 흔들리지 않았다.

"그리고 1대 100명이 전멸하면……."

계속해서 작전설명을 해나가는 장군의 말을 문관이 잘랐다.

"잠깐. 황장군, 지금 전멸이라고 했소? 모부인과 한사충 두 사람과 아이 두 명. 그래 그 두 사람이 아무리 고수라고 하더라도 100명의 정병을 몰살할 수 있단 말이요?"

네가 무엇을 알랴. 황선의 입가에 잠깐 비웃음이 떠올랐다가 사라져 갔다.

"나는 지금 그들 100명이 그나마 두 사람의 체력이라도 줄여주기를 바랄 뿐이오."

"그 두 사람 한인의 실력이 그토록 놀랍다니, 안타깝구려…… 안타까워."

신녀는 무릎을 쳤다.

"아미타불……. 황장군, 부인은 대륙에서도 이름을 날리던 여걸이라고 들었소. 그런 여걸의 마음 씀씀이도 남다를 것 아니겠소? 장군이 나서서 잘 설명하여 대를 위해 소를 희생해야 한다는 이치를 깨닫게 한다면 쓸데없는 피를 보지 않고도 일을 마무리할 수 있지 않겠소?"

원명이 간곡한 투로 이야기했다. 황장군의 눈길이 원명의 염주에 가서 머물렀다.

젊은 시절, 그가 화랑일 때 원명은 화랑과 함께 도를 이야기하는 불제자였다. 화랑의 무리에는 으레 한두 명씩의 불제자는 끼어 있기 마련이었고, 그들은 낭도의 우두머리인 화랑에게 불법의 묘를 가르쳐 주는 정신적인 스승이자 친구 역할을 하였다.

원명과 그.

젊은 시절에는 그들은 한 패거리였고, 함께 술을 마시고 고기를 뜯는 파계(破戒)의 동지였다. 하나, 지금 네가 어찌 이 마음을 알랴.

"스님, 그것은 불가능합니다. 왜냐하면, 이 황선은 화랑의 도를 품고 있으나, 제 아내는 화랑이 아니기 때문입니다."

서장 도주(逃走) -3

그 시각, 그의 아내는 일곱 살짜리 아들을 데리고 어두운 숲속에서 한 자루 장검으로 혈로를 뚫고 있었다. 육십 명 정도의 군졸과 접전하여 이십 명 넘게 베어 죽이고, 사십 명 안되게 움직일 수 없는 부상을 입혀 추적에서 몸을 뺀 그녀는 한마디 말도 하지 않은 채 비단 손수건을 내어 장검의 피를 닦고는 아들의 손을 잡고 노복 한사충과 만나기로 한 약속 장소를 향해 내달았다.

달이 구름에 가려 한 치 앞도 보이지 않는 숲속에서도 그녀는 허리가 구부러진 소나무를 찾아냈다.

한사충 역시 사십 명 가량과 접전하여 적잖게 죽이고 베어 따돌린 뒤, 희아와 함께 먼저 그 장소에서 기다리고 있었다.

백 명과의 싸움을 치른 두 사람이었지만 아직은 피로한 기색도 보이지 않았다. 다만 각자 아이를 업고 잡은 등과 손에 땀이 질펀할 뿐이었다.

사충의 등에서 뛰어내린 희아는 어머니를 따라온 제 쌍둥이 오라버니 창과 부둥켜안고 반가워했다. 두 아이가 서로 그 간의 안부를 물으며 재잘대는 것이 잠시의 휴식이었다.

곧 어머니는 일어나 사충에게 희아를 자신의 몸에 묶으라고 명했다.

"엄마, 꼭 엄마한테 묶여서 가야 해요? 아저씨한테 업혀 올 때도 너무 답답했어요. 나도 오빠처럼 걸으면 안 될까?"

"너는 몸이 약해서 조금만 뛰어도 얼굴이 파래지지 않니? 희아야, 아무 말 말고 엄마 말을 듣거라."

사충이 한 발 나서며 말했다.

"마님……, 희 아가씨는 제가 업겠습니다. 마님의 몸도……."

희아의 어머니이며 사충의 주인인 모운청(茅雲靑)은 그 말을 가로막았다.

"아니, 내게도 생각이 있어요. 희아를 내 허리께에 단단히 묶어요"

일곱 살치고도 몸이 작은 희아를 허리에 묶자 모운청은 비파(琵琶)를 맨 비천(飛天)과도 같은 모습이 되었다.

"창아."

그녀는 아들을 불렀다. 희아와 쌍둥이지만 얼굴만 같을 뿐 몸은 훨씬 커 버린 창이었다.

"너는 엄마의 옆에 서서 희아의 앞뒤를 가로막아라. 만일 화살이나 칼이 희아 앞으로 날아오거든 그것을 막는 것이 너의 임무다."

"예!"

모운청은 허리에 매달려 말똥말똥 어머니의 얼굴을 올려다보는 희아를 지극한 눈빛으로 내려다보았다.

"희아야, 묶은 곳이 아프지?"

"아니어요 엄마. 괜찮아요."

"자, 이 약을 먹어라."

모운청은 품 안에서 금빛의 단약(丹藥) 하나를 꺼내 딸의 입에 넣어 주었다. 곧 희아의 숨결이 고르게 되었다.

"희아는 잠들었다. 새벽이 되어야 깨어날 것이다. 그때쯤 되면 우리는 무사히 국경을 넘던가…… 아니면……."

모운청은 말끝을 흐렸다. 온갖 환난을 헤쳐 온 그녀로서도 이번의 싸움은 결말을 예측할 수 없었다.

"사충, 당신은 내가 어릴 적부터 나를 보살펴 왔고 또 이곳 동이(東夷)의

땅까지 나를 호위해 왔어요. 이 세상에서 내가 가장 믿을 수 있는 사람이 있다면 그건 바로 사충, 당신일 겁니다."

"마님……."

"이제, 오늘 밤을 우리가 넘길 수 있을 지 없을지 모르겠어요. 만일 사세(事勢) 부득하게 되거든 당신과 창이는 이 지경을 먼저 벗어나세요. 나와 희아는 여기에 뼈를 묻겠어요."

아들 창과 노복 사충의 얼굴색이 확 변했다. 그러나 계속되는 모운청의 목소리는 비정하면서도 차가웠다. 그녀의 결심은 확고했다.

"긴 소리 하지 않겠어요. 창이의 목숨을 사충 그대에게 맡기는 겁니다. 이 명(命)을 어긴다면 나 모운청은 저승에 가서도 눈을 감지 못할 거여요. 창아, 너도 알겠지?"

그녀의 명대로 사충은 긴 소리 하지 않고 고개를 조아렸다. 그러나 수그린 그의 눈빛이 어떠할 지는 그 자신만이 알 일이었다. 어린 아들 창도 고개를 끄덕였다.

마침 그때, 반갑지 않게도 달이 구름을 벗어났다. 막 서른을 넘긴 모운청의 얼굴이 드러났다. 맑고 총명한 눈, 고집 세어 보이는 입술.

"가자. 지금쯤이면 네 아버지가 보낸 제 2대가 올 것이다. 지금부터가 힘든 싸움이다."

서장 도주(逃走) - 4

그 시각, 창과 희아의 아버지이자 모운청의 남편인 황선 장군은 두 번째의 추적대인 제 2대 200명을 출발시켜놓고 제 집의 뜰을 거닐고 있었다. 그리고 지금 출정 준비를 하고 있는 제 3대는 군졸 중에서도 십 년 이상의 사냥경력을 거친, 상대하기가 쉽지 않은 사냥꾼 출신들이었다. 물론 그들도 다 패할 것이다.

하나, 짐승 사냥의 솜씨를 부려 네 사람을 원하는 장소로 몰아붙이는 데는 성공할 것이다. 몰아붙인 다음은 제 4대의 역할이다.

그의 눈길이 문득 정원의 한 귀퉁이에 머물렀다. 그곳에는 서라벌 진골(眞骨) 집안의 정원에서도 보기 드문 산과 강을 본뜬 인공의 작은 조각물이 있었다. 산에는 진짜로 작은 나뭇가지를 꽂아 푸르렀고, 강에는 물풀을 심어 초록빛이었다.

청산녹수(靑山綠水).

그것은 아내 모운청이 쌍둥이 남매를 가졌을 때 꾸었다는 태몽이었다. 여느 사람 같이 사슴이나 뱀이나 용의 꿈을 꾼 것이 아니라 아내는 그저 산과 강의 꿈을 꾸고는 일어나 아이를 가진 것 같다고 했었다. 그 꿈 이야기를 듣고 아내의 한족 하인 한사충이 솜씨를 부려 만든 것이 이 작은 산과 강이었다.

문득 그것을 대하니, 집안의 보배 같던 두 남매가 생각났다. 하나, 그는 고개를 돌렸다.

— 나는 화랑의 도(道)를 버릴 수 없다.

그가 고개를 들었을 때, 똑같은 순간 추적을 떨치며 달리는 그의 아내가 보게 된 달을 그 역시 올려다보게 되었다. 십수 년 전의 달과 하나 다를 바 없었다.

제1장 인연(因緣)

그 이름은 모운청(茅雲靑). 중국의 여인, 무림세가의 외동딸.

여섯 살부터 검을 잡아 열다섯 살이 되자 말하기를,

— 내게는 남편도, 여인의 도리도 필요 없소.

나는 검과 결혼할 거요.

세상에 거리낄 것 없던 그녀.

어떤 남정네도 상대가 되지 않았네.

그 날, 오만(傲慢)을 부리다가 한 악인(惡人)에게 내상(內傷)을 입지만 않았더라면.

아니, 내상을 입고서라도 금세 치료를 받았었더라면.
그러나 오만한 그녀,
무리하게 추적하여 악인을 죽이고는 그만 쓰러져 인적 없는 곳에서 죽어갔
네.
충복(忠僕) 한사충이 쫓아와 구했지만 때는 늦어
겉으로 보아서는 알 수 없지만
기혈은 뒤틀리고 맥(脈)은 일정치 않네.
단전에서 알 수 없는 기운이 올라와
힘을 쓰면 더욱더 명을 재촉하네.
백약이 무효.
할 일은 관(棺)을 짜고 기다리는 일뿐.
눈물 흘리고 침통해 하는 가족과 종복들 앞에서
더욱더 오만한 그녀,
그냥 죽어갈 수는 없네.
동쪽으로 가면,
옛날 진시황이 불로초를 구하려고 선남선녀를 보냈다는
동이(東夷)의 땅이 있지요.
그 땅에는 온갖 영약이 많이 나서
죽어가는 사람도 살릴 수 있다고 들었어요
어차피 얼마 남지 않은 목숨,
거기에라도 운을 걸어볼렵니다.
아니오, 사충만 데려가겠어요.
너무 걱정하지 마세요
그리고 오랜 세월 돌아오지 않는다면,
이 운청은 세상사람이 아닌 걸로 알고
일 년에 한 번 제사나 지내주세요……

울진 마세요. 나를 위해.

제1장 인연(因緣) -2

그의 이름은 황선.
서라벌의 자랑, 낭도들의 우두머리.
산 속에서 수련 중에 한 이국여인을 만났네.
첩자일까,
말은 통하지 않지만 눈이 반짝이는구나.
그녀 조용히 땅바닥에 칼 두 개를 그리네.
비무(比武)를 청하는 정중한 뜻.
이국여인의 검에 화랑의 도가 맞서네.
결과는 무승부.
처음 만난 호적수.
그러나 검을 접고 떠나려던 그녀,
피를 토하며 쓰러지네.
이국여인의 종복 필담(筆談)으로 전하기를
속에 입은 상처로 인해
아씨는 이미 세상 사람이 아니오.
그런 아씨에게 이기지 못했다면
진 것이나 다름없소.
황선랑, 신라의 자랑.
두 사람을 이끌고 산 속 더 깊은 곳으로 가네.
그늘진 바위 곁에 아, 산삼의 밭.
사람 모양의 암산삼, 숫산삼.
그리고 그 사이에 자라나는 숱한 새끼 산삼들.
수련 중에 보아 둔 그 천혜보고의 자리 일러주고

황선랑 땅바닥에 그림을 그리고 떠났네.
두 개의 달, 두개의 칼.
두 달 동안 이곳에서 치료하시오.
그리고 두 달 뒤에 이곳에서 다시 겨룹시다.
달은 차고 기우네.
천 년을 넘은 산삼뿌리 온몸을 불태우고
혈관의 독기를 씻어가네.
죽음을 목전에 두고 오만했던 그녀, 운청.
그리운 산하를 두고 혼자 땅끝까지 왔던 그녀, 운청.
달처럼 차가웠던 그 가슴에도
이제 외로움이 무엇인지, 그리움이 무엇인지.
알 수 있네. 사무치네.
조용히 달을 보고 검끝을 매만지네.
두 달이 지났지만, 대결은 없었네.
노을을 바라보며 화랑과 여인.
오랜 시간 이야기 나누었을 뿐.
그날 밤 다시 달이 떴을 때,
한사충의 피리소리에 맞추어
한 쌍 남녀가 검무를 추었네.
신라의 화랑 황선이 이국여인을
아내로 맞이하였다는 소식이 서라벌에 퍼진 것은
그로부터 석 달 뒤였네.

그렇게 맺어져 행복하게 살아온 십여 년 성상(星霜)이었다. 남편과 한사충
이 산과 계곡을 헤매며 찾아내고 달여 낸 산삼으로 모운청의 내상은 차츰
치료가 되었고 쌍둥이 남매를 순산하여 가족을 이루었다. 낭도들의 우두머리

황선랑은 황선 장군이 되어 무관으로서 이름을 날렸고, 아름다우면서도 무예가 뛰어난 당나라의 여인 모운청은 신라 왕비의 호기심 어린 총애를 한 몸에 받았다.

이 행복한 젊은 부부 일가에게 드리워진 어두운 그림자라고는 단 하나, 쌍둥이 남매 중 여동생인 희아의 건강이었다.

"태(胎) 안에서 입은 병이로군요."

세 살 박이 희아가 갑자기 피를 토하며 쓰러진 뒤 의원이 진맥을 하고 혀를 차며 뱉은 말이었다.

"마님께선 아직도 젊은 시절 입으신 내상이 다 치료가 안 되었습니다. 그 독기는 산삼과 영약들의 약효가 사방 혈도에서 자신을 몰아내고 공격하자 이리 피하고 저리 피하다 태 안으로 들어가버렸습니다 그려."

세상이 무너지는 것 같은 말.

"해서…… 이제는 비록 마님에게는 아무런 생명의 위협도 되지 않지만, 아기씨한테는 목숨을 내놓으라 할 법한 이 독기운이 그만 아기씨의 전신혈맥을 다 차지 해 버린 것입니다."

황선 장군은 아내 모운청의 입술이 파르르 떨리는 것을 보았다. 무림세가의 딸답게 운청은 한번도 투정을 부리거나 울음을 터뜨린 적이 없는 여장부였다.

그러나 이 가족이 어떻게 이루어진 가족인가! 젊은 나이에 이미 죽음을 받아들이고 죽음 앞에 패배를 인정하고 코끼리가 자기 무덤에 가서 숨을 거두 듯이 일가친척 없는 곳을 찾아들었다가 기사회생, 오만하던 성정(性情)을 함께 치료하며 사랑을 알고 인정을 알고 그렇게 운청 자신의 인생이 변하면서 이루어진 가족이다.

그 가족들 중에 하나라도 포기할 수 없다.

운청은 의원이 다녀간 다음 날부터 자기 몸을 돌보지 않고 산과 들을 다니며 산삼을 찾았다.

― ― 어미의 병이 그것으로 치료되었으니 네 병도 마찬가지 일 것이 아니냐.

어미가 체질이 튼튼하여 열 근을 먹고 나았다면 너는 백 근을 먹고 나을 수 있지 않겠느냐.

자기 입으로 들어가야 할 산삼까지 딸 몫으로 제끼며 백방으로 노력을 했지만, 아이의 창백한 뺨에 잠깐 홍조가 돌다 사라질 뿐, 치료는 되지 않았다.

"일곱 살을 넘기지 못 하실 겁니다. 산삼으로 늘릴 수 있는 수명도 고작해야 삼 년이니…… 길면 열 살입니다."

그로부터, 모운청에게 세월은 너무나 가혹하게도 빨리 흘렀다. 희아의 생명의 시계는 자꾸 기울어졌다. 그러나 어찌할 수 없었다.

가족들과 한사충은 희아에게 온갖 정성을 다했고, 그 아이의 짧은 인생이나마 최고의 행복으로 채워주려 했다.

세월은 덧없이 흐르고, 흐르고, 또 흘렀다.

제2장 파경(破鏡)

운명의 그 날은 모처럼 만에 잔뜩 눈이 내린 날이었다.

서라벌의 황선 장군댁 큰 대문 앞에 백옥(白玉)으로 만든 조두장(鳥頭杖)을 짚은 노파가 서있었다. 눈이 쌓여 발끝은 시리지만 햇빛이 쪼여 머리는 따뜻하고 바람도 없는 그런 날씨.

노파는 백발을 풀어헤치고 붉은 끈으로 이마를 질끈 동여맸으며 얼굴까지 늘어진 머리카락 사이로는 형형한 눈빛이 새어나왔다. 끝이 새의 머리모양으로 되어있는 백옥지팡이를 짚은 그녀의 손은 신기하게도 투명할 정도로 하얬다.

머리칼에 가려 보이지 않는 노파의 입술이 열리고 소리가 새어나왔다.

"이 집이다……. 이 집에 그 아이가 있다."

노파의 어깨며 가슴은 미동도 하지 않았지만, 그 소리는 격정에 가득차 부들부들 떨리고 있었다.

그리고는 놀랍게도 늘어진 그녀의 머리카락이 끝부분부터 살짝 하늘을 향해 솟아오르지 않는가.

하얀 백발이 서서히, 마치 끈으로 당겨 올리는 것처럼 솟구치는 모습은 너무나 기괴했다. 잠시 뒤, 그 머리칼들은 솟아오를 때처럼 천천히 내려앉았다.

"그러나…… 하필 황선 장군의 집이라니……. 이야기가 수월치는 않겠구만."

말은 그리했지만, 조두장으로 대문을 두드리는 노파의 몸짓에는 거침이 없었다. 이어, 하인이 나와 문을 열기도 기다리지 않고 그녀는 노구를 가볍게 흔들어 한 길이 넘는 담벼락을 뛰어넘었다.

담벼락 안으로 한참을 들어간 후원에 두 아이가 있었다. 제 몸만한 목검을 들고 이리저리 검법을 시전하는 남자아이, 그의 이름은 황창(黃昌)이었다. 그리고 오래된 향나무 등걸에 몸을 기대고 서서 황창의 수련 모습을 지그시 보고 있는 여자아이, 그의 이름은 황희(黃姬)였다.

둘은 얼굴 생김새가 똑같았다. 다만 오라버니인 창은 좀더 혈색이 좋고 키가 좀 컸으며, 여동생은 얼굴색이 유난히 창백했다. 눈에 넣어도 아프지 않을 것 같은 이 남매는 보기 드문 미소년, 미소녀였다.

창은 고주몽이 어린 시절부터 활쏘기로 명성을 날렸듯이 검신동(劍神童)이라 불리었다.

어머니, 아버지가 둘다 내로라 하는 명문 무가 출신인데다가 본인의 재질 또한 뛰어나, 하나를 가르쳐주면 열을 응용하고 검의 세세한 묘리에 대하여 깨닫는 것이 가끔씩 검선생들을 화들짝 놀라게 할 정도였다.

똑같은 태내에서, 아들 창은 어머니가 수 간 섭취한 산삼과 내공의 힘만을 받아먹고, 딸 희아는 어머니의 내상만을 물려받아 죽음의 병을 앓는 것처럼 두 아이는 대조적이었다.

반면 희아는 총명했다. 오라버니가 서라벌의 고수들에게 검법공부를 할 때, 그 눈을 반짝거리며 옆에서 듣고 있는 것만으로도 그녀는 검결(劍訣)의 묘리(妙理)를 다 이해했다. 이렇게 오라버니가 선생없이 혼자 수련을 하고 있을 때면 희아가 옆에 서서 막히는 부분을 일깨워 주곤 했다.

"이얍!"

나직한 기합을 내지르며 황창은 벽력같이 위를 치고 왼발로 앞을 향해 나아가며 손목을 휘둘러 목검(木劍)을 좌우로 감고 다시 앞을 찔렀다. 이 동작은 참으로 전광석화 같았으며, 치고 찌르는 기세가 흉흉했다.

"틀렸어, 오빠!"

추워서 손을 호호 불면서 희아가 말했다. 황창은 앞을 향해 내찔렀던 목검을 거두며 풀이 죽어 말했다.

"틀렸다고? 아직도? 난 선생님이 시키는 대로 다 한 것 같은데……."

"유광 사부님이 이 자세를 무엇이라 했었어? 표두세(豹頭勢)라 했지? 그 뜻을 생각해 봐."

"표범의 머리를 친다는 것이지 뭐."

"그래, 지난 달에 왕비님이 외국에서 구해 온 표범을 구경시켜 주셨잖아. 표범이 얼마나 흉맹한 짐승인지 기억나?"

황창은 쇠우리를 물어뜯을 듯이 달려들던 그 표범을 기억해 내곤 살짝 몸을 떨었다.

"그래, 아주 무서운 놈이었지."

"그런 놈의 머리를 내리치는 것이 어떻게 산토끼를 잡는 것과 같겠어? 가볍게 쳐서야 그놈이 눈이나 깜짝할까. 친 뒤에 찌르는 것은 머리를 맞은 뒤 정신없는 표범의 눈을 찌르는 것인데, 먼저 치는 것이 그렇게 허약해서야 놈이 앞발로 칼을 쳐내고 재차 덤비지 않는다고 누가 믿을 수 있겠어? 그러니……."

황창은 누이의 아주 논리정연한 말을 주의깊게 들었다. 희아는 추워서 빨개진 두 손을 앞으로 내밀어 마치 보이지 않는 검을 잡은 듯이 하고는 천천히 선을 그렸다.

"이렇게, 단지 치는 것이 아니라 그 힘을 마지막에 내리누르듯이 해야지."

"그래!"

창은 자세를 가다듬어 누이가 시키는 대로 내리누르듯이 목검을 쳤다.

"그래…… 그렇지. 그것이 표두압정(豹頭壓頂)의 원리야……."

미소짓던 희아가 가볍게 기침을 했다. 걱정이 된 창이 달려가려 했으나 희아는 손사래를 쳤다.

"아니…… 아니야 오빠. 이제 은망세(銀망勢)를 보여줘."

황창은 잠자코 누이가 시키는 대로 은망세를 시전했다.

은망세란 은빛 구렁이가 휘감아 나가는 자세를 말한다. 이것은 사면을 두루 돌아보면서 칼로 몸을 감아 두르면서 스쳐 베어 죽이는 방법인데, 앞을 향해서는 오른손과 오른다리로 방향을 바꾸어 움직이면서 좌우로 급히 바람을 날리어 번개 치듯이 하는 것이다.

거대한 은빛 구렁이가 온몸을 뒤채이며 앞을 향해 나아가는 듯이 보인다는 이 검초를 어린 황창이 시전하자, 거대하지는 않지만 날렵한 은빛 새끼구렁이와 같았다. 더군다나 땅에는 눈이 가득 덮혀있어 창이 몸을 움직일 때마다 눈가루가 날리니, 말 그대로 은망세였다.

희아는 그런 오라버니를 보면서 배시시 웃었다. 창도 누이를 보면서 휘날리는 눈가루 아래서 함박 웃었다.

— 중략 —

제4장 후기(後記)

몇 달이 흘렀네.
백제의 장터에 한 소년이 나타나
칼춤을 추었네.
구경하는 사람들이 담을 이루었네.
소문이 퍼져 백제왕의 잔치에 불려간 소년.

검법 같기도 하고
검무 같기도 하고
가냘픈 몸으로 초식을 이어가네.
왕은 감탄했고
잔치를 구경하던 백성들 손뼉을 쳤네.
그 손뼉소리 사라지기도 전에
칼은 왕의 가슴에 박히고
왕은 비명도 없이 쓰러졌네.
노한 병졸들이 소년에게 달려갔으나
칼춤에 온힘을 썼던 탓인가
그 소년 입가에 선혈을 흘리며
먼저 쓰러졌네.
적이지만 훌륭하다!
그러나 왕의 암살자…….
소년의 목 베어져 저잣거리에 내걸릴 때
잔치 구경하던 백성들 속에서
가느다란 울음소리가 들렸다고들 하네.
백제인이 아닌 것 같은 한 여인과 그 어린 아들이
얼굴을 가리며 자리를 나갔다고 하네.
후계자 없이 왕이 죽은 뒤
백제의 왕실이 왕위를 가지고 다툴 때
신라는 나라의 힘을 키웠다고 하네.
그렇게 삼국(三國)의 세월이 흘렀고
가려진 역사도 가려진 대로 알려졌다고 하네.

– – 희아야, 잊지 않을게. 너의 죽음을 잊지 않을게. 이제 엄마의 나라로

가서 신라 땅에 평생 들어오지 않고 황창이 아니라 모씨 성으로 살게 되더라도 잊지 않을게. 잊지 않고 내가 아이를 낳더라도 꼭 너에 대해 전할께. 네 마지막 모습을…

　　<여지승람(輿地勝覽)>에 의하면, 황창랑이라는 신라의 일곱 살 소년이 백제왕 앞에서 검무를 추다가 왕을 찔러 죽이고 자신도 백제인들에 의하여 죽음을 당하였는데, 신라 사람이 이를 슬퍼하여 황창랑의 모습을 그린 가면을 쓰고 검무를 추는 풍속이 지금도 전해 온다고 하였다.
　　조선조 정조때 만들어진 <무예도보통지(武藝圖譜通志)>에서는 황창랑의 검술로부터 <본국검(本國劍)>이라는 신라의 검술이 유래하였다고 한다.
　　이 본국검의 술법은 실전되어 오래도록 전하지 않았다가, 중국의 모원의(茅元儀) 라고 하는 사람이 쓴 <무비지(武備志)>라는 책에 서 그 검보를 찾아내어 <무예도보통지>에 마침내 다시 실리게 된 것인데, <무예도보통지>에서 이르기를…….
　　— — 조선이 자기 나라의 검보를 창안한 것이었을 터인데 어째서 스스로 전하지 못하고 스스로 익히지 아니하여 중국의 모원의에 의해서 전하고 익히게 되었는지 알지 못할 일이요, 참으로 통탄할 일이로다…….
　　그렇게 세월은 흘렀고, 가려진 역사는 또 그렇게 가려진 대로만 알려지게 되었다.

사이버 무협소설의 전개와 현황

권채린

1. 서론

오늘날 한국의 대중문학 혹은 대중문화에서 무협소설이 차지하는 비중은 매우 크다. 만화가게의 한켠에서 조악한 인쇄본으로 벽면을 빼곡히 장식하곤 했던 무협소설은, 이제 만화, 영화, 게임 뿐 아니라 가장 대중적인 매체인 TV 드라마에서도 흔히 변용되어 우리의 일상으로 침투하고 있다. 하지만 '황당무계한 플롯과 비현실적이며 과장된 인물과 사건, 천편일률적인 결말'로 요약되는 기존의 무협소설에 대한 통념은, 대중문화로서의 무협소설이 그에 합당한 비평적 주목을 받지 못한 요인이었다. 무협소설은 비교적 최근까지도 주변부, 변두리 장르로서의 통속적인 저급장르 이상의 취급을 받지 못한 게 사실이다. 그러나 PC통신과 인터넷을 중심으로 한 디지털 매체의 급속한 발달과 확산은 무협소설을 '사이버' 공간이라는 참여와 정보의 새로운 네트워크로 불러들였고, 새로운 무협소설의 '붐'을 일으켰다. 많은 '회원'과 '조회수'를 자랑하는 무협 사이트들의 활약은, 저급장르로 홀대하고 제대로 된 분석의 대상으로 취급받지 않았던 기존의 관행에 재고의 필요성을 가져왔다.

요즘의 무협소설에 대한 여러 논의[1] 이전에, 우리나라에서 무협소설에 대한 최초의 논의는 김현으로부터 시작했다. 1969년에 발표한 「무협소설은 왜 읽히는가」[2]라는 글에서 그는, 독자들이 무협소설에 끌리는 이유를 자본주의의 발달로 점차 소외되고 무력해지는 중산층의 도피와 대리만족에서 찾았다. 즉, 무협소설은 주인공이 욕망과 회의, 불안을 이겨내고 사회의 기성 윤리와 기성 질서에 편안하게 적응하는 데 성공하는 이야기이며, 중산층 독자들은 이 이야기의 주인공에 자신을 투사시켜 만족을 얻는다는 것이다. 김현의 이러한 논의는 지금까지도 무협소설의 주류를 설명하는 데 유효한 문화사회학적 논의로 받아들여진다. 그러나 사이버 공간을 중심으로 활발하게 창작되고 있는 근래의 무협소설은 김현의 논의에서 벗어나는 변별적 특징을 일정부분 갖고 있는 것으로 파악된다. 따라서 김현의 글은 현재의 사이버 무협소설의 존재적 특징을 되비쳐 보는 유용한 거울이 될 수 있다.

김현이 글을 썼던 60년대 말을 감안할 때 당시의 '무협소설 현상'은 '농촌 경제와 도시 경제의 엄청난 차이, 과거의 윤리관과는 다른 새로운 윤리관의 급작스런 성장, 매스 미디어의 급속한 팽창' 등 산업화, 근대화라는 배경에서 배태된 '근대화의 음화'로 볼 수 있다. 그렇다면 오늘날 사이버 공간에서 진행되는 '무협소설 현상'을 이와 동일선상에서 논할 수 있을까. 김현의 논의에 대한 문제 제기는 몇 가지 측면에서 가능하다. 첫째, '중산층'이라는 특정 부류를 무협소설의 주된 독자로 설정했다는 점이다. '읽을거리를 요구하고 있는 독자, 생활비의 일부를 서적을 구입하는 데 사용할 수 있는 독자'라는 점에서 중산층을 소비주체로 설정한 것은 당대의 상황에서는 충분히 납득할 수 있다. 하지만 현재 인터넷이라는 전면화된 네트워크는 경제적 환경에 따른 매체의 획득이라는 기존 관념을 허물고, 탈계급적이고 탈권위적인 공동의 장으로서의 민주화된 공간을 가능케 하고 있다. 둘째, 사이버 상에서 독자들은

---

1) 무협소설을 다룬 단행본으로는 현재 2권이 나와있다.『무협소설이란 무엇인가』(대중 문화연구회, 예림기획, 2001),『무협소설의 문화적 의미』(전형준, 서울대출판부, 2003) 가 그것이다.
2) 김현,『현대 한국문학의 이론/사회와 윤리』(문학과지성사, 1991)

욕망의 수동적이고 은밀한 '해소'가 아닌, 공개된 장에서 정보를 교류하고 직접 창작에 참여함으로써 적극적으로 욕망을 '생산'하고 있다. 이런 상황에서는 욕망의 형질 또한 바뀔 수밖에 없을 것이다. 이에 대해서는 뒤에서 더 자세히 언급하기로 한다. 셋째, '근대화의 음화'로 소비되던 무협이란 장르가 탈근대적인 매체인 인터넷과 만났을 때 일어나는 장르의 혼종과 교배에 대해서도 주목을 요한다.

그러나 사이버 무협소설을 바라보는 이러한 시선의 차별성에도 불구하고, 사이버 무협소설은 기본적으로 활자화되어 나오던 무협소설의 연장선상에 위치하며 내용적으로나 양식적으로 뚜렷한 차이가 있는 것은 아니다. 더 정확히 표현하면, '아날로그'와 '디지털' 혹은 '종이책'과 '인터넷'이라는 매체적인 차이점에도 불구하고, 그 매체의 변화가 무협소설의 근본 형질을 변화시키는 데까지는 이르지 못했다. 이것은 무협소설이 갖고 있는 고유한 특질이 존재하기 때문이기도 하지만, 아직까지 우리나라의 사이버 문학의 수준이 '하이퍼텍스트의 실현'이라는 문학 양식의 변화에는 미치지 못하는 전반적 상황과 관계 있다. 이 글은 이러한 한계상황을 염두에 두고서, 사이버 무협소설에서 나타나는 특징과 이전과의 변화점이 무엇인지 밝히고자 한다.

2. 사이버 무협소설의 전개와 현황

1) PC통신과 신무협의 등장

한국의 무협소설은 중국 무협소설의 영향력 속에서 출발하여, 중국이나 대만 무협의 번역(번안) 시기를 거쳐 국내 작가들의 왕성한 창작무협에 이르렀다. 특히 좌백, 풍종호, 진산 등의 작가들의 등장으로 90년대 이후 한국 무협소설은 이른바 '신무협' 시대로 들어서게 된다. 좌백 이후의 '신무협'[3]은 1969

---

3) 전형준, 「무협소설의 문화적 의미」『무협소설의 문화적 의미』, (서울대출판부, 2003),

년에 김현이 분석 대상으로 삼았던 워룽성류의 대만 무협소설과 비교해 볼 때 여러 측면에서 그것의 전복임이 확연하다. 김현은 당시 무협소설 번역물들에서 주인공이 욕망과 회의, 불안을 이겨내고 사회의 기성 윤리와 기성 질서에 편안하게 적응하는 데 성공하는 이야기를 읽어내었다. 즉, 당시 무협소설은 불안과 초조에 시달리는 중산층에게 도피와 대리만족을 제공해 준다는 것이었다. 이에 비해 '신무협'은 좌백의『대도오』가 보여주듯, 하층, 소외된 자, 주변, 소수자의 실존적 의미를 긍정한다. 이 일종의 실존주의는 기존의 질서와 규범을 의심의 대상으로 삼는다. 장르 내적으로는 기존의 무협소설이 의심의 대상이 되고 작품 내적으로는 무림 사회의 질서가 의심의 대상이 되며 작품 외적으로는 오늘날의 한국 사회의 제도가 의심의 대상이 된다.

이러한 '신무협'의 등장과 발전은 PC통신과 인터넷이라는 사이버 공간의 활성화와 밀접한 관련이 있다. 신무협이 등장한 90년대 이후의 시기는 PC통신이라는 초기 사이버 기술매체가 등장한 시기와 맞물렸다. 조악하고 열악한 출판환경에서 '책'을 출판하고 유통시켰던 무협소설 작가들은 PC통신의 무협 동호회에 자신의 글을 발표하기 시작했다. 용대운이 94년 PC통신 하이텔의 무협소설 동호회에『태극문(太極門)』을 발표하면서 활동을 재개하였고, 진산은 1994년 PC통신 하이텔의 무협소설 동호회(무림동)가 주최한 무협공모전에서「광검유정(狂劍有情)」으로 대상을 받고 95년에는 단편「청산녹수」(靑山綠水)로 우수상을 받기도 했다.

통신 공간이라는 매체가 무협소설에 갖는 의미는 단지 지면 확보 혹은 새로운 데뷔형식의 창출이라는 표면적인 양상을 뛰어넘는다. '신무협'에 와서야 통속적이고 관습적인 대중문화의 규범으로부터의 일탈과 저항의 양상을 찾아볼 수 있다는 점에 우리는 주목해야 한다. 물론 신무협의 내용적 특질과 PC통

pp. 105-108. 한국 무협소설의 역사적 전개에 대해서는, 전형준의「한국의 무협소설 현상:『정협지』에서 '신무협'까지」『무협소설의 문화적 의미』, (서울대출판부, 2003), 정동보의「무협소설 개관」『무협소설이란 무엇인가』, (예림기획, 2001)을 참고할 수 있다.

신이라는 매체 공간이 상관관계가 있는지, 있다면 어떤 상관관계가 있는지 뚜렷이 밝히는 것은 어려운 일이다. 하지만, 새로움과 다양성의 장으로서의 사이버 공간이 기존의 무협 장르에 염증을 느낀 대중 독자의 요구와 새로운 스타일의 작품을 시도했던 작가의 실험을 교감과 소통의 테두리로 묶어주었던 것은 사실이다. 게다가 통신공간의 실시간적이고 쌍방향적인 소통양식은 양자 사이의 즉각적이고 원활한 커뮤니케이션을 가능케 했으며, 광범위하고 빠른 속도로 신무협 '현상'을 이끌어냈다. 신무협 시대 이후로 창작 무협소설은 보다 자유롭고 새로운 시도들이 활성화되고 있다. 그 중 일부 작품에 대해 단편적인 고찰[4]을 하면 다음과 같다.

진산은 『대사형』(2001), 「광검유정」(1994) 등의 작품을 통해 여성을 주인공으로 하는 서정성 짙은 세계를 보여준 바 있다. 이재일의 『칠석야』(1995)는 좁은 지역에서 한 가지 사건을 놓고 꼭 필요한 인물만 등장시켜 칠월칠석날 밤에 일어나는 일을 그리는데, 충실한 고증과 한문에 대한 폭넓은 지식, 탄탄한 문장력을 보여준다.

반면 신무협이 인간의 내면에만 지나치게 초점을 맞추다가 자칫 소홀해지기 쉬운 스펙터클을 복구한 유재용의 『청룡장』(2001)도 있다. 명나라 초기를 배경으로 강동의 패주 청룡장을 중심으로 각 문파들이 치밀한 전략으로 서로의 두뇌싸움을 벌이며 중원천하를 다툰다. 여기에는 무공을 수련한 강한 개인 즉 무림 고수끼리의 싸움은 없다. 오직 집단의 전략과 전술이 두드러지는 마치 스타크래프트와 같은 전략시뮬레이션 게임을 무협소설로 그린 것과 같다. 이런 의미에서 『청룡장』은 무림의 정석을 깨트린 새로운 스타일의 작품이라 할 수 있다.

통신 무협소설에서 또 하나 볼 수 있는 특징은 철학적 주제의 탐색과 순수 문학에의 접근이다. 조진행의 『천사지인』(2001)이나 최후식의 『표류공주』(2000)는 무공의 허와 실을 뒤집어보고 깨달음을 통해 현실을 극복한다는

---

4) http://www.artsonline.or.kr/basic/multi/ch05/ch05－d－01.html에서 참조.

주제를 진지하게 펼쳐 나간다. 무협과 협에 대한 근본적인 성찰을 바탕으로 한다는 점에서 무협에 대한 정체성을 추구하고 있다.

통신 무협소설의 스펙트럼은 한반도를 배경으로 한 역사무예소설까지 등장시키고 있다. 하이텔 무림동에 연재된 권오단의 『전우치전』은 한 자락의 판소리를 듣는 듯한 문체에 사명대사, 휴정대사, 임제와 같은 실제 인물과 아픔을 당하는 민초를 그림으로써 역사와 사실을 허구와 결합시키고 있다. 권오단의 또 다른 작품 『대륙의 한』은 한국의 신화, 전설, 그리고 민담에 이르는 한국인의 상상력을 재구성하고 있다.

천리안에 연재된 전동조의 『묵향』(2000)은 무협소설과 판타지를 이어 붙인 특이한 형태의 작품이다. 묵향은 오로지 자기 목표에 정진하는 무공에 대한 매니아적인 취향을 여실히 드러내는데 80년대의 현란한 무공수집과는 달리 하나의 무공으로 최고강자가 된다. 또한 강호라는 세계에서 또 다른 판타지 세계로, 그것도 젊은 여성이라는 완전히 다른 객체가 되어 공간 이동하는 설정은 무협소설보다는 판타지에 익숙한 대중들의 호응을 얻었다.

2) 무협 사이트의 구성과 특징

크게 무협사이트는 성격에 따라 세 가지 종류로 나뉠 수 있다. 동호회 사이트, 작가 홈페이지, 팬 사이트가 그것이다. 풍부하고 다양한 정보와 의견이 교류된다는 점에서는 각종 동호회 사이트가 대표적이라 할 수 있다. 작가 홈페이지는 작가 스스로 자신의 작품을 꾸준히 업데이트하고 관리하는 한편 독자들과 고유한 소통의 장을 마련한다는 데 특징이 있다. 팬 사이트는 네티즌 개인이 좋아하는 작가들에 한해 심도깊은 정보와 의견이 교류되고 있다.

무협 사이트는 인터넷이 활성화되기 이전에 PC통신에서 먼저 시작되었다. 가장 많은 회원수와 활발한 활동을 자랑하던 곳은, 하이텔의 '무림동', 천리안의 '무림성', 그 외에 나우누리, 유니텔, 코넷월드 등에 각각 존재했던 '무림성'이다. 이들 동호회는 무협에 대한 정보교환을 목적으로 무협소설에 대한 정당

한 평가를 받고자 한다. 또한 시삽이나 부시삽 등의 운영진을 중심으로 나이와
직업을 초월해 다양한 회원들이 활동함으로써, 끊임없이 무협소설의 현재에
대해 관심을 갖고 서로의 의견을 공유하며 작품을 생산할 수 있는 곳이다.
　이런 종류의 사이트들은 정보 공유와 평가/감상, 그리고 창작이라는 세가지
큰줄기로 구성된다. 정보 공유란에서는 무협소설의 각종 공식과 작품 이해를
돕기위한 참고 자료들이 올려진다. 혹은 기존 발표되었던 인쇄물을 텍스트
파일로 올려 즉석에서 읽거나 다운받을 수 있게 한다. 이것은 특히 이미 출판
물로 구할 수 없는 책의 경우에 회원들의 요구로 인해 더욱 활발하게 업데이트
된다. 서점에서 구할 수 있는 소설이라 하더라도 독자들은 업데이트 요청을
하는데, 무료라는 이점 때문이기도 하지만 인터넷이라는 매체로 기존의 활자
매체를 대한다는 것이 전혀 낯설거나 불편하지 않은 네티즌들의 생활패턴
때문이기도 하다. 하지만 이것은 저작권 문제가 걸려있으므로 법적 문제를
유의해야 한다. 평가와 감상란은 무협 사이트의 핵심적 기능이자 비판적 기능
이 돋보이는 곳이다. 하지만 이곳에 오르는 글들의 수준은 천차만별인데, 기본
적 감상에서부터 전문가적인 안목의 비평까지 다양하다. 창작란은 전문 작가
들의 창작란과 아마추어 작가들의 창작란을 분화되는 경우가 많다. 아마추어
작가의 경우, 처음부터 글을 올려 연재하기보다는 자신의 작품에 대한 평가를
받은 후 작가로서 인정되어 연재하는 경우가 보통이다. 자격을 평가하는 것은
사이트의 주인이나 임원진, 혹은 기성 작가에 의해 이루어진다.
　이들 사이트들은 기본적으로 무협소설을 기존의 저급 장르로 보던 시각을
재고하여 새로운 관점에서 무협소설을 조명하고자 한다. 동시에 무협소설의
영역을 확장하고 새로운 분야를 개척하기 위해 작품의 창작과 발굴에 관심을
갖는다. 무협 사이트는 Daum의 카페에만 500여개 이상이 검색될 정도로 광
범위하게 퍼져있다.

3) 사이버 무협소설의 글쓰기 양상

(1) '공식'과 '변주'의 글쓰기

무협소설은 몇 개의 공식화된 패턴을 반복하면서 창작된다. 거의 모두가 중국, 특히 명나라 이전의 시대와 '강호'라는 대단히 추상적인 무협소설 특유의 공간을 배경으로 이루어지며, 현실에서는 일어날 것 같지 않은 사건이 벌어지거나 엄청난 무공을 지닌 인물들이 등장하며 서로 무공을 겨룬다. 이러한 서사적 규칙이나 무협소설 특유의 고유한 명칭과 소재들은 무협 사이트의 '게시판'에서 쉽게 확인 할 수 있다. 올려진 자료는 공유되며, 일반적인 무협소설 애호가라면 그러한 공식을 개인의 의도와 취향에 따라 변주하면서 한 편의 소설을 완성해낼 수 있다. 공식과 변주의 글쓰기는 무협소설의 무한한 재생산을 가능케 하지만, 그것은 반복적인 복제품의 생산, '차이없는 반복'의 산물에 불과할 수도 있다. 그것은 어쩌면 질적인 차이를 무화시키며 양적 가치로 환산해버리는 자본주의의 생산 논리와 유사하다. 무협소설이 대중문학의 장르이며 자본주의적 생산양식이라는 것은 이런 점에서 설명될 수 있다.

하지만 일정한 패턴의 반복일지라도, 그 공식 자체를 해체해버리는 변주라면 그것은 새로운 무협소설의 가능성을 보여주는 것일 수도 있다. 앞에서 논의한 '신무협'의 경향이 대표적이다. 유사한 소재, 유사한 배경이라 할지라도 신무협은 기존 무협이 가지고 있었던 서사적 공식 자체를 전복시키며, 그 과정에서 무협소설의 실존적 의미에 대한 질문을 던진다.

이렇듯 무협소설이 '공식'과 '변주'를 통해 창작되어진다 해도, '공식'과 '변주' 사이의 무한한 변이형들을 실험하고 새로운 공식을 세우려는 시도가 지금의 사이버 공간에서 절실히 요구된다.

다음은 무협소설을 이루는 일반적인 서사적 공식들이다.

<정(正)과 사(邪)는 공존할 수 없다>

선한 쪽은 중국의 정통무림들로서 의리를 존중하고 정통 무술을 구가한다. 강호의 규율이나 강호의 논리를 운위하고 그에 따라 행위하는 것은 당연시된다. 반면 사악한 무리들은 주로 강호의 계율을 범한다. 부모나 스승을 배반하거나 부녀자를 함부로 넘본다. 무술을 쓸 때도 정공법이 아니며 뒤에서 공격하거나 여성 무술인의 가슴 등을 치는 반칙을 서슴치 않고 범한다. 또 소생할 수 없는 극악한 독을 쓰는 공통점이 있다.[5]

<무협소설의 시공간적 배경은 주로 중국 명나라 이전의 시대와
‘강호’라는 추상적 공간으로 이루어진다>

사실 ‘강호’란 원래 장강과 동정호를 가리키는 지리적 명사였다. 이 말은 후대의 문학가들에게 애용되면서 조정에서 벗어난 은사가 머무는 곳을 가리키는 의미로 확장되었다. 그러나 무협소설에서의 강호는 이러한 역사적 의미와는 별도로 일체의 사회 모순이나 갈등이 무공의 고하로 해결되는 곳을 의미한다. 이는 강호가 어떤 구체적인 공간이나 장소를 가리킨다기보다는 오히려 ‘탈역사적인’ 허구적 공간을 가리킨다는 사실을 의미한다.[6]

<무협소설의 일반적인 줄거리 전개양상>

부모가 원수에게 살해당한다/유랑한다/제자가 되어 입문한다/무예를 배운다/복수를 하러 떠난다/사랑에 빠진다/좌절당한다/다시 무예를 익힌다/애정에 변고가 생긴다/부상을 입는다/상처를 치료한다/보물을 얻는다/악당을 소탕한다/대업을 완성한다/은거한다.[7]

---

5) 최혜실, 「무협소설의 통속성에 대한 종합적 검토」『문학사상』, 1996. 3, p. 86.
6) 조현우, 「무협소설의 흥미유발 요인 탐색」『무협소설이란 무엇인가』, (예림기획, 2001), p. 50.
7) 정동보, 「무협소설 개관」, 앞의 책, pp. 33-34.

<무협소설에서 자주 보이는 몇 가지 서사유형>

복수형/보물쟁탈형/사악한 세력을 제압하는 형/민족투쟁형/무협에 추리를 가미한 형/의로운 일을 하는 형/애정갈등형/역사전기형/무예 익히기형/유랑자형. 이러한 서사모형은 작품을 이해하거나 평가하는 방법의 하나일 뿐이다. 소설의 구조를 이루는 서사단위 및 서사 모형은 제한적이지만, 창작할 수 있는 방법은 무궁무진하다는 것이다. 또 동일한 서사모형이라도 그 배열 방법에 따라 천차만별의 변종을 추출해 낼 수 있다.[8]

<무기, 무공, 문파의 공식들>

무협소설에 등장하는 중요한 소재로는 무기나 무공, 문파 등이 있다. 소림, 무당 양대문파를 중심으로 한 이른바 '구대문파'는 어느 무협소설에서나 공통적으로 찾아볼 수 있는 것이며, 검(劍), 도(刀), 창(槍), 쌍날의 창(戟), 도끼 등의 십팔반(十八般)의 무기 역시 공통적이다. 그런데 무협소설을 읽어보면 이러한 문파나 무기들은 공통적 기반 위에 작가에 의해 창작된 새로운 요소들이 추가되기 마련이다. 예를 들어 정도 무림인 구대문파와 대립하는 존재로, '대마교' 혹은 '천년마교' 등의 사도(邪道) 집단을 지어내는 것은 매우 흔한 일이며, '수라문'과 같은 자객집단, 혹은 '천외천'과 같은 비밀결사 등을 통해 단조로운 정사, 흑백 갈등을 좀더 복잡하게 만드는 것 역시 자주 볼 수 있는 설정이다.[9]

이렇듯 무협소설을 이루는 자잘한 소재들의 공식화는, 검술의 경지, 내공증가약물, 독, 영약과 영물, 무림인들의 예법, 독술, 소림 17나한, 무림인 서열과 호칭, 중국 10대 명승, 마교 등 세부적인 부분들이 온라인 상에 체계적으로 정리되어 있다.

---

8) 위의 글, pp. 35-39.
9) 조현우, 앞의 글, p. 48.

(2) '놀이'로서의 글쓰기 – '유희'와 '창조'의 결합

서론에서 김현의 글에 문제제기하면서, 무협소설을 '읽는' 독자들의 욕망이 현실에서 도피하고 대리만족을 얻는 수동적 욕망이라면, 사이버 무협소설에 '참여하는' 독자들의 욕망은 적극적으로 생산하는 욕망임을 말한바 있다. 그렇다면 무엇을 생산하는 욕망인가. 그들은 무협소설을 읽고 쓰면서 일종의 '놀이'에 참여한다. 놀이는, 현실에서 도피해 허구의 세계에서 만족을 얻는 태도와는 다르다. 오히려 허구를 현실로 인정하고 적극적으로 허구에 개입하는 자세이다. 그러므로 놀이공간은 또 하나의 현실이며, 거기에 '가상 현실'이라는 이름이 붙는다. 허구를 자신의 삶의 한 영역으로 받아들이는 것, 그러한 허구 속에서 생산적 변용을 꿈꾸는 것, 이것이 진정 놀이하는 자의 자세이다.

하지만 여기서 놀이는 '능동적 참여와 창조'라는 적극적 개념일 수도 있고, '주어진 것의 유희'라는 소극적 의미일수도 있다. 전자에는 창조의 고통이 따르며, 후자는 유희의 반복이 있을 뿐이다. 이에 따라 작품의 경향도 양분된다. 적극적으로 놀이에 참여하는 자는 그 놀이의 규약을 의심하고 반성하며 전복을 꿈꾼다. 주어진 규약에 충실한 자는 같은 것의 재생산에 머물며 부단히 원점회귀한다. 놀이의 규약을 뒤엎고 새로운 놀이의 규범을 제시할 때, 그것은 더 이상 놀이가 아닌 '창조'라는 이름이 붙을 수 있다.

아쉽게도 현재의 사용자 문학란, 특히 '작품란'은 흥미와 상식에 의한 글쓰기가 주조를 이루고 있다. 그곳에 실리는 작품들은 상당 부분 재래의 다른 공간에서 전개되고 있는 문학애호가들의 활동과 다르지 않으며, 다만 인터넷 망이 허용하고 있는 규모와 자유에 의해서 그것들이 대량으로 쏟아지고 있다. 그것은 현재의 사이버 무협소설, 넓게는 사이버 소설문학이 아직 그 자신의 존재론적 조건에 대한 의식적 성찰을 못하는 채로, 유희적 욕망을 무분별하게 방출하고 있다는 것을 의미한다.

(3) 인접장르와의 결합

디지털 시대의 모든 서사문학은 이질혼성 장르의 양상을 보이고 있다. 이러한 이질혼성 장르로서의 글쓰기는 문학의 퓨전화 현상과 다르지 않다. 인터넷 상의 다양한 흐름들의 교차, 횡단은 그들 사이의 접속 가능성을 극대화시킨다. 기존에 무협소설이라는 단일 장르가 무협 환타지, 코믹 무협 등의 다양한 장르로 분화된 것은 사이버라는 공간의 가능성에 힘입은 바 크다. 판타지와 무협의 상보적 결합으로 나타나는 무협 판타지가 이러한 퓨전 현상의 가장 대표적인 양식이다. 이우혁의『퇴마록』이나 이영도의『드래곤 라자』등은 무협 판타지로서 대중적 성공을 얻은 작품이다. 전동조의『묵향』(1999), 정진인의『악선 철하』(1997), 사마달의『대항해』(2000), 유기선의『극악서생』(2000)등도 그 실례에 해당한다.

장르의 결합으로 새로운 장르가 탄생하는 것 자체는 사이버 상의 자연스런 현상이라 하겠다. 하지만 경계해야 할 것은, 장르의 결합과 탄생이 상업적 논리에 의해 관성적으로 답습되는 현상이다. 가령,『드래곤 라자』(1998) 이후 국내의 대중문학 독서 시장을 판타지 소설이 장악하게 되자 이에 편승하여 소위 '판타지 무협'이 우후죽순으로 나오기 시작했다. 그 중에는 이름만 판타지 무협이고 실제로는 판타지 성격이 거의 없는 경우도 있다.

무협이 다른 장르보다 판타지와의 장르와 쉽게 혼종하는 모습은 그 둘의 문학적 친연성 때문이기도 하다. 무협소설은 토도로프가 말한 환상 문학의 분류 중 '이국적 경이'에 해당한다고 볼 수 있다. 독자들이 사건이 일어나는 지역에 대한 지식이 전혀 없어서 그에 대해 어떤 의문도 품을 필요가 없는 문학을 '이국적 경이'라고 지칭한다. 송효섭은 판타지 소설인『귀환병 이야기』에서 이와 유사한 특성을 지적하면서 '이국적 경이'로 설명하고 있다.[10] 무협소설은 장르적으로 판타지 소설과 상당한 유사성을 지니는 것으로, 최근 무협

---

10) 송효섭, 「탈근대의 문화 상황과 서사 담론의 지형학」,『설화의 기호학』(민음사, 1999), p. 337.

판타지라는 새로운 장르의 등장은 이러한 관점에서 그리 놀라운 일은 아니다. 인터넷에서 무협 사이트들을 검색해볼 때 대다수의 사이트가 무협과 판타지 소설을 함께 취급하고 있는 것도 같은 맥락이다.

4) '발표'와 '출판' 구조의 변화

(1) 신인 보급의 창구 - '공모전'와 '조회수'

일반 소설 지망생들이 신문의 '신춘문예'나 문예지의 '문예 공모'를 통해 등단의 발판을 마련했다면, 무협 소설과 같은 하위 장르는 상대적으로 그러한 기회 자체가 박탈되어 왔다. 특정한 작가로의 등용문이 마련되어 있었다기보다, 대본소 시절의 작가 양성 시스템이 지배적인 데뷔 경로였다. 즉 작가 지망생들은 출판사의 집필실에서 선배들의 조언을 받아가며 작품을 완성시키곤 했다.

기존의 작가 데뷔의 형식이 조악하고 지엽적인 시스템에 의존할 수밖에 없었다면, 사이버 공간에서의 무협소설 붐이 일어나면서부터 인지도가 높은 무협 사이트에서는 자체적으로 기성문단의 신춘문예와 성격이 비슷한 '공모전'을 개최했다. 신무협의 작가로 활발히 활동하는 진산의 경우가, 1994년 하이텔 무림동 제1회 무협공모에서 「광검유정」이, 이듬해 「청산녹수」가 각각 대상과 우수작에 뽑혀 문단에 나온 경우이다. 이재일은 1995년 제2회 무협공모에서 『칠석야』가 당선되어 나왔다.

이러한 데뷔 절차는 이전의 데뷔 관행에 비해 상업적인 성공과 자신의 인지도를 높이는 데 유리하고 효율적인 점이 있었다. 즉 기존의 종이책 형태로 나와 독자들에게 보급되는 것에 비해, 통신 상의 불특정 다수의 인지를 얻고 나온 작품이 훨씬 빠르고 효율적으로 보급된다는 점이다.

현재는 특정한 공모전 없이도, 사이버 상의 창작소설들에 매겨진 '조회수'로 인해 작가가 양산되기도 한다. 무협소설이 기본적으로 대중문학 장르임을 감안할 때, '조회수'라는 새로운 문화가 사이버상의 새로운 권력으로 부상하는 것이다. 하지만 그것은 상업적 영리를 목적으로 하는 출판사들에 의해 종종 악용될 수 있으며, 오히려 무협소설의 발달을 저해하는 요인으로 작용하기도 한다.

(2) 출판시장의 변화

한 작품이 대여섯 권씩이나 되는 무협소설의 특성상 초기의 무협소설은 대본소용이라는 독특한 출판형식으로 보급되었다. 이미 조직을 굳힌 도서대본소인 만화방을 활용하여 무협소설을 빌려보도록 하는 방식이 유통의 정석이었다. 60년대 후반에서 70년대 후반까지가 대본소용 무협소설의 전성시대였다. 계속적인 서점으로의 진출 시도가 있었지만 몇권에서 수십권에 달하는 무협소설의 특성상 서점에서의 성공은 흔치 않았다. 그 후 도서유통시장엔 마침 도서대여점이라는 새로운 형식이 도입되어 확장일로에 있었다. 기존의 만화대본소와 달리 도서대여점은 책을 대출해가는 것이 원칙이었고, 대본소에 비해 '밝고 건전하다'는 이미지로 이어졌다.

그런 와중에, '신무협'의 대두와 함께 통신 공간에서의 연재가 활발히 일어났다. 용대운이 하이텔의 무림동에 『태극문』을 연재하기 시작하면서 '기존 무협소설과는 다르다'는 인식이 젊은 세대를 중심으로 번져갔고, 젊은 세대를 중심으로 컴퓨터 통신이 일반화되면서 사이버 동호회는 이후 무협소설의 전개에 중요한 역할을 한다. 이때부터 사이버상에서 독자들의 호응을 얻은 작품에 대해 책으로 출판을 하는 관행이 생겨났다. 사이버상의 독자들에 의해 우선적으로 검증된 작품을 출판하는 것은 출판사측으로서는 안전한 영리 추구의 수단이 되었다.

또한 소설을 파일상태로 판매하는 전자북(e-book)이 새로운 출판시장의 영역으로 탄생하기도 하였다. 1995년말에는 무협소설에 무협관련 잡학사전을 곁들인 『무협춘추』(솔빛조선미디어)에서 나온 데 이어 1996년엔 박영창이 번역한 무협소설 모음인 『영웅천하』(나래미디어)가 출시됐다.

(3) 상업적 매체와의 이종교배

시장의 요구에 민감하게 반응하는 무협소설은 게임, 영화, 만화 등의 여타의 상업적 매체와 결합하여 오락성 장르로 진출하는 경향이 두드러진다. 좌백은 『구룡쟁패』라는 소설을 시작할 때부터, 게임화를 염두에 두고 연재한다고 밝힌 바 있다.

오락성 강한 문화 장르들은 이제 만화 - 애니메이션 - 게임 - 캐릭터 등을 아우르는 '원 소스 - 멀티 유스(one source - multi use)' 시대를 맞고 있다. 처음 기둥줄거리를 짤 때부터 출판물, 애니메이션, 게임을 모두 만든다는 전제 아래 작업11)하는 것이다.

다른 장르와의 호환성을 염두에 두고 창작할 경우, 무협소설의 미래가 어떻게 달라질지 아직은 예측하지 힘들다. 문제의 관건은, 사이버상의 무협소설들이 상업적 요구와 본래적인 소설의 욕망 사이에서 어떻게 중심을 지키고 자신의 입지를 그려나가느냐에 달려있다.

4. 결론

매체가 단지 내용을 전달하는 수단이 아니라, 매체 자체가 그것의 고유한 상상력과 관계한다는 맥루한의 통찰에 의거하면, 문학에 등장하는 새로운 매체 형식들은 문학 속에 새로운 상상력과 욕망의 층위를 도입하기 위한 시도로서 파악할 수 있다. 그러나 사이버 무협소설에 대한 고찰을 통해 도출할 수 있었던, 매체와 문학적 상상력의 함수관계는 여전히 미지수로 남는다. 매체의 변화만으로 문학적 상상력의 지평이 전복되거나 확장되기는 쉽지 않다. 그것은 무협소설의 경우 몇 가지 요인에서 그 원인을 생각해 볼 수 있다.

첫째는 한국의 사이버 무협소설의 내용, 장르, 매체상의 모순과 불일치로

---

11) 육홍타, 「시장 측면에서 본 한국 무협소설의 역사」, 앞의 책, pp. 134-140.

인한 혼종화 양태에서 기인한다. 사이버 무협소설은 기본적으로(신무협의 경우는 예외지만) '전근대적'인 내용을 담은, '근대적' 장르이며, 사이버라는 '탈근대적' 공간 속에 놓여있다. '비동시적인 것의 동시적 공존'이라 일컬을 수 있는 이러한 불협화음은 사이버 공간에서 '매체적 상상력'과 같은 새로운 자기 혁신을 마련하지 못하게 하는 원인일 수 있다. 아직 사이버라는 매체적 공간은 신무협으로 대표되는 내용상의 새로운 몇 가지 흐름들, 발표와 출판 구조의 변화라는 환경적 측면에서 그 영향력을 두드러지게 나타내는데 그치고 있다.

　둘째, 사이버 무협소설의 배면에서 끊임없이 작동하고 있는 상업화 논리이다. 사이버 상의 대중문학은 본질적으로 문학적 기준에 의해 분별되기보다는 문학 외적 기준에 의해 제약된다. 사이버 공간도 하나의 산업 또는 권력이라는 것을 염두에 둘 필요가 있다. 한쪽에 개인의 자발적 참여가 있다면, 보이지 않는 곳에 사이버 공간 자체의 상업적 정치적 전략이 놓인다. 신무협의 전복적이고 위반적 성격이 호응을 얻은 곳도 사이버 공간이지만, 그것들을 다시 상업의 흐름 속으로 재코드화하는 것도 사이버 공간이다. 게임이나 영화라는 상업적 매체와의 친연적 관계망을 현실적인 시장논리 속으로 끌어들이는 것도 모두 사이버 상에서 벌어지는 일들이다.

　사이버 공간이 새로운 무협소설의 탄생을 위한 구심점의 역할을 수행하기 위해서는, '매체적 상상력'에 대한 고민과 더불어 시장 경제의 논리가 어떻게 인터넷의 네트워크와 결합되는지에 대한 성찰이 우선되어야 할 것이다.

참고문헌

대중문화연구회, 『무협소설이란 무엇인가』, 예림기획, 2001.

전형준, 『무협소설의 문화적 의미』, 서울대출판부, 2003.

김현, 『현대 한국문학의 이론/사회와 윤리』, 문학과지성사, 1991.

최혜실, 「무협소설의 통속성에 대한 종합적 검토」, 『문학사상』, 1996, 3.

송효섭, 「탈근대의 문화 상황과 서사 담론의 지형학」, 『설화의 기호학』, 민음
　　사, 1999.

생각해 볼 문제

1. 사이버 공간의 '매체적 상상력'이 무협소설에 일으킬 변화와 방향성에
　　대해 생각해보자.
2. 시장경제의 상업화 논리가 어떻게 인터넷 네트워크와 결합하는지 성찰해
　　보고, 무협소설에 끼치는 장점과 단점에 대해 생각해보자.
3. 신무협 이후 한국 무협소설의 미래에 대해 전망해보자.

「미메시스」

이영수

작품 해설

1995년 도서출판 명경에서 출판된,『사이버 펑크』에 실렸던 이영수의 단편 과학소설이다. 이영수는 하이텔 아이디 듀나 'DJUNA'로 더 알려진 통신 작가이며, 같은 아이디를 사용하는 세 명의 '얼굴없는 작가집단' 으로 알려져 있다. 단편집『나비전쟁』(1997),『면세구역』(2000),『태평양 횡단특급』(2002) 등이 있다. 암울하게 묘사되는 배경, 비관적인 분위기, 국가 및 사회 권력체가 세부적으로 통제하기 힘든 부랑자, 범죄자, 절망에 빠진 젊은 세대들의 등장, 인간과 기계의 구분의 모호함을 통해 인간의 가치를 묻는 것이 사이버펑크 소설의 대표적인 특징이라고 할 때, 「미메시스」는 사이버펑크 소설의 특징을 잘 나타내고 있다고 할 수 있다. 작품은『사이버펑크』(이영수 외, 명경, 1994)에서 발췌하였으며, 전문을 수록하였다.

작품 보기

1.

나는 조지 타운의 어느 중국 영화 상영관에서 그를 발견했다. 영화관이라고 했지만 지금은 아무도 그곳에서 영화를 보지 않는다. 모두들 이제 거의 폐허가 된 건물이 제공하는 어둠을 이용할 뿐이다. 그들은 밀매자를 찾아온 마약 중독자일 수도 있고, 라마단의 금기를 깨러 들어온 의지 약한 회교도일 수도 있으며, 풍기 문란 죄에 걸리지 않으려고 들어온 연인들일 수도 있다. 무엇 때문에 들어왔든지 간에 그들은 다른 사람들에게 신경을 쓰지 않는다. 그것은 몇 년 전부터 암묵적으로 지켜져 온 규칙이다. 그럼으로써 그들은 이 투명한 세상으로부터 그들을 숨겨주는 작은 피난처를 유지하는 것이다.

내가 아까 말했던 그 남자는 자그마한 말레이 여자와 함께 발코니 좌석에 앉아 있었다. 그는 서툰 영어로 무언가 열심히 떠들고 있었고, 여자는 흥미 없이 듣고 있었다. 얼굴을 보아하니 그 남자가 치른 돈 값을 하느라 앉아있을 뿐 그에 대해 아무런 흥미가 없음이 분명했다. 나는 그들을 그대로 남겨두고 영화관을 빠져나왔다.

나는 영화관 옆에 기우뚱 서 있는 전화부스에 들어갔다. 전화부스 안의 냄새는 정말 지독했다. 바닥과 벽에는 말라붙은 구토물들이 청소되지 않은 채 방치되어 있었다. 나는 비교적 깨끗한 바닥을 골라 딛고 서서, 내가 소속되어 있는 서울의 보험회사에 전화했다. 내 선임자는 마침 자리를 뜨고 없었다. 나는 전화기 아래에 달려 있는 키보드를 꺼내 그에게 문자 메세지를 남기고 전화를 끊었다. 부스에서 나오자 페낭의 습한 공기마저도 맑고 신선하게 느껴졌다. 전화 부스 안의 냄새는 정말 지독했다. 나는 영화관 주위를 천천히 돌면서 그 남자가 나오기를 기다렸다.

영화관을 세 바퀴 째 돌았을 때, 그와 그의 파트너가 나왔다. 아니, 그 여자는 이미 그의 파트너가 아니었다. 그 여자는 그에게 삿대질을 해대며 유창한 영어로 욕을 퍼붓고 있었다. 남자도 맞서려고 했으나 그의 어휘가 아무래도 짧았다. 마침내 그의 주먹이 여자의 얼굴로 날아갔다. 여자는 비명을 질렀고, 순식간에 사람들이 모여들었다. 꼴들을 보아하니 모두들 남의 얼굴에 한 방 날리지 못해 몸들이 근질근질해 보였다.

여자는 터진 자기 입술을 가리키고 고함을 질렀다.

"저 개자식이 나를 패 죽이려고 했어. 저 돼지 같은 코리언이."

코리언이라는 단어가 모여든 사람들을 더 자극했다. 이 나라에서도 한국 남자들은 일본 남자들만큼이나 인기가 없다. 특히 대영 전자 말레이지아 지사의 파업 사건이 막 끝난 지금은 자기가 코리언이라는 말을 하는 것 자체가 위험했다. 남자는 도망치려고 했지만 성난 군중들의 팔들이 그의 몸을 붙들었고 곧 주먹과 각목이 그를 향해 날아들었다.

그때쯤 해서 지나가는 순찰 로봇에게 연락할 수도 있었다. 그렇게 해서 자연스럽게 그와 친해질 기회를 가질 수도 있었을 것이다. 하지만 난 군중들이 스트레스를 해소하도록 내버려두고 자리를 떴다. 내가 그의 남자다움이 무참히 깨지는 것을 보았다는 사실을 그가 안다면 일은 힘들어 질 수도 있다.

그는 한참 만에야 영화관 골목에서 기어나왔다. 그렇게 무참하게 얻어터진 셈치고는 꽤 멀쩡해 보였다. 그는 옷을 툭툭 털더니 뭐라고 알 수 없는 말을 중얼거리며 길을 걸어갔다. 밝은 곳에 나와보니 그는 사진에서보다 더 구질구질해 보였다. 사흘 동안 면도를 하지 않은 것처럼 수염이 턱과 볼에 듬성듬성 자라있었고, 옷에는 기름 얼룩이 잔뜩 묻어있었다. 그는 길을 걸어가면서 가끔가다 입에 괸 검붉은 액체를 포석에 탁탁 뱉었다. 지나가던 순찰 로봇이 그에게 주의를 주자 그는 한국어로 그 선량한 기계에게 욕을 퍼부었다. 고맙게도 그것은 말레이어와 영어밖에 몰랐다.

2.

그는 차이나타운 구석에 위치한 헐어빠진 영국식 건물의 2층에서 살았다. 나는 그 맞은편 방을 세내어 그의 일거수일투족을 감시했다. 그는 겉보기에 전형적인 외국인 룸펜이었다. 말레이지아는 15년 전부터 출입국 절차를 대폭 완화했기 때문에 세계곳곳에서 갈 데 없는 건달들이 꾸역꾸역 몰려들었다. 아무도 그들이 무슨 일을 하는 지 신경 쓰지 않았다. 가끔가다 경찰들이 찾아와 그들 중 한 명의 시체를 끌고 나갔다. 내가 나서지 않았다면 그도 그런 꼴을 당했을 지도 모른다. 그랬다면 나는 지금도 회사에 얽매어 말레이지아의 어딘가를 떠돌아다니고 있을 것이고, 지금처럼 인스부르크의 이 작은 카페 안에서 한가롭게 내 모험담을 당신에게 들려주지도 못할 것이다.

나는 나 자신에게 이틀의 시간을 주었다. 사흘째 되는 날 저녁, 나는 드디어 그에게 접근했다. 파사르 말람의 엄청난 소음 속에서는 대포 소리도 파리 날개 소리만큼이나 작게 들린다. 그는 나에게 뭐라고 그랬냐고 되물었다.

"한국인이냐구요!" 나는 다시 한 번 외쳤다.

"당신도 한국인입니까?" 그가 외쳤다.

나는 그렇다는 표시로 고개를 끄덕이고 난처하다는 듯이 어깨를 으쓱했다.

"어떻게 해야 할 지 모르겠어요. 어떤 중국인 남자가 계속 날 추근거리고 있어요."

그는 뒤를 돌아다보았다. 진짜 어떤 중국인 남자가 내 뒤를 따라오고 있었다. 거짓말을 한 것은 아니었다. 다만 내가 400링깃을 주고 그 중국인을 고용했다는 사실을 말하지 않은 것뿐이다.

그는 걱정 말라고 말하더니 그 중국인 남자에게 다가갔다. 실갱이가 시작되었다. 중국 남자는 뒤로 한발자국 물러섰으나 그의 손이 조금 더 빨랐다. 중국 남자는 멱살이 잡힌 채 잠시 공중에 떴다가 두 미국인 관광객들에게 열심히 목제 골동품을 팔고 있는 상인 로봇을 향해 날아갔다. 꽝하는 소리와 함께 판매대가 부서지고 작은 나무 호랑이들이 와르르 땅에 쏟아졌다. 상인 로봇은 중국인을 밀쳐내고 비척거리며 일어섰다. 가발이 벗겨져 플라스틱제 맨머리가 드러났다.

"이런 행위는 옳지 않습니다. 선생." 로봇은 암기해 둔 장사 문구 이외의 것들을 말할 때 사용하는 건조하고 어색한 어조로 그에게 말했다. "그대로 가만히 있어요. 경찰을 부르겠습니다."

로봇은 다시 한 번 판매대로 나가 떨어졌다. 로봇의 목에서 타닥하고 터지는 소리가 났다. 그것은 한 번 꿈틀하더니 조용해졌다. 엄연한 범죄행위였으나 구경하고 있던 관광객들 중 아무도 경찰에 신고할 생각은 하지도 않았다. 그들에게 로봇은 기계에 불과했다. 사람에게 건방지게 대들었으니 저 꼴을 당해도 쌌다.

"여기서 빠져나가는 것이 좋겠군요. 곧 경찰들이 몰려 올 겁니다. "그는 내 팔을 잡고 걸음을 서둘렀다. 나는 진열장에 반사된 중국인의 얼굴을 흘낏 훔쳐보았다. 코와 입에서 피가 흐르고 있었다. 재수가 없으려니까 그의 치료비까지 추가로 지불하게 생겼다.

"여자 혼자서 여행하는 건 위험해요. 어디에 머물고 계시죠? 제가 모셔다 드리죠." 그가 말했다.

"아직 호텔을 잡지 못했어요. 저녁도 굶었고요." 나는 될 수 있는 한 불쌍해 보이려고 노력하며 대답했다. 나는 원래 체중 미달의 말라깽이인데다가 그날의 연기를 위해 아주 구차스런 옷을 걸치고 있었다. 내가 상대하는 친구들의 대부분은 이런 모습에 쉽게 넘어갔다. 고맙게도 그도 예외는 아니었다. 그는 내 팔을 잡아끌고 야시장을 나왔다. 나가는 동안 그는 나에게 이름을 물었다. 나는 내 패스포드에 적혀있는 이름을 가르쳐 주었다. 그도 그의 하숙집 아줌마가 알고 있는 그의 이름을 댔다.

그는 나를 근처에 있는 작은 식당에 데려갔다. 그는 카레 요리를 시켰고 나는 그것에 허겁지겁 덤벼들었다. 그것은 엄청나게 매웠다. 나는 헐떡거리는 소리를 내면서 물을 들이켰다. 근래 이런 카레 전문점들은 외국인 광광객들을 위해 음식의 매운 정도를 별도 표시하고 있다. 그 악당이 시킨 것은 최고점인 별 넷을 받은 지독한 것이었다. 메뉴를 보고 일부러 그랬었는지 당연한 실수였는지 나는 모른다.

나는 속전속결로 일을 처리하는 것을 원칙으로 삼았기 때문에 될 수 있는 한 쉽게 넘어갈 수 있는 여자처럼 굴었다. 지금의 나에 익숙해져 있는 당신 같은 사람이 그 꼴을 보았다면 배꼽을 잡았을 것이다. 50년 대 헐리우드 2류 여배우들의 남자들에게 교태부리는 꼬락서니들을 상상하면 그때의 내 행동이 얼마나 우스꽝스러운 것이었는지 짐작할 수 있다. 그가 연기하는 남자의 수준이 대충 그 정도였다.

나는 그의 어처구니없는 거짓말들을 참을성 있게 들어주었고, 가끔 튀어나오는 유치한 모험담 사이사이에 감탄사도 넣어주며 그의 남성다움에 대한 환상을 부풀렸다. 그의 말은 점점 많아지고 허풍도 커졌다. 마침내 그는 내가 그의 터프한 매력에 완전히 매료당했다고 믿고 말았다. 고마워라, 그 말레이지아 여자는 그가 이 곳에서 사귄 첫 여자였나보다. 아직 그는 여자들에게 경계심을 가지고 있지 않았다.

"저어, 특별히 가실 데가 없다면 저희 집에 좀 머물렀다 가시겠어요?" 그는 마침내 말을 꺼냈다. 나는 기다렸다는 듯이 고개를 까딱였다. 그는 내 가방을 들더니 밖으로 나가 택시를 불렀다.

조그만 무인 택시가 우리를 그의 집까지 데려다주었다. 내리기 전에 나는 주머니에서 단추 만한 녹음기를 꺼내 의자 밑에 붙였다. 만에 하나 내가 더 이상 회사와 연락을 하지 못한다 하더라도 24시간이 지나면 녹음기에 달린 경보기가 작동될 것이고 택시 회사는 그 녹음기를 경찰이나 페낭 주재 한국 영사관에 가져갈 것이다. 그의 방은 그 자신만큼이나 더럽고 지저분했다. 그는 허겁지겁 방바닥에 떨어져 있는 비닐 봉지와 술병을 치웠다. 열려져 있는 화장실 문을 통해 화장실 변기를 보았는데, 변기는 그가 치운 술병 속에서 나온 것이 분명한 누런 액체로 가득차 있었다. 그 안에서 나오는 알콜 냄새가 방안을 진동했지만, 그는 눈치채지 못했다.

대충 쓰레기들이 자기가 가야 할 곳으로 들어가자 그는 나에게로 다가왔다. 나는 이미 그의 모든 행위에 대한 만반의 준비를 갖추고 있었다. 그는 나에게 키스를 했다. 역한 냄새가 입을 통해 들어와 내 후각을 자극했다. 그는 자기에 겐 치약이 필요 없다고 생각했던 것일까? 하지만 나는 모른 척하고 그의 등을 애무했다. 그는 꼭 흥분한 것처럼 나를 침대에 쓰러뜨리고 내 몸을 덮쳤다.

바로 그때 백만 분의 일의 우연이라고 할 만한 일이 일어났다. 침대의 진동에 옆에 서있던 청동으로 만든 간접 조명 전등이 우리에게로 쓰러진 것이다. 정말 재수없게도 그것의 모서리에 난 작은 돌기가 내 손목을 찢고 말았다.

"다치지 않았어요?" 그는 놀라서 물었다. 나는 재빨리 손목을 가리고 괜찮다고 말했지만 너무 늦어버리고 말았다. 그는 내 손가락 사이로 상처를 보았고, 그 사이에 드러난 은빛 전선들도 보고 말았다.

"더러운 로봇 같으니!" 그는 고함을 지르며 나를 밀쳐냈다. 침대 안에서 조용히 해결하려던 내 계획은 포기할 수밖에 없었다. 나는 괴성을 지르며 공격해오는 그를 바닥에 쓰러뜨리고 내 머리칼을 고정하고 있던 전자침을 뽑아 그의 목에 꽂았다.

3.

경찰관들은 모두 세 명이었다. 라마단이 끝나가는 중이라 모두 지쳐있었다. 그들의 입에서 나는 냄새로 미루어 짐작하건데 모두들 막 저녁의 성찬 중 끌려나온 것이 분명했다. 문 밖에서는 하숙집 아줌마가 기자들에게 불평을 늘어놓고 있었다. "저 사람은 아무 나쁜 짓도 하지 않았어. 소란도 안 피우고 방세도 꼬박꼬박 잘 냈단 말이야."

보험회사 직원 둘이 도착했다. 그들은 쓰러져 있는 그의 몸을 들추어보고 피해정도를 측정하더니 나에게 수표를 끊어주고 돌아갔다. 침대 안에서 조용히 동력선을 끊는 것만큼 잘 해내지는 못했지만 그래도 꽤 손상이 적었고 피해자도 없었으니 나는 보험회사의 손해를 300만 크레디트나 줄여준 것이다. 보너스까지 기대할 수는 없지만 내 저축에 지금 번 돈까지 합하면 시민권을 살 돈은 충분히 된다.

"전혀 로봇처럼 보이지 않는군요. 상처에 피도 나는걸요."

아직도 바닥에 엎어져있는 그의 몸을 내려다보면서 경찰관 중 한 명이 말했다.

"겉모습만 같아 가지고는 사람과 비슷하게 보이지 않아요. 안의 근육이나 채액까지 모방해야만 그럴 듯해 보인답니다. 백화점의 마네킹들이 얼마나 어색하게 움직이는 지 생각해보세요."

내가 대답했다. 응급 치료기로 손의 합선을 손보는 중이었기 때문에 더 이상 방해받고 싶지 않았지만, 그 여자는 계속 말을 걸었다.

"하지만 과연 저럴 필요까지 있었을까요? 저 로봇은 단지 인간들로부터 자유롭고 싶었을 뿐이에요. 그게 그렇게 큰 죄가 되는 건가요?"

"그것뿐이라면 그렇게 비싼 현상금을 걸고 그를 찾지 않았겠지요. 하지만 그 정도가 아니에요. 저런 종류의 안드로이드들은 단순히 자유롭기를 갈구할 뿐만 아니라 자기가 로봇이라는 사실도 받아들이지 않아요. 그들은 온갖 방법으로 인간을 모방하죠. 인간들의 불결함, 부정직성, 편견, 비이성적인 행동, 언어의 서투름같은 것들을 말이에요. 결국은 이성을 침대로 끌어들이기까지 해요. 하지만 그들이 아무리 인간을 모방한다고 하더라도 한계가 있어요. 어떤 로봇들도 침대 안에서까지 완벽한 인간으로 보일 만큼 인간적이지는 않아요. 아까 내가 해치운 저 기계는 냄새도 못 맡고 타액도 분비해내지 못하는 구식이었으니 금방 로봇이란 것이 들통나고 말았겠죠. 그렇게 되면 그 사실을 알아차린 사람이 무사할 수 있었을까요?"

"하지만 당신도 로봇이잖아요!" 그 여자는 어떻게든 내 허점을 물고늘어지려고 작정한 것 같았다.

“난 나 자신을 인간이라고 생각할 만큼 어리석지는 않죠. 자유를 원한다고 회사에서 도망칠 정도로 바보도 아니고요.” 나는 대답했다.

“대신 자기 동료를 인간들에게 팔아 넘기는 대가로 시민권을 살 돈을 벌죠. 아, 당신은 저 불쌍한 친구보다 자기가 훨씬 똑똑하다고 생각하겠군요!”

나는 대답하지 않았다. 저 여자는 남의 일에 너무 관심이 많다.

「미아방지센타」

김광영

작품 해설

이 작품 역시 1995년 도서출판 명경에서 출판된, 『사이버 펑크』에 수록된 김광영의 단편 과학소설이다. 디스토피아적인 세계관은 과학소설에 자주 등장하는데, 미래에 대한 진지한 경고를 던지는 작품들이 대부분이다.

아이들의 머리에 비둘기의 뇌를 이식해서 미아를 방지한다는 내용의 이 작품은, 특별히 암울한 미래의 모습이나, 극단적인 인간성 파괴를 그리는 것은 아니지만, 과학문명이 초래할 수 있는 인간성 말살의 가능성을 제시한다는 점에서 디스토피아 소설의 계보를 잇고 있다고 할 수 있다. 작품은 『사이버펑크』(이영수 외, 명경, 1994)에서 발췌하였으며, 전문을 수록하였다.

작품 보기

힘이 넘치는 두 살짜리들을 다뤄본 사람들이라면 단박에 이해할 것이다. 제대로 걷지도 못하는 놈들이 어쩌면 그렇게 잘도 없어지는 것일까? 깜빡

정신을 놓는 일이 있으면 놓칠 새라, 없어진다.

특히 내 아들놈은 그게 특히 심한 것 같은 느낌이 든다. 1년 연애 끝에 만난 지금의 마누라 사이에서 얻은 아들놈인데, 정말 해도 해도 너무한 놈이다.

어머니한테 하소연하듯 말해도 "애가 건강해서 그런다."는 애매모호한 대답듣기가 일이고, 때때로 찾아뵙는 은사님들도 껄껄 웃으며 '자네 아들놈 참 건강한 모양이군.'하는 게 다.

결국 속 터지는 건 나와 아내 밖에 없는 셈이다. 결국 우리가 풀 문제여서 여러 가지 시도를 해봤지만 소용이 없었다. 강아지처럼 끈으로 묶어놓으면 언제 배웠는지 교묘히 풀고 사라져 버리고, 업으면 얌전히 있다가 잠시 내려놓은 틈을 타서 도망가버린다. 아내는 이 놈 때문에 출판사에서 요청하는 일까지 거절하며 아이를 돌봤지만, 모두가 헛고생이었다. 탈출의 최고 마술사 후디니가 살아 있었으면 아마 우리 아들과 약간의 맞수가 될 수 있으리라. 어쩌면 우리 아이가 한 수 위일지도 모르고. 어쨌든, 힘들여 얻은 자식놈이, 귀엽기 그지없는 아들이 갑자기 사라져버리면 아내는 히스테리까지 보이며 발작을 해 대고, 나는 나대로 아이 찾느라고 곤죽이 되는 것이다.

아무리 미아를 찾는 확률이 70%에 달한다 하더라도 나머지 30%에 우리 아들이 못 끼라는 법은 없으니까 속에서 불이 날 수 밖에 없다. 한 번은 회사에서 일을 하고 있는 데 전화가 왔다.

"김대리님, 사모님 전환데요."

무슨 일로 전화가 오는 걸까, 약간 궁금한 마음을 품고 전화를 받았더니만 절반 실성한 목소리가 들려왔다.

"무슨 소리야? 좀 제대로 말해봐."

회사 동료들이 관심있게 지켜보든 터라 내색도 못한 채 태연히 말했지만 몹시 초조했다. 아내가 말하는 걸 종합해보니 아들놈이 갑자기 없어졌다는 거였다.

"신고는? 미아 신고는 했어?"

"몰라요…. 몰라……."

뭘 물어도 헛수고였다. 전화로 더 말해봐야 아무 소용이 없을 듯 해서 부장님께 이실직고하고 조퇴를 허가받아 급히 집으로 향했다. 차 안에서 별별 생각이 다 들었다. 진작 아내 말대로 유아용 이름표라도 달아주는 건데. 참, 이름표 같은 건 진작 떼버리는 놈이었지. 혹시 유괴된 것은 아닐까? 설마… 아무 돈도 없는 말단 월급쟁이 아들을 유괴하진 않았겠지? 별별 생각을 다 하며, 과속을 하다 딱지까지 먹었지만, 아무튼 최고의 속력을 내서 집으로 달려갔다.

그런데 집으로 가니 아들놈이 멀쩡히 놀고 있는 거였다. 기가 막혀 아내에게 따져 물었다.

"뭐야 대체? 조퇴까지 하게 만들더니만, 이 녀석 멀쩡하게 있잖아?"

아내도 기가 막혔던 모양이다. 한 동안 아무 말도 안 하고 내 화풀이만 듣고 있는 것이다. 내가 조용해지는 틈을 타서 덤덤히 사정 얘기를 해줬다. 세상에, 여기서 버스로 세 정거장이나 되는 곳의 경찰서에서 애를 데리고 온 것이다. 말이 세 정거장이지, 이제 겨우 두 살 짜리 놈의 기준으로 볼 때면 거의 세상의 끝에서 끝 정도의 거리인 것이다.

하도 기가 막혀서 이제 겨우 '아빠', '엄마'를 나름대로 발음하는 녀석을 붙잡고 물어봤다.

"넌 뭘 믿고 그렇게 용감하냐?"

아무 대답도 돌아오지 않았다. 녀석은, 평소대로 '난 아무 죄도 없어요'하는 눈빛으로 헤헤거리며 웃고 있을 뿐 아빠가 화난 건 아는 체도 안 했다.

이런 일이 잦아지자 회사에서도 날 믿지 않았다.

'애가 없어진 핑계를 대서 농땡이치는 것 아니냐.'는 루머가 우리 부서에 돌았고, 간혹 진실을 알고 있는 사람들도 적당히 조심하라는 충고를 하곤 했다.

물론, 나도 그러곤 싶었지만. 아들 놈이 도저히 허락을 안 했다. 이름표고 목걸이고, 붙이면 떼버리는 것이다. 결국 아무 표식도 없이 엄청난 거리를 헤매는 셈인데…….

한 달이면 한두 번은 미아 신고를 내야했다. 드디어는 경찰들도 화를 내며 애매한 우리를 탓하는 형편까지 되어버렸건만, 그래도 방법이 없는거다. 너무나 귀여운 자식놈이라 포기할 수도 없는 거고, 고이 간직하려 해도 알아서 없어져 버리니, 직장까지 포기하고 돌 볼 수도 없는 것 아닌가?

이 놈이 말귀를 알아먹을 날 까진 최소한 두 해 정도 남았는데, 그때까지 버틸 자신이 없었다.

"오빠."

어느 날 저녁을 먹고 있을 때 아내가 말을 건냈다. 무슨 일인가 쳐다보자 비장한 각오를 품은 표정으로, "미아방지센터로 보내요." 하는 것이다.

"미아방지센터?"

"네."

생각해 볼 수밖에 없었다. 도무지 마음에 안 드는 곳이긴 했지만 지금 우리 사정으론 그곳 밖에 없었다. 하지만 너무 잔인한 일이기에 다시 생각해 봐야 했다.

"그러지 말고 탁아소에 맡겨 보는 게 어때?"

"전에 두 번 맡겨 봤는데 두 번 다 어디론가 사라져서 계속 경찰에 신고 했었잖아요. 기억 안나요?"

"그래도 미아방지센터는 좀……."

"어때요? 경찰도 미아방지센터를 권하는 판인데……."

"앞으로 이 년만 보내면 되는 데 꼭 그럴 필요가 있을까?"

"이대론 못 살아요. 애가 너무 건강해서 이 년 동안 잘 보살필 자신이 없어요. 만약 애를 잃는다면 난 못 살아요."

아내가 매달리는 데는 당할 도리가 없었다.

다음 날 그러마고 대답하자, 일요일 날 같이 찾아가자고 했다.

“거긴 일요일도 열어?”

“일요일만 열어요. 평일 날엔 해당자만 부른데요.”

“웃기는 곳이네.”

어쨌든 일요일이면 시간을 낼 수 있으니까 같이 가야 했다. 그 일요일이 오기 전에 아이를 한 번 더 잃어야 했다. 경찰이 애를 찾아오기까지 아내는 정말 미쳐있었다. 애를 꼭 안고 소리 없이 눈물 흘리는 아내를 보며 ‘아, 미아방지센터에 가기로 한 것이 잘한 결정이구나’하는 생각도 들었다.

일요일.

애를 꼭 붙들고 찾아간 미아방지센터는 생각보다 사람들이 더 많았다. 우린 세 시간정도 기다린 뒤에 담당자를 만날 수 있었다.

“어서오세요. 이 아인가요?”

“네. 너무 잘 돌아다녀서…….”

“하하하, 애들이 다 그렇죠 뭐. 그래서 우리 센터가 존재하는 것 아니겠습니까.”

“확실하겠습니까?”

“물론이죠. 여기를 거쳐 간 아이들은 어떤 상황에서도 미아가 안 됩니다. 보세요, 이 퍼센티지가 우리 성과를 증명하지 않습니까?”

담당자는 몇 가지 사례와 카달록을 펼쳐 우리에게 보여줬다. 아내와 나는 묵묵히 눈빛으로 상의를 나눈 끝에, 이미 내린 결정이긴 하지만, 다시 한 번 미아방지센터 방식에 찬성하기로 최종 결정을 내렸다.

“잘 생각하셨습니다. 이제 아드님은 절대 미아 따위는 안 될 겁니다. 여기에 사인하십시오.”

담당자가 건내 준 합의서, 동의서에 번갈아 사인과 도장을 찍은 뒤 아이를 맡겼다. 그는 우리에게 ‘목요일’에 오라는 증명서를 떼 줬다.

“그러면 끝나는 겁니까? 아무 걱정 없겠죠?”

“네. 목요일날 오셔서 확인해 보시죠.”

증명서와 영수증을 들고 나오다, 카운터에 비용을 지불했다. 한 동안 살림
이 휘청할 정도의 액수였지만 정신적 고통을 생각하면 꽤 괜찮은 금액이었다.
　집으로 돌아와보니 아내도 어느 정도 히스테리를 벗어나 어느 정도는 연애
시절의 성격으로 되돌아와 있었다. 저녁에 모처럼 뜨거운 잠자리를 같이 하고
보니 돈이 전혀 아깝지 않았다. 회사에서의 능률도 좋아졌다. 아들 걱정, 아내
걱정을 덜게 되니 자연히 회사 일에 집중할 수 있게 된 것이다. 간만에 불이
나게 일을 처리하니까 동료와 상사가 모두 농을 걸어왔다.
　"김대리, 뭐 간밤에 좋은 일 있었나?"
　허허, 웃으며 '그렇죠 뭐.'를 연발하니 동료들이 파안대소하며 저녁에 술이
나 한잔 사라고 어깨를 치고 갔다. 모처럼 즐겨보는 오붓하고 마음 편한 술자
리를 끝내고 집으로 가보니 아내가 전날처럼 은은한 자태로 날 맞이한다.
이렇게 편안한 생활이 대체 얼마만인가? 꿈같은 며칠이 지나고 목요일이 되
었다.
　아이를 찾으러 가야할 시간인 것이다. 걱정이 앞섰다. 아내도 말은 않지만
아이가 어떻게 바뀌었나 내심 초조한 것이 눈에 뜨였다. 회사에 가서 이름을
대자 안내원이 친절하게 해당 병실로 우리를 안내했다.
　"모든 수속은 다 끝났습니다."
　"이제 데려가도 되나요?"
　"네, 물론이죠. 다만……."
　침대에, 평소와는 다르게 얌전히 누워있는 아들을 바라보며 가슴이 아팠다.
담당자는 별 다른 기색 없이 우리에게 몇 가지 주의 사항을 말하기 시작했다.
　"모르긴 몰라도, 앞으로 일주일 정도는 부작용이 있을 겁니다. 어떤 부작용
이 나타나더라도 대단한 건 아닙니다. 절대 놀라지 마세요. 거기다 길어야
2주 정도니까요. 그 다음이면 깨끗해져요. 그리고 목욕을 시키실 때는 물수건
을 짜서 닦아주는 정도로만 하세요. 물론 처음 2주만요. 그 다음엔 괜찮으니까.
그리고 식사는 평소 먹이는 그대로도 괜찮습니다. 아, 그리고 아이가 깨려면

앞으로 열시간은 걸릴겁니다. 아시겠지만 그 시간 내에 집까지 데려가셔야 합니다. 여하튼, 잘 선택하셨어요. 아마 여타 탁아비용이나 심리부담까지 겸하면 본전은 확실히 뽑으신 걸걸요?"

물론 그렇다.

아내와 나는 몇 번이고 신중히 생각한 끝에 결정한 일이었다, 몇 번이나 대차대조표를 검토하면서. 하지만 머리에 작은 흉터가 있는 아들을 안고 나오면서, 그 잠들어 있는 얼굴을 보자… 뭐랄까… 가슴 저린 후회랄까? 그런 생각이 들어 괜시리 눈물이 나왔다.

어렸을 때, 아버지가 생각났다. 내가 어렸을 때. 다섯인가 여섯, 아직 학교에도 들어가지 않았을 때의 일이 갑자기 생각난다. 그때 된통 걸려서 아버지한테 엄청나게 두들겨 맞았다. 왜 맞았는지는 기억나지 않는다. 기억나는 건 매를 든 아버지와, 그리고 지금은 희미한 흉터로 남아있는 왼쪽 손등의 상처뿐이다.

잘 떠올릴 순 없지만 분명 난 잘못해서 맞았을 것이다. 아버지 성격으론 아무 이유 없이 아들을 그렇게 때리셨을 순 없었으리라. 그런데도 아버진 밤에 몰래 오셔서 붕대를 감은 내 왼손을 잡고 한참이나, 한참이나 잡고 있다 가셨다. 실제론 아무 것도 못 봤지만 난 그 이후로 지금까지도 아버지의 눈물을 봤다고 굳게 믿고 있다.

"오빠."

아내가 날 불렀다.

"솔직히 말해도 돼?"

내 왼손의 흉은 분명 내 잘못으로 새겨진 것이리라. 하지만 내 아들, 이 머리에 새겨진 흉은 누가 원인인가? 난 인생에 걸쳐 두 번의 흉을 만들어냈다. 상대의 실수와 내 잘못으로 두 살짜리가 힘이 넘치는 게 죄는 아닌데….

아무 말 않고 있는 날 보며 아내는 다시 입을 다물었다. "솔직히 말해도 돼?" 라고 물었을 땐 꼭 할 말이 있었을 것이지만 듣고 싶지 않았다.

아내도 나와 같은 생각일 것이다. 우린 죄를 지었다. 그러나 인정하긴 싫은 것이다.

　좁은 차 안에서 서로 아무 말도 않고 조용한 운전이 계속되었다. 아이는 칭얼거리지도 않고 안겨있다. 죽은 것이 아닐까 싶을 정도로 마취의 효과는 계속되고 있다.

　집에 거의 다 와서야, 잠시 신호대기에 걸린 틈을 타서 아내에게 슬며시 말할 수 있었다.

　"우리 애 말야, 앞으로도 건강할 거야. 너도 알잖아. 부작용도 별로 없고 안전하고 이제 안심이잖아, 안 그래? 그러니까 괜히 걱정같은 거 하지 마."

　아까 느낀 죄의식이 엷게 희석되어 있었다. 아내도, 나도

　이제는 안심할 수 있다. 이제 우리 아이는 두 번 다시 길을 잃지도, 미아가 되지도 않을 것이니까. 교통사고만 나지 않으면, 우리 아이는 절대 안전했다. 아니, 그 가능성도 매우 희박하다. 바로 그걸 위해서 우리는 아들의 머리에 비둘기 유전자를 이식하는 일을 했던 것이다. 이제 아이는 어떤 상황에서라도 집에 돌아올 것이다, 비둘기와 마찬가지로……

과학소설의 전개양상과 현황

손보미

1. 서론

과학과 기술은 그 어느 때보다 빠르게 발전하고 있다. 이제 누구나 쉽게, 마우스 클릭 한번으로 지식이나 정보를 습득할 수 있게 되었다. 이러한 변화로 정보·지식의 탈권력화, 탈중앙집권화가 이루어지고 있다. 기존의 지식·정보의 위계적 틀은 무너졌으며, 작가와 독자의 경계선은 모호해졌다. 누구나 글을 쓰고 올릴 수 있는 개방성으로, 사이버 공간에서의 문학창작은 모든 사람이 참여할 수 있는 공유의 의미를 획득하게 되었다.

사이버 공간의 탈권위적, 탈중앙집권적 특성은 국내 주류 문단에서 비주류로 취급당해왔던 환타지, SF소설, 무협 소설 등에게 새로운 토대를 마련해주었다. 네티즌들은 기존 문단의 권위에 눌려 '문학' 취급을 받지 못했던 장르를 자신들의 놀이터인 통신과 인터넷으로 끌어올렸던 것이다.

본고에서는 SF, 즉 과학소설의 전개과정과 현재의 모습을 살펴보고, 사이버공간이 과학소설에 어떠한 영향을 끼쳤는지 알아보고자 한다.

2. 과학소설의 개념

'SF' 라는 단어의 시초는 미국의 휴고 건즈백이 1923년『과학과 발명』지 전부를 과학소설 특집호로 꾸미면서 등장했는데, 그는 과학소설의 개념을 '과학적 사실과 예언적 비전이 뒤섞인 로맨스'로 설정한 뒤, 이 특집의 이름을 사이엔티픽션 Sientifiction이라고 했다.

그러나 국내에서는 어떠한 명칭으로 이 일군의 문학군을 분류해야 하는가에 관한 문제가 여전히 논의의 대상이 되고 있다. 현재 미국에서 대개 'SF'라는 명칭으로 통용되고 있는 대상은 우리나라에서 크게 세 가지 명칭으로 통용되고 있는데, "공상과학소설"[1], "과학소설", "SF"가 그것이다. 현재 이 명칭들은 몇 안 되는 관련 출판물이나 주간지, 일간지 등에서 혼란스럽게 사용되고 있다[2].

애초에 미국에서 SF라는 단어는 일군의 문학장르를 표현하는 단어로서 탄생했다. 그러므로 과거에는 SF라는 명칭을 그대로 차용해 쓰는 것이 의미상으로는 거의 아무런 문제가 없었지만, 지금은 SF라는 단어만으로는 SF애니메이션, SF영화 등과 문학으로서의 SF를 구분 하기가 어렵다. 인터넷 웹진이나, 동호회 등에 기고되는 칼럼을 보면 대체로 "'SF'와 '과학소설'은 동의어가 아니다." 라는 인식을 일반적으로 하고 있는 것처럼 보이지만, 그 단어들의 별개의 뜻을 뚜렷하게 구분해서 사용하고 있는 것은 아니다. 그렇지만 대체로 'SF' 라는 단어는 '과학소설'을 뜻하는 독자적인 용어이면서 동시에 SF영화, SF애니메이션 등의 장르들도 포괄하는 의미라고 여겨지는 추세이다. 그 결과

---

1) '공상과학소설' 이라는 용어는 일본에서 들어온 것인데, 애초에 일본에서 '공상과학소설'이란 용어는 SF의 번역어가 아니라, 'Fantasy'와 'Science Fiction' 두 장르를 함께 표현할 때 쓰였던 것으로 요즘은 국내에서 거의 사용되지 않고 있는 실정이다.
2) 이원창,「과학소설에 관한 몇 가지 우울한 생각들」, 하이텔 과학소설 동호회 회지 창간호 참조.

로 여타의 다른 장르와 SF의 구분을 용이하게 하기 위해 국내에서 이루어진 최근 연구들에서는 '과학소설'이라는 명칭을 사용하는 것이 일반적이다. 본고에서도 이러한 근래의 연구들을 따라 '과학소설'이라는 용어를 사용하도록 하겠다.

과학소설[3]에 대해서 앞에서도 밝혔듯이 건즈백은 "과학적인 이론과 미래의 전망이 허구적 이야기로 결합된 것"으로 정의했으며, 하이라인은 "현실, 세계, 과거와 미래에 대한 충분한 지식, 자연과학적 방법의 중요성에 대한 철저한 이해와 확고한 기반을 두고 있는, 가능한 미래의 사건에 대한 현실적 고찰"이라고 정의했다. 피터 니콜스 같은 평론가는 "SF라고 출판된 것이 SF이다"는 매우 현실적인 정의를 내렸고, 주엔르바움은 "과학소설이란 장르는 현재의 상황 하에서 있을 수 없는 따라서 믿을 수 없는 상태나 줄거리가 묘사되는 가상적으로 만들어진 이야기 전체를 말한다. 여기에서 그 상태나 줄거리는 학문과 기술, 정치·사회적 구조나 심지어 인간 자체의 변화와 발전을 전제로 한다."라고 정의하기도 했다. 영국의 작가인 부라이언 올더스는 과학소설을 "우주에서 인간에 대한 정의와 그 위상을 알고자, 혼란스럽지만 진보하고 있는 지식의 테두리 안에서 노력하는 것"이라고 정의하기도 했다. 결국 과학소설은 과학이나 기술 이론, 그리고 그것들의 성공, 실패를 통하여 '인간의 현실, 세계, 정의'등을 탐구하고자 하는 시도를 소설적으로 형상화 한 것이다.

---

3) 고정원은 SF웹진 정크넷에 기고한 「SF 네 정체를 벗겨주마 : 과학소설이라면 지켜야 할 규칙들」이라는 글에서 과학소설의 규칙으로 ①과학소설은 과학적 근거가 전제되어야 한다. 단 그 기준의 잣대에는 융통성을 발휘할 것 ②과학소설의 과학은 '자연과학'만 의미하는 것은 아니라는 것. ③과학소설의 주인공은 등장인물이 아니라 아이디어라는 것 ④과학소설이 미래를 반드시 예언할 필요는 없고, 미래에다 현재 또는 현재의 연장선을 투영해보는 사고실험만으로도 충분하다는 것 ⑤과학소설은 변화하는 문학이라는 것 ⑥과학소설은 환타지가 아니라는 것 ⑦ 사변소설은 넓게 본 의미의 과학소설이라는 것. ⑧과학소설의 사건은 세상에서 독립되어 있지 않다. 오히려 세상을 뒤바꾸어 놓을 확률이 높다는 것 ⑨과학소설도 문학성을 추구한다는 점에서는 주류문학과 다를 것이 없다는 것 의 아홉 가지의 특성을 들어 설명하고 있다.

3. 국내 과학소설의 전개양상

서구에서는 과학소설이 대중문학의 한 장르로서 일정한 위치를 차지하고 있다. 서구의 과학소설은 20세기 들어 급격히 발달하기 시작한 과학기술에 힘입어 질적으로나 양적인 면에서나 눈부신 발전을 거듭하였으며, 기존의 과학소설의 의미를 뛰어넘어 '사색, 추론소설(Speculative Fiction)'이라는 새로운 자기규정의 모색을 시도하고 있다.

그러나 국내에서는 아직까지도 과학소설에 대한 다양한 시각이나 접근 등의 구체적인 성과가 제대로 소개되지도 않고 있고, 잘 나타나지도 않고 있는 실정이다. 이 장에서는 국내에서 과학소설이 정착된 과정을 시기별로 간단하게 살펴보고 국내 과학소설 정착의 특징을 살펴보고자 한다.[4]

1) 1900년대~1950년대

국내에 과학소설이 처음 소개된 것은 1907년 쥘 베른느의『해저 이만리』가 「해저여행기담」이라는 제목으로『태극학보(太極學報)』[5]에 연재되기 시작하면서부터였다. 1908년에는 이해조가 역시 쥘 베른느의 작품『철세계』를 번안하였는데, 이 작품들은 번안 과정에서 신교육과 개화사상을 전파하려는 목적으로 첨삭과 번안자 임의의 첨가가 있긴 하지만,『철세계』가 국내에 소개된 거의 비슷한 시기에 미국에서 휴고 건즈백이 '사이언티픽션'이란 이름으로 계몽주의로서 과학소설을 시도했다는 점으로 미루어 보아 우리나라 과학소설의 출발이 그리 늦지는 않았던 것으로 보인다. 그러나 국내에서의 과학소설의 정착은 제대로 이루어지지 않았다. 20세기 초부터 해방 전까지 국내에 번역된

---

4) 좀 더 상세한 내용은 「서양 과학소설의 국내 수용 과정에 대하여」(김창식,『과학소설이란 무엇인가』, 국학자료원, 2000) 참고.
5) 1906년 8월 24일 동경에서 창간된 재일유학생(在日留學生) 학술잡지. 국가와 민족현실에 대한 정치철학을 기조로 삼으면서, 신교육과 과학지식의 보급에 힘쓴 잡지.

과학소설은 언급한 『해저 이만리』, 『철세계』를 포함하여 단 세 편뿐이었고, 해방 후부터 1950년대까지는 여섯 편의 작품이 번역되었다. 당시 국내 정치상황이나 경제상황 속에서 국내에 과학소설이 정착되는 것은 쉽지 않은 일이었다.

2) 1960년대

1960년대에 들어서면서부터 과학소설은 대략 50여종의 작품이 번역 출판되었고, 특히 1965년 <주간한국>에서 주최한 제 1회 추리소설 공모당선작에 문윤성의 「완전사회」라는 과학소설이 당선됨으로써 국내 과학소설의 시작을 알렸다.

또한 국내 최초의 과학전문 기자 출신이었던 서광운이 당시 발간되던 <학생과학>지에 스스로 집필한 과학소설을 연재하기 시작했으며, 더불어 몇몇 청소년 소설 작가 등과 함께 60년대 말에 '한국SF작가클럽'을 결성한다. 한국 SF작가 클럽은 정기적인 모임을 가지면서 국내 과학소설의 저변 확대에 힘썼지만, 결국 1970년대 중반 이후로는 유명무실해지고 말았다.[6]

1960년에 번역·출판된 과학소설 역시, 역자가 거의 아동문학가로 이루어져 있어서 원작에 충실한 번역보다는 그것의 교육적 효과를 더욱 중요시했고, 그로 인해 원작은 상당부분 축소·개편[7]되는 모습을 보여주고 있어서 과학소설 국내 정착의 질적인 면에서는 거의 일조를 하지 못했던 것으로 보인다.

3) 1970년대

1970년대에 들어서야 많은 작품들이 제대로 번역이 되어 소개되기 시작했고, 서구의 많은 과학소설작가들이 국내에 소개되었다. '동서추리문고'는 사실상 국내 최초의 본격 성인용 과학소설을 다수 출간하였다. 이 문고를 통해

---

6) 「우리나라의 SF 도입과 발달역사」, www.sfreaders.org 참조.
7) 김창식, 「서양 과학 소설 국내 수용 과정에 대하여」, 『과학소설이란 무엇인가』, (국학자료원, 2000), p. 77.

해외의 유명한 과학소설 작가들이 처음으로 국내에 소개되었으며, 역시 같은 시기에 모음사에서 아서 클라크의 「2001: 우주의 오딧세이」가 출간되었다. 한 가지 특별하게 언급할 만한 사실은, 콜린 윌슨(Colin Wilson)의 평론집 『문학과 상상력』이 출간된 것이다. '속 아웃사이더'라는 부제가 붙은 채 1978년 범우사에서 나온 이 책의 내용 일부는, 실질적으로 국내에 처음 소개되는 과학소설 평론서였다[8].

4) 1980년대~2000년대

과학소설의 수용에 있어서 1980년대는 1970년대의 연장선 위에 놓인다[9]. 출간된 책의 수는 늘어났으나, 정치적 굴곡으로 인해 과학소설의 토착화에는 실패한다. 1980년대 우리 문학은 순수문학와 리얼리즘문학으로 양분된 시기였고, 타 장르문학이 관심을 받기에는 척박한 상황이었다. 애들이나 읽는 계몽소설, 혹은 황당한 이야기로 취급받던 과학소설이 이러한 틈바구니는 비집고 들어가 일정한 자리를 차지하기에는 현실적으로 어려움이 많이 있었다.

그러나 1980년대 후반에 들어서면서 국내 과학소설창작에 괄목할 성과들이 나오기 시작한다. 1987년 복거일이 대체 역사소설『비명을 찾아서』를 발표하여 평단과 대중으로부터 호평을 받았다. 특히 복거일은 PC통신에 자신의 작품을 연재하면서 독자와의 대화를 시도함으로써, PC통신의 양방향성을 구현하려는 노력을 보여주었고, 통신망에 자신의 작품을 연재하는 네티즌이 늘어나기 시작했다. 또한 SF인들은 이른바 팬덤을 이루며, 자신들만의 독특한 사이버 공간을 만들어내기 이른다.

---

8) 위의 사이트
9) 위의 책, p. 84.

4. 국내 과학소설과 팬덤현상

1980년대 후반 이후의 컴퓨터통신과 개인용 컴퓨터 보급이 국내과학소설의 발달에 폭발적인 기여를 했다. 컴퓨터 통신이 처음으로 시작되던 시기에는 컴퓨터 통신상의 문학활동은 대형 통신망 내의 동호회 형태로 존재했으며[10] 이들은 동호인들끼리 작품을 발표하고, 그 작품을 읽은 독자들은 누구나 그 작품에 대해 평을 하고 의견을 나눌 수 있었다. 그러므로 언제나 작가와 독자의 커뮤니케이션이 가능했다. 기존 문단과 달리 창작과 향유가 분리되지 않고, 컴퓨터 시스템의 도움을 받아 거의 동시적인 상호작용이 가능해졌다. 이렇게 사이버 상에서의 작품 활동의 활성화는 결과적으로 기존 문단에서 소외되어온 장르들이 활발한 활동의 성과물을 내놓게 했다. 무협이나 환타지의 경우 스타 작가들을 배출해내었고, 근래에는 인터넷에서 발표되는 많은 소설들이 대중적으로 많은 인기를 끌기도 한다. 그러나 과학소설의 경우, 사이버 상에서의 많은 활동에도 불구하고 다른 장르들에 비해 장르문학으로서의 입지를 다지지는 못했다.

이러한 현상은 국내 과학소설이 '팬덤'을 중심으로 활성화되었다는 점과 관련이 있어 보인다. 과학소설의 인터넷 동호회는 다른 장르들이 사이버 상에서 보여주었던 문학활동들과는 다른 차이점을 보이는데, 바로 '팬덤'의 특성을 보인다는 것이다. 일반적으로 팬덤은 '팬'이라는 명사와 '집합적 관념 또는 한 사회의 습성이나 기질 따위를 나타내는 말'이라는 사전적 의미를 지닌 접미어 '-dom'을 합성한 용어로, 좁게는 팬 의식을 의미하는 것이지만, 일반적으로는 스타덤이 스타라는 제도와 그 제도를 성립 가능하게 하는 사회적 기반, 스타로서의 의식 등을 포괄적으로 말하는 개념인 것처럼, 팬이라는 현상

---

10) 최병우, 「매체의 발달과 서사 문학의 변화」, 『다매체 문화와 사이버 소설』(푸른 사상, 2002), p. 146.

과 팬으로서의 의식을 포괄적으로 지칭하는 개념으로 사용되고 있다.[11] 팬덤 내의 SF인[12]들은 과학소설에 열렬하게 반응했지만, 팬덤이라는 특성상 이들은 폐쇄적인 경향을 보일 수 밖에 없었고, 결국 대중적인 성격보다는 매니아적인 성격을 지향하게 된 것이다.

1) SF팬덤의 특징

SF팬덤에서 이루어지는 문학활동은 다른 문학장르에서는 찾아보기 힘든 특징을 여럿 보여준다. 애초에 국내 과학소설은 통신상의 모임으로부터 시작했고, SF 월간 웹진 <WEIRD>에서 이루어진 인터뷰에서 알 수 있듯이 통신상의 모임은 소규모의 사람들로부터 시작하였다. 이러한 통신상의 모임은 당연히 과학소설을 좋아하고 즐기기 위한 것으로부터 출발하였고, 소규모의 사람으로부터 시작하였기 때문에 그 결속력은 단단할 수밖에 없었다. 이러한 결속력은 문학적 게토(ghetto)의 성격을 강하게 보여주는 계기가 되었다. 물론 처음부터 SF 팬덤이 창작을 목표로 이루어진 것은 아니었다. 그보다는 일반적 팬덤에서 쉽게 볼 수 있는 스타일적 실천[13]으로서의 창작이 이루어진 것으로 보인다. 또한 팬덤의 활동이 웹사이트에서 이루어질 수 있었기 때문에 작품을

---

11) 김창남, 「팬과 매니아」, 『대중문화의 이해』(한울 아카데미, 1998), p. 199.
12) 과학소설인이라는 명칭 대신 SF인이라는 명칭이 적절하다. 왜냐하면 팬덤 내의 활동은 문학에만 국한된 것이 아니기 때문이다. 이와 마찬가지로 과학소설팬덤이 아닌, SF팬덤이 적절하다고 판단된다.
13) 김현정과 원용진은 논문「팬덤 진화 그리고 그 정치성」(『한국어문학보』, 2002)에서 Fiske의 「The Cultural Economy of Fandom」의 다음의 문장을 재인용하여 팬덤의 스타일적 실천에 대해 설명하고 있다. "팬덤의 스타일적 실천은 팬덤 연구에서 주요 관심사였다. 마돈나 팬덤 사례에서 보자면 팬들은 머리모양, 화장술, 옷이나 액세서리 등의 선택을 통해 소통을 시도하고 정체성을 구하기도 한다. 그런점에서 스타일적 실천은 단순한 모방이 아니라 소통을 위한 기호학적 실천인 셈이다. 스타일적 실천을 통해 스스로 권능화되는 자신을 찾을 뿐만 아니라 주위의 팬덤적 동료들과 소통하고 그로 인해 자신을 확인하는 정체성 구축의 과정에 돌입하게 된다."
SF팬덤의 경우, 이러한 스타일적 실천은 당연히 SF소설을 직접 창작하는 것으로 나타난다고 보았다.

누구에게나 보여줄 있고, 쉽게 다른 팬덤 공동체들과 나눌 수 있었기 때문에 창작이 활성화 될 수 있었던 것으로 보인다.

또한 워낙 소규모였던 탓에 팬덤의 구성원들은 작가이면서, 편집자, 출판인, 비평가, 팬이라는 중복된 역할분담을 가지게 되었다. 이러한 전통이 여전히 계속되고 있으며, 이 때문에 과학소설계에 몸담은 거의 대부분의 사람들에게 는 모두가 팬이라는 공통분모가 있다.[14]

또 다른 SF 팬덤의 특징으로 장르에 대한 인식이 뚜렷하다는 것을 들 수 있다. 장르에 대한 뚜렷한 의식은 초창기 과학소설의 창작, 출판, 소비행위가 특정 서클 내에서 대부분 이루어졌다는 사실과 무관하지 않다. 출발부터 끈끈 한 유대관계를 형성하였던 특성상 팬덤에 몸담은 이들은 일반적인 팬이냐 작가이냐에 크게 구애받지 않고 자유로운 의견개진을 통해 서로 교류하는데 익숙하다.[15] 이는 다른 문학장르에서 찾아보기 힘든 큰 특징이다. 이러한 팬덤 현상은 분명 SF 문학의 국내 정착에 많은 도움을 주었다. SF 팬덤은 국내의 열악한 과학소설 출판시장에 새로운 방향성을 제시해주고 있기도 하다.

2) 대표적인 SF팬덤 활동

① 과학소설자가출판단

SF인들은 '과학소설자가출판단'(약칭 '과자단')을 만들어 그들이 읽고 싶은 작품들을 자신들이 찍어내자는 취지의 프로젝트를 만들어 2002년 출판사로 등록을 하기도 한다. 과자단은 온라인 SF 동호회에서 만난 과학소설 애호가 20여명이 "읽고 싶은 소설을 스스로 번역, 출간하겠다"는 뜻에서 만든 출판사 이며, 기획, 번역, 판매는 물론 비용조달까지 자발적 품앗이로 책을 만드는 실험적 형태다. 그 첫 번째 사업으로 과학소설 걸작 단편선 『지노메트리』의

---

14) http://wiki.sfreaders.org/_ed_8c_ac_eb_8d_a4
15) 위의 사이트

번역을 추진했으나, 아직 그 결과물은 나오지 않은 상태이다.[16]

② 직지프로젝트

1999년 3월부터 계획된 '직지프로젝트'가 2002년 5월에 완성되면서 국내 과학소설사에 기록을 남기게 된다. 팬덤 내의 SF인들은 직지프로젝트를 통해 더 이상 국내에서 출간되지 않는 해외의 유명 과학소설작품을 CD – ROM으로 만드는 작업을 했는데, 팬덤에 속한 이들의 참여를 유도했다. 책을 모으는 것부터, 교정, 스캔작업까지 팬덤 내의 구성원들의 도움을 받았다. 직지프로젝트는 국내 출판업계가 여러가지 사정으로 출간하지 못하고 더 이상 구할 수 없게 된 SF서적들을 발굴, 수집하여 이를 스캔하고 영구보전을 위해 전자화한 후 배포하는 작업을 해나갔다. 그들은 동서추리문고의 과학소설, 자유추리문고의 과학소설, 아이디어회관의 과학소설, 팬더북스의 과학소설과 출판사가 사라지고 더 이상 출판될 가능성이 없으며 재고서적으로도 구할 수 없게된 과학소설작품을 대상으로 삼았다. 현재 직지프로젝트 홈페이지에는 예순 세 권의 과학소설작품을 한글파일로 홈페이지에 게시하여 누구나 읽을 수 있도록 하고 있다.

③ 4대 통신 SF동호회와 한국 SF 컨벤션 KoreanCon

1990년대 이후 개인 컴퓨터의 보급으로 PC통신망을 중심으로 SF소설동호회들이 생기기 시작하였다. 1989년 천리안 '멋진신세계'가 먼저 생겨났고, 1992년에 '하이텔 과학소설동호회', 1994년 나우누리에 'SF2019', 1998년에는 유니텔에 'SFodyssey'가 생겨나, 이른바 '4대 통신 SF동호회'를 형성하기에 이른다. 이들은 90년대 초반 폭발적으로 늘어난 해외 과학소설의 번역에 의해 전성기를 맞이했으나, 곧 과학소설의 침체기가 나타나면서 1999년 이러한 침체기를 극복하고자, 4대 통신 SF동호회들은 SF컨벤션 협회를 만들고, 1999

---

16) 더 자세한 것은 중앙일보 2002.09.24일자 기사 참고.

년 6월 대한민국 도서전에서 SF도서전[17]을 열게 된다. 1999년 8월에는 천리안 문화제에서 SF영화제를 개최하는 등의 활발한 활동을 보여주었으나, 경험 미숙과 동호회 사이의 문제로 인해 곧 시들해진다.

SF 컨벤션(Science Fiction Convention)은 SF 작가, SF 영화감독 등 SF와 관계된 사람들이 한자리에 모여 이루어지는 행사인데 학술대회보다는 편안하고, 기업 홍보 전시회보다는 아마추어 중심적이며, 특정분야의 동인모임보다는 규모와 행사 내용이 크고 다양하다. 서구에서는 출판물과 과학소설을 중심으로 하는 컨벤션 행사가 주를 이루고 있다. 외국의 경우, 이미 활성화되어 있는 SF에 관한 정보를 나누기 위한 의견교환의 장으로 컨벤션의 존재가 필요했다면, 국내에서는 그런 이유보다는 그야말로 SF의 불모지인 국내의 상황을 개척해보려는 안간힘으로 컨벤션을 개최한 것이었다. 그러나 그 결과는 별로 만족할 만한 것이 아니었고, 1회 컨벤션 이후에는 행사가 이루어지지 않고 있다.[18]

이 밖에 'SF인들을 위한 느긋한 오후' 역시 일종의 오프라인 모임이지만, 6개의 SF 동호회와 모임이 이 행사에 함께 했고, SF 관련 세미나를 열기도 함으로써, 그 성격 역시 SF 팬덤의 경향을 뚜렷하게 보여주고 있다. 또한 1999년에는 '월간 SF 웹진'이 만들어지면서 SF관련 정보를 공유하기에 이르고, 4대 통신망이라는 벽에 갇혀 있던 동호회를 하나로 묶는 기폭제 역할을 한다. 2001년 3월에는 또 다른 SF 사이트인 '정크SF넷'이 만들어져서 더 많은 자료를 공유할 수 있도록 했다. 그러나 아쉽게도 현재 '월간SF웹진'은 문을 닫은

---

17) 'SF 도서전'은 4대 통신망의 SF 동호회를 중심으로 구성된 SF 컨벤션 준비의 일환으로, 국내외 SF의 역사와 그 과학적 사회적 의미를 결산하는 데 중점을 두었다. 국내 최대의 도서 행사인 '99 서울 국제 도서전(Seoul International Book Fair 99)에 자리를 함께했으며, 이를 통하여 다소 침체된 기미를 보이는 과학소설 출판을 자극함과 동시에 양질의 한국 과학소설이 탄생할 수 있는 가능성을 타진하며, 나아가 사회 일반의 이해를 촉발하여 한국에서의 SF 인프라 구축의 가능성을 높이는 데 행사의 목적이 있다. ("Korea SF Convention 2001" 홈페이지 http://www.koreacon.org 참고)

18) 더 자세한 것은 "Korea SF Convention 2001" 홈페이지 http://www.koreacon.org 참고

상태이고, '천리안 멋진 신세계' 역시 활발한 활동이 이루어지지 않고 있다.

3) 국내 SF팬덤의 미래

홍인기는 웹진 SF정크넷에 기고한 칼럼에서 "출판 단계 기획은 에디터가 원래 해야할 일이지만, 전문에디터가 거의 전무한 국내현실을 고려할 때, 에스에프 출판처럼 팬덤의 무한한 역량을 거의 공짜로 가져다가 써먹을 수 있는 출판장르도 드물다."라고 말하면서 국내의 열악한 과학소설출판 시장에서 팬덤의 역할을 제시하고 있다. 또한 그는 팬덤에 작품을 올리는 아마추어 작가들에게 작품을 무턱대고 올리기 전에 팬덤을 통해 알고 있는 사람들에게 작품을 먼저 보여주어 일정 수준에 올랐을 때, 작품을 올릴 것을 충고하고 있다. 이러한 충고는 결국 국내 과학소설발전의 열쇠는 작품의 수준에 있음을 염두에 두고 한 말이다. 월간 SF 웹진의 운영자인 장강명은 2001년 3월 월간 SF 웹진의 문을 닫으면서 기고한 기사에서 웹 커뮤니티나 팬덤 활동에 대한 회의를 제시하고 있다. 그는 "팬덤이나 웹 커뮤니티가 한국 과학소설을 부흥시킬 수 있을까?"라는 질문을 제기하면서, 팬덤 활동에는 분명히 한계가 있다고 생각한다고 말하고, 한국과학소설 부흥의 필요조건은 될 지언정 충분조건이라고 생각하지는 않는다고도 말하고 있다. 그는 한국과학소설 위해서는 역시 창작 소설이 필요하다고 지적하고, 국내의 과학소설시장이 열악하다고 하더라도 창작이 한국과학소설 부흥의 필수조건임을 역설하고 있다.

5. 결론

이제까지 간략하게나마 국내 과학소설 전개방향과 사이버 공간에서 나타난 국내 과학소설 형성과정의 특징을 알아보았다. 정크넷 (http://www.junksf.net)에는 국내 과학소설 이백여편을 올려놓아서 누구나 원하면 읽을 수 있으나, 실제로 정식으로 출판된 국내과학소설은 네 권 정도 밖에 되지 않는 실정이다.

본고에서는 아직 활성화되지 않은 작품들을 분석의 대상으로 삼는 것이 올바르지 않다고 생각했기 때문에 작품 분석은 시도하지 않았다. 그러나 간단하게 국내 과학소설의 특징을 말한다면, 대부분이 사이버펑크[19]적 특성을 가지고 있다는 것을 들 수 있겠다. 국내 SF소설들이 사이버 펑크의 영향을 많이 받게 된 것은 우선 서구에서 뉴웨이브 SF나, 하드 SF가 유행했을 당시에는 국내에 과학소설이 제대로 유입될 수 있는 여건이 되지 않았기 때문이었다. 특히 뉴웨이브 SF의 경우, 최근까지도 국내에 제대로 번역된 작품이 없는 정도이다. 서구에서 사이버펑크는 SF의 거의 마지막 조류에 해당하는 것이었고, 1990년대에 늦게나마 과학소설을 유입할 당시, 마지막 조류인 사이버 펑크에 대한 관심이 상대적으로 높을 수 밖에 없었을 것이다. 그러나 이것보다 국내 과학소설이 사이버 펑크의 영향을 받은 더 큰 이유는 국내에서 과학소설이 통신이 생겨나면서부터 활발한 창작이 이루어졌다는 점을 들 수 있다. 바로 그 창작군들, 첨단 과학의 혜택을 받고 자라난, 사이버펑크라는 점이다. 그들은 작품을 통해 인간과 기계의 모호함에 대해 질문하고, 그 질문을 통해 진정한 인간이란 무엇인가, 에 대해 생각해 볼 기회를 마련한다. 암울하게 묘사되는 소설적배경, 비관적인 분위기, 국가 및 사회 권력체가 세부적으로 통제하기 힘든 부랑자, 범죄자, 절망에 빠진 젊은 세대들의 등장, 이러한 특징 중의 하나 정도는 국내

---

19) 사이버 펑크는 미국에서 뉴웨이브SF의 유산인 창작 워크샵 및 컴퓨터 네트워크를 이용한 의견 교환이 활성화되면서 이들의 활동은 점점 뚜렷한 방향성을 획득하는 과정에서 탄생하였다. 기술 자체에만 의존하지 않는다는 점에서 해커와 다르고, 폭력이나, 행동을 좋아하지 않는다는 점에서 일반적인 펑크족과 구분되는 사이버 펑크들은 고도 정보 사회의 첨단기술을 자연스럽고 일상적인 환경으로 받아들이고 또한 미세한 신경의 뉴런처럼 정보를 교환하며 세계를 감지하고 파악하는 인터넷같은 거대한 정보망을 통해 자신들의 존재공간인 '사이버 스페이스'를 만들어내었다. 사이버 펑크 소설에서는 과학과 기술에 대해서 다른 관점으로 접근해서 적어도 그 안에서 보이는 과학과 기술에 대한 태도는 좀 더 급진적이다. 종래의 과학소설들이 과학과 기술을 근접할 수 없는 어떤 것으로 설정하고 경외시하는 경향을 보였다면 사이버 펑크 소설에서는 기술은 현실의 도구이며, 기반이며, 어떤 면에서는 목표 그 자체이다. 사이버 펑크 소설에서 기술과 과학은 아주 사소하지만, 없어서는 안 될 필수품같은 것으로 나타난다.

과학소설에서 쉽게 찾아볼 수 있다.

월간 SF 웹진의 운영자였던 장강명이나, 웹진 SF정크넷의 홍인기가 수준있는 작품 창작이 현 시점에서 국내 SF문학의 발전에 가장 필요한 작업이라고 말했던 것처럼 국내 과학소설의 발전의 열쇠는 작품의 수준에 달려 있다. 국내 과학소설발전을 위해서 이제 국내 SF인들도 새로운 전환점을 마련해야 할 것이다. 또한 문단과 출판계에서도 과학소설에 대한 올바른 소개와 창작 활동에 대한 본격적인 관심 및 투자를 아끼지 말아야 할 것이다.

참고문헌

김재국, 『디지털 시대의 대중소설론』, 예림기획, 2002.

김재국, 『사이버리즘과 사이버소설』, 국학자료원, 2000.

김종회·최혜실 편, 『사이버 문학의 이해』, 집문당, 2001.

김중현 외저, 『대중문학의 이해』, 정예원, 1999.

김창남, 『대중문화의 이해』, 한울 아카데미, 1998.

김창식, 『과학소설이란 무엇인가』, 국학자료원, 2000.

김현정·원용진, 「팬덤 진화 그리고 그 정치성」, 『한국어문학보』, 2002.

이선이 편저, 『사이버 문학론』, 월인, 2001.

이영수 외, 『사이버펑크』, 명경, 1994.

최병우, 『다매체 문화와 사이버 소설』, 푸른 사상, 2002.

최유찬, 『문예사조의 이해』, 실천문학사, 1995.

최혜실, 『모든 견고한 것들은 하이퍼텍스트 속으로 사라진다.』, 생각의 나무, 2000.

클라우디아 스프링거, 정준역 역, 『사이버에로스 : 탈산업 시대의 육체와 욕망』, 한나래, 1998.

홍성태, 『사이버공간, 사이버문화』, 문화과학사, 1996.

참고사이트

정크넷 http://www.junksf.net
Korea SF Convention 2001 홈페이지 http://www.koreacon.org
월간 SF 웹진 http://home.bawi.org/
Digen SF 웹진 http://wonder.digen.co.kr
과학소설자가출판단 http://www.cookiesf.org/
아이디어회관 SF http://www.sfjikji.org

생각해 볼 문제

1. 인터넷의 발달은 국내 SF문학에 어떠한 영향을 끼쳤을까?
2. 국내 과학소설이 오랜 역사를 지녔음에도 불구하고 활성화되지 못한 이유는 무엇일까?
3. SF팬덤이 국내 과학소설형성에 끼친 긍정적인 측면과 부정적인 측면은 무엇일까?

『드래곤 라자』

이영도

작품 해설

이영도의 소설 『드래곤 라자』의 무대는 인간, 드래곤, 오크, 페어리, 엘프, 호비트, 드워프의 일곱 종족이 어울려 살고 있는 나라인 '바이서스'라는 환타지 세계이다. '드래곤 라자'란 드래곤과 인간 사이의 관계의 증거이며 동시에 관계 그 자체인 인간을 말한다. '드래곤 라자'의 능력이 있는 사람과 드래곤이 서로 만나면 이들은 서로 강하게 반응하게 되는데, 이 때 드래곤은 이 사람과 서로의 동의 하에 '드래곤 라자'의 계약을 맺는 것이 숙명이다. 하지만 어느 한 쪽이라도 거절하면 계약은 이루어지지 않는다. 이렇게 '드래곤 라자'를 가지게 된 드래곤은 인간과 교류하고 대화할 수 있으며 자신의 판단 하에 인간을 도울 수 있다. '드래곤 라자'는 바이서스가 건국되던 해에 드래곤 로드가 자신을 구해준 할슈타일 공에게 축복을 내려 생긴 것이라고 전해진다.

1인칭 서술자이자 주인공인 17세의 후치 네드발은 양초 제조공의 아들로서, 숲 속에 숨어사는 지식인 카알 헬턴트의 영향을 받아 꽤나 약은 머리에 뛰어난 말재주와 비판적인 시각을 가진 소년이다. 이 소설은 난폭한 검은 드래곤의 손아귀로부터 고향을 구하고자, 또, 전란에 휩싸인 조국 바이서스를 구하고자 최강의 드래곤인 크림슨 드래곤 크라드메서와 소통할 수 있는 '드래곤 라자'를 찾으러 떠나는 후치와 카알, 그리고 후치의 친구인 경비대장 센슨 퍼시발의 모험 이야기이다. 이른바, 무엇을 찾아 떠나는 주인공들의 모험과 도전을 주요 흐름으로 하는 퀘스트 소설의 전형인 것이다. 후치 일행은 여행을 하면서 엘프 이루릴, 드워프 엑셀핸드, 마법사 아프나이델, 재주꾼 호비트 등을 만나 친구가 되고 도움을 받으며, 실수로 건드린 오크 족들의 추격을 겨우겨우 따돌리고 힘겹게 나아가면서 '인간은 무엇인가'라는 문제를 탐구한다.

다음 장에서 작품 발췌된 부분은 『드래곤 라자』의 작가 이영도의 인터넷 팬 페이지 중의 하나인, http://pcman84.nahome.org/mung.htm에서 재인용된 것으로, 위 인터넷 사이트는 작가에 대한 소개, 주요 등장 인물에 대한 소개, 언론에서 본 작품을 다룬 기사문, 주요 명장면 등을 소개한 사이트이다. 또한 다음 장에서는 발췌된 작품의 권수와 인용된 첫 페이지만 명기할 것임을 미리 밝혀둔다.

작품 보기

 - 1권 p.244 -

"왜 길로 다니지 않는 거지?"
이루릴의 모습이 사라지고 내가 한 말이다. 카알은 대답했다.
"길은 인간의 것이야. 엘프는 길을 만들지 않아."
"길을 안 만든다고요?"
카알은 빙긋 웃으며 말했다.
"이런 옛이야기가 있지. 엘프가 숲을 걸으면 그는 나무가 된다. 인간이 숲을 걸으면 오솔길이 생긴다. 엘프가 별을 바라보면 그는 별빛이 된다. 인간이 별을 바라보면 별자리가 만들어진다. 엘프와 인간의 변화를 잘 나타내는 말이지."

"변화?"

"엘프는 닮아버려, 엘프 가까이 있는 것을. 인간을 닮아버려, 인간 가까이 있는 것은."

목적어와 주어가 아주 희안하게 배치되는 문장이군. 흠. 나는 오랜만에 푹 자서(불침번 교대 때 깨는 것은 정말 고역스러웠다.) 활기찬 기분을 느끼며 말했다.

"그럼 엘프와 인간이 만나면?"

"그 어느 때보다 엘프는 심하게 인간화되지. 그러니 퍼시발군. 자네의 말은 꽤 실례되는 말이었다네."

— 2권 p.243 —

"뭐가 즐거운 것이죠? 그녀와 난 거짓으로 관계지어졌어요. 후치는 항상 친구가 되기 위해 손을 내밀잖아요? 날 비난하지 않나요?"

"뱀파이어와 친구가 되기 쉬울까요?"

이루릴은 밤하늘을 바라보았다.

"그것이었군요……."

"예?"

"당신은 친구와 적을 나누는 선을 가지고 있다고 말했죠. 그러나 처음 보는 상대에게는 먼저 친구가 되기 위해 손을 내민다고 했지요. 난 그 말에 퍽 감동했어요. 당신은 헬카네스의 율법에 따라 혼란스러운 이 세상을 살기 위해 분명한 선을 가지고 있지만, 유피넬의 뜻에 따라 먼저 손을 내밀어요. 그것이 아름다워 보였어요. 유피넬과 헬카네스 양자를 모두 따르는 인간이니까 그런 생각을 할 수 있었던 것 같아요. 우리의 세계는 모두 조화로워서 특별히 친구가 되기 위해 손을 내밀 줄 몰랐죠."

이루릴은 계속 말하였다.

"아마 우리가 드워프 들과 사이가 나쁜 것도 그 때문일 거예요. 우리는 왜 드워프와 관계가 나쁜지 몰랐죠. 우리는 친구가 되기 위해 손을 내밀 줄 몰라요. 우리는 그럴 필요가 전혀 없기 때문에 그런 방식을 몰라요. 그것이 드워프 들에겐 기분 나쁘게 보였던 것이에요."

이루릴은 내 눈을 똑바로 쳐다보았다. 아름다운 눈이다.

"그래서 나도 당신처럼 되고 싶었죠. 먼저 손을 내미는 것, 그것을 배우고 싶었어요. 처음 보는 이 영지의 환자들을 돌보았어요. 그것이 기쁨일 거라고 생각했지요."

이루릴이 이 영지의 사람들을 성심껏 도왔던 이유는 그것인가? 인간의 슬픔이나 고통을 엘프가 공유할 까닭은 없다. 그러나 이루릴은 내 말에 감동하여 친구가 되기 위해서 먼저 손을 내밀어 보았던 것인 모양이다. 인간이었다면, 지금 내게 이런 말을 하는 것이 인간이었다면 몹시 부끄러웠을 것이다. 하지만 상대는 순진한 눈으로 아무런 의혹이나 은유 없이 평범하게 말하고 있는 엘프다. 그래서 나도 완전히 긴장을 풀고 그녀의 말을 들을 수 있었다.

"……기쁘지 않았어요?"

이루릴은 미소를 지었다.

"기뻤어요. 그들의 감사하는 표정을 보는 것이 어떻게 기쁘지 않을 수 있겠어요. 하지만, 손을 내밀게 됨으로써 예전엔 몰랐던 것을 알게 되었어요."

"그게 뭐지요?"

"손을 내밀어도 받아주지 않을 때의 슬픔, 당신은 그것을 알고 있어서 뱀파이어에겐 손을 내밀지 않은 것이군요. 난 그것을 배웠어요. 고마워요, 후치. 당신처럼 익숙하게 손을 내밀 줄 알게 되려면 얼마나 많은 시간이 걸릴까요……."

“……설명하기 힘들어. 어쨌든, 이루릴의 말을 듣고 있자면 우리가 생각하는 예의 범절이라든가 훌륭한 문화 같은 것이, 모조리 서로에 대해 잘 알 수 없어서 불안한 인간 종족의 슬픔 때문에 생겨난 것 같아……. 아무런 의미도 없이 건네는 인사말, ‘좋은 아침입니다!’마저도 서로 원수가 되지 않기 위해 외치는 말 같다구. 젠장.”

“뭐? 원수?”

“그러니깐……, ‘나는 이 아침을 즐기고 있는데 당신도 그렇지 않느냐? 그렇다면 우리는 같은 것을 즐기니 서로에게 화낼 필요가 없다. 되도록 유쾌하게 지내보자.’ 이런 식으로. 그러면 상대도 똑같이 대답하지. ‘좋은 아침입니다!’ 사실 상대는 오늘아침 변비 때문에 고통스러웠을 수도 있지만, 인사를 건넨 사람을 불쾌하게 만들기 싫어서, 서로 나쁜 관계가 되기 싫어서 그냥 타성적으로 대답하는 거지. 우리 상대를 이해하지 못하기 때문에. 그래, 그거야……. 우린 상대를 모르기 때문에, 결국 서로를 위해 타성적으로 거짓말을 하는 거지……. 나와 대단히 친한 사람이 아니라면, ‘얼어죽을, 뭐가 좋은 아침이야?’따위로는 말하지 않는 거지……. 우리는 죽을 때까지도 서로를 이해하지 못하니까. 결국 우리의 말과 행동의 상당 부분은 거짓말이나 가식이 되지. 예의 범절이란, 잘 조절된 거짓말. 그런 것 같아…….”

샌슨은 입을 딱 벌리고 날 쳐다보았다. 하지만 난 이루릴의 머리 색깔을 닮은 칠흑 같은 밤하늘만을 바라보았다. 옆에서 듣고 있던 터커가 빙긋 웃었다.

“그럴 때가 있지. 후치, 늘 알던 사람도, 어느 날 갑자기 ‘저게 나 알던 그 사람인가?’ 싶을 때가 있지. 우린 절대로 타인을 이해하지 못한 채 살아. 그래서 항상 불안해. 그래서 예의 범절을 쓰지.”

터커는 내 말을 이해하는 듯했다. 나는 밤하늘을 보며 말했다.

“그런데 이루릴은 우리가 불안해서 상대에게 친절하게 대하는 것을, 마치 모든 피조물과 친구가 되기 위해 손을 내미는 것으로 생각하고 있어요."

터커는 싱긋 웃으며 핼버드의 날을 닦기 시작했다.

"그런 것 같니? 흠. 후치, 걱정 마. 엘프는 느리게 익히지만 절대로 잘못 배우지는 않는다는 말이 있다."

"그런가요?"

"반면 인간은 빨리 배우기 때문에 잘못 배울 일이 많지. 뭐, 선입견이라든가, 그런 것 있잖아?"

"무슨 말인지 알겠어요. 그럼 완전한 종족은 없나요?"

"완전한 종족은 없어. 하지만 어느 종족에서든, 완전한 개인이 나올 수는 있지. 자기 종족의 약점만 극복하면 되니까."

나는 터커를 보았다. 터커는, 깊은 눈으로 먼 곳을 바라보았다.

    - 3권, p.272 -

"인간은 관계에 의해 발전할 수 있다고 알고 있었습니다."

이루릴의 말이었다. 카알은 지긋이 이루릴을 바라보았다.

"당신들은 우리들처럼 보장된 조화가 없기 때문에 서로 의견을 좁혀가는 방법, 합의하는 방법들을 익혀야 하며, 그렇게 타인을 이해하려고 드는 과정에서 다른 피조물들에 대한 이해력이 길러진다고 알았지요."

"엘프들의 생각입니까?"

"제 생각입니다만, 아시다시피……."

"아, 네. 엘프들은 모두 조화로울 테니, 아마 세레니얼 양의 생각에 대한 다른 엘프분 들의 반대 의견은 없겠지요."

"예. 그런데 저 왕자, 길시언 바이서스는 그 관계 때문에 오히려 괴로워하는 군요."

"괴로워한다라……."

"그렇게 보입니다. 그는 자신의 모습을 만들려 들지만. 그러니까 모험을 즐기는 보통의 낭만가의 모습을 견지하려 들지만 그 자신의 관계가 그를 그렇게 내버려두지 않는다는 느낌이 듭니다.”

“정확하신 지적입니다.”

“그런가요? 기쁘군요. 저, 타인에 대한 이해력이 길러지는 것 같아요.”

“지금까지는 스스로 이해력이 없다고 생각하셨습니까?”

“예. 당연하지요. 항상 조화로운 관계 속에 살아온 저로서는 자신과 다른 생각을 하는 사람들의 내면을 파악하는 것이 쉬운 일이 아니니까요.”

카알은 멀리 갈색 산맥의 끄트머리를 바라보며 말했다.

“제 생각은 그렇지 않습니다.”

“예?”

“타인에 대한 이해력이라고 말씀하셨습니다만, 그것은 결국 감정 이입이지요. 그래서 같은 부피의 헝겊이 있을 때 인형 모양으로 만들어진 헝겊은 뭔가 다른 느낌이 드는 겁니다. 같은 부피의 돌이라 할지라도 조각으로 만들어진 것은 훨씬 애정, 혹은 두려움, 경배, 어떤 감정일지는 알 수 없습니다만 감정을 불러일으킵니다. 그것은 물질에 대한 감정 이입의 결과이고, 결국 따스한 마음씨에게서 비롯되는 거라고 믿습니다.”

“어렵습니다.”

“제 뜻은 이렇습니다. 선량한 마음씨가 있다면, 타인에 대한 이해는 자연스럽게 일어날 것이라 믿는다는 말씀입니다.”

이루릴은 고개를 갸웃거렸다.

“선량한 마음만으로 충분할까요?”

“이 세계에선……, 그것만으로 충분합니다. 일국의 왕자가 황소를 타고 마법검을 휘두르는 세계에서는…….”

카알은 말을 맺지 않고 대신 빙긋이 웃었다.

- 5권, p.271 -

"죄송합니다. 스승님!"

아프나이델의 목소리잖아? 그런데 스승님?

"돌아왔다면, 왜 내게 찾아오지 않았는가?"

잠깐, 이 목소리는 누구지? 에, 에……. 아! 궁성 수비대장 조나단 아프나이델? 아프나이델의 목소리가 다시 들려왔다.

"찾아뵈려고 했습니다만……, 엄두가 나지 않아서."

"못난 놈."

"죄송합니다."

"돌아온 이유는 뭐냐?"

"전……, 마법사였습니다."

"다시 마나mana를 주물럭거리고 싶어졌다는 말이냐?"

"그렇습니다. 스승님. 용서해 주십시오!"

잠깐. 그러면 아프나이델이 말하던 그 스승님이 바로 궁성 수비대장 조나단 아프나이델인가? 난 숨죽여 두 사람의 대화를 들었다. 조나단이 천천히 말했다.

"돌아왔으니 됐다."

"스승님!"

조나단의 목소리는 따스했다.

"놈. 자식 이기는 부모 없고, 제자 이기는 스승 없다는 것을 알렸다? 돌아왔다면 그걸로 충분하다. 과거는 불문이다."

"스승님……."

"그래, 네 방은 그대로 비워뒀다. 언제든 들어오너라."

잠시 말이 없었다. 그러다가 아프나이델이 말했다.

"스승님, 죄송합니다만 지금 당장은……."

조나단의 목소리가 날카로워졌다.

"뭐냐? 과거의 미련이 남아 있단 말이냐? 아직 정리가 되지 않았다는 말인 게냐?"

"그게, 저, 그게 아닙니다. 전 지금 함께 하는 동료들이 있습니다."

조나단의 어조가 다시 차분해졌다.

"그래. 굉장한 모험가들과 함께 다니더구나."

"예. 지금 전 그들과 함께 해야 할 중요한 일이 있습니다."

"그러하냐? 무슨 일인데?"

"저, 그건 제 동료들에게 의향을 묻지 않고는 말씀드릴 수 없습니다만 ……."

"오냐. 알았다. 하지만 그들과 함께 해서 네게 무슨 득이 있느냐?"

"제가 그들에게 득이 됩니다."

"……뭐라구?"

"그들 중에 한 소년이 있습니다."

"안다. 후치라는 그 꼬마 말이냐?"

"예. 그 소년이 저에게 어떤 별명을 주었는지 아십니까? 톱 메이지 입니다."

조나단의 가벼운 웃음소리. 아이고. 얼굴 뜨거워라. 아프나이델은 말했다.

"전 스승님께서도 아시다시피 미력한 재주밖에 없습니다. 하지만, 그들은 저의 이 미력한 재주를 훌륭히 쓰도록 기회를 만들어줍니다. 그리고 그 소년은 고위 마법이든 초급 마법이든 도움이 되는 마법이 최고라고 말해 주었습니다. 전……, 전 처음이었습니다. 제가 누군가에게 도움이 된다는 것을, 대가를 바라지 않고 순전히 선의로서 제 마력을 쓸 수 있다는 것을……."

아프나이델의 말은 천천히 사그라 들었다. 그리고 두 사람 모두 한참 동안 말이 없었다. 내가 조바심을 내려는 찰나에, 조나단이 말했다.

"네 방은 비워둘 테니 언제든 찾아오너라."

"스승님!"

"마력을 다루는 것은 기술이다. 그러나 마법사는 기술자 이상의 무엇이어야 한다. 내 누누이 가르친 것인데도 네가 알지 못하더니, 날 떠나 그들을 만남으로서 네가 알아차렸구나. 나보다는 그들이 너의 스승이다. 그들에게 도움이 되도록 노력해라."

"알겠습니다, 스승님."

난 히죽 웃고는 다시 조용히 몸을 돌려 궁성으로 돌아왔다. 아프나이델은, 그럼 그의 본명이 아니겠군. 그는 스승에 대한 애정이나 존경의 표시로 그 가명을 사용했던 거겠지. 본명이 뭘까? 에이, 알 게 뭐냐. 아프나이델은 아프나이델이지, 뭐.

    - 7권, p.295 -

"드래곤 로드……. 직접 만나보았지만 아직 감상이 정리되지 않는군요."
카알은 피식 웃더니 말했다.

"드래곤 로드는 태양이지."

우리는 시원한 바람을 온몸으로 받으며 밤하늘을 바라보았다. 카알의 말은 조용히 이어졌다.

"그는 똑바로 바라볼 수도 없고, 그리고 그의 빛은 무서울 정도로 세계를 비추지. 그는 만물을 다스릴 수 있는 지혜와 권능을 가지고 있지. 하지만 그는 바라볼 수 없는 존재이며, 그 빛을 강요하는 존재야. 그는 자신의 빛 때문에 오히려 다른 어둠을 바라보지 못하지. 그는 너무나 위대하기 때문에."

나도 모르게 말했다.

"루트에리노 대왕은?"

카알은 여전히 밤하늘을 바라보며 말했다.

"그는 달이지."

"달이요?"

"우리가 어둠을 걸어갈 때 달은 우리를 비추지. 그의 빛은 똑바로 바라볼 수도 있고, 바라보지 않아도 느낄 수 있지. 그는 만물을 다스릴 정도로 위해하진 않을지 몰라도, 어둠 속을 걸어가고 하는 사람들에게 조력이 되고 희망이 되는 존재였지.”

“……우리는요?”

네리아의 약간 가냘픈 목소리였다. 카알은 빙그레 웃었다.

“우리 말이오?”

“예. 우리, 뭐, 예. 우리요.”

“우리는 별이오.”

“별?”

“무수히 많고 그래서 어쩌면 보잘 것 없어 보일 수도 있지. 바라보지 않는 이상 우리는 서로를 잊을 수도 있소. 영원의 숲에서처럼 우리들은 서로를, 자신을 돌보지 않는 한 언제라도 그 빛을 잊어버리고 존재를 상실할 수도 있는 별들이지.”

숲은 거대한 암흑으로 변했고 그 위의 밤하늘은 온통 빛무리들 뿐이었다. 카알의 말은 이어졌다.

“그러나 우리는 서로를 바라볼 줄 아오. 밤하늘은 어둡고, 주위는 차가운 암흑뿐이지만, 별은 바라보는 자에겐 반드시 빛을 주지요. 우리는 어쩌면 서로를 바라보는 눈동자 속에 존재하는 별빛 같은 존재들이지. 하지만 우리의 빛은 약하지 않소. 서로를 바라볼 때 우리는 우리의 모든 빛을 뿜어내지.”

“나 같은 싸구려 도둑도요?”

네리아의 목소리는 슬프지 않았다. 그리고 카알의 대답도 평온했다.

“이제는 아시겠지? 네리아 양. 당신들 주위에 우리가 있고, 우리는 당신을 바라본다오. 그리고 당신은 우리들에게 당신의 빛을 뿜어내고 있소. 우리는 서로에게 잊혀질 수 없는 존재들이오. 최소한 우리가 서로를 바라보는 이상은.”

어둠 속에서 네리아의 눈이 별처럼 아름답게 반짝였다. 나는 혹시 반짝인

것은 그녀의 눈물이 아닐까 따위의 생각은 관두기로 했다. 그래서 고개를
돌려 밤하늘을 바라보았다. 내가 바라보자, 별들은 나에게 빛을 주었다.

- 8권, p.30 -

"인간들 중 어떤 이의 말이 생각납니다."
"어떤 말입니까?"
이루릴의 질문에 카알은 다시 시선을 내려 이루릴을 바라보았다.
"그자는 아주 가격한 논법에 의해 질서는 혼돈의 한 기형이라고 말했지요."
음? 질서가 혼돈의 기형이라구?
"그게 무슨 말이지요?"
내가 갑자기 끼어 들자 카알은 조금 당황한 표정을 지었다. 그러나 그는
곧 인자한 표정으로 날 바라보며 말했다.
"네드발 군. 돌멩이 네 개를 주워 땅에 던져보게. 돌멩이들은 아무렇게나
흩어지겠지? 그것들이 별자리처럼 어떤 모양을 이룰지는 모르겠지만 그것은
던져보기 전에는 알 수가 없는 노릇이지 않는가."
"그렇지요."
"하지만 아주 우연히 그 돌멩이들이 완전한 정사각형을 이룰 수도 있겠지?"
"예? 어……, 우연히라면, 예. 그럴 수도 있겠지요."
"돌멩이들이 그리는 모습은 결국 하나의 혼돈일세. 어떻게 될지 알 수가
없다는 말일세. 하지만 그 돌멩이들이 어쩌다가 완전한 조화와 질서를 가진
정사각형을 그릴 수도 있는 문제지 않은가? 그렇다면 우리는 여기서 질서라는
것이 혼돈 중의 한 특이한 형태임을 알 수 있지 않은가? 특이할 뿐이지만
결국 다른 것들과 별로 다를 것도 없다는 말일세……."

- 8권, p.79 -

이루릴은 여전히 나무에 기대어 서 있었다. 호리호리하고 탄탄한 그녀의

몸이 왠지 가냘파 보인다.

"글쎄요. 그 사실을 알게 되었으니 우리들에게 남겨진 길은 두 가지로 좁혀집니다."

"두…… 가지요?"

"네. 우리는 엘프 끝없이 조화를 이루는 존재들입니다. 하지만 우리의 모습 자체가 이미 거짓된 조화, 가식적인 조화를 재현하고 있으니 만큼, 우리들은 지속적인 조화를 위해 다른 존재들과 달라지려고 애쓰든지, 아니면 우리 스스로 조화로운 엘프라는 위치를 버려야 됩니다. 하지만 양쪽 어느 것도 우리의 길이 되기엔 어렵더군요."

카알이 조심스럽게 말했다.

"그래서……, 세계를 버리시려는 작정이시오?"

난 흠칫 해서 카알을 보다가 다시 이루릴을 바라보았다. 이루릴의 머릿결이 물결치고 있었다.

"버리는 것이 아니에요. 탈출하는 것이지요."

"핸드레이크에게서 클래스 10의 마법, 우주 창조를 배워서 새로운 세계를 하나 만들겠다는 말인가요? 그리고 이 세계를 버리고 새로운 세계로 떠나겠다는 말인가요?"

이루릴은 대답 없이 카알을 바라보았다. 갑자기 그녀의 모습이 흔들렸다. 난 눈에서 흘러내리기 시작하는 눈물을 무시하면서 말했다.

"우리를 버릴 건가요?"

이루릴은 조금 슬픈 표정을 지었다. 난 흐느끼면서 말했다.

"그렇군요. 우리를 버리고, 당신들은 이 세계를 버리고 떠날 생각이군요. 당신들의 새로운 세계로 갈 생각이군요."

"후치……. 이 세계는 엘프를 원하지 않아요. 우리는 모든 것과 조화를 이루는, 따라서 있어도 그만이고 없어도 그만인 존재에요."

"그럼 그대로 있어요. 당신들은 아름다워요. 들판에 핀 꽃 한 송이는 세계를 위해 피지 않아요. 왜 당신들이 세계에 대해 책임을 지려고 들지요? 당신들 스스로를 위해 살아요."

바람이 분다. 밤의 바람은 검은 머릿결에서 무수한 이슬을 떨어뜨린다. 지금 이루릴의 머리가 꼭 그러하다. 그녀의 머리카락은 밤바람이 되어 물결치고 있었다.

"우리는 엘프. 유피넬의 어린 자식입니다."

이루릴은 아주 희미한 미소를 지었다.

"그 호칭은 얼마나 정확했는지……. 어린 자식들은 부모의 품에서는 영원히 행복합니다. 부모는 아무런 대가를 바라지 않으면서 오직 어린 자식을 기쁘게만 해주려 하지요. 하지만 어린 자식은 그 행복을 알면서도 끝내 부모를 버리게 되지요. 시무니안의 아들들이 시무니안의 품을 떠나 그림 오세니아에게 달려가듯이."

이루릴은 도저히 더 이상의 말을 꺼낼 수 없는 어조로 말했다.

"우리는 떠나갈 것입니다."

   - 12권, p.268 -

"당신은 핸드레이크를 찾아서 클래스 10의 마법을 익히려는 것이 목적이었지요?"

"아시다시피 그렇습니다."

"그거 포기하세요."

"알겠습니다."

긴장이 풀려서 하마터면 뒤로 나동그라질 뻔했다. 이루릴은 허우적거리는 내 모습을 보며 조금 놀라는 듯했지만 난 그녀를 안심시킬 여유를 갖지 못했다.

"이, 이루릴, 저, 알려줄 게 있는데 말이죠. 사람들은 대개 자기가 옳다고 믿는 말을 건넬 때에도 상대의 거부 반응을 예상해서 거기에 대해 충분히 설명할 준비를 하는 것이 보통이라고요"

“그렇습니까?”

“왜 질문하지 않지요?”

“질……문이오?”

“왜 클래스 10의 스펠을 찾는 것을 포기하라는 것이냐고 물어봐야 되는 거 아니에요?”

이루릴은 잠시 미안한 듯한 얼굴로 나를 바라보더니 정성껏 궁금한 표정을 지으며 말했다.

“네, 후치. 왜 클래스 10의 스펠을 찾는 것을 포기하라는 것인가요?”

“……아니, 관두지요. 저 때문에 궁금하지도 않은 것 일부러 질문하실 필요는 없어요. 그런데 내가 좀 궁금한데요. 왜 그런 질문을 하지 않는 거죠?”

고아한 성품을 가진 이루릴은 당연한 것을 질문하는 바보를 바라보는 식으로 나를 바라보지는 않았다. 하지만 나는 그런 바보가 되는 기분이었다.

“후치와 함께 보낸 저의 시간은 후치의 말에 의미를 부여합니다.”

“예?”

“저와 함께 했던 시간들이 당신에게는 아무 의미도 없나요?”

“어, 저, 아니죠. 그렇지는 않아요.”

“제가 당신 속에 있나요? 눈에 보이지 않아도?”

“예.”

“그럼, 당신은 설명할 필요가 없는 것 같은데요. 당신과 함께 하면서 보아온 당신의 모습이면 충분할 것 같습니다. 다른 것이 필요할까요. 묻겠어요, 후치. 자신의 행동을 자신에게 설명해야 됩니까?”

“……예. 우리는 그래요. 일생을 함께 보내온 부모의 말이라도 우리는 그 이유를 알아야 되죠. 자신의 말이나 행동도 마찬가지예요. 스스로에게 설명해야 됩니다.”

“그런가요.”

“우리는 불안하니까…… 쓸데없는 질문을 했군요.”

"아니오. 당신은 나에게 당신들에 대한 이해의 새로운 방식을 선물했어요. 고마워요."

"다행이군요. 휴우. 쩝, 그럼 이루릴. 이제 클래스 10의 스펠을 찾지 못하게 되었는데, 어떻게 할 생각이죠? 계속 이 땅에 남아있을 건가요?"

이루릴은 고개를 조금 숙였다. 그녀의 머릿결 위에 얹히는 눈송이들이 미끄러지는 것처럼 보여서 나는 잠시 눈을 깜빡였다. 그녀는 고개를 숙인 채로 가로 저었다.

"모르겠습니다. 언젠가 말씀드렸지만 저는 지위가 낮은 엘프입니다. 제 수탐이 실패했음을 보고하는 것으로써 제 소임은 끝날 것 같습니다. 제 수탐의 과정과 그 결과를 심사하고 대안을 생각하는 의무는 제게 있지 않습니다."

"지위…… 엘프들은 조화로운데 왜 지위가 있는 거죠?"

"세계는 조화롭지만 동서남북은 있지요. 후치. 짐작해 보자면…… 바이서스 임펠은 동쪽에 있나요? 하지만 제레인트 씨라면 바이서스 임펠은 서쪽에 있다고 말하겠지요. 그런 차이가 아닐까 생각되네요."

나는 고개를 끄덕였다. 이루릴은 차분한 얼굴로 말했다.

"아무런 짐작도 되지 않습니다."

"알겠어요. 그런데 나는 기쁜데요? 당신들이 세상을 떠나지 않게 되었다는 것 말이에요."

이루릴은 빙긋 웃었다.

"저도 기쁘군요. 그럼 이만 돌아가겠습니다."

"돌아가신다고요?"

어느새 이루릴의 걸음은 멈춰져 있었다. 그래서 당황한 내가 반문했을 때 나와 그녀의 거리는 대여섯 발자국 이상 떨어져있었다.

"아니, 저, 좀 지내시다가 가지 않고……."

말해놓고 나서 나는 속으로 아차! 싶었다. 이런 멍청이. 무슨 말을 하는 거야? 다행히도 이루릴은 고개를 가로 저었다.

"손님으로 받아들여준다는 것은 감사합니다만 처지가 마땅치 못하군요. 저는 여기서 체재할 시간이 없습니다."

"아…… 바쁜 일이 있는가 보네요."

"그렇습니다. 레브네인 호수가 얼기 전에 페어리 퀸에게 돌아가 봐야 됩니다. 그녀를 만나야 할 일이 있어서요."

"음? 얼음이 문제가 될 줄은 몰랐군요. 그거, 이루릴의 마법으로 그냥 부숴버리면 되지 않나 요?"

이루릴의 얼굴을 보고서는 내가 과연 말을 잘 한 것인지 잘못 한 것인지를 분간할 수가 없었다. 이루릴은 잠시 후 별로 달라지지도 않은 어조로 말했다.

"후치. 친구의 집 대문을 부수고 들어가는 손님은 없을 것 같아요. 페어리들은 당신들이 말하는 어투로 '물'이라든가 '얼음'이라고 말할 수는 없지요."

"……죄송합니다. 이해하지 못했습니다."

이루릴은 그저 웃을 뿐이었다. 잠시 후에야 그녀가 내 말을 기다리고 있다는 것을 깨닫고는 나는 황급하게 말했다.

"그럼, 저, 이루릴. 귓가에 햇살을……."

이를 악물고 그야말로 간신히 말했다. 그래서 내 목소리는 작별 인사라기보다는 결투 신청으로 들리는 목소리였다. 지금까지의 시간도 이미 너무 길었다. 그녀를 더 붙잡아서는 안 된다. 나는 간신히 정신을 차려 그녀의 모습을 똑바로 응시했다. 이루릴의 모습이 일렁거리기 시작했다.

뭐야? 마법을 쓰는 건가? 나는 일렁거리는 이루릴의 모습을 보며 힘들게 말을 짜내었다.

"햇살을… 귓가에 햇살을 받으며……."

고개를 갸웃하던 이루릴이 살짝 앞으로 다가왔다. 그녀는 잠시 주위를 둘러보더니 자신의 가슴 위로 소담스럽게 늘어진 머릿결을 움켜쥐었다. 그러더니 그녀는 자신의 머리카락으로 내 눈가를 조심스럽게 닦았다. 나는 눈을 감은 채 수도 없이 많은 머리카락들이 눈가를 스쳐가는 것을 느꼈다. 매끄럽고

가는 머리카락들이 수없이 눈 주위를 훑어 내리는 느낌을. 터무니없이 난폭해
지고 싶고, 동시에 터무니없이 차분해지는 그 시간은 가장 짧은 영원이었고
가장 긴 순간이었다.

"웃으며 떠나게 해주겠지요?"

난 눈을 질끈 감아서 마지막 눈물을 짜낸 다음 눈을 떴다. 이루릴의 하얀
얼굴에 어리는 미소, 그리고 하얀 얼굴 앞으로 스쳐 떨어져 구분이 잘 안
되는 눈송이들이 눈에 들어왔다.

"나는, 난 웃어요. 웃겠어요."

"고마워요."

이루릴은 그렇게 말하며 뒤로 걷기 시작했다. 나는 제멋대로 움직이는 얼굴
근육을 힘들게 움직이며 웃음을 지어 보였다. 천천히 멀어지던 이루릴은 살짝
손을 들어올리며 말했다.

"웃으며 떠나갔던 것처럼 미소를 띄고 돌아와 마침내 행복하기를."

웃으며 떠날 수는 있겠지. 하지만 미소를 띄고 돌아올 수는 없을 거야.
가슴속에 복받치는 것을 간신히 끌어내리느라 웃는 것이 쉽지 않았다. 나는
필사적으로 웃었다. 그래서 아무 말도 할 수 없었다.

마침내 하얀 눈발 사이로 빛나던 이루릴의 검은 머리카락도 보이지 않게
되었다. 그녀의 모습이 완전히 사라졌다. 하지만 나는 그녀가 사라진 자리를
계속해서 바라보았다.

글쓰기의 변화, 사이버·하이퍼텍스트 문학

- 환타지 소설을 중심으로 -

김효식

1. 서론

경이적인 속도로 진화하는 과학문명은 때론 우리들로 하여금 소외감을 갖게끔 한다. 이러한 소외감은 비단 일상생활에서뿐만 아니라 글쓰기 방법의 변화에서도 적용된다 할 것이다. 과학문명의 급속한 진화를 대변할 수 있는 존재로 최근에는 인터넷의 발명을 첫손에 꼽을 수 있을 것이다.

인류 역사에 있어서 인터넷의 발명은 가히 '코페르니쿠스적 전환'이라 할 정도로 기존 패러다임의 전복을 가져왔다. 인터넷은 그 특성을 일일이 열거할 순 없겠지만, 탈 시·공간성, 양방향성, 다층성, 그리고 사이버 공간이라는 새로운 공간의 창출 등 대표적인 몇 가지의 특징만을 언급하더라도 '혁명'이라는 말이 부끄럽지 않을 것이다. 인터넷은 빠른 속도로 우리의 일상을 파고들었고, 쇼핑, 글읽기, 편지 주고받기, 전화하기, TV시청, 신문기사열람, 음악감상, 영화관람 등등의 이루 다 말할 수 없을 정도의 많은 역할을 대신해주고 있다.

글쓰기에 있어서도 인터넷으로 인한 변화는 이미 시작되었다고 할 수 있다. 또한 인터넷 이전에 인터넷의 가능성을 확인시켜 준 PC통신의 역할 또한 무시할 수 없을 것이다. PC통신이 시작되며 그곳의 게시판을 통해 연재되던 PC통신소설[1]은 국내 사이버·하이퍼텍스트 문학의 모태라 할 수 있을 것이다.

본고에서는 사이버·하이퍼텍스트 문학[2] 가운데에서도 환타지 소설에 초점을 맞추어 다룰 것이다. 그러나 국내에서 본격적인 하이퍼텍스트 문학은 극소수의 작품을 빼고는 찾아보기가 힘들고, 더군다나 환타지 소설의 경우에는 거의 불모의 상태이다. 그러므로 본고에서 대상으로 할 환타지 소설은, 하이퍼텍스트'적'이라 여길 수 있는 작품들로, 책으로 출간되기에 앞서 PC통신과 인터넷 등의 사이버 상에 먼저 발표되었거나 아직 책으로 출간되지 않고 사이버 상에서만 발표된 작품들이다. 또한 앞으로 본고에서 환타지 소설이라 함은, 이렇듯 사이버 상에 우선 발표된 환타지 소설만을 지칭한다는 것, 사이버 상에 발표된 환타지 소설들을 다루고 있는 연구도 찾아보기가 힘들기 때문에 본고의 많은 부분이 인터넷상의 정보에 의지한다는 점 등의 한계를 보일 수 있다는 것을 미리 밝혀두는 바이다.

2. 환타지 소설의 개념

원래 '환타지(Fantasy)'라는 말은 사전적으로는 '환상, (터무니없는) 상상, 공상, 환각' 등의 의미를 갖고 있다. '환상'이란 말은 다시 '현실로는 있을 수 없는 일을 있는 것처럼 상상하는 일', '종잡을 수 없는 생각'이라는 의미를 갖는다. 그러므로 우리가 일반적으로 말하는 넓은 의미의 환타지 소설이라 함은 이러한 환상적이고, 공상적인 세계를 배경으로 하고 있는 일련의 소설들을 지칭하는 말로서 '환상 소설'과 비슷하게 쓰인다.

그러나 본고에서 다루고자 하는 조금 더 좁은 의미의 환타지 소설이란 서양

---

1) 본고에서는 'PC통신소설'을 줄여 이하 '통신소설'로 지칭할 것임을 밝혀 둔다.
2) 사이버와 하이퍼텍스트는 개념이 서로 다르지만, 본고에서 사용하는 '사이버·하이퍼텍스트 문학'은 사이버와 하이퍼텍스트의 개념을 포괄하는 의미임을 밝혀둔다.

중세 분위기를 빌린 환상 세계를 배경으로 왕과 여왕, 기사와 마법사, 요정과 도깨비, 드래곤(용) 등이 등장하는 모험을 다루는 소설을 말한다. 그리고 이러한 소설들은 신화나 설화와의 접목을 시도하는 등, 다양한 형태의 작품들을 선보이고 있다.3) 다시 말해, 환타지 소설은 현실이 아닌 세계를 그리며 환상적이라는 특징을 갖고 있다. 환타지 소설은 로고스의 세계가 아닌 미토스의 세계인 것이다. 환타지 소설은 현상계를 넘어 꿈꾸는 세계까지를 포괄하는 상상계의 영역에 있다.4)

환타지 소설의 기원은 영국의 윌리엄 모리스의 작품에서 시작된다고 보는 것이 일반적이다. 윌리엄은 '중세풍의 공상적인 모험이야기'라는 전통을 만들 정도로 모험과 공상에 치중하였다. 이후 환타지의 체계를 잡은 J.R.R 톨킨은 『반지의 제왕(The Lord of The Ring)』을 통해서 아동을 대상으로 하던 기존의 환타지 소설의 대상을 청소년과 성인으로 끌어 올렸다. 『반지의 제왕』3부작은 그 안의 사회적 의미, 인물의 감정과 인물간의 갈등, 현실과의 비유 등 다양한 층위를 지니고 있다. 이렇게 소설 안에 여러 가지 풍자, 사회적 의미를 표현함으로써 환타지는 대상이 청소년, 성인으로 끌어올려진 것이다.5) 이 『반지의 제왕』3부작은 특히 환타지 소설의 바이블 혹은 고전으로 불릴 정도로 작가 톨킨을 반석 위에 올려놓았음은 물론, 20세기 영문학사에 큰 발자취를 남긴 거장 가운데 한 사람으로 꼽히게 만들었다. 또 톨킨은 북유럽의 옛 설화를 바탕으로 인간 세계와는 전혀 다른 세계와 다른 존재들을 창조해냄으로써 환타지 소설이라는 새로운 장르를 크게 발전시킨 작가로도 손꼽힌다.6) 국내에서는 PC통신에서 인기를 끌기 시작한 환타지 소설이 인터넷 소설로 자리를 옮겨서도, 국내 사이버 소설의 주류를 형성하고 있다는 점에서 주목할 만하다.

---

3) 최명숙, 「현대사회의 특성과 사이버 소설의 제재」, 최병우 외, 『다매체 문화와 사이버 소설』(푸른사상, 2002), pp. 96. 참조.
4) 임병희, 「로고스의 영토, 미토스의 지배 － 판타지소설과 온라인게임의 신화구조분석」, 『국제어문 제24권』(국제어문학회, 2001), pp. 1-2. 참조.
5) http://my.netian.com/~kmc428/noname5.htm, 참조.
6) http://100.naver.com, 참조.

3. 환타지 소설의 전개 양상7)

1) 환타지 소설의 태동

인터넷을 비롯한 정보통신기술의 발달은 정보화 사회를 이루는 근간이다. 정보화는 정보가 전기적 작동으로 컴퓨터와 통신기술, 즉 정보전달 매체에 의해 가공 처리되는 것을 뜻한다. 정보화 사회라는 것은 가속화되는 이러한 정보화에 의해 가치가 창출되는 사회를 말하며, 산업사회와는 달리 정보의 생산, 저장, 분배에 관련된 산업이나 활용이 경제의 가장 중요한 활동으로 등장하고, 정보통신 기술이 경제, 사회, 문화 등 생활의 모든 영역에 지배적인 영향을 행사하는 사회를 의미한다.8) 정보화 사회에 부응하는 컴퓨터의 보급이 대중화되면서 컴퓨터의 가상공간에서 이루어지는 사이버 문학은 크게 활성화되는 경향을 보인다. 문자를 중심매체로 삼으면서도 작자에게서 독자에게로 일방향으로 진행되던 문학행위를 쌍방향적 커뮤니케이션으로 전환시킨 사이버 문학은 정보화 시대에 등장한 새로운 성격의 문학으로, 아직 초기 단계에 있는 것이 분명하지만 날이 다르게 급속히 대중화되어 향유층이 두터워질 것이 사실이다.

정보화 사회가 몰고 오는 이러한 문학행위에서의 변화에 보다 적극적으로 대응해야 할 필요를 인정해야 한다면, 급속하게 대중화되고 있는 사이버 문학은 정보화 사회에서 문자중심 형태의 문학으로 존속하는 변화물로 그것의

---

7) 이 장에서는 참고할 수 있는 자료들을 거의 찾아 볼 수 없는 관계로 인터넷에 의존할 수밖에 없었으며, 주로 http://gc.myscan. org/gc03/node2.html에 올린 최형규의 「국내 통신 소설이 대중화되기까지」라는 글을 토대로 했음을 밝혀둔다.

8) 삼성SDS 컨설팅사업부, 『정보화 패러다임의 변화』(을파소, 1998), pp. 28. — 김교봉, 「사이버 소설의 대중문학적 성격」, 『한국학 논집 제26권』(계명대학교 한국학연구소, 1999), p. 167에서 재인용.

발전 가능성은 문학의 새로운 장을 개척하는 연구영역 속에 있다 할 것이다.[9]

국내의 경우 환타지 소설의 역사는 인터넷의 전 단계라 할 수 있는 PC통신에 게재되던 통신소설부터 출발한다. 통신소설 중에서 가장 많은 관심을 받았던 장르가 환타지 소설이었고, 많은 환타지 소설들이 On-Line상의 인기에 힘입어 Off-Line에서 책으로 출판되기에 이르렀다.

통신소설은 PC통신이 대중들에게 알려지기 시작한 1980년대 말에 발생했다. 1989년 12월 이성수가 국내에서 최초로 「아틀란티스 광시곡」이라는 SF소설을 천리안[10] 게시판에 올리기 시작하면서 통신 공간과 문학의 만남이 비롯된 것이다. 통신문학이 본격적인 궤도에 오르기 시작한 것은 1991년 천리안에 통신문학 전용 게시판인 '컴퓨터 문단'이 개설된 후이며, 그 후 1992년 5월 하이텔문학관이 개설되면서 통신문학은 양적, 질적으로 크게 발전하였다. 그리고 1993년 7월 이우혁이 하이텔[11] 내의 공포/SF 게시판에 『퇴마록』을 발표하여 열광적인 인기를 얻어 폭발적인 조회수를 기록하였고, 1994년부터 단행본으로 출간되어 베스트셀러가 되기도 했다. 혹자는 『퇴마록』을 국내 환타지 소설의 효시로 보기도 하지만, 앞장에서 밝힌 환타지 소설의 일반적인 개념과는 소재나 내용 등이 맞지 않고, 특히 가상의 세계가 아닌 현실 세계를 공간적 배경으로 하고 있기에 환타지 소설의 범주에 넣기에는 무리가 있을 것이다.

최초의 환타지 소설로 알려진 『레기오스』는 임달영이 1994년 6월 PC통신 나우누리[12]에 처음 연재하기 시작한 이래 1년에 가까운 기간에 나우누리 SF

---

9) 김교봉, 위의 논문, p. 168.

10) 1985년 데이콤㈜가 국내 최초로 PC통신 온라인 서비스를 제공하면서 서비스를 시작하여 2001년 10월부터는 회원제 인터넷 포털사이트로서 각종 콘텐츠와 커뮤니티, 전자상거래, 메일 및 메신저, 방송 등의 서비스를 유료·무료로 제공하고 있다. - http://100.naver.com.

11) 정식 명칭은 한국통신하이텔이다. 1991년 12월 9일 한국전기통신공사 산하 온라인 PC통신 서비스 업체로 출발하였다. 한국전기통신공사의 정보통신 인프라를 근간으로 하며, 1992년 5월부터 회원 중심의 유료 서비스를 제공하고 있다. 1999년 1월부터는 인터넷 서비스를 통합하여 제공하면서 인터넷 '메뉴 서비스'는 무료로 전환되었다. - http://100.naver.com.

게시판에 올랐던 소설로, 천 명에 가까운 고정 독자들을 확보했던 화제작이었다. 풍부한 상상력과 거침없는 전개, 당시 작가의 신분이 고등학생이었다는 것이 믿어지지 않을 만큼 대담한 장면묘사들이 돋보였다. 임달영은 『레기오스』의 연재로 나우누리에서 작가방을 얻었고, 그 후 『피트에리아』 등을 연재하면서 계속 인기를 모았다. 『레기오스』는 통신상의 인기에 힘입어 Off-Line에서 책으로 출판되었다.13)

『레기오스』 다음으로 통신상에서 화제가 되었던 환타지 소설로는 이경영의 『가즈나이트: God's Knight』가 있다. 『가즈나이트』는 작가가 고등학교 때인 1995년부터 나우누리에 연재하기 시작한 시리즈이다. 주인공인 일곱 명의 '가즈나이트'들은 현실에선 일상적인 생활을 하다가 '주신'으로부터 임무를 하달 받으면 수를 셀 수 없을 정도로 다양한 차원계를 넘나들며 임무를 처리해야 한다. 공간 이동을 한다는 것 외에도, 이 소설의 배경이 특별한 점은 현재와 과거가 뚜렷한 구별이 없다는 점이다. 엘프족, 마족, 소머리를 한 옥스족, 용족 등이 등장하고 왕과 공주가 등장하는가 하면 그와 함께 군대와 해방군이 등장하고 병원이 등장하고 솜사탕과 농구가 등장한다. 틀을 거부하는 환타지의 룰을 지은이 나름의 방식으로 따랐다고 볼 수 있다. 다양한 차원의 이야기가 속도감 있고 스릴 넘치게 진행된다.14) 『가즈나이트』역시 통신상에서 인기를 얻어 열다섯 권이라는 상당한 분량의 책으로 출판되었다.15)

2) 환타지 소설의 성장

1994년과 1995년을 환타지 소설의 태동기라 한다면, 1996년과 1997년, 1998년에 이르는 시기는 환타지 소설의 성장기라 할 수 있다. 1996년 『레기오

---

12) 1994년 10월부터 ㈜나우콤에서 PC통신 온라인(01443) 서비스로 시작하여 1995년부터 인터넷 포털사이트를 겸하고 있다. ― http://100.naver.com.
13) 임달영, 『레기오스 1~4 (전4권)』(퇴설당, 1995)
14) http://www.aladdin.co.kr. 참조.
15) 이경영, 『가즈나이트: God's Knight 1~15(전15권)』(자음과모음, 1999)

스』의 작가 임달영이 역시 나우누리에 『피트에리아』를 연재했고, 당시 16세에 불과했던 김근우라는 작가는 건강상의 문제로 중학교를 중퇴한 후 창작에 전념해 『바람의 마도사』라는 작품을 하이텔 창작 연재란과 환타지 동호회에 동시 연재했으며, 이후 나우누리에도 동시 연재하면서 환타지 붐을 조성했다. 『바람의 마도사』는 당시 PC통신상에서 하루 최다 조회수를 기록한 작품으로, 매니아들로부터 구성과 전개에 있어 비교적 완성도 있다는 평가를 받았다. 이 소설은 인간과 정령, 마법과 전설이 고스란히 살아 숨쉬는 상상의 세계인 구스레이아 대륙의 테리스 왕국을 배경으로 마법에 천부적 재능을 타고나 불의와 혼돈에 맞서는 주인공 '라니안 나이스만'을 비롯한 젊은이들의 모험과 사랑, 우정과 의리를 다루는 이야기이다.[16] 『피트에리아』와 『바람의 마도사』 또한 책으로 출판되었다.[17]

비슷한 시기에 나우누리에 연재된 『용의 신전』은 김예리라는 여성작가가 쓴 환타지 소설이다. 여성 특유의 섬세함, 술술 읽히는 문체와 다양하고 독특한 캐릭터 조성, 단단한 구성에 가끔 보이는 놀라운 반전, 방대한 스케일, 그리고 치밀한 사전자료가 돋보이는 작품이다. 또한 무엇보다도 『용의 신전』 읽기의 재미를 더하는 것은 인간의 언어 외에 고대 언어, 난쟁이들이 쓰는 바란 언어, 오르크들이 쓰는 오르크 언어 등 작가가 직접 하나하나 만들었다는 언어들이다.[18] 환타지 소설의 독자들이 대부분 남성인 현실에서 여성작가가 쓴 작품이라는 사실만으로도 이채롭다고 할 수 있는 『용의 신전』도 책으로 출판되어 많은 판매 부수를 기록했다.[19] 한편 『용의 신전』은 이후 다른 여성 환타지 작가들이 활발히 활동할 수 있는 발판을 마련했다는 데에서도 그 의의를 찾을 수 있다.

---

16) http://www.aladdin.co.kr. 참조.
17) 임달영, 『피트에리아 1~2 (전2권)』(숨은책, 1996); 김근우, 『바람의 마도사 1~6(전6권)』(무당미디어, 1996~1997)
18) http://www.libro.co.kr. 참조.
19) 김예리, 『용의 신전 1~7 (전7권)』(자음과모음, 1998)

또 1992년부터 하이텔에 연재해 1998년에 완결된 이상균의 『하얀 로냐프 강』은 환타지 소설 중 드물게 로맨틱한 사랑을 주제로 다루고 있다는 점에서 주목된다.[20] 『하얀 로냐프 강』은 엄격한 신분제도와 기사도가 존재하는 인접한 세 국가를 배경으로, 전쟁 속에서 나이트 레이피엘이라는 기사명을 가진 주인공 '퀴트린'과 젊은 기사들이 겪는 우정과 사랑을 그린 소설이다. 또한 사랑이라는 주제를 전면에 내세운 로맨틱 환타지로 작품의 틀 안에서 다양한 사랑의 모습들을 보여준다. 환타지 소설이 비현실적이라 불리는 가장 큰 원인 중의 하나는 마법이라는 비현실적인 힘 때문일 것이다. 작가는 이러한 마법을 최소한으로 축소하여 환타지 속에서 리얼리티를 살려내고자 했다. 현실의 중세를 모델로 한 탄탄한 배경과 흔들림 없는 설정 속에서 더더욱 크게 부각되는 것은 기사들의 낭만과 안타까운 사랑이다.[21] 『하얀 로냐프 강』은 혹자들에 의해 3류 로맨스라는 악평을 받기도 했지만 역시 책으로 출판되었고,[22] 환타지 소설로는 드물게 사랑을 전면에 내세우고 있다는 특이성만으로도 관심을 끈다.

이들 외에도 하이텔에 이수영이 『귀환병이야기』와 그 속편인 『패리어드이야기 (출판명: 암흑제국의 패리어드)』를 연재했고, 나우누리에는 방지나가 『마왕의 육아일기』, 홍종훈이 『비상하는 매』, 이현상이 『마법의 검을 찾아서 (출판명: 마법의 검)』 등의 작품을 연재하면서 호응을 얻었고 이 작품들 역시 대부분 출판이 되었다.[23] 이들 중 방지나는 동생인 방지연과 자매 환타지 작가로 활동하는데, 두 사람은 세계관 및 등장인물 등을 공유하면서도 각자

---

20) 연재를 시작한 시기로는 『레기오스』에 앞서지만 본고에서는 완결된 시점을 기준으로 하여 『레기오스』보다 후기의 작품으로 분류하고자 한다.
21) http://www.libro.co.kr. 참조.
22) 이상균, 『하얀 로냐프 강 1~5(전5권)』(자음과모음, 1999)
23) 이수영, 『귀환병 이야기 1~4 (전4권)』(황금가지, 1998); 『암흑 제국의 패리어드 1~5 (전5권)』(황금가지, 2000)
방지나, 『마왕의 육아일기 1~8 (전8권)』(자음과모음, 1998~1999)
홍종훈, 『비상하는 매 1~9 (전9권)』(자음과모음, 1999~2000)
이현상, 『마법의 검 1~5 (전5권)』(자음과 모음, 1999~2000)

다른 색깔의 작품을 연재하는 독특한 행보를 보이고 있다. 특히 이들은 일러스트를 잘 그려서 출판되는 이들의 작품에는 꼭 일러스트가 들어있다.『용의 신전』의 일러스트도 이들이 그려준 것인데, 이처럼 이 자매는 다른 작가를 위해서도 일러스트를 그려주는 것으로 알려졌다. 한편 1992년 처음 설립돼 꾸준히 활동해 온 하이텔의 '환타지 동호회'는 초기부터 한국적인 환타지를 부르짖으면서 회원들의 작품활동을 독려하는 등 환타지 소설이 뿌리내리도록 하는데 큰 기여를 했다.

　이 시기에서 가장 주목할 만한 작가로는『드래곤 라자』의 이영도를 꼽을 수 있다.『드래곤 라자』는 이영도가 1997년 가을 하이텔에 연재한 장편 환타지 소설로 우리나라에 환타지 소설의 붐을 일으킨 유명한 작품이다. 소설의 중심 아이디어가 된 것은 '드래곤 라자'라는 특별한 존재이다. '드래곤 라자'란 드래곤과 인간을 매개해 주는 특별한 존재를 가리킨다.『드래곤 라자』는 '드래곤'과 교감할 수 있는 존재인 이 '드래곤 라자'를 찾아 떠나는 모험을 토대로 하여, 인간과 인간이 아닌 6개의 종족이 대립하고 또 공존하며 살아가는 환상 세계를 손에 잡힐 듯 생생하게 묘사해낸 장편 환타지 소설로, 이 소설이 다루고 있는 가장 큰 주제는 '인간'이다. 작가는 양초제조공의 아들인 주인공 '후치'의 내면적 고뇌뿐만 아니라 다른 종족들의 눈에 비치는 인간의 모습을 묘사함으로써 인간이라는 존재를 다각적으로 분석하고 있다.『드래곤 라자』가 하이텔과 나우누리 등의 PC통신상에 연재되었을 때, 그 인기는 폭발적이었다. 우선 이 작품은 매끄러운 문체가 시선을 끌고, 아마추어 작가답지 않은 표현기법과 이야기의 진행이 돋보인다. 그리고 꾸준히 하루에 3편씩, 200자 원고지로 평균 150장 내외라는 엄청난 속도로 연재되었는데, 이 소설이 놀랄만한 성공을 거두는 데 있어서 크게 기여한 점이라 할 수 있다.[24] 하루에

---

24) 최형규는 위의 글에서 당시 게시판에 연재되던 대부분의 통신소설들은 일주일에 2회 연재가 보통 수준의 속도였으며, 이후도 마찬가지라고 밝히면서, 그러므로 이영도의 연재 속도는 놀라운 것이라며 재차 강조하고 있다. 또 이 놀라운 속도가 이 작품이 커다란 반응을 일으킨 것에 대단히 중요한 역할이었다고 설명한다.

3편씩 매일 올리는 속도로 연재되어 결국은 다음해 1998년 4월에 적지 않은 분량임에도 먼저 연재되던 다른 소설들보다 앞서 완결을 맺게되었고, 폭발적인 인기에 힘입어 바로 출판작업에 들어가게 되었다.25) 『드래곤 라자』의 연재와 출판, 출판된 책의 상업적 성공 이후 환타지 소설 및 통신소설에 대한 관심이 높아졌고, 실력 있는 많은 작가들이 환타지 계열의 소설을 연재하게 되었다. 또한 『드래곤 라자』는 기존 문학의 작가가 통신소설에 관심을 갖고 참여하게 된 계기를 마련했다는 점에서 매우 중요한 의미를 가진다 할 것이다.

4. 환타지 소설의 특징과 현황

환타지 소설이 환상적인 이야기를 다룬다하더라도 궁극적으로는 현실을 일정하게 반영해야하고 비판적인 시각이 깔려 있어야 할 것이다. 투철한 현실 인식과 진지한 주제의식이 없이, 환상적인 이야기 그 자체에 만족해서는 안 될 것이다.

과거 PC통신이나 현재의 웹 게시판에 연재되는 환타지 소설은 작품을 창작하고 수용하는 주된 계층인 청소년 네티즌들의 의식과 상상력을 반영한다. 청소년기의 네티즌들은 어른이 되어 세계의 주류가 되고 싶어하는 꿈과 기존의 세계에서 자신들의 영역을 지키려는 소망, 그리고 현실적으로는 그들이 자리할 공간이 많지 않은 상황에서, 꿈과 환상의 세계에 그들의 공간을 만들어 나간다. 그들은 비현실적인 공간에서 그들의 억압된 상상력을 마음껏 펼쳐 보이고 또 그 속에서 현실적인 억압을 극복해 나간다.

한편 환타지 소설의 사건 배열구조를 살펴보면 일종의 성장 소설로 읽힐 수도 있다. 환타지 소설의 줄거리는 대체로 신화나 영웅설화, 중세의 로망스처럼 고난의 여정을 거쳐 목표를 달성하는 모험담의 구조를 바탕으로 하고 있다. 이러한 고난과 승리의 여정은 소년 주인공의 성장 과정과 일치하며 이것은

---

25) 이영도, 『드래곤 라자 1~12 (전12권)』(황금가지, 1998)

작중 인물을 통하여 실현된다. 이러한 성장 소설적 구조 속에서 청소년 독자들은 자신의 꿈이 이루어져 가는 것으로 대리만족하는 것이라 이해할 수 있을 것이다. 또한 환타지 소설은 자연이나 배경에 대한 묘사가 많은 편이다. 자연과 배경이 아름답게 그려지고 정령과 교감, 신비한 것이 나타나는 장소 등을 숭배하듯이 묘사된다. 한 가지의 특징을 더 꼽자면, SF나 무협, 공포 등의 장르들이 환타지 소설에 혼합되어 나타나는 것은 한국 환타지의 특징으로 보인다.[26]

실제로 2000년을 전후해서부터 환타지와 기타 장르와의 혼합된 모습이 많이 등장하고 있다. 판에 박힌 구조를 가진 기존의 무협 소설과 차별화를 선언한 이른바 신무협과 환타지를 접목시킨 것을 '신무협 환타지'라 하는데, 이는 무협의 드라마와 환타지의 자유로움을 표방하고 있지만 실상 환타지와의 연관성은 거의 보이지 않아 무협소설로 분류하는 것이 타당하다. 신무협 환타지의 작품으로는 『비뢰도』[27]를 꼽을 수 있다. 그리고 『아일랜드』[28]와 같은 일명 '환타지 호러'의 작품들도 볼 수 있는데, 요괴가 등장하고 마법과 같은 주술이 등장한다는 것이 환타지적인 요소라 할 수 있다. 마지막으로 '퓨전 환타지'라는 것이 있는데, 이는 SF를 비롯한 신화, 전설 등의 여타 장르와의 접목을 시도하거나 배경이 동양일 수도 있고 동양과 서양을 넘나들기도 한다. 그런데 혹자는 '신무협 환타지'나, '환타지 호러' 등을 굳이 구분하지 않고, 환타지와 기타 장르가 혼합된 형태를 '퓨전 환타지'라 총칭하기도 한다. 사실 이들 장르간의 명확성이 떨어지는 것은 사실이다.

앞에서 밝힌 바와 같이 『드래곤 라자』 이후, 10대 후반과 20대 초반의 남성들을 중심으로 환타지 소설의 붐이 일어나, 시중 서점에서 기존 문학 작품들에 필적할 정도의 많은 양의 환타지 소설들이 서고를 차지하기에 이르렀다. 환타지 소설과 관련된 인터넷 웹사이트나 게시판이 우후죽순 생겨났고,

---

26) 최명숙, 앞의 글, pp. 97-103. 참조.
27) 검류혼, 『비뢰도 1~15 (전15권)』(명상, 2000~2003)
28) 윤인완, 『아일랜드 1~6 (전6권)』(북박스, 2000~2001)

현재도 제2의 이영도를 꿈꾸며 많은 아마추어 작가들이 On-Line상에 글을 연재하고 있으며, 그 중에『Derod & Deblan』과 같은 몇몇 작품은 이목을 끄는 것에 성공해 책으로 출판되기도 했다.[29] 한편 이수영이『쿠베린』을 연재, 출판했으며[30], 환타지 소설 붐을 조성한 일등공신인 이영도 역시『Future Walker (출판명: 퓨처 워커)』[31]와『폴라리스 랩소디』[32], 최근에『눈물을 마시는 새』[33] 등을 연재하고 출판하는 등, 기성 환타지 작가들 또한 왕성하게 활동하고 있다.

한편 환타지 소설은 사이버 공간이라는 새로운 공간에 자리를 틀고 있지만, 글쓰기의 형식은 기존의 글쓰기와 크게 다르지 않다. 매체가 인쇄물에서 컴퓨터의 모니터로 옮겨졌고 펜을 사용하는 대신 키보드를 사용할 뿐, 고전적인 글쓰기 형식을 취하고 있는 건 여전하다. 환타지 소설의 하이퍼텍스트적인 기능을 굳이 꼽자면 On-Line상에서 '앞으로'나 '뒤로'라는 단추를 클릭하여 '이전 회'나 '다음 회'로 이동하는 게 고작인 실정이다. 아주 기초적인 하이퍼텍스트 단계에 머물러 있는 것이다. 환타지 소설이라는 장르가 가지는 환상성이라는 특성상, 본격적인 하이퍼텍스트와 환타지가 만난다면 엄청난 시너지효과를 얻을 수 있을 것이라 기대된다.

환타지 소설의 시장은 점차 확대되어 기존 문학의 시장을 맹렬히 위협하기에 이르렀다. 앞으로도 많은 환타지 작가와 소설들이 발표되고 대중에게 다가갈 것은 명백하다. 그러나 환타지 소설이 본격문학의 한 장르로 성장하기 위해선 넘어야 할 장애물이 많다. 현실과 가상이라는 대상의 문제는 일단 차치한다 하더라도, 우선 작가의 층이 두텁지 못하다는 사실을 문제점으로 꼽을 수 있다. 지금 이 순간에도 수많은 환타지 소설이 On-Line상을 부유하

---

29) 이상혁,『Derod & Deblan 1~8 (전8권)』(운수미디어, 1999)
30) 이수영,『쿠베린 1~9 (전9권)』(황금가지, 2000~2002)
31) 이영도,『퓨처 워커 1~7 (전7권)』(황금가지, 1999)
32) 이영도,『폴라리스 랩소디 1~8 (전8권)』(황금가지, 2000~2001)
33) 이영도,『눈물을 마시는 새 1~4 (전4권)』(황금가지, 2003)

고 있지만 특징적이고 수준 있는 작품은 얼마 되지 않는 것이 사실이고 묻혀버리는 작품들이 부지기수다. 시시각각 변하는 대중의 요구에 발 빠르게 대처하지 못한다면 환타지 소설의 지금과 같은 호황은 한낱 추억이나 시대적 현상으로 전락할 수 있다는 점을 간과해서는 안 될 것이다.

5. 결론

지금까지 본고에서는 사이버·하이퍼텍스트문학과 관련해 웹 소설의 주류인 환타지 소설에 대해 살펴보았다. 또한 그와 관련해 PC통신과 그곳에 연재되던 통신소설의 간략한 역사와 함께 대표적인 환타지 소설을 언급하면서 그 대략적인 흐름에 대해서도 파악해 보았다. 그 결과 다음과 같은 통신소설로서 환타지 소설의 특징을 찾아 볼 수 있었다.

첫 번째 특징으로는 원하는 사람이라면 누구나 글을 올릴 수 있다는 개방성이다. 곧 작가에게만 한정되던 글쓰기의 영역이 대중에게 개방되기에 이른 것이다.

두 번째 특징은 첫 번째 특징과 같은 맥락으로 전문적인 작가가 아닌 아마추어 작가가 주류를 이룬다는 것, 곧 비전문성이라 할 것이다.

세 번째는 글쓰기에 있어서 상당한 속도가 요구된다는 것이다. On-Line 이라는 특징 때문에 연재를 하는 것이 일반적이고, 일단 연재를 하기 시작하면 독자의 흥미를 유지할 수 있을 정도의 분량이 연속적으로 이어져야 한다. 연재 초기에 관심을 끌다가 잊혀지는 작품이 많고, 많은 관심을 끈 작품들이 대부분 빠른 속도로 연재되었다는 것은 연재속도의 중요성을 방증하는 부분이다.

마지막으로 문학성보다는 풍부한 상상력과 재치가 중요하게 평가된다는 것을 알 수 있다. 주된 향유층이 젊은 세대들이고, 이들은 곧 멀티미디어 세대이며 감성적인 세대이다. 멀티미디어와 감성적의 특징이라면 즉각적 반응을 들 수 있다. 이들은 깊이 생각하여 의미를 되새기는 것보다는 즉각적 반응을 요구하는 재미를 추구한다. 그러므로 기존의 본격 문학에서처럼 굳이 주제를 찾으려 골몰할 필요가 없고, 술술 읽어 내려가면 환상적인 비주얼이 눈앞에 펼쳐지는 듯한 환타지 소설이 각광받고 있는 것이라 할 수 있겠다.

인터넷의 대중화에 발맞추어 환타지 소설의 시장은 아직도 확대되고 있다. 사이버 공간, 즉 가상의 세계에 익숙한 젊은 세대들은 현실과 환상이 뒤섞인 일상을 살고 있으며, 그들의 정서를 잘 대변해주고 있는 환타지 소설에 열광하고 있다. 또한 복잡하고 꽉 막힌 듯 답답한 현실에서 도피하고 싶은 현대인들은 신나는 모험인 환타지 소설을 읽으며 대리만족을 느끼고 있는 것이다. 기존 문학의 주류가 지적이고 고급을 지향하는 모더니즘적 성향이 짙어 비교적 소수에 의해 향유되었다면, 저급하다는 이유로 비주류 취급을 받던 환타지 소설을 위시한 통신소설은 가벼운 재미를 지향하고 대중들이 쉽게 공감할 수 있다는 특징으로 젊은 세대들에게 바짝 다가가고 있다. 비주류가 주류로 올라서려는, 이른바 전복 현상이 소설에서도 일어나고 있는 것이다. 이것을 바꿔 말한다면 기존 문학의 변화가 요구되는 상황이라 할 것이다.

그 변화의 바람은 글쓰기의 방법에서부터 시작할 수 있다. 인쇄매체만을 고집할 게 아니라 음악이나 영상, 정보그림 같은 것을 활용할 수 있고, 다른 텍스트와도 연결이 가능하며 내용상에서도 다양한 변화를 줄 수 있는 하이퍼텍스트 글쓰기를 병행해야 할 것이다. 주지할 필요 없겠지만, "고여있는 물은 썩을 수밖에 없다." 수백 년 동안 인쇄매체에 의존해 정체되어 있던 글쓰기도 이제는 진화를 시작해야 할 때이다.

참고문헌

이경영, 『가즈나이트: God's Knight 1~15 (전15권)』, 자음과모음, 1999.

이상균, 『하얀 로냐프 강 1~5 (전5권)』, 자음과모음, 1999.

이영도, 『드래곤 라자 1~12 (전12권)』, 황금가지, 1998.

이현상, 『마법의 검 1~5 (전5권)』, 자음과 모음, 1999~2000.

최병우 외, 『다매체 문화와 사이버 소설』, 푸른사상, 2002.

임병희, 「로고스의 영토, 미토스의 지배 − 판타지소설과 온라인게임의 신화구
    조분석」, 『국제어문 제24권』, 국제어문학회, 2001.

김교봉, 「사이버 소설의 대중문학적 성격」, 『한국학 논집 제26권』, 계명대학교
    한국학연구소, 1999.

이영제, 「PC통신과 자료활용」, http://www.kcm.co.kr/kcm/ns/ns9510−1.html

최형규, 「국내 통신 소설이 대중화되기까지」, http://gc.myscan.org/gc03/node
    2.html

http://my.netian.com/~kmc428/noname5.htm

http://www.aladdin.co.kr

http://www.libro.co.kr

http://www.naver.com

생각해 볼 문제

1. IT강국이라는 우리나라에서 왜 본격적인 하이퍼텍스트 작품은 찾아보기
   가 힘든 것일까?
2. 환타지 소설의 배경이 서구 중세사회를 모델로 한 세계인 것은 일종의
   문화 사대주의로 보아야 할까?
3. 환타지 소설과 본격 문학 사이의 거리는 좁혀질 수 있을 것인가?

『엽기적인 그녀』

김호식

작품 해설

『엽기적인 그녀』는 PC통신 나우누리에서 연재를 시작하여 각 통신은 물론 기업 사이트나 여러 홈페이지로 퍼져나가면서 폭발적 인기를 모은 소설이다. 터프한 여자친구와 순진한 견우라는 남자 사이에 일어나는 이야기로 내내 독자들을 웃게 만든다. 그러나 이 소설은 사랑을 이루지 못한 어느 청년의 추억이다. 그리고 웃으면서도 견우의 그녀에 대한 사랑에 잔잔한 감동을 느끼게 된다. 다음의 원문은 http://chatop.com/bbs/view.php?id=novel&no=3 에서 발췌 하였으며, 처음 부분에 해당한다.

작품 보기

신림동에서 밤 10시까지 친구들하고 술을 마시고 열쮜미 놀구 이써씀니답...
그런데 오늘은 부평에 사시는 고모집에 가기로 한 날이여씀니다...
더이상 놀면 안대게따구 생각한 겨누는 친구랑 헤어지구...

　　신림역에서 지하철을 타구 신도림에서 인천행 열차에 몸을 실으려구 하구
이써씀다...
　　그래서 지하철을 기다리는데 옆에 술이 만땅 꼬른 여자하고
우연히 가치 기다리게 되씀니다.
　　연애인처럼 이뿌지는 아나도 개성있고 매력있는 마스크
청바지에 받쳐입은 노란티가 참 잘 어울리는 상큼한 아가씨여씀니다
나이는 한 24에서 25정도 되 보이는데.....
　　술먹어서 그런지...눈은 게슴치레 촛점은 엄꾸.가끔은 헛구역질을 하더군여.
　　" 우우우욱..... -_- "
　　말짱한 정신이면 정말 괜차는 아가씨 여씀다.....
　　기다리던 인천행 지하철이 와씀니다..시간이 늦어서 그런지...
지하철을 타는 사람도 별로 없구..지하철안에도 한산했었습니다.
　　그녀와 저는 같이 타게 되었지요...물론 모르는 사이라 저는 지하철을
탄 반대편 문쪽에 서 있었습니다..
　　그녀는 지하철을 타자 마자 문 옆에 있는 쇠기둥에 기대더군여....
　　그런데 보통사람은 등을 기대고 서 있는데 그녀는 유별나게 배를 쇠기둥에
기대구 상체를 끄덕이며 불안하게 있었습니다..
　　저는 그녀가 술먹구 하는 행동이 귀여워서 계속 지켜 보았습니다...
　　그녀의 앞에 그러니까 쇠기둥 옆이자 의자에 맨 가장자리에 앉아 있는
아저씨는 대머리 였습니다....(소갈머리가 엄떠군여....) 열씨미 신문을
보구 계시더군여....머리 바로 위에선 술취한 그녀가 끄덕끄덕~~~!!
　　주위를 둘러봐도 아무도 그녀에게 신경을 쓰지는 않더군요......
　　저만 그녀를 지켜 보고 있었죠....그런데 그녀가 갑자기 이상한 행동을
하기 시작해씀다...몸을 미세하게 부르르 떠는듯 쉽더니........
　　우웨에에에에에액~~.......좌르르르르르르....
　　네 그러씀다.......그녀가 갑짜기 앞에 앉은 대머리 아저씨 머리에...

일을 치는 그 순간...오로지 저 만이 그 순간을 생생하게 지켜보고 이써씀다..

그런데 오바이트를 하는 소리가 나자 지하철 그 칸의 모든 시선이

그 아가씨한테 쏠리더군여....그리고 나서 오바이트를 받은 대머리 아저씨에게

시선이 돌아가면서.....모두들 뒤집어 쥐더군요...

그 대머리 아저씨 머리위엔 면발이 마치 머리카락처럼 흘러 내림니다..

그것두 빨간 면빨이...아마 골뱅이 사리 인가 봄니다......

그리곤 어깨로....배로.....건데기와 국물이 뚝뚝뚝.........

그 아저씨....한 10초간 자신한테 먼일이 일어 났는지 깨닫지 못하는 눈치더니

보던 신문으로 머리를 쓰윽 하고 딱아 내더군요......기가 막히던지...

아무말도 못하시더군요.....아죠씨....넘 불쌍합니다....흑흑...

그런데..... 일은 거기서 부터 터지고야 마라씀니다........

오바이트를 시원하게 하던 그녀...게슴치레 한 눈으로 저를 보더군요

그리곤 넘어 지기 직전에 저한테 이러는 겁니다.....

" 자기야.......어어어...우왝...자기...왝... "

허걱....저보구 그 아가씨가 자기라고 한순간....

그 지하철에 있던 사람들의 시선이 모두 저에게 쏠리더군요.......T.T..

" 으헉...뜨악....아가씨..누구세요?? 자기라뇨... "

제가 그렇게 악을 써 보아짜...이미 느껴씀다...

지하철의 모든 시선은 사시미가 되어서 절 째려보고 이써씀다...

^v^ (웃겨서 주글라구 하는 옆자리 아짐마)

@.@ (옆문에 서 있던 여고생)

-.& (술취해 자다가 벌떡 일어난 아저씨)

●.● (쌍꺼풀 수술한 아가씨..밤에 왠 썬그라스..)

^___^ (저와 비슷한 또래의 남자 대학생)

ㅠ·ㅠ (이건 접니다...)
어떤 아저씨는 보던 신문을 둘둘 말아...저를 찔르려구 하구...
어떤 아짐마는 학생 멍하니 머하고 있는거야...대체.....
네...전 졸찌에 술취한 그녀의 애인이 되버려씀다.........
그 대머리 아저씨..오바이트를 닦다 말구 저를 부르시더군요....
" 학생...뭐해....이리 와봐....!!!! "
아저씨가 날 주기려는게 분명하다.....전 쪼라씀다......
주춤주춤....그 아저씨한테 가씀다.
" 빨리 학생이 뒤처리해..대체 여자친구가 저렇게 술을 마셨는데
옆에 안있구 뭐하는거야....자네 지금 제정신이야... "
" 네 아저씨 정말 죄송해요..이걸 어쩌죠.... T.T "
제 가방엔 그 흔한 휴지도 없었구...전 손수건 가튼거뚜 엄씀니다....
어쩔수 없이 티셔츠를 벗었습니다....울 이쁜 여동생이 사준건데.....
그리곤 아저씨 옷을 열쒸미 닦아 드렸습니다.....
일이 어느정도 수숩되니까....제 애인(?)한테 신경이 쓰였습니다..
지하철 문 앞에서 대짜로 뻬더서 자고 이떠군여...
전 겨우 애인을 들고..(사실은 다리한쪽을 잡꾸 질질 끌어씀다..)
의자쪽으로 가서 앉혔습니다......모두들 피하더군요...젠장...
다음 역은 부평역.....드디어 제가 내려야 합니다...
그런데 아무거뚜 모르고 자고 있는 이 아가씨는 어떠캅니까......
두고 내릴 수도 없습니다......아까부터 지하철의 사람들이 저만 봅니다.
아무리 깨울려구 해두 일어나질 안씀니다...엉엉....
어쩔수 없이 전 그녀를 들처 업꾸.....지하철을 내려씀다..
가냘퍼 보이는 그녀인데....업꼬 부평역 밖까지 빠져나오니깐...
온몸이 땀벅벅이 되더군요...................
이 일을 어쩜니까.....저 나쁜놈 아님뉘다...술먹은 여자 데꾸 다니기

싫습니다.....그것두 쌩판 모르는 여자...........

기회라구요??? 네 기휩니다...그냥 덥칠까여?....

어쩔수 없이...근처의 여관을 찾았습니다..

" 아짐마 방이쪄?? "

" 어머...색시가 떡이 됐네.. "

" 네 아짐마 방좀 주세요...혹 술깨는약 이떠엽?? "

그래서 전 그녀와 여관에 들어 가게 대씀다............

그녀는 기술도 조아씀니다...그러케 오바이트를 했는데 자기의 옷에는 전혀
안묻었더군요...

옷을 벗길일도 엄써씀다.....그녀를 침대에 내팽기치구 나니....

내가 왜 이러구 있나 하는 생각이 들더군여....젠장...

거울을 보니 온통 땀에 뒤범벅이 댄....미친눔이 보이더군여......

'그래 여관에 들어온거...샤워나 하자.... '

구석구석 예쁘게 잘 닦았습니다..땀 흘린뒤의 샤워..정말 기분 조아씀다.

그리곤 나왔는데 그녀 침대에서 어퍼져 코를 골더군여.....정말 대책이 안서
씀다.......

하지만 저 그러케 나쁜노미 아니기에......메모만 써씀니다....

아가씨....나중에 연락하세요....그리고 핸드폰 번호를 남기고 나왔습니다.

그녀가 연락을 했을까요???

그녀와의 추억이 너무나 만씀니다....(젠장 저나 해꾼.... - _ - ;;)

네 그러씀다....증말 용감한 그녀입니다......

다음날 바로 전화가 오더군여............

그녀는 역시 용감해씀니돠...술이 떡이 대서...

쌩판 모르는 남자한테 업혀서 여관까지 갔는데..(아무일 엄써씀다......)

그 남자가 남겨논 메모를 보구 연락을 할 수 있는 여자분 계십니까??

혹쉬 계쉼 저한테 메일 주세요...머찐 남자친구 소개해 드림다!

네 그래씀니다....그녀는 일어나자 마자...제 메모를 보구..

저한테 전화를 한거시여씀니다...무식하면 용감하다구....

그녀는 분명 어제의 일을 하나도 기억하지 못할 것입니다...

견우 : 여보세요

그녀 : 야 너 누구야 이 자식아~~ (역시 용감합니다... - _ - ;;)

견우 : 네? 누구세요??

그녀 : 나 지금 여관에서 니 메모 보고 연락하는데...너 나와! 지금 당장 나와!

그래서 전 그 여관으로 다시 가게 대씀니다...그녀가 여관 밖에서 기다리고 있더군요.

솔찍히 말 걸기가 무서워씀니다...어제일은 하나도 기억 못할텐데...

다짜고짜..이 자식~~개쉑~~ 씹쌕!!

그러면서 너 나 어케 해써?? 너 콩밥 머거야대!! 일케 나옴 어캄니까.

견우 : 저기요

그녀 : 너냐?....(대뜸 너냐? 여씀니다..이 여자가 증말!!)

견우 : 네 전데여...근데...대뜸 반말을 하쉼니다?

그녀 : 야 배고프고 속쓰리다..밥머그러 가자

견우 : 네....

전 거기서 "네" 라고 바께 할 쑤 엄써씀다...함 당해보세여..ㅠ.ㅠ

가까운 해장국 집을 찾아서 들어 가씀니다.....

그녀는 참 잘 먹떠군여.. 기가 막혀씀니다...정말....그리곤 지꺼 다 먹꾸 제꺼를 보더니..

야 먹는게 그게 모냐..안머글꺼면 내놔라..

그러면서 제꺼까지 먹는 거시여씀니다....젠장 나두 배고픈데....

그리곤 저보구 계산을 하라고 하더군여.... $.$...

그 담엔 그녀가 절 끌구 가씀니다..부평역 근처의 조그만 까펜데..

그녀는 이 근처에 사나 봅니다...길을 잘 아는거 보니깐....

그리곤 커피 2잔을 지멋대로 시키더니....역시 그러더군여...

" 계산은 니가 하는 거다..."

이런 생각이 드러씀다...이 여자 모냐....절라...능수능란하다...

혹시 지하철에서 대머리 아저씨한테 오바이트하구 옆에 도와준 남자

배껴 먹는게 직업일찌도 모른다는........

그리곤 얘기를 하더군여..어제 일에 대해서...끊어진..필름처럼...

장면 장면만 기억이 났나 봅니다....

이 여자 제 얼굴은 기억 못했지만 제가 자기를 도와준 것두..

쓰러지기 전에 저보구 " 자기야 " 라고 한것두 기억하구 이써씀다..

젠장....그러면 지가 나한테 보답을 해야 할꺼 아냐.....

그리곤 저한테 무떠군여....어케 된거냐구....

전 그래서 그녀의 기억속에 끊어진 필름들은 하나하나 이어 죠씀니다........

그녀는 갑자기 슬픈 눈이 되더니...저한테 말을 했습니다..

사실은 어제 실연 당한 날이여땁니다..

사랑하는 사람하고 헤어지고 혼자서 술을 그렇게 떡이 되도록 마셔땁니다...

『동갑내기 과외하기』

최수완

작품 해설

　『동갑내기 과외하기』는 아버지의 실직으로 닭집 딸이 된 수완, 대학 2학년인 그녀
는 등록금을 위해 고액과외를 뛴다. 화려한 과외경험이 있는 그녀는 고등학교를
2년이나 더 다니고 있는 닭띠 동갑 지훈을 만나게 된다. 벼락부자집 장남, 싸움꾼에,
학교 '짱'인 지훈과의 과외는 그렇게 시작되고 둘 사이의 크고 작은 에피소드들이
엮여 나간다. 다음의 원문은 http://childjy.nalove.org/story/sto01.htm에서 발췌하였다.

작품 보기

1

　정확히 1년전 일이다. 나는..하는 일없이 용돈 받으면 눈치 보이는 대딩
2년째였다. 지긋이 전공을 살려보는게 어떻겠냐는 엄마의 권유와 함께 난 과
외를 시작하게 되었다.(권유가 아니라 종용이었다. -　-;)

엄마 : 그 목동산다는 엄마 친구 있지? 걔 맏이가 과외 찾는다더라.^.^
연락 다 해놨으니깐 가서 인사 잘하구 잘해라.
나 : (던번다는 기쁨에 그저 행복해서) 그 던 남아돈다는 아줌마 아들?^.^
엄마 : 흠흠...성적이 그래서 그렇지 애는 착하댄다.^.^;;;
이때 까지만 해도 딱알맞은 때에 운좋게 나타난 그녀석이 기특히기까지
했다.- -;
하지만 그 집에 들어서면서부터 확실이 예사스런 경우는 아님을 실감했다.
일단 집안은 엄청난 인테리어로 눈이 돌아갈 지경이었다.
나같은 사람은 생전 듣도보도 못한 가구들과 온갖 동물들..- -;;;(박제인
듯)
그리고..여러 장신구가..후질한 나를 내려다보고 있었다.
그리고 이건 나중에 알게 된 사실이지만 엄마가 일하시면서 그 아줌마에게
금전적으로 상당한 도움을 받으셨기에 나의 과외는 착취에 가깝게 이뤄져
야 했다.
아줌마 : (박쥐같은 옷을 입구 계셨다.- -;)오호호..이제 왔니?^.^
나 : 네..^^; 아파트라 헤메진 않았어여. 근데...애는?^^;;;;;
아줌마 : 방에서 기다려라. 내가 연락했으니깐 금방 올꺼야.^.^;;
녀석의 방이란 곳엔 웬 여학생이 책을 챙기고 있었다. 아줌마는 안방으루
사라지시고 나는 정체모를 여학생 때문에 당황했다. 그집엔 아들만 둘이었
기에.
나 : 안녕하세요...^^;;;;;
그 여학생 : 네, 과외하시러 오셨나 봐요?-_-;
나 : 네..근데..지금..뭐하시는 중인지?^^;;
여학생 : 전에 과외하던 사람인데, 책을 좀 두고 간게 있어서여.-_-;
내가 과외하게될 그 지훈이란 녀석이 고 3인 관계루전의 선생을 마주치게
된 것이 나에겐 너무나 다행으로 여겨졌다.

나 : 아..네..^ ^교재는 뭐 하셨어여?애는..숙제는 잘 하나여?^ ^

여학생 : 늦지 않았으니 못하겠다고 해요 - _ - ;(아주 나직이 중얼거렸다.)

나 : 네? - - ;(흠..나땜에 밀려서 이분이 아쉬운겐가.. - - +)

여학생 : 잘 모르시는 표정 같아서 말씀 드리는건데... - _ - ;;바귄 선생만
한트럭 될꺼에요. 험한 꼴 당하기 전에 핑계대시길. - _ - ; 전...아주..강력한
남자선생으로 바뀌는줄 알았는데. - _ - ;

짧은 시간 동안 그 여학생에게 들은 얘기는 대략 이러했다.

그.지훈(가명)이란 녀석은 일주일중 집에 들어오는 날이 3 - 4일 정도이며
- - ;

과외시간 지키는 일이 없는건 당연하고 꼭 선생이 관두겠다고 하게 만드는
데 내 앞에 서 있는 여학생에겐 아주 비열한(?) 웃음으로 가슴을 빤히 쳐다보며
여러번에 걸쳐 성희롱적인 말을 했다는 거다. - - ;

생전 들도보도 못한 이상한 소리는 그 넘 통해 다듣고.액수가 세서.. 꿋꿋이
버텼는데 그래도 2달간 자신이 최고기록이라나.. - - ; 저번 시간엔 자신의
가방과 책에 침을 뱉어서 아무런 미련없이 짐싸고 있다는 설명을 했다. 흠..이
스토리를 들으며 세상에 그런 인간이 있다는거걸 믿으려 머릿속을 무지하게
정리했다.

나 : 그래두..잘생겼음 됐져..머..핫핫..^ ^ ;;;;;(어디까지나 넝담이
다.^ ^ ;)

그 여학생 : 흐음...어려보이시는데 몇살이시져? - _ - ;;

나 : 네? 79년생인데여.^ ^ ;;;

그 여학생 : 동갑이면 볼짱 다봤군요. 후후.. - - _ ; 난 두살 많았어도 반말
들었는?

나 : 분명 고 3이라 들었는데..

이것역시 설명을 들으니 그넘은 연합고사를 무려 2번이나 꼴았던 것이다.
- - ;

한번은 크게 사고를 치고 병원에 입원해 있어서 못봤고 한번은 인문계를 가기 위한 과정이었다. 그렇게 수많은 사고를 쳐도 학교에 남아있는 것 보면 돈..때문인듯 하단 설명까지 듣고 그 여학생이 짐을 챙겨 나갈때쯤 날카로운 소리가 집을 가로질렀다.

소리- - : 쌍, *랄 같은 과외 안한댔잖아.~

그 여학생 : 후훗..안녕히 계세여~＾ ＾;;;;;;

그 넘 : 저 병신. -_-;

그럼 난 또다른 병신이 되기위해 이곳에 왔단 말인가...- -;;;;;

아줌마 : <u>오호호호호호</u>~ 지훈아 오늘 기분 안좋은일 있었어?＾ ＾;;

얘가 안하던 짓을...＾ ＾;;;;

그 넘 : 3일이면 뽀록날 소릴..-_-;

난..여러가지의 쇼킹한 상황에 정신을 차리기가 힘들었다.

일단 아줌마는 안그래도 잘 안들어오는 지훈이가 가출이라도 할까 안절부절 지훈이한테 꼼짝 못하는 상황이었고 일단 그 지훈이란 넘은 머리가 보리빛에 주황과 은색 비스끄리므리한 브릿지가 정신없이 교차하고 있었다.

학교에서 아예 눈밖에 내고 터치를 안하던가 아님 던이 많아 매일 머리를 바꾸는 건진 몰겠지만 녀석의 성질로 보아 학교갈때마다 검은색 머리로 바꾸는 것은 아님에 틀림없었다. -_-;;;; 마치 지옥의 소굴을 빠져나가듯이 횡하니 사라지는 여학생을 보며 만감이 교차했다. 그리고 이것도 역시 나중에 안 사실 이지만 울엄만 나를 그 아줌마께 무언가 문제 있는 애를 범생이로 둔갑시키는데 천부적인 기술자로 소개했던 것이다. 물론 그때 그 아줌마는 과외말고 2시간 동안만이라도 책상에 붙들어주면 된다는 말씀을 하셨다. --; 과외시작하고 20분이 안넘어간다는 이유에서였다.

방문이 닫히게 되고 녀석과 둘만 남자....쫄아서 잠긴 목소리를- -;;; 애써 굴리며 말을 열었다.

나 : 니가...지훈이구나.＾ ＾: 그래..반에서 영어랑 국어는 할만하니?＾ ＾;

(차마..성적을..물어볼 수 없었다. 아니..이미 알 수 있었다. - -;)

그 넘 : 눈깔아..난..3월이다. 너..79라며? -_-; 그 쌍판떼기로 재미도 없게 살아왔겠군.

나 : 흠..(나더..한 성질 한다고 자부하는데..이넘이.. - -+)아냐..^ ^;
이래두..꽤..잼있게 살수 있떠..^ ^;(헉..내가 지금 무슨 말을? - -;;)

교재는 그냥 내맘대로 정하면 될것 같고 일주일에 세번이나 (영어2번 국어 1번) 과외가 있는데 이넘이 잘 들어오는 날로 요일을 정하면 될듯 했다.

그리고 주위 또래보다 나이가 2살이나 많아서인지 애들이 그넘을 형으루 취급하고 세력두 꽤나 된다는 것을 나중에 알게 되었다. -_-; 난..연습장에 재빨리 문장 하나를 적었다. (눈을 마주칠수가 없었다. 넘은 삐쩍 마른 얼굴에 팔찌를 주렁주렁 하고 사마귀같은 인상이었다. -_-; 아니... 사마귀가 조금더 귀여웠다. - -;;;)

"Sometimes I heard that sucess brifer than a girl's beauty"

나 : 그다지 어려운 단어는 없지..읽고 해석해볼까?^ ^;;;

난 녀석이 해석을 하면 남자라고 성공에 대한 부담감을 크게 느낄 필요가 없으며 단지 생에 있어 누구나 거치는 중요한 시간에 최선을 다할 필요만 ^ ^;;;; 있다고 일장 연설을 늘어놀 계획이었다. -_-

하지만 그넘의 한마디에 나의 문법이나 독해 가의에 대한 계획은 전면 되어야
했다..- -;;;;

그넘 : -_- (졸린 눈으로) 소메티메스 아이...

녀석은...아주...기본보다 더한..기본두..없는 상태였던 것이다. 갑자기 사마귀 한마리와 앉아서 사마귀에게 영어를 가르치는게 낫지 않을까 하는 생각이 물밀듯이 밀려왔다.

지훈이 녀석은 반에서 51등 정도였구여..(당시 정원 53명..- -;) 수능 모의고사를 영역별루 십 몇점을 맞아오더군여.- -;;; 찍어두 거보단 높지 않을

까 싶은데...ㅡㅡ; 지금은..지훈이가 고 3이 아니지만.... 그래두 가끔..얼굴을 볼때가 있습니다.녀석이 옷을 안입은채루

2

"딩동~!".."지훈이 과외선생님인데여~"
보통의 경우 같으면 "아이구~선생님 오셨어요!^.^"란 말을 듣겠지만 나는
"그래 이제왔니?" 하는 팩을 붙이신 아줌마의 목소리만 듣는다.
현관까지 달려나오실 일은 단 한번도 없었기 때문이다.
따라서 내가 지훈이의 집에 들어서자마자 내가 마주하게 되는것은 나보다 몸값이 몇배는 나갈만한 가죽떼기들이 내려다보는 풍경이다. - _ - ;;
그리고 매달 우리 엄마께서는 내가 받는 과외비의 몇배나 되는 이자를 아줌마께 드려야 했기 때문에 황송한 쪽은 오히려 우리쪽이었다. - _ - ;;;; 그리고 과외시간에 지훈이의 모습이 안보이거나 내가 그넘에게 무안을 당할때는 어김 없이 이런 질문을 받는다. - _ - ;;;;;
아줌마 : 그래....엄마는 잘계시지?^.^ 오호호호호호호~
나 : (이 익.. - _ - ;) 네...건강하세여...^ ^;
┌우린 함께 미래를 바꿀 수 있어!!!!! - _ - !!!!┐
무슨 한 촌시런 남자가 프로포즈를 하는 과정중의 일부 대사 같지만 아니다. - _ - ; 내가 지훈이에게 과외시간 첫날 했던 왕 구라였다. - _ - ;;; 그넘의 하는 행동 거지로 볼때 그넘의 미래는 정말로 암울하기 그지 없었다. - _ - ; 그넘을 본순간 갑자기 나의 미래가 분홍빛으로 보일 정도였으니깐... - _ - ;;;
하지만 사이비 교주라도 되는 마냥 나는 자신있게 그넘에게 제안했다. 아직 결정나지 않은 미래를 함께 바꿔버리자고(물론 그때 그넘은 나를 지구 최대의 똘아이 보듯이 쳐다 보았다. - _ - ;) 하긴...영역별로..10몇점씩 나오는 점수에서 더이상 떨어질 바닥은 없었다.

나 : 셤 시간에 주로 몇번으로 찍는데..?^ ^;;;

그넘 : 부족했던 거 보충해 -_-

나 : 아~문제 풀면서 공부하는 구나 그러니깐 시간이 많이 걸리지.^ ^;

그넘 : 아니..선생이 *랄거리지 않을 정도로만 점 몇 개 찍고 자. -_-

답안지 다 채우는것조차 귀찮아서 그런 점수가 나올 수 있었군. -_-;;;난 정말로 이넘이 대한민국 수많은 고 3들에게 등불이 될 수 있다는걸 확신할 수 있었다. 확실한 밑이 되어주는.. - -;;;

아무튼 첫날 나랑 과외하는 동안 수업만 빠지지 않으면 나는 그넘을 변신(?)시켜주겠다는 굳은 약속을 했고(이때까지만 해도 이넘이 조폴 짱이란걸 정말 몰랐다. 밑에 아그들이 많다는건 더더욱 몰랐다.T.T)이넘은 의외로 내가 자신의 미래를 더욱 그지같이 바꿀수 있다는 의심은 하지 않았다. - -;

그래...열받는 소리 하면 들어주고, 못알아 들어도 참자. 내가 이바닥에서^ ^; 한밑천 잡아서 가계에 보탬이 될지도 모르지 않는가... - -(하지만 고액과외는 절대로 있을수 없었다. 달라진거라곤 내가 엄마에게 조금더 당당히 용돈을 얘기할수 있었다는것 뿐.T.T)

하지만 본격적인 과외를 하면서 문제가 된것은 그넘의 못된 말버릇이 아니었다. 지훈이 그넘은 과외시간 2시간 동안 내내 담배를 피워대 온 방을 너구리 굴로 만들고 내 눈이 돌아가게 만들었다. - -;;

나 : 자 ...여기서 언어의 5가지..콜록..트흑성...코록!! 켈룩 켈룩!!T.T

지훈아..담배..우리 쉬는 시간에 피면 안될까..?^ ^;;;;;

그넘 : 쉬는시간엔 편한데 왜펴.. -_-+ 열받을때 담배피지 안그런데 왜 태우겠냐?

나 : 흠...그래도 내가 설명하기가 ..힘들어서...T.T

그넘 : 아, 그럼 니가 날 열받게 하지 말던가..사람 초조하게 만들면서. -_-++

흠...성질 같아선 나더 담배를 한 30개 물고 너더 함 죽어바라..내지는...

담배빵이란거 알긴 하냐? 하며..맞짱이란걸 뜨고 싶었지만.... - -;;; 난 정말...입냄새엔 기절안해도 담배냄새는 못견딜만큼 담배엔 취약이었다. - -;

　나 : (정말 애써 웃음을 지으며 ^ ^;) 담배는 정력에두 해롭대~ ^ ^;;;

　그넘 : 그럼 그따위루 생기지 말던가..웃지마 단어 까먹어. -_-

　오훗.... -.- 내가 담배를 입에 30개 물면 정말 다이너마이트 취급을 받을 뻔 했다. - -;;;;나아쁜넘... - -+++ 뿐만 아니라 과외시간엔 그넘의 핸드폰이 정말 쉬지않고 울려댔다.

　핸편 : 삐리리딜리리띠리리삘리~(일일이 적으면 누구의 대사보다 자주 나왔을 것이다. - -;;;;)

　핸편이 울리면 그넘은 세상에서 젤 험악한 사마귀의 표정으로.. -.- 전화기를 받는다. 6-8번의 과외 중단이 있은 뒤 내가 겨우 말했다.

　나 : 저어기...핸편..꺼놔두..음성 남잖어~ ^ ^;;;;;;이따 들음 안될까..? ^ ^

　그넘 : 즉시 연장들구 튀어나가야 할일 있을지도 몰라. - -

　나 : 홍홍..* ^ ^*(꾸오오오오오오워...—O—)핸편두..전자파땜에 넘 자주 받음 정력에 해롭대. ^ ^;;;

　그러자 그넘이 갑자기 화난듯한 표정으로 말없이 날 주시하고 있었다. 그래...병신소리 정도는 들을 수 있다..라구 생각하는데.. - -;;이넘이 빤히 내 가슴을 노려보고

　있었다. (오옷..드뎌 올것이 온것인가!!! -.-) 무안해져서 걍..전화 받어라...하면서 책을 보려는데 그넘이 입을 열었다.

　그넘 : 완전 명품이군 -_-

　오오오훗....아스팔트의 껌딱지란 말을 듣던 내가 이런말을.. - -;;; 감동을 애써 감추며 되물었다. (정말 한심하지만 컴플렉스여서..순간.. ^ ^;;)

　나 : 모....모가? - -*

　그넘 : 넌...티비 모르냐? 명품 티비...완.전.평.면. -_-

　나 : (꾸오오오오오오오꺼....ㅠ.ㅠ) 책 봤!!!!!!\./

『그놈은 멋있었다』

귀여니

작품 해설

『그놈은 멋있었다』는 반항아인 꽃미남 지은성과 평범한 고등학생 한예원이
펼치는 발랄하고 상큼한 러브스토리이다. 예원은 지은성을 피해다니고 지은성은
한없이 건방지기만 한다. 제멋대로인 지은성에게는 아픈 과거가 있었다. 이 소설
은 베일에 싸여 슬픔을 가지고 살아가는 지은성과 그에게 점점 끌리기 시작하는
한예원의 순수한 사랑이야기이다. 다음의 원문은 http://cafe.daum.net/spem에 발췌
하였다.

작품 보기

1

여름방학도 끝나고...개학이 다가온다.. -_- ^
막판이라고 칭구라는 지지바들은 경포대다 해운대나 정동진이다..

저 멀리 훌쩍떠나서 남자들은 하나씩 끼고서 낄낄 대고있는데..
나는 꽃다운 나이 18세에 방구들에 쳐박혀 컴퓨터나 하고있으니. - _ - ^
컴퓨터 싸이트도 모조리 다 헤집고 다니는 바람에.
인젠 할것도 없다..ㅜㅜ으옹옹.ㅜㅜ
ㅇㅏ!다모임!
마지막으루 떠오른 나에 다크호쓰!다모임...^ㅇ^
여고라 그른지 글두 잘 안올라온다. - ㄷ -...
게시판엔 글이 한개도 업낄래....방명록을 클릭했는데..
ㅇ_ㅇ 어예~!
"도일여고학생들 다봐라~"
라고 써진 글!그글 옆으로 시선이 돌아갔다!
"지은성"
나에 감이 맞다면..저 이름 남자다..-_-.으ㅎㅎㅎ*ㅇ*
근데..머야..이거..-ㅇ-..
"너네 시내에서 면상좀 들이밀지마라!
알긋냐~~열받냐?그럼 리플달어라~~ㅋㅋㅋ"
-_-.....-_-.......-_-..........
그랬다..우리 학교...과천에서 공부 잘한다고 소문난 핵교다..
그러니 당연히..학생들은 이런스타일을 고집했다-_- 두발자유임에도 불구하고 귀밑으로 단정히 넘긴머리(앞머리와 함께) 펑퍼짐한 교복치마...줄줄흐르는 윗마이..
70퍼센트 가량은 안경착용-_-...
그래서 채팅할때도 도일여고 학생이라고만 대답하면 반응은 하나였다
"즐팅~"
그래도 이건 넘,,,,열받는ㄷㅏ!!!!!!!!!!!!!!!!!!!!!!!!!!!!!!!!
ㅇㅏ아악!

씨바!!

나는 이래뵈도 다혈질인 구석이 쪼끔 있다-＿-..

(실은 얼굴 직접대고는 아니다..-＿-..)

울학교애들..공부만 하니라구 다모임에 일주일에 두명 접속할까말까다.

그래서 리플은 눈씻고 찾아봐도 업써따...

들어와도 리플 달 애들은 아니지만..ㅜㅜ

(나는 우리학교에서 희귀 동물로 취급받는다ㅡ.,ㅡ내 비에푸 경원이랑 나랑...)

나는 깡 척할라고 리플을 달기로 맘먹었다..

"지랄하네~니면상은 어떻고~꺼져꺼져!엉?"

쓰고나니까 솔직히 겁났다..ㅡ..ㅡ

다시 수정했다.

"니가 봤어!?봤냐고!?꼽냐?와봐!"

쫌 불안했다...

다시 쓰기로 맘먹었다.

"말심한거아니냐?니보단 나~"

그래..이게 좋겠다..-＿-＾..........점점 비굴해짐을 느꼈다..

그래도!단게 어디야!이씨!

컴터를 끄고 나서도..1시간에 한번씩 리플이 달렸나 안달렸나

다모임을 들락거려찌만...리플은 달려있지 않았다....

해가 ㄱㅣ웃기웃 넘어갈때쯤..허기짐을 느꼈다.

오빠라는 인간은 경포대로 바리바리 달아났고

엄마는 건실한 주부들으ㅣ모임이라는 계모임에 가버렸고

아빠는 귀가 시간 아직멀어따..ㅜ.ㅜ

부엌에 들어가서 간장을 찾았다..밥에 비벼먹기 위해..ㅡ.,ㅡ

"띠띠띠띠~ 띠띠띠띠~ 띠띠띠띠띠띠~"

내 저놔벨이 울린다!!!애국가다!

간장이고 모고 ..후다닥 뛰갔따...

“네.여보세요“

“니 뭐되냐?”

......이게 무슨말이야.ㅇ_ㅇ...남자 목소린 분명한대..

첨엔 정민이가 장난치는주 아라따...(정민이는 유일한 나의 남자 친구이
다...(사귀는거 말구!걍 칭구)

“뭐여~~누구여~“

“니 뭐 되냐고~~“

이제야 나 사태파악됐다..........

“누구세요..”

“나?나 상고 지은성인데?”

지은성이라면...ㅇ_ㅇ 헉!!!!!그 다모임이다..

－ㅇ－..－ㅇ－...꽤 열받은듯하다－_－..어뭬..어쭈ㅋ..ㅜㅜ

“어.근데 왜.?”

“야...너 여고애지..?”

“...어..”

“씨팔..너 장난하냐?너 상고에 누구알어..”

씨팔..－_－..????나 열받았어...

“아는애 없다면..?”

“깡존나쎄다?”

“...너 왜 전화했는데?내번호 어떻게 알았는데?”

“니년 프로필에 있던데?왜전화 했는지 모르냐?너 뭐라도 되냐?”

“야..먼저 거기다가 그딴 글 올린거 너 아니냐?누가 나 뭐래도 된대?”

“야야~애가 이런다!~ “누가 나 뭐라구 댄대?” ㅎㅏ ㅎㅏ ㅎㅏ!”

－_－...이놈은 지 주우ㅣ 친구들한테 내 말투를 흉내내면서 웃고있었다.

"아..짜증나..야.끊어."
수습을 어떻게 해야할지 몰라서 이렇게 말하구 끊어버렸다..ㅜㅜ
끊고 나서도..넘 화나서 몸이 부들부들 떨리구..
무섭다..ㅜㅜ
입맛두 업어서 밥두 안넘어가꼬..
열받고..걱정되고..무지 심난하다..ㅜㅜ
"띠띠띠띠~띠띠띠띠~~"
으악!!!!!전화가 계속 울린다......ㅜㅜ..엉엉.우쭈ㅔ.....

2

난 빠떼리를 그냥 꺼버렸다.ㅜㅜ..
오빠한테 일르까..－－..우리오빠...상고 나완는데..ㅜㅜ
그래도..그인간이 내 일에 싱경이나 쓰냐..－..－
암만해두 이상태루 밥먹긴 글렀구....
...서둘러 다모임에 접속했다...
ㅇ_ㅇ..?엥...엥..?엥????????
렬수렬수 .
.....그놈이 분명 내글에 욕이 잔뜩 써진 답변을 달아놓았으리라는 내 예상을
깨고..그놈은 지가 울학교 방명록ㅇㅔ 남긴글을 삭제해놓았다ㅇ_ㅇ
이게 무슨..일이냐..
나는 얼씨구나~좋다!
하구선－_－^내가 달아던 리플을 서둘러 삭제했다.
그냥 이렇게 흐지부지 끝나는건가?당연히 난 그케 생각했다..
그리구 담날은 비에푸(울학교에서 유일히 나랑 말통하는 칭구)경원이를 만
나서 모든 것을 설명했다.
"지은성..?들어봤어......"

"ㅇ_ㅇ...어디서!?"

"몰라.. - _ - 들어봤는데!!!!!"

"나 어떡해..그냥 넘어가겠지..??ㅠㅠ"

"하이튼...한예원..니가 문제다.그기다가 리플을 왜다냐!!"

"몰러..ㅜㅜ깡쎄보일라고.ㅜㅜ으웅웅"

"전화 발신번호 뜨잖아.니꺼."

"엉.."

"저놔받지마.개전화는~"

"그래..ㅜㅜ그래도 무서워..ㅜㅜ"

"설마 여잘 때릴라구...."

일단은 이렇게 넘어가는듯했다.

그리고 사건은 정확히..2주일하고 3일후에 터졌다.. - _ - ;

바로 개학전날.

나는 울학교애들에게 새로운 모습을 보여주고 싶었다..ㅡ..ㅡ

(울학교 여학생들만 천지인데...사실 내가 의식한건 울학교애들이 아니라
등교하교길 보이는 옆 학교 남쟈애들이 아닐까 싶다..으흐흐..ㅡ..ㅡ)

그래서..나는..나에 구불거리는 머리를 피기위해!(절대 파마한거아님..
엄마에게 물려받은 내 천연머리임)

시내의 단골 미용실을 찾았다...

우리 동네 미용실 오빠가 잘생겼는데..ㅡ..ㅡ머리 필때는 모습이 추해진다
고 들었으므로.. - _ - *할수 업는 나에 선택이었다=_=

의외로 사람은 만치 아너따...

아침이라 그른가??

언니가 물었다.."어머~예원이 웨이브했어?^ㅇ^"

"아뇨..ㅡ..ㅡ"

"고데기 했어?^ㅇ^"

"아뇨//ㅡ..ㅡ"

"ㅡ_ㅡ;아..그래..."

이윽고 내 머리에는 커다란 비닐모자가 둥그러케 씌어졌다.

그때 절실히 느꼈다

'동네 미용실 안가길 잘했구나..ㅜㅜ'

그때 ㅐ......ㅇ_ㅇ..

"딸랑~"

문열리는 소리여따..문에 달려이떤 작은 종이 흔들?다....

헉.....ㅡ..ㅡ;;

남쟈 세명이여따..ㅜㅜ그것도.ㅜㅜ 내또래..ㅜㅜ

멋있는..ㅜㅜ

셋다 싯노란머리를 쳐들고 들어왔다

낼이 개학이래 까망으로 염색하러 온듯...

근데 그게 아니여따..ㅡ.,ㅡ옆에서 들리는 대호 ㅏ 소리..

"뭐하시게요?"

"머리 잘를라고요"

"아.. 염색은..안풀러요?"

"네..그냥 짤라주세요.짧게!"

야속한 언니는...그 남정네를 내 의자 여페 앉혔다...ㅡ_ㅡ...

제길..난 고개를 숙였다. ㅡ_ㅡ

감히 이 요괴같은 상태에서 그 남쟈앨 바라볼 순 없었다.

"예원아~~매직하는거지?스트레이트가 아니구?"

아니..ㅜㅜ언니..ㅜㅜ이름은 왜 부릅니까요.ㅜㅜ그냥 펴주시지..ㅜㅜ

"네......ㅜㅜ매직이요.."

그런.데.

옆에서 따가운 시선이 느껴졌다...ㅇ_ㅇ...엥..?머..야..

살며시 고개를 들자..그 노란머리가 날 노려보고 있었다..-_-
그런.데.
엄 ㅁ ㅏ ㅇ ㅑ!!!!!!!!!!!!!!!!!!!!!!!!럴수 럴수 이럴수가...

인터넷 연애소설의 현황과 전망

조 채 린

1. 서론

현대는 각종 통신망을 통해 정보가 유통되는 시대이다. 이러한 사이버 공간에는 많은 작품들이 게재되고 있다. 그 중에서 상당부분을 연애소설이 차지하고 있다. 이 소설들은 연재의 형식으로 쓰여지고 있으며, 며칠만 지나면 계속 연재할 것인가 중단할 것인가가 판가름 난다. 그것은 독자가 매회 리플(댓글)로 반응을 표시하는 '성적표'가 바로 나오기 때문이다.

인터넷 연애소설의 특징은 인터넷의 특성상 독자의 반응이 조회수로 바로바로 표시된다는 점이다. 따라서 '재미없는 문학'이 살아남을 수 없는 환경이다. 또한 10대의 문화적 코드를 담아내고 있다. 이모티콘, 은어 등의 사용으로 작가와 독자는 경계없이 뒤섞인다. 이들이 유통되는 사이트를 살펴보면 유머 사이트라는 공통점이 있다. 이것은 장난삼아 써보고, 재미라는 점에 주안점을 두고 있다는 특징을 보여준다.

본고에서는 먼저 통신 시대와 인터넷 시대를 구분하여, 각 시대의 대표적인 연애 소설들을 살펴보겠다. 또한 10대들에 의해 창작된 인터넷 소설의 특징을 알아보고, 나아가 인터넷 소설의 의의와 앞으로의 전망에 대해서도 내다보았다.

2. 사이버 시대의 연애소설

사이버 문학에 있어서 연애소설을 논의하기 위해서는 사이버 문학의 흐름에 대해 잠시 살펴볼 필요가 있다. 이용욱은 사이버 문학 세대를 세 가지로 나누어 말하고 있다.[1]

사이버 문학 1세대라고 할 수 있는 이우혁은 1965년생이고, 하이텔 'SUMMER'라는 게시판을 통해 처음으로 글쓰기를 시작했다. 그의 소설『퇴마록』은 게시판에 연재되었던 소설들을 단행본으로 묶은 것인데 소재 면에서 특이할 뿐 문체나 표현은 일반 본격문학과 별로 다를 게 없었다.『퇴마록』은 문자중심의 통신환경이 만들어낸 대표적인 작품이다.

사이버 문학 2세대는 환타지 작가들인데 대표적으로 1972년생인 이영도를 들 수 있다. 그의 대표작『드래곤 라자』는 일본의 환타지 애니메이션과 컴퓨터 롤플레잉 게임의 상상력을 문자화한 작품으로, 문자나 표현 또한 영상을 보는 듯 감각적이고 이미지적이지만 소설 골격은 여전히 문자 중심적이며 맞춤법이나 띄어쓰기가 무시되는 채팅언어가 사용되지는 않았다.『드래곤 라자』는 문자언어와 전자언어의 경계에 서 있다.

사이버 문학 3세대는 2000년 이후 인터넷 게시판을 통해 독자들의 큰 인기를 얻어 영화화된『엽기적인 그녀』,『동갑내기 과외하기』와 같은 유머소설 작가들을 들 수 있다. 귀여니는 1986년생으로 인터넷 포탈 사이트인 <다음>의 유머 게시판을 통해 처음 글쓰기를 시작했다. 10대들에게 폭발적인 인기를 얻게 된 것은 그들 세대에 친숙한 문체와 표현, 그리고 상상력이 텍스트 전체에 깔려있기 때문이다. 통신에서 쓰는 기호들(*-_-*, +_+)이나, "안냐세여"(안녕하세요), '걍'(그냥) 따위의 표현들을 그대로 활자화했다. '즐팅'(즐겁

---

1) 이용욱, 「인터넷과 십대, 그리고 문학」,『사이버리즘(http://www.cyberism.co.kr)』, 2003.
   7. 참고

게 채팅하자) 같은 은어와 'ㅇㅏ'(아), '오ㅐ'(왜), 'ㅅㅣㄹㅓㅎㅐ'(싫어해)
처럼 문자를 해체하는 네티즌식 조어도 수정되지 않고 등장한다.[2] 전자언어식
표현이 고스란히 사용됨으로써『그놈은 멋있었다』의 작가이며 독자인 10대들
은 이제 전자언어가 그들의 문학소통 언어임을 분명하게 하고 있다.

따라서 사이버 문학 1세대와 2세대가 최초에 하이텔이라는 통신망을 기반
으로 글쓰기를 했다는 점에서 이들을 <통신 세대>로, 사이버 문학 3세대가
인터넷을 이용했다는 점에서 <인터넷 세대>로 나누었다. 이 구분을 통해
인터넷 연애소설을 논의하고자 한다.

1) 통신 연애소설

통신 연애소설은 소재적인 측면에서 컴퓨터를 사용한다는 점과 글쓰기 공
간이 오프라인에서 온라인으로 옮겨졌다는 점을 주요한 특징으로 한다. 통신
시대를 대표하는 주요한 작품들을 살펴보면 다음과 같다.

「러브 스토리」[3]는 제목에서 풍기는 이미지와 같이 단순히 남녀의 사랑문제
만을 다루지는 않는다. 명준과 유나는 진실성이 배제된 가벼운 사랑놀음을
즐기는 사이지만 이들 사이에 나타난 성혁의 존재는 사랑의 새로운 가치관을
보여준다. 유나와 상혁의 사랑은 진정한 민주화라는 거대담론 속에 포함되면
서 새로운 사랑의 가능성을 희망적으로 보여준다.

「정열」[4]은 진실되지 못한 가벼운 사랑의 표층 구조 속에 민주투사의 불꽃
이라는 무거운 심층구조를 숨기고 있다. 소희와 민호의 진실되지 못한 사랑은
소희의 번제의식[5]을 통해 민주 항쟁의 불꽃으로 새롭게 태어난다.

『나는 타히티로 간다』[6]는 연극 연출가인 한준현의 순수한 예술을 위한

---

2) 김태훈,「온라인 인기 이어가는 18세 작가」,『조선일보』, 2003. 4. 14. 19면
3) 곽동훈,「러브 스토리」,『비트시대』(토마토, 1996)
4) 송경아,「정열」,『비트시대』(토마토, 1996)
5) 번제의식(燔祭):구약 시대에, 유대인이 짐승을 통째로 구워 하나님께 바치던 제사의
   식
6) 심재철,『나는 타히티로 간다』(빛남, 1995)

끊임없는 방황을 그려내고 있다. 결국 준현은 윤여사와 관계를 청산하고 순수
한 예술과 진정한 사랑을 위해 타히티로 떠나게 된다.

『채팅』7)에서 채팅은 컴퓨터 통신을 통하여 상대방과 사랑을 나누며 의사소
통을 하는 새로운 문화양식이다. 이 작품은 원칙적으로 채팅이 우리 사회의
또 다른 만남의 장이 될 수 있다는 것을 보여주고 있다. 현준은 지원을 순간적
이고 일회적으로 만났지만 서로 진정한 사랑을 하게 된다. 현실공간의 이름을
대신하는 아이디는 익명적 성격과 합체되어 새로운 이미지를 창출한다. 이들
은 이미 전생에서 깊은 관계를 맺었던 사람들처럼 '너, 나'로 호칭하고 '컴색'
이나 '번섹'까지 가능하며 어떠한 권력도 존재하지 않는 듯하다. 이들은 가상
공간과 현실공간을 혼돈하며 자신의 대리주체인 아이디와 자기 자신까지 구별
하기 어렵게 되는 현상을 경험한다.

『접속』8)은 사이버공간의 익명성을 잘 활용한 작품이다. 현실공간에서는
승우와 은아는 서로 허물없이 지내는 가까운 사이이다. 그러나 대화방에서는
은밀하게 컴섹을 즐기는 사이다. 이러한 사실을 은아는 알고 있지만 은아에게
서 이성적 매력을 느끼지 못하는 승우는 눈치채지 못한다. 이들은 어두운
모텔에서 만나 얼굴도 확인하지 않은 채 섹스에 열중하지만, 섹스가 끝나고
불을 켜는 순간 모든 사실은 밝혀진다. 사이버공간의 익명성은 자신에 대한
이성적 매력을 느끼지 못하는 승우를 소유할 만큼 위력적이며 작품의 극적
반전의 기회를 제공한 것이다.

2) 인터넷 연애소설

인터넷 연애소설은 2000년 이후 인터넷 게시판을 통해 독자들의 큰 인기를
얻고, 유머 소설이 주를 이룬다는 특징이 있다. 『엽기적인 그녀』, 『동갑내기
과외하기』, 『옥탑방 고양이』, 『그놈은 멋있었다』등의 소설은 그 전 세대 작가

---

7) 이유미, 『채팅』(흔겨레, 1995)
8) 황승우, 『접속』(움직이는 책, 1997)

들과는 달리 인터넷을 활용하여 독자와의 소통을 적극적으로 시도했다. 인터넷 연애소설이 인기를 얻게 된 것은 그들 세대에 친숙한 문체와 표현, 그리고 상상력이 전반적으로 표현되고 있기 때문이다. 인터넷 소설을 대표하는 주요한 작품을 살펴보면 다음과 같다.

(1) 『엽기적인 그녀』

『엽기적인 그녀』[9]는 1999년 견우74라는 ID를 통해 PC통신 나우누리 유머란에 연재된 소설이다. 이 소설은 2001년 영화화(2001년 7월 27일 개봉)되어 수백만의 관객을 끌어들이기도 했다. 작가 김호식은 자신의 여자친구와의 연애담을 올리면서 시작된 『엽기적인 그녀』는 기행(奇行)적인 여대생과 순진한 복학생의 좌충우돌 데이트 내용으로 네티즌 사이에서 폭발적인 화제를 불러 모았다.

어느 날 밤, 지하철에서 견우가 우연히 그녀를 만나면서 시작되는 『엽기적인 그녀』의 가장 큰 재미는 기상천외한 사건들로 인해 터지는 웃음이지만, 사이버 문학으로 가치를 인정받을 수 있었던 것은 젊은 감각으로 풀어낸 젊은 남녀의 솔직 담백한 묘사가 풋풋한 감동을 자아낸다는 점이다.

(2) 『동갑내기 과외하기』

영화로도 인기를 얻었던 『동갑내기 과외하기』[10]는 「스와니 – 동갑내기 과외하기」로 인터넷상에서 연재되었으며, 실제 영문학 전공의 98학번 최수완 씨가 자신의 실화를 2000년 6월 나우누리 유머게시판에 20편으로 나누어 올려 편당 15,000건의 조회수를 기록하며 주목받았다. 이후 시리즈가 인터넷 이야기 연재 사이트(puha.co.kr)에 등록돼, 현재까지 편당 평균 30,000 이상의 최고 조회수를 기록했다. 또한 월간 '이슈'에 「그 녀석과 나」라는 제목의 만화(심혜진 作)로 연재된데 이어 2001년 단행본(대원C.I)으로 출간되었고, 2001

---

9) 김호식, 『엽기적인 그녀』(시와 사회, 2000)
10) 최수완, 『동갑내기 선생님』(대원씨아이, 2001)

년 영화화 제의를 받아 한 편의 시나리오로 재탄생되기도 했다.

『동갑내기 괴외하기』의 내용은 아버지의 실직으로 닭집 딸이 된 수완, 대학 2학년인 그녀는 등록금을 위해 고액과외를 뛴다. 책상 밑으로 거울을 들이밀며 그녀의 치마 속이나 궁금해 하는 골칫덩이들과의 험난한 대결, 불의를 참을 수 없는 그녀는 과외 7일 만에 짤리지만 엄마 등쌀에 또다시 과외전선으로 뛰어든다. 그녀는 마침내 고등학교를 2년이나 더 다니고 있는 닭띠 동갑 지훈을 만나게 된다. 벼락부자집 장남, 싸움꾼에, 학교 '짱'인 지훈과의 과외는 그렇게 시작되고 둘 사이의 크고 작은 에피소드들이 엮여 나간다.

(3) 『옥탑방 고양이』

김유리 작가(필며:미야우)의 『옥탑방 고양이(http://micafe.miclub.com/cats)』[11)는 인터넷 포탈사이트 <마이클럽>에서 2000년 8월부터 10월까지 연재되어 여성들로부터 큰 화제를 불러일으킨 인터넷소설이다. 이 이야기는 김작가의 현재 남편과 4년간의 '혼전동거'를 소재로 했다. 연이은 인기로 이 소설은 2001년에 2권의 소설로 출간되었으며, 2003년 6월에는 MBC TV월화드라마(16부작)로 각색되어 공중파를 타기도 했다.

『옥탑방 고양이』는 소재면에서 20대 여성들의 전폭적인 지지를 받고 있었는데, 작품의 주요 메시지는 '결혼한 뒤 후회하기보다 미리 알아보고 결혼하자는 것'이라는 게 작가의 설명이다. 즉 두 사람이 부부가 되기 전 현실에서 행복하게 살 수 있는지, 서로 잘 맞는지 알아본 뒤 결혼에 대해 현명하게 결정하자는 뜻이다. 또 '동거'에 대한 사회적 편견, 나아가 결혼과 이혼에 대한 문제의식을 내비치기도 한다.[12)

---

11) 김유리, 『옥탑방 고양이』(시와 사회, 2001)
12) 임채식, 「인터넷소설, 드라마로 제작」『디지털 타임즈』, 2003. 3. 28.

(4) '귀여니 류[13]'의 소설

인터넷 공간에는 젊은 남녀들의 시시콜콜한 사랑 이야기를 다룬 로맨스 소설이 수없이 많다.

특히 주목해야 할 만한 인터넷 소설『그놈은 멋있었다』는 1985년 출생인 갓 고등학교를 졸업한 이윤세(본명)의 작품이다. 인터넷 상에서 '귀여니'라는 필명을 가지고 2001년부터 인터넷에 소설을 연재하기 시작하며 300만 네티즌을 열광시켰다. 현재 작가는 130여 개가 넘는 팬-카페를 가지고 있으며, 작가의 홈페이지(guiyeoni.com) 회원수만 30만 명, 팬 사인회 당시 3000명 이상 운집 등의 기록을 가지고 있다. 출간된 귀여니의 소설은 모두 50만 권(2003.7월 현재)이 넘게 팔려 나갔으며 10대 친구들 사이에서도 귀여니 책을 모르면 말이 통하지 않는다고 한다.

『그놈은 멋있었다』[14]는 반항아 꽃미남 지은성과 평범한 그녀 한예원이 펼치는 발랄하고 상큼한 러브스토리이다. 예원은 지은성을 피해다니고 지은성은 한없이 건방져 보이기만 한다. 제멋대로인 지은성에게는 아픈 과거가 있었다. 베일에 싸여 슬픔을 가지고 살아가는 지은성과 그에게 점점 끌리기 시작하는 한예원의 마음 따뜻하고 순수한 사랑이야기이다.

귀여니의 또다른 작품『늑대의 유혹』[15]은 이모티콘과 통신 용어가 많이 나오며, 10대들의 감성과 사고를 들여다 볼 수 있다. 가슴에 눈물을 간직하고 있지만 한없이 밝은 어린아이 같은 태성. 여리지만 강하고 남을 위해 자신의 감정을 삼킬 줄 아는 물 같은 여자 한경이 주인공인 10대들의 가슴 아픈 사랑 이야기이다.

『개기면 죽는다』[16]는 여러 설문조사에서 귀여니 작가와 함께 최고의 인터

---

13) 강영번「왜 '귀여니 현상'에 주목 하나」『문화일보』, 2003. 4. 30. 2면
14) 귀여니,『그놈은 멋있었다』(황매, 2002)
15) 귀여니,『늑대의 유혹』(황매, 2002)
16) 왕기대,『개기면 죽는다』(청하, 2003)

넷 소설 작가로 손꼽히는 왕기대의 첫 번째 소설이다. 상고의 이반지와 공학의 민하원이 그려가는 사랑이야기로 두 명의 주인공뿐만 아니라 운하, 수윤이, 한범이 등 여러 독특한 캐릭터들을 통해서 친구들간의 우정과 사랑을 아름답게 그리고 있다. 그의 두 번째 소설『반하다』역시 전작과 마찬가지로 10대 독자층을 확보한 상태이다.

『테디보이』[17)는 아직 평준화가 이루어지지 않은 서울 근교 어느 지방도시의 명문 고등학교를 배경으로 펼쳐지는 이야기이다. 이 고등학교에 왕내숭 여학생 유소은과 신민지가 입학한다. 그들은 여기서 명문 고등학교의 '5대 보이'를 만나게 된다. 서진과 5대 보이 그리고 소은, 민지 등 여고생들이 엮어나가는 사랑과 우정의 이야기이다.

『짱들의 연애방식』[18)은 2003년 3월 20일에 발간된 소설로, 남자들을 때려눕힐 정도로 강한 민시영은 모범 학생이 되라는 아버지의 엄명으로 서울에서 밀양으로 전학을 가게 된다. 그곳에서 도진이라는 강한 남학생을 만나게 되면서 생기는 이야기를 담아내고 있다.

『내사랑 싸가지』[19)의 내용은 우연히 하영의 핸드폰으로 낯선 남자의 전화가 걸려온다. 그는 대학생으로 굉장히 잘생겼지만 건방진 남자였다. 하영이 남자친구와 헤어지자 이 남자는 하영에게 사귀자는 말을 하게 되고 좌충우돌 사랑을 만들어가게 된다.

3. 인터넷 연애소설의 특징

인터넷 소설에는 10대만의 코드가 존재한다. 출판 관계자는 "10대가 사용하는 이모티콘·욕설 등을 동원해 재미를 느낄 수 있게 한 것이 청소년의 '코드'와 맞은 것"이라고 말한다.[20)즉 작가가 독자와 같은 연령대로 동시대의

---

17) 은반지, 『테디보이』(늘푸른소나무, 2003)
18) 지선영, 『짱들의 연애방식』(세림, 2003)
19) 이햇님, 『내사랑 싸가지』(대현문화사, 2003)

고민과 감성을 표현하고 있다는 것이다. 이모티콘이라는 문자를 사용하여 사람들의 심리상태나 표정을 만들어내서 한층 생동감 있게 해준다.

10대들이 봤을 때 현실에서 충분히 공감할 수 있는 일들을 담아내고 있다. 인터넷 소설이 말초적인 감각에만 치중하여 문학성이 떨어지고 맞춤법과 표기법조차 제대로 지켜지지 않는다는 비판의 말도 있지만, 나름의 문자를 사용하여 표현방식을 만들어 내고 있는 것이다. 비록 서투른 글이지만 10대의 감수성과 공감대가 형성되어 있다.

'귀여니 류'의 소설은 본격 소설과는 다르다. 친구를 '칭구'로, 계집아이들은 '지지바들'이라고 표현하고 있고 목적격 조사(을, 를)가 들어가야 할 곳에 주격조사(은, 는)가 사용되고, 관형격 조사(의) 대신에 장소를 나타내는 부사격 조사(에)가 쓰이고 있다. 띄어쓰기는 아예 무시돼 기성세대의 경우 내용파악이 어려울 수도 있다.

또한 여고생들의 일탈에의 욕망을 담아내고 있다.[21] 『그놈은 멋있었다』는 처음부터 10대들을 겨냥하여 쓰여진 소설이다. 꽃미남 남자 주인공과 평범한 여고생이 여러 사건을 거쳐 결국 사랑이 이루어지는 것은 억압적인 사회와 관습에서의 일탈을 꿈꾸는 것이다.

인터넷 소설의 소재들은 기발하다. 『옥탑방 고양이』의 경우, '혼전동거'라는 사회적으로 금기되어 있는 소재를 다루어 신세대의 관심사를 공론화 하였고 20대 여성으로부터 큰 호응을 얻었다.

인터넷 소설이 유머 사이트를 유통된다는 점은 큰 의미를 갖는다. <다음>, <프리챌> 등 커뮤니티 사이트에는 인터넷 소설 관련 카페가 100개 이상 개설되어 있고, 인터넷에 소설을 올리는 아마추어 작가들만 수천 명에 이를 정도다. 대다수의 연애소설은 <다음>의 유머나라 (http://cafe.daum.net/humornara)를 통해 처음으로 선보이고, 유통되고 있다. 이 카페는 2000년 4월

---

20) 황인원 「10대 인터넷 소설을 잡아라」, 『뉴스메이커』, 2003. 7. 4.
21) 배가락, 『오마이뉴스』, 2003. 5. 21.

24일 개설되었으며, 수많은 작가를 배출하였다. 회원수 1,414,828명(2003년 12월19일 현재)를 보유하고 있으며, 하루 9만 명 이상이 이 카페를 통해 인터넷 소설을 접하고 있다. 작가들의 생각도 자신들의 소설이 본격 소설과는 다르다는 점을 인식하고 있는 듯하다. 유머 사이트에 소설을 연재하면서, 장난 삼아 써보고, 재미라는 것에 주안점을 두고 있는 것이다.

10대는 문학을 유행 혹은 패션으로 여기고 있다.[22] 귀여니 소설은 게시판에 가면 무료로 볼 수 있다. 그런데 30만부가 팔렸다는 것은 주목할만한 현상이다. 좋아하는 가수의 노래를 라디오나 TV를 통해 들을 수 있지만 CD를 사서 소장하는 것과 같은 현상이다. 문학 콘텐츠에 대한 10대의 의식은 20대와도 다르다. 이제 문학은 상품이고 유행이고 일종의 패션으로 인식된다. 분명 모든 10대들이 인터넷 소설을 읽는 것은 아니지만 최소한 본격문학만을 문학이라고 생각하는 10대는 없다.

인터넷 소설은 '장르문학'에 기반하고 있다.[23] '장르문학'은 무협, 밀리터리, 추리, 판타지, 스릴러, 호러, 로맨스 등의 문학 양식에서 흔히 나타나는 것처럼 인물, 배경, 지식 등 특정한 코드 또는 세계관을 여러 작가가 공유하면서도 작가 특유의 덧붙임 또는 지움에 의해 새롭게 읽히는 문학을 말한다. 이영도의 『드래곤 라자』는 서양중세의 기사 이야기에서 기원한 판타지 장르이며, 귀여니의 『그놈은 멋있었다』는 '어느 날 벼락처럼 다가오는 운명적인 사랑' 이라는 로맨스 장르에 있다.

4. 결론

사이버문학이 장르적으로 SF, 환타지, 유머 같은 대중문학이 주류를 차지하고 있는 이유는 인터넷상의 독자들이 진지하게 문학을 대하고 싶어하지 않기

---

22) 이용욱, 「인터넷과 십대, 그리고 문학」, 『사이버리즘(http://www.cyberism.co.kr)』, 2003. 7.
23) 장은수, 「금기파괴, 일탈 욕망의 대리만족」, 『신동아』, 2003. 6월호, pp. 462-471.

때문일 것이다. 인터넷은 실시간 쌍방향의 특성상 독자의 반응이 조회수로 바로바로 표시된다. 재미없는 문학이 살아남을 수 없는 환경인 셈이다. 더구나 요즘 젊은 독자들은 문학을 영화, 만화, 게임과 같은 대중문화의 한 영역으로 생각하며, 예술적 영역으로 접근하려고 하지 않는다. 사이버 상에서 문학이 살아남으려면 재미라는 부분을 무엇보다도 중요시할 수밖에 없다. 따라서 앞으로도 사이버 상에는 흥미 위주의 문학이 주를 이루게 될 것이다.

기성세대들이 비판하듯, 인터넷 소설은 반짝 인기 후에 사라질 하이틴 로맨스 소설이 될지, 이 시대 청소년을 대표하는 의미있는 문학작품이 될지는 모르는 일이지만 이것의 사회적 의미와 문화 현상으로서의 의미는 크다. 그것은 인터넷 소설의 인기로 전통적인 방식이 아닌 아마추어 작가들의 온라인 등단이라는 새로운 방식으로 출판계의 기본적인 흐름과 문학의 인식, 개념과 작가에 대한 통념까지도 모두 다 바뀔 수 있다는 징후가 보이기 때문이다.

이용욱은 귀여니 소설을 학원 로맨스나 명랑물로 규정할 때, 이미 70년대에 『얄개전』이나 『쌍무지개 뜨는 언덕』, 『꺼구리와 장다리』와 같은 학원 소설들이 있었음을 상기해볼 필요가 있다고 한다. 70년대 학원 소설들은 기성세대들이 청소년들을 교화시킬 목적으로 창작하였다면, 2000년대 학원 소설은 작가층과 독자층이 세대적으로 일치하고 계몽보다는 재미를 더 중시한다는 점에서 분명하게 갈라진다고 말했다.[24]

"인터넷 소설의 범람은 우리 문학의 축을 흔든다는 우려를 낳고 있다. 그러나 출판계의 불황을 깬 것이 바로 인터넷 소설이다. 시장경제의 흐름을 보았을 때, 우리 문단에서 인터넷 소설을 간과할 수는 없다. 많은 10대들은 인터넷 소설의 전망을 밝게 보고 있다. 그렇다면 이런 시기에 수십만 명의 소비자를 끌어들이고 있는 '귀여니 류'의 소설들이 문학판에 가져올 영향은 크다고 보여진다. '귀여니 현상'이 중요한 이유는 바로 이 소설이 한국문학의 판도를 바꾸어 놓을 중요한 변수가 되기 때문이다.

----

24) 이용욱, 앞의 사이트.

참고문헌

이용욱, 「인터넷과 십대, 그리고 문학」, 『사이버리즘(http://www.cyberism.co.
　　kr)』, 2003.7.

김태훈, 「온라인 인기 이어가는 18세 작가」, 『조선일보』, 2003. 4. 14. 19면.

곽동훈, 「러브 스토리」, 『비트시대』, 토마토, 1996.

송경아, 「정열」, 『비트시대』, 토마토, 1996.

심재철, 『나는 타히티로 간다』, 빛남, 1995.

이유미, 『채팅』, 흔겨레, 1995.

황승우, 『접속』, 움직이는 책, 1997.

김호식, 『엽기적인 그녀』, 시와 사회, 2000.

최수완, 『동갑내기 선생님』, 대원씨아이, 2001.

김유리, 『옥탑방 고양이』, 시와사회, 2001.

임채식, 「인터넷소설, 드라마로 제작」, 『디지털 타임즈』, 2003. 3. 28.

강영번, 「왜 '귀여니 현상'에 주목 하나」, 『문화일보』, 2003. 4. 30.

귀여니, 『그놈은 멋있었다』, 황매, 2002.

귀여니, 『늑대의 유혹』, 황매, 2002.

왕기대, 『개기면 죽는다』, 청하, 2003.

은반지, 『테디보이』, 늘푸른소나무, 2003.

지선영, 『짱들의 연애방식』, 세림, 2003.

이햇님, 『내사랑 싸가지』, 대현문화사, 2003.

황인원, 「10대 인터넷 소설을 잡아라」, 『뉴스메이커』, 2003. 7. 4.

배가락, 『오마이뉴스』, 1003. 5. 21.

장은수, 「금기파괴, 일탈 욕망의 대리만족」, 『신동아』, 2003. 6월호.

생각해 볼 문제

1. 과연 무엇이 10대 독자들로 하여금 인터넷 소설을 구매하게 만드는 것일
   까?
2. 인터넷 소설의 장점은 무엇이고, 단점은 무엇인가?
3. 인터넷 소설 붐이 문학판 전체에 미칠 파장은 무엇인가?

사이버 시대의 문학

『아랑은 왜』

김영하

작품 해설

인쇄매체 문학에서 디지털 시대의 문제의식을 담고 있는 작품은 상당수 있지만, 하이퍼텍스트적 구조를 지닌 작품은 드물다. 현재로선 김영하의 『아랑은 왜』가 가장 근접한 형식을 지니고 있다고 판단된다.

소설 『아랑은 왜』는 아랑전설을 재구성한 이야기와 현대의 '박'의 이야기, 그리고 이러한 이야기를 엮어나가는 메타 이야기가 맞물려 전개된다. 소설 속 작가가 재구성한 아랑전설은 어사를 수행하는 의금부 낭관 김억균을 근대적인 탐정의 모습으로 만들어 민간에 떠도는 소문을 재조사하여 다음과 같은 이야기를 낳는다.

아랑은 전임부사 윤관의 딸이 아니라 첩이었고 그녀가 관노 안국과 정분이 나자 질투심을 이기지 못한 윤관이 아랑을 살해한 뒤 밀양땅을 떠났으며 남아 있는 호족들이 자신들의 권력유지를 위해 새로 부임하는 사또들을 연달아 독살하게 된다. 어사가 주관하는 재판의 자리에서 김억균은 이러한 사실을 고하지만 민심을 어지럽혔다는 죄목만 뒤집어쓴다. 족징을 면하고자 이실직고

한 호장의 말에 의해 결국 사건의 진실은 밝혀지지만 또다른 이야기의 '틈'만 남긴채 재판은 끝난다.

현대의 '박'은 소설을 쓰는 작가이며 지금은 『사냥개 기르는 법』이라는 책을 번역하고 있다. 미용실에서 일하던 영주와 우연한 만남을 통해 동거를 하게 되는데, 질투심에 의해 그녀를 살해하게 되고 훗날 선운사를 여행하면서 아랑의 유령을 만난다. 작품은 『아랑은 왜』(김영하, 문학과지성사, 2001)에서 발췌하였다.

작품 보기

이 채록본에서도 나비는 보이지 않는다. 대신 붉은 깃발(朱旗)이 등장한다. 이상한 장면이다. 귀신은 어째서 자기 입으로 범인의 이름을 말하지 않고 붉은 기를 흔들어대었을까?

아무래도 이 부분에서는 강하게 윤색의 냄새가 난다. 너무도 쉽게 범인이 밝혀지는 것을 본능적으로 싫어하는 이야기꾼들이 붉은 깃발을 이야기 속으로 끌어들인 것이다. 나비도 이야기 속에서는 같은 기능을 했을 터이다. 어떤 판본에서는 아랑이 나비가 되어 범인의 머리 위에 앉겠노라고 말한다. 다음날 신임 부사가 관속들을 모두 모아놓자 흰 나비가 날아와 살인자의 상투 위에 앉는다. 아랑은 범인의 이름을 말할 수 있음에도 말하지 않고 붉은 기를 흔들거나 나비가 된다.

이야기꾼 앞에서 턱을 괴고 앉아 이야기를 듣던 그 옛날의 관객들은 과연 사또가 붉은 기 또는 흰 나비 같은 미약한 암시만으로도 범인을 잡을 수 있을까, 궁금해했을 것이다. 분위기를 잘 읽는 이야기꾼들은 절정의 순간에 갑자기 목소리를 낮추고는 이렇게 속삭였을 것이다. "아 글쎄 그때 마침 동헌 담장 너머로 흰 나비 하나가 팔랑대면서 넘어오지 않겠어." 이야기꾼의 코앞에 실제 나비 몇 마리가 날아다니고 있었다면 금상첨화였겠지. 붉은 깃발 판본을 선택한 이야기꾼이라면, "사또가 다음날 아무리 생각을 해봐도 어느 놈이 그리 숭악한 짓을 저지른 놈인 줄을 모르겠거든. 그래 곰곰이 생각을 해보니까, 퍼뜩, 맞다. 붉은 깃발이면, 주기 아이가? 여기 주기라는 놈 없느냐?"고 떠들어 댔을 것이다.

그러니까 밀양 고을로 부임하는 부사들이 줄지어 죽는다는 이야기로 관객(혹은 독자)들을 궁금하게 만들고 그것이 귀신의 소행이었음이 밝혀진 이후에는 응징의 과정을 지연시켜 독자들의 흥미를 배가시킨다. 범인의 이름을 아랑이 냉큼 일러줘버리면 더 들을 재미도 없어지고 용감한 사또가 기지를 발휘할 여지도 적어지는 데다가 나비가 나타나 범인을 지목한다는 환상적인 결말도 아쉽지만 빼야 한다.

세상 모든 이야기에는 어떤 틈이 있다. 이 틈이야말로 이야기가 어떻게 만들어졌는가를 짐작할 수 있게 해주는 중요한 단서다. 어떤 이야기가 덧붙여지거나 이미 있던 이야기의 요소가 사라질 때, 거기에는 언제나 작은 흔적이 남게 마련이다.

아랑의 이야기에도 여러 가지 틈이 보인다. 붉은 깃발과 큰줄 흰나비말고도 여러 군데에서 그 틈이 보인다. 살인자의 신분도 그렇다. 어떤 판본은 살인자가 통인이라고 말한다. 통인이라면 관청에서 심부름을 하는, 말하자면 하급 관속에 속한다. 그러나 어떤 판본에서는 관노, 그러니까 관청에 소속된 노비가 살인자로 지목된다. 아름다운 수령의 여식을 호시탐탐 노리던 관노가 겁탈을 하려다 참극을 벌인다는 것이다. 통인이 유모를 돈으로 꼬여 아랑을 유인해내는 데 반해 관노는 완력으로 일을 저지르려다 실패한다.

이런 양자의 불일치 역시 하나의 중요한 틈이다. 이것을 통해 우리는 이야기꾼들이 청중의 신분에 따라 범인의 신분을 바꾸었을 가능성이 있음을 알 수 있다. 재벌 그룹 회장님들이 자본가가 살인자로 나오는 영화를 보고 즐거워할 리가 만무하며 마찬가지로 사장 딸을 강간 살해한 후 응징당하는 노동자의 이야기에 노동자들이 흥미를 느끼기는 어렵다. 따라서 아랑의 이야기도 이야기꾼들이 속한 계급과 계층에 따라 범인의 신분을 달리하면서 각기 다른 판본으로 분화돼갔을 것이다.

그러므로 아랑의 전설을 토대로 새로운 형식의 역사소설을 만들겠다고 한다면 이런 틈을 그냥 지나쳐서는 곤란하다. 피살자의 시신을 부검하여 사인을 밝혀내는 법의학자의 자세로 아랑 전설을 전면적으로 재검토하여야만 한다. (15 – 17쪽)

5. 누가 더 유리한가

백년 전의 어느 이름 모를 이야기꾼에 비해 우리가 더 유리한가? 물론 현대의 우리는 과거의 이야기꾼보다 더 많은 판본과 자료에 접근할 수 있다. 도서관에서 관련 논문을 찾아볼 수도 있으며 러시아와 중국, 일본 등 다른 나라 설화들과의 연관성을 검토할 수도 있다. 인터넷의 도움을 받을 수도 있다. 그러나 오히려 그런 이유 때문에 우리의 발걸음은 더 무겁다. 백년 전의 이야기꾼은 다른 누군가와 쉽게 비교되지 않았을 테니 말이다. 그는 아마 근동에서 가장 이름난 재담가였을 게 분명하다. 그 당시 사람들이 다른 먼 지역이나 심지어 외국의 사례에 비추어 그를 평가한다는 것은 거의 불가능에 가깝다. 그는 대단히 자유롭게 아랑 전설을 이렇게도 혹은 저렇게도 변형시킬 수 있었을 테고, 그것이 자기 청중에게만 환영받는다면 아무 문제도 느끼지 못했을 것이다. 그러나 우리의 현실은 어떤가. 우리는 저작권을 고려하지 않고는 어떤 작품도 발표할 수 없는 시대에 살고 있다. 게다가 독창성이 예술가를 평가하는 대단히 중요한 기준으로 간주되는 시대이다. 그러니 아랑의 전설을 새롭게 해석하는 이 작업이 결코 순탄치는 않을 것 같다. '익숙한' 이야기를 '다르게' 쓴다는 것은, 만만찮은 일이다.

그러나 따지고 보면 이야기꾼이라는 작자들이 과거나 지금이나 밥 먹고 하는 일이 그거 아닌가. 다 아는 이야기를 다르게 말하기. (22 – 23쪽)

10. 의금부 낭관 김억균

움베르토 에코의 『장미의 이름』은 아드소라는 수도사의 눈과 입을 빌려 이야기를 서술해나간다. 사건 당시에는 소년에 불과하였던 아드소는 경험 많은 늙은 수도사가 되어서야 비로소 기록에 착수한다고 설정되어 있다. 그러나 중세 사람 아드소의 기록을 현대인이 그대로 읽기는 어려우므로 에코는 현대의 연구자, 즉 자신이 발견하여 다시 써낸 것으로 하였다. 에코는 1842년 파리의 라 수르스 수도원 출판부가 펴낸, 『마비용 수도사의 편집본을 바탕으로 불역(拂譯)한 멜크 수도원 출신의 수도사 아드송의 수기』를 우연히 손에 넣게 됨으로써 소설을 쓰게 됐노라고 능청을 부리고 있다.

우리에게도 그런 인물이 한 명쯤 있다면 좋을 것이다. 아랑 사건의 전모를 상세히 알고 또 그것을 기록할 용의가 있는 사람 말이다. 머릿속에 퍼뜩 떠오르는 인물은 아랑과 조우하고도 목숨을 건진 용감한 사나이, 신임 부사 이상사이다. 우리는 이 사람의 입을 빌려 어떻게 그 위험한 밀양으로 부임할 생각을 했는지, 부임했을 때 상황이 어땠는지, 아랑이 나타날 때의 상황은 어땠는지, 고문당하는 용의자의 표정이 어땠는지 조목조목 말하게 할 수 있을 것이다. 그런데, 과연 그가 독자들의 흥미를 적절히 유발하면서 이야기를 끌고 나가기에 가장 적합한 인물일까? 소설 속의 화자는 자신이 아는 정보를 배분하는 인물이다. 모든 정보를 가지고 있는 자가 너무 조금씩만 내놓으면 독자로서는 짜증이 난다. 아드소 같은 인물이 적당한 것은 그가 사건 당시에 거의 무지에 가까운 상태였다는 걸 독자들도 잘 알고 있기 때문이다.

또 우리가 단순히 아랑 사건의 실체적 진실을 알리고자 하는 거라면야 이상사라는 카드도 내밀 만하다. 아직 아랑의 전설을 잘 모르는 사람들을 모아놓고, 옛날에 내가 말이지, 어쩌고저쩌고 해도 사람들은 흥미있게 들을 것이다. 그러나 지금의 우리는 아랑 이야기에 너무도 익숙한 사람들에게 이 사건을 새롭게 해석한 이야기를 보여주려고 하는 게 아닌가. 그랬을 때, 이 사건의 최대의 수혜자인 신임 부사 이상사—그는 이 사건으로 관직과 명성을 얻었다—는 그리 적합한 인물이 아니다.

『장미의 이름』을 보면 에코 역시 우리와 똑같은 문제를 겪었음을 알 수 있다. 그는 사건의 전말을 소상히 알고 있었던 진정한 주인공, 우리들의 007 윌리엄 수사에게 마이크를 들이대지 않았다. 독자들은 자신들의 눈높이와 가장 비슷한 인물의 말을 귀여겨듣는다. 그 인물은 요르헤도 윌리엄도 아닌 바로 소년 아드소였던 것이다.

우리로서도 그런 인물이 한 명 필요하다. 그런데 맞춤한 인물이 눈에 띄질 않는다. 음…… 어사를 한 명 투입하면 어떨까? 암행어사가 아니라도 좋다. 암행어사 제도가 활성화되는 것은 조선 후기니까 그냥 어사로 해두자. 이 어사를 밀양땅으로 보내 신임 부사 연쇄 사망 사건, 아랑 살인 사건 전반에 걸쳐 조사를 시킨다. 어쩌면 어사는 밀양땅에 도착하기도 전에 그 사건과 관련하여 급속하게 퍼져나가던 전설을 들었을지도 모른다. 당시 사람들 중에서도 어떤 이들은, 아니 날더러 그런 귀신 이야기 따위를 믿으란 말인가, 하고 코웃음을 쳤을 것이므로 어사를 그런 인물로 설정해도 무리는 없을 것이다. 어사는 문서 검증과 취조를 통해 지방관의 실정을 파헤치고 선정을 치하하는 대단히 치밀하고 합리적인 업무를 수행하는 자가 아닌가.

그러나 어사라는 자도 강력한 권력을 가진 한 명의 고위 관료이다. 이몽룡이나 박문수 같은 어사들은 이야기 속에나 등장하는 전설적인 인물들일 뿐이다. 대부분의 어사들은 직분에 충실하기보다는 지방관이나 토호와 결탁하여 주어진 권력의 맛을 즐기는데 몰두했을 것이다. 설령 그렇지 않았다 해도 어사라는 높은 직분의 인물은 이야기를 풀어내는 역할에는 별로 어울리지 않는다. 독자들과는 눈높이가 다른 까닭이다.

그렇다면 어사의 수행원은 어떨까? 품계는 종8품 정도의 하급 관리로 하고 의금부나 포도청쯤의 낭관 직책을 부여하여 어사를 따르게 한다면 그럴듯하지 않을까? 그래도 좀 거부감이 든다면 서얼로 설정하도록 하자. 다행히 당시의 상소문 중에는 우리가 모델 인물로 써도 될 만한 의금부 낭관의 글이 있다.

경상도 밀양 관아에서, 수령이 죄인을 다룸에 있어 제대로 추국(推鞫)하지도 아니하고 함부로 인명을 해하는 일이 있었습니다. 밀양 부사 이상사는 아녀자를 살해한 관노 안국을 제대로 옥사를 갖추어 장문하지도 아니하고 멋대로 밀양부 옥에 가두고서 그날 밤에 죽였습니다. 비록 죄가 있다 할지라도, 충정(忠情)이 있어 군신(君臣)의 분수를 알고 있는 사람이라면, 독을 깰까 염려하여 쥐를 잡지 못하듯이, 임금에게 누가 미칠 것을 생각해야 마땅한데, 죽이기를 초개(草芥)같이 하였으니, 신자(臣子)된 마음으로 어찌 차마 할 수 있는 일입니까?……

쉽게 말해 재판 절차도 갖추지 않고 죄인을 함부로 죽였으니 경관을 파견하여 사건을 다시 조사하고 부사 이상사에게는 징계를 내려야 한다는 내용이다. 이어 며칠 후, 경상도와 함경도 지역으로 각각 한 명씩 어사를 파견했다는 임금의 전교도 보인다. 이 인물이 어사를 수행하게 되었는지는 알 수 없다. 그러나 우리는 이 김억균이라는 자를 어사와 함께 밀양으로 내려보내 보자. (45 – 49쪽)

16. 경쟁하는 이야기들

밀양부에 도착한 어사 일행을 좀더 살펴보자. 이들은 관아의 객사와 근처 민가에 흩어져 머물며 먹고 마시느라 이틀을 보낸다. 너무 오래 쉬는 것 아니냐고 생각할 수도 있지만 당시의 도로 사정을 생각한다면 그 정도는 지나친 것이 아니었다. 길이라는 게 모두 비만 오면 진창으로 변하는 흙길이었는데다가 때는 여름이었다. 가마를 타고 가는 어사라고 해서 편안한 것만은 아니었을 것이다. 나룻배만큼이나 출렁거리는 게 가마라서 안에 들어 있는 사람은 멀미하기 십상이었다. 노새나 나귀를 타고 가기도 어려워 틈만 나면 까탈을 부리고 자기들끼리 대가리를 치받으며 싸우기 일쑤다.

그렇게 갔으니 며칠 쉬는 것은 당연하다. 쉬면서도 김억균은 슬슬 밀양부를 돌아다니며 이 사람 저 사람의 이야기를 들었을 것이다. 밀양과 밀양 부근에선 단연 아랑의 이야기와 황해도의 도적 이야기가 최대의 화제였을 테지만 사람에 따라 조금씩 이야기는 달랐을 것이다. 이를테면 그가 한양에서 들었던 이야기에는 아랑의 유모 이야기가 없었는데 밀양에 오니 유모 이야기가 등장하였다. 말인즉, 아랑에게는 유모가 하나 있었는데 이 여자가 음탕하기가 이를 데 없어 관노와 정을 통했다는 것이다. 얘기는 제법 그럴듯해서 이 유모는 남의 집 아이들에게 젖을 먹이느라 자기 가족과는 자연히 멀어지게 되었고, 그러던 차에 수령을 따라 타지로 오다 보니 아예 독수공방하는 과부나 마찬가지 신세가 되어 관노와 정분이 났다는 것이다. 아랑이 둘의 정사를 목격했고 그것이 살해의 직접적인 동기가 되었다는 식이다.

유모라면, 아랑이 어렸을 때부터 키워온 반쯤은 어머니가 되는 사람이다. 그런 여자가 욕정 때문에 그런 일을 저지를 수 있었을까, 곰곰이 생각했을 것이다.

다른 이야기를 하는 사람도 없었으리란 법은 없다. 그런 이들은 유모라는 존재가 아예 없었다고 말한다. 유모가 아니라 첩이라는 것이다. 점임 수령 윤관이 부임해와 맞아들인 첩이 있었는데 그 첩이 아랑을 미워하여 관노놈을 꼬드겨 겁탈케 했고, 그게 그만 살인으로 이어졌다는 이야기다. 전임 부사 윤관의 오랜 홀아비 생활을 감안한다면 전혀 얼토당토않은 이야기는 아니다.

반면, 유모니 계모니 하는 것은 아예 있지도 않았다고 자신있게 주장하는 치들도 있음직하다. 그저 관노놈이 아씨를 짝사랑하다 제 정에 못 이겨 뜻을 이루려다가 실패했을 뿐, 달맞이가자고 꼬여낸 유모나 계모 따위는 없었다고 하는 것이다.

불과 몇 달 전에 일어난 일이 이렇게도 다르게 알려질 수 있다는 게 억균으로서는 별로 놀랍지 않은 일이었는지도 모른다. 억균의 시대엔 대중들에게 권위를 가진 언론 매체랄 게 거의 없었으니까. 이야기는 대체로 부풀려지거나 가감되었고 입에서 입으로 전해지는 동안 윤색되었다.

살인자의 신분도 말하는 사람에 따라 이랬다저랬다했을 것이다. 관노가 아니라 통인이 죽였다는 이야기도 흘러다녔음직하다. 그러나 우리도 보았다시피 장계에는 관노 안국이 아랑을 죽였다고 되어 있다. 그것을 알고 있는 김억균은, 너무 멀리 나가지는 않았을 것이다. 그러나 일말의 의심은 가질 수도 있었을 것이다.

아랑의 행색에 대한 이야기도 빠질 수는 없었을 텐데, 예를 들어, 귀신이 되어 나타났을 때 입에 칼을 물고 있었다는 자도 있었고, 목이 졸려 죽었기 때문에 혀를 빼물고 있었다는 자도 있었고, 가슴에 칼을 꽂고 있었다는 자도 있었다. 그런 얘기를 할 때면 사람들은 누구나 마치 아랑을 눈앞에서 직접 보기라도 한 듯 몸서리를 치며 실감나게 아랑의 모습을 그려내려고 노력했을 것이다.

관노가 겁간을 한 뒤에 죽였다고 은밀히, 마치 자기가 그 현장에 있었다는 듯이 일러주는 이도 있었겠고, 그게 아니라 겁간을 하려는데 아랑이 완강히 저항하자 죽인 후에 범했다고 말하는 이도 있었겠지.

이 시기의 밀양이야말로 이야기의 격전장이었던 것이다. 아마추어 이야기꾼들은 각기 자신이 만들어낸 이야기가 살아남을 수 있도록 최선을 다했으리라. 그것이 마치 자신의 유전자라도 되는 것처럼 말이다. (77 – 80쪽)

19. 가리발디와 영주, 그리고 '박'

소설 속의 인물들은 창조된다기보다 모방된다. 어떤 인물은 작가 자신을, 작가의 아버지를, 옆집 아저씨를, 옛날 여자 친구를 닮는다. 대부분의 인물은 작가도 모르는 사이에 누군가와 닮는다. 내 소설 속의 인물들도 현실에서 내가 알고 지낸 몇몇 인물들과 함수 관계를 이루고 있을 것이다. 일 대 일 대응은 아니겠지만 어쨌든 일정하게 소설과 현실의 인물들이, 마치 결식 아동 후원회처럼 연결되어 있을 것이다.

소설 속의 인물들은 때로 분실물 센터 직원처럼 전화를 걸어 오거나("저

혹시 이러이러한 거 놓고 가시지 않았습니까?") 사이 나쁜 자식의 여자처럼 찾아온다("전 이 여자와 결혼하겠습니다").

혹시 「서두」라는 장에서 잠시 등장했던 영주라는 인물을 기억하시는지. 우리가 '박'이라고 부르는 인물과 관계가 있는, 이미 죽어버린 여자. 어쩐지 아랑과 관계가 있을 것 같은 암시를 던져주는 여자다. 그러나 그때는 그 여자가 몇 살인지, 직업이 무엇인지 따위의 구체적인 신상에 대해서는 생각하지 않았었다. 왜냐하면 여러분도 알다시피 그 단계에서 우리는 단지 서두와 시대의 문제에 대해서 고민하고 있었을 뿐, 그 이야기를 우리의 소설에 채택하지 않았기 때문이다. 그러나 '박'이라는 인물이 우리의 작품 안에서 활동을 개시하게 되자 그의 상대역인 영주라는 인물을 구체화할 필요가 생긴 것이다.

구체화의 계기는 우연히 찾아왔다. 신촌의 대형 미용실에서 영주를 만난 것이다(그녀의 실제 이름이 영주인지는 모른다). 그녀가 내 머리를 감기려고 나를 눕히는 순간에 나는 그녀가 '오후의 홍차'로 가리발디를 찾아온 그 여자라는 걸 알았다. 그렇지만 머리 색깔이 좀 다르잖아? 나는 스스로에게 반문했다가 곧, 여기가 미용실이라는 걸 잊어버렸나보지? 머리 색깔은 조금만 우울해도 금방 바꿀 수 있는 거잖아. 게다가 그녀는 '오후의 홍차'에서 며칠 전에 바람도 맞았고 말야.

머리를 다 감은 후에 나는 의자로 안내되어 그녀의 '선생님'에게 인계되었다. 거울을 통해 옆에 공손한 자세로 서 있는 그녀를 살펴보았다. 다시 자신이 없어졌다. 아무래도 그녀는 '오후의 홍차'로 찾아온 여자가 아닌 것 같았다. 조금 전에 누워서 올려다볼 때와는 확연히 달라 보였다. 그러나, 그녀가 '오후의 홍차'로 찾아온 바로 그 여자였는지는 중요하지 않았다. 그랬다고 내가, 저 혹시 며칠 전에 '오후의 홍차'에서 우리 만난 적이 있지요, 라고 물을 수도 없는 노릇이다. 비디오처럼 돌려볼 수도 없고.

그게 중요한 건 아니지. 나는 눈을 감았다. 내 머릿속으로 '영주'라는 인물과 미용실의 스탭인 그녀가 한 인물로 합쳐지고 있었다. 나는 다시 눈을 뜨고 그녀의 일거수일투족을 세심하게 살폈다. 그러는 동안 연상은 가리발디에게로 튀었다. 잘 어울리는 짝이었다. 미용실의 스탭에게선 직업을, 가리발디에게선 그 성격을 추출하여 영주와 박에게 덧씌우는 것이다. 이봐, 가리발디, 미안하지만 네 성격과 과거를 내 소설 속의 박이라는 인물에게 좀 빌려줘야겠어. 그리고 스탭 아가씨. 아가씨의 직업과 생김새도 좀 필요해. 나는 그들에게 들리지 않을 작은 목소리로 양해를 구하고 미용실을 나왔다.

이제 그 둘을 만나게 하는 일만 남았다. (97 – 99쪽)

33. 장애물

이쯤에서 우리는 어떤 장르적 관습을 생각하게 된다. 한 명의 탐정, 혹은 수사관이 있다. 그는 어떤 계기로 흥미로운 사건에 휘말려든다. 그의 존재가 미미할 때 그는 자유롭게 여기저기를 돌아다니며 탐문과 증거 수집을 한다. 그러다 그의 수사가 어느 정도 진행이 되면 장애물이 등장하는 것이다. 탐정은 그 장애물을 극복하고 최종적으로 진실을 밝혀낸다. 이 공식의 힘은 대단히 강력하여 대중은 현실의 사건도 이 장르적 관습에 기대어 판단한다. 예를 들어 검찰이 어떤 사건, 이왕이면 대중의 관심이 집중되는 정치적 사건이나 권력형 비리, 혹은 권력 주변의 살인 사건 등을 수사한다고 치자. 검찰에 대단히 노련하고 지혜로운 검사가 있어 몇 가지 증거와 몇 차례의 심문만으로 사건의 실체를 다 밝혀내어 범인을 기소하였다. 그런데 그가 밝혀낸 사건의 전모는 대중의 추정과는 달리 권력형 비리와는 아무런 관계가 없는 사소한 해프닝이었다. 그것이 언론을 통해 공표되었을 때, 대중은 그것을 믿지 않으려 한다. 왜? 수사 과정에서 별다른 장애물이 없었다는 것을 납득하기 어렵기 때문이다.

음모론이라는 서사는 이런 토양에서 자라난다. 현실은 어떤 면에서 이야기보다 훨씬 단순하다. 현실 속의 범인들은 너무도 쉽게 범행을 자백하고 머리 따위는 전혀 쓰지 않는다. 범행의 전모는 단 몇 시간의 심문으로도 다 드러난다. 영화 「스팅」이나 「원초적 본능」에서나 볼 수 있는 지능적 범죄자들은 실제로는 평생 단 한 번도 만나기 어렵다. 그래서 대중들은 신창원이나 조세형에 열광하는 것인지도 모른다.

우리의 김억균 앞에도 몇 갈래의 길이 놓여 있다. 장르적 관습에 따라 장애물을 헤치고 진실을 밝혀내는 '정의의 인물'이 되는 길과 리얼리즘에 입각, 별다른 서사적 고려 없이 그럭저럭 수사하다가 큰 장애물과 맞닥뜨리면 수사를 포기하고 타협해버리는 길, 또는 아무 장애물이 없는 수사를 통해 손쉽고도 간단하게 진실을 밝혀내는 무미건조한 길. 이 세 가지 중에서 어떤 것이 가장 적절할 것인가?

지금까지 주어진 정보만 가지고도 그의 수사가 결코 평탄하지는 않을 것 같다. 먼저 조윤이라는 인물이 그의 '월권'을 용납하지 않을 것이다. 하급 관리가 아무리 의금부 소속이라고는 해도 자신의 권한을 넘보는 것은 불쾌하기 이를 데 없는 일일 것이다. 그리고 이상사를 비롯한 밀양의 관료들도 그의 수사를 별로 달가워하지 않을 것이다. 밀양은 지금 평화를 되찾았고 신임 부사를 중심으로 아무 일 없이 잘 굴러가고 있으니까 말이다. (163 – 165쪽)

38. 우리가 알 수 없는 것들

우리는 소설 속의 인물들에 대해 많은 것을 모른다. 사실은 현실의 인물들에 대해서도 잘 모른다. 오늘 우리집에 중국 음식을 배달하고 간 젊은이의 과거를 우리가 어찌 알겠는가. 그는 그저 중국집 배달원으로만 우리에게 알려져 있다. 불의의 사고로 일찍 죽어 유명해진 젊은 청춘들은 대개 효자로 우리에게 알려져 있다. 신문과 방송은 망자가 살아생전 안부 전화를 거르지 않던 효자, 효녀였다고 전한다. 대체로 성적도 상위권이며 성실하다는 공통점을 갖고 있다. 또 우리는 옆자리에 앉아 있는 사무실의 동료에 대해서도 어떤 것은 알고 어떤 것은 모른다. 그가 어느 학교를 나왔고 점심 메뉴로 뭘 좋아하는지는 알지만 그가 어떤 정당을 지지하는지 여자 친구와는 주로 무슨 일을 하는지는 모른다.

우리가 서로에 대해서 결코 모든 것을 알 수 없고 기껏해야 단편적으로 알 뿐이라는 인식을 소설쓰기에 적용할 수도 있다. 이걸 극단으로 밀어붙이면 읽는 사람들은 피곤해진다. 소설 속의 인물들이 갑자기, 너희가 날 언제 봤다고 아는 척하는 거야? 너희는 버스에서 마주친 사람 이상으로는 나에 대해서 알 수 없을 거야, 라고 소리를 지르면 독자들은 처음에는 그 불친절한 인물에 대해 알려고 조금 노력하다가 이내 포기해버린다. 그렇게 되면 인물들은 마치 길가는 사람들처럼 우리 앞을 지나가버린다. 별 정보를 주지 않으면서 말이다.

이제까지 우리는 박의 시선으로 영주를 바라보았다. 우리는 박에 대해서는 많이 알고 있다고 생각되지만 영주에 대해서는 그렇지 못한 것 같다. 그 이유는 박의 독백은 액면 그대로 흘러 나오지만 영주는 그저 관찰될 뿐이기 때문이다. 그래서 우리는 영주가 왜 집을 나갔는지 그리고 왜 돌아왔는지 또 옛날 남자 친구 얘기는 왜 하는지 도무지 알 수 없다.

그리고 우리는 이들이 이렇게 자연스럽게 섹스를 하게 되기까지 무슨 일을 겪었는지도 모르고 있다. 필요하다면 그 과정의 밀고 당김에 대하여 로맨틱 코미디풍으로 써서 채워넣을 수도 있을 것이다. 그러나, 정말 소설 속의 등장인물들이 그렇게 낱낱이 명백하게 규명되어야 하는 걸까? (199 – 200쪽)

44. 인물살해

다시 현대로 돌아와보자. 이야기의 시작에서 영주라는 인물을 이미 죽어버린 인물로 설정했기 때문에 처음으로 되돌아가 그것을 수정하지 않는 한, 우리는 영주라는 인물을 어떻게든 죽여야만 한다. 현실의 윤리를 소설 속에 대입할 필요는 없다. 마담 보바리나 춘희처럼 그저 그들은 이야기 속에서 죽을 운명을 타고났을 뿐이다.

영주가 죽음에 이르는 과정을 우리는 몇 가지로 설계할 수 있다. 그러나 여기서 그 많은 경로를 다 예시하여 보여줄 수도, 그럴 필요도 없다. 단지 가능한 방식을 보여주고 의견을 묻는 것만이 가능할 것이다.

이미 아랑 전설을 숙지하고 있는 독자들은 영주 역시 살해되지 않았겠는가, 예상하고 있을 것이다. 지금까지 주어진 성보로 보아 함께 동거하는 박이 살인자로는 가장 유력해 보인다(독자에게 미리 제시하지 않은 인물에게 그 역할을 맡기는 건 룰을 어기는 것이다. 정말 초보적인 실수다). 그렇다면 박을 살인자로 만들기 위해서는 무엇이 필요한가?

강렬한 질투, 격렬한 증오 따위를 그의 마음 속에 불러일으켜야 한다. 그가 마음속에서 불같이 일어나는 미움을 어찌할 수 없도록, 데스데모나의 목을 조르는 오셀로와 같은 심정에 이르도록 만들어야 한다. 그렇게 하자면 움직일 수 없는 부정(不貞)의 증거, 데스데모나의 손수건 같은 것이 있어야 한다.

아내를 죽이러 침실로 들어간 오셀로가 잠든 그녀에게 키스하며 독백한다. "아, 향기로운 입김, 정의의 신도 이 냄새를 맡는다면 칼을 부러뜨릴지도 몰라. 또 한 번, 또 한 번. 죽어도 이대로 있어다오. 죽여놓고 사랑하지. 또 한 번만. 이게 마지막이다. 이 향기에 그 독소가 웬일일까. 내 어찌 울지 않으랴! 그러나 이 눈물은 잔인한 눈물. 아니 이 눈물은 성스런 눈물. 사랑하는 까닭에 더욱 미운 것."

손수건이 여자의 마음을 상징하는 시대는 지났다. 지금 시대에 어울릴 만한 것. 예를 들어 비디오테이프나 콘돔 같은 것을 박의 집 어딘가에 넣어두는 것도 좋을 것이다. 그것을 발견한 박이 질투에 사로잡혀 이성을 잃고 살의를 품도록 말이다.

그러나 이런 셰익스피어적인 비극이 너무 과하다면, 또 지금까지 살펴본 박이라는 인물에 걸맞지 않는다면, 우리는 박을 질투에는 사로잡히되 살인까지는 하지 않는, 하더라도 우발적인 과실 치사쯤을 저지르는 것으로 설정할 수도 있다. 죽여버리고 말 테다! 마음속으로 수천 번을 되뇌이고도 우리는 그것을 실행에 옮기지 않는다. 마찬가지로 우리와 같은 하늘 아래 살아가는 평범한 소시민 박도 별로 다르지 않을 것이다. 그러니까 그는 질투와 분노에 사로잡혀 있다가 어떤 계기에 다다르자 격분하여 그녀를 죽음으로 몰아가는 것이다.

그런데 설령 박이 영주를 죽였더라도 그 정황을 소설에서 낱낱이 밝힐 필요가 있는 것일까? 작가인 우리가 독자들에게 취조를 받고 있는 상황도 아닌데 그렇게까지 할 필요도 없거니와 그것이 작품의 분위기와 어울리지 않을 수도 있다. 아랑 전설의 매력도 우리가 도저히 밝혀내지 못하는 부분, 그것에서 비롯되는 것이라면 역시 박과 영주 사이에 벌어진 일도 어느 정도는 베일로 가려놓는 것이 좋지 않을까. 그런 의도가 아니더라도, 우리가, 제아무리 작가라 해도 한 남자와 한 여자 사이에서 벌어진, 특히 당사자 하나가 죽어버린 그런 사건에 대해서 정확한 진상을 알아낼 수 있다는 것 자체가 환상이 아닐까? 박이 영주를 어떻게 살해했는가가 이 소설의 주안점이 아닌 바에야 그 부분을 다소 불투명하게 처리하는 것이 오히려 적절하지 않겠는가. 우리는 날마다 살인 사건을 접하지만 우리가 그 사건에 대해서 알 수 있는 것은 누가 누구를 언제 무엇으로 죽였다는 것 정도이다. 도대체 왜, 그리고 어떻게, 누가 누구를 죽였는지에 관해서 우리는 관습적인 설명, 예를 들어 채무 관계, 치정, 원한 등의 범주 이외의 더 깊은 사연에 대해 거의 알지 못한 채 그 사건을 흘려보내고 있다.

물론, 지금까지 그래왔던 것처럼 우리는 이 부분에 전혀 다른 이야기를 삽입하거나 또는 이 부분을 아예 우회해 다른 경로로 나아갈 수 있다. 오히려 영주가 박을 살해한 것으로 처리할 수도 있다. 아니, 그건 안 되지. 왜냐하면 첫부분에서 박이 '죽어버린' 영주를 그리워하니까. 그런 이야기를 쓰고 싶다면 처음으로 돌아가 모든 걸 고쳐야 되잖아. 무슨 말씀. 우리가 소설을 쓰고 있다는 걸 잊었군요. 그것은 박의 영혼일 수도 있지요. 정신착란에 빠져 죽어버린 박의 영혼은 죽고 나서도 자신이 아닌 영주가 죽었다고 믿는 거예요. 마루야마 겐지의 『물의 가족』은 물에 스며든 영혼이 화자잖아요. 우리라고 그렇게 하지 말라는 법이 없지요.

하이퍼텍스트, 이야기의 변화 혹은 진화

차성연

1. 서론

광범위한 디지털 문화의 영향 아래 온라인상의 글쓰기가 종이책의 생존을 위협하고 있다. '문학의 위기'라는 언술이 더 이상 위기감을 환기시키지 못할 만큼 그것은 낡은 담론이 되어버렸지만 문학, 특히 인쇄매체의 글쓰기는 여전히 뚜렷한 전망을 찾지 못하고 있는 형편이다.

우리가 문학이라고 부르는 것의 본질이 컴퓨터 화면 위에도 그대로 살아 있다면, 조금 아쉽긴 하지만 종이책은 사라져도 괜찮을 것이다. 그러나 변하지 않는 문학의 본질이 존재한다는 사고 자체가 탈근대의 시대에 맞지 않는 것. 매체가 달라졌는데도 변하지 않고 남아 있는 문학의 본질이란 존재하지 않는다. 형식이 다르면 내용 또한 달라진다는 고전적인 명제를 떠올리지 않더라도 인쇄매체의 문학과 온라인 문학[1]은 근본적으로 다른 것일지 모른다. 그렇다면

---

1) 현재 사이버문학, 디지털문학 등 여러 가지 용어가 혼용되고 있지만, 여기서는 매체에 따른 글쓰기의 성격을 구분하기 위해 온라인 문학이라는 용어를 사용한다. 맥루한은 미디어 자체가 메시지라고 하여 매체를 통해서 전달되는 내용보다 테크놀로지와 직결되는 미디어 자체의 중요성을 강조한 바 있다. ―맥루한, 『미디어의 이해』(커뮤니케이션북스, 1997) 참고.

인쇄매체는 인쇄매체대로, 온라인은 온라인대로 나름의 특성에 맞는 글쓰기 영역을 담당하면 될 것. 그러나 그 둘은 교집합없이 따로 떨어진 독자적인 영역이 아니다. 바로 이 교집합의 존재가 이 글을 가능하게 하는 이유이다. 사이버 문학의 영역 안에서 인쇄매체 문학을 논의할 수 있는 자리.

　교집합의 경계는 흐리고 원소들 또한 모호하다. 두 영역의 대화, 또는 헤게모니 다툼의 양상에 따라 교집합은 좁아지거나 넓어질 것이고, 그 성격도 달라질 것이다. 이 글을 전개하는 방식 중 하나는 이 교집합의 원소들을 분류하고 그 성격을 밝히는 형식이 될 수 있다. 우선 온라인상에서 씌어진 글이지만 인쇄매체의 문학적 전통을 따르고 있는 소설과 인쇄매체로 출판되었지만 온라인상의 글쓰기 특징들을 그대로 지니고 있는 소설들2)이 있겠고, 디지털 시대의 문제의식을 담고 있는 인쇄매체 문학3), 하이퍼텍스트적 형식을 구현하고자 한 인쇄매체 문학4) 등으로 나눌 수 있을 것이다. 작품들의 지형도를 그리는 작업에 해당할 이러한 분류는 전체적인 경향을 파악하는데 유용한

---

2) 매체에 따라 글쓰기의 성격이 달라진다는 이 글의 입장에서 이러한 구분은 관념에 불과하다. 온라인 상에서 씌어진 글이지만 인쇄매체의 문학적 전통을 따르고 있는 소설이란 문단에서 활동하고 있는 작가들의 개인 홈페이지 또는 문학 계간지의 홈페이지에 올려져 있는 작품들처럼 인쇄매체 문학을 온라인 상에 등록해놓은 것에 불과하고, 인쇄매체로 출판되었지만 온라인 상의 글쓰기 특징들(통신언어의 사용, 잦은 문단 나누기, 조회수를 고려한 스토리 변경 등)을 그대로 지니고 있는 소설은 그렇게 씌어질 이유가 없으므로 찾아볼 수 없다. 먼저 통신상에서 연재된 후 인쇄매체로 출판된 경우에도 『엽기적인 그녀』와 같이 통신언어를 종이에 옮겨 놓았을 뿐, 온라인 문학의 특징을 인쇄매체에 그대로 가져올 수는 없는 일이다.

3) 여기에 속하는 소설들은 매우 광범위하다. 디지털 시대의 변화된 환경을 단지 소재적인 측면에서 다루고 있는 소설들에서부터 기계문명 비판, 가상현실의 문제, 사이보그의 등장과 정체성의 혼란 등 다양한 문제들을 다양한 각도에서 접근한 소설들이 있다. 사이버 문학의 범주 안에 논의되는 대부분의 작품들이 여기에 속한다. 김영하 「거울에 대한 명상」, 「삼국지라는 이름의 천국」(『호출』, 1997), 「바람이 분다」(『엘리베이터에 낀 그 남자는 어떻게 되었나』, 1999), 송경아 「바리-길 위에서」(『책』, 1996), 윤대녕 『사슴벌레 여자』(2001), 엄창석 『황금색 발톱』(2000), 박상우 『카시오페아』(1994), 김설 『게임오버』(1997) 등.

4) 다양한 이야기 경로, 열린 결말, 독자의 적극적인 참여, 언어 기호의 멀티미디어화 등이 하이퍼텍스트의 핵심적인 특징이라 할 수 있다. 이러한 특징들은 전통적인 문학 형식에도 부분적으로 존재하면서 끊임없는 실험 항목이 되어 왔다.

반면, 두 영역의 격전장인 교집합 내에서 이루어지는 역동적인 과정을 읽어낼 수 없는 한계가 있다.

인쇄매체와 온라인 문학이 펼치는 역동적인 과정이란 텍스트 간의 대화를 통한 접촉[5]을 의미한다. 각각의 텍스트들은 사회적이고 역사적인 갈등을 드러내며 인쇄매체의 특징과 온라인의 특징을 겨룰 것이다. 다양한 문학 담론, 나아가 사회적 담론의 생산과 수렴을 의미하는 이러한 과정은 텍스트의 내부와 외부 어느 곳에서나 이루어지고 있지만 교집합 내의 상호작용은 가장 예각적인 형태가 될 것이다.

여기서는 온라인 문학이 등장하면서 인쇄매체 문학에 가장 큰 영향을 주었다고 판단되는 부분, 즉 작가와 독자의 관계 변화, 하이퍼텍스트적 형식의 도입과 같은 특징들에 초점을 맞추어 인쇄매체 문학과 온라인 문학의 상호작용을 들여다보고자 한다.

2. '문자'로 '디지털'을 '이야기'하기

문학의 매체는 문자이다. 일견 당연해 보이는 이 진술은 그러나 문자 이전에도 이야기가 존재하고 있었다는 사실을 떠올리면, 문자는 단지 문학의 전개 과정 중에 선택된 하나의 매체일 뿐임을 알 수 있다. 현재의 문학 형태는 문자의 발명이라는 기술적 진보와 더불어 형성되었고, 나아가 인쇄술의 발달로 인해 소설이라는 형식은 가장 근대적이고 대중적인 예술이 될 수 있었다.

이처럼 기술의 발전은 끊임없이 문학에 영향을 미치고 있는데, 오늘날 디지털 혁명이라 불리는 전자 기술의 '눈부신' 영향력은 구술시대와 문자시대를 잇는 새로운 시대를 예견하고 있다. 문자가 구술의 시공간적 한계를 극복하고 지식의 보존과 축적을 이루어 냈듯이, 디지털 매체 또한 활자 매체의 제약성을

---

5) 바흐친의 대화성 개념. 바흐친은 역사, 사회 그 자체가 이미 텍스트라고 생각한다. 크리스테바는 이를 토대로 작가가 그 텍스트들을 읽고서 다시 씀으로써 그 속에 얽혀 들어가게 된다고 하였다.

극복하는 다양한 가능성을 지니고 있는 것이 사실이다. 물론 그 역기능에 대한 우려를 감출 수 없지만, 디지털 매체의 네트워크 기능과 하이퍼텍스트 기능은 인쇄매체 문학이 태생적으로 지닐 수밖에 없었던 텍스트의 고정성과 선형적 서사 구조 등에 문제를 제기한다.

송경아의 「책」은 문자 시대의 물질적 텍스트인 '책'이 디지털화된 모습을 보여 준다. 화자의 어머니가 죽은 후 발견된 "김숙희"라는, 어머니의 이름을 달고 있는 책은, "어머니가 쓴 책이라거나, 어머니에 관한 책"이 아니라 어머니 자체이다. 살아있는 텍스트인 책은 "읽을 때마다 내용이 바뀌었으며", 읽는 순간 몇 행이 사라져버리기도 한다. 책을 읽으면서 어머니의 연애 패턴이 점점 자신과 동일해 지는, 이러한 모습은 고정화된 텍스트가 아닌, 독자와 상호작용하는 하이퍼텍스트를 연상시킨다.

또 작가가 되기로 결심한 화자가 쓰겠다는 책은 "위조본, 복사본, 파본, 앞의 반은 똑같고 뒤의 반이 틀린 두 개의 책, 같은 내용을 다루면서 문체가 다른 책들"이며, "그래서 어떤 게 진짜 나·책인지 어떤 게 가짜인지 구분하지 못하게" 만드는 의도를 지니고 있다. 그에게 책을 쓰는 일은 "영원의 기록에 대항해서 의미 없는 기록을 만들고 변조"하는 것이며 "삶의 일회성을 위해서 지금 현재 내가 할 수 있는 알"이다. 이는 전통적인 의미의 글쓰기와는 완전히 상반된 것이다. 근대적 의미의 글쓰기는 존재의 시공간적 제약을 넘어 영원성을 부여하고 그 의미를 탐구하는 것이었다. 「책」의 화자가 진짜와 가짜의 구분을 모호하게 만드는, 의미없는 기록을 위해 책을 쓴다는 것은 근대적 사유를 뒤집어 탈근대적 글쓰기를 선언하고 있는 것이라 하겠다.

이처럼 디지털 시대의 글쓰기는 탈근대적 사유와 맥이 닿아 있는데, 현실/비현실, 실재/상상, 원본/복사본, 작가/독자 등 모든 이분법적 구분의 경계가 모호해지고 중심이 이동하는 양상이 그것이다. 공상과학소설에서나 등장하던 가상현실의 세계가 본격 문학 작품에서도 빈번히 등장하고, 표절로 취급되던 패러디가 주된 창작 기법의 하나로 사용되고 있다. 김영하의 「호출」, 「삼국지라는 이름의 천국」, 「바람이 분다」에서는 상상이나 게임의 세계가 실제 현실에 개입하고 있으며, 이영수[6]의 「스핑크스 아래서」는 가공의 텍스트가 현실에서 실재로 변환되는 메카니즘을 보여주고 있다.

'문자'로 디지털 시대를 이야기하는 것이 문자가 지닌 논리적인 구분과 틀 지우기를 넘어서는 탈근대적 사유와 닿아있다면, 한편으로는 구술문화가 지니고 있던 직접성, 쌍방향성, 다중매체성을 복원시키는 양상을 보인다.[7] 구술시대의 이야기꾼은 청자를 앞에 두고 이야기를 풀어나가면서 때로 청중을 이야기에 끌어들이기도 하고 노래를 곁들이기도 했는데, 이는 온라인상의 글쓰기 특징과 거의 일치한다. 각종 게임의 서사가 대부분 신화나 설화를 원형으로 하고 있으며 판타지 문학이 신화적 상상력을 바탕으로 탄생한 장르인 것을 보면, 구술시대의 이야기가 디지털 시대에 되살아나고 있음을 알 수 있다.

이야기꾼은 새로운 이야기를 창작하기 보다는 원본을 청자에 맞게 각색하며 수많은 이본을 만들어낸다. 소설 『아랑은 왜』의 화자가 여러 판본과 자료를 토대로 아랑 전설의 또다른 이본을 만들어내는 작업은 조선시대 이야기꾼의 구술과 흡사하다. 또 송경아의 「바리」 연작은 구술시대 '바리공주설화'의 디지털 판본이라 할 수 있다. 이처럼 현재의 디지털 문화는 문자 문화보다 구술문화에 가까운 특성을 보이고 있다.

구술문화 시대의 이야기는 청중에 따라 이야기의 판본을 달리할 수 있는

---

6) 이용욱은 통신공간에서 현실공간으로 이동해 나간 작가들로 김영하, 송경아, 이영수, 이영도를 꼽으면서, 본격 문학 안에 성공적으로 입성한 김영하, 송경아와 달리 이영수와 이영도는 올바른 평가를 받지 못하고 있다고 본다. 이영수는 SF 소설가, 이영도는 환타지 작가로서 이러한 장르에 대한 문단의 선입견이 그들의 문학적 성취에 대한 미학적 접근을 가로막고 있다는 것이다. ―이용욱, 「사이버리즘의 문학적 구현 양상」, 이선이 편저, 『사이버문학론』(월인, 2001) p. 149. 각주3 참고
  작가 이영수는 통신공간 하이텔에서 DJUNA라는 ID로 활동하고 있으며 알려지지 않은 여러 사람이 '이영수'라는 이름으로 공동창작을 하고 있다. 출간된 작품집으로 『나비전쟁』(오늘예감, 1997), 『면세구역』(국민서관, 2000), 『태평양횡단특급』(문학과지성사, 2002)이 있다.
7) 월터J.옹, 이기우·임명진 역, 『구술문화와 문자문화』(문예출판사, 1995) 참고.

비고정성을 지녔다. 이는 화자와 청자의 직접적인 소통으로 가능한 것이며, 텍스트의 다성성 또한 여기서 비롯된 것이라 할 수 있다. 민담이나 전설을 유포하고 각색하는 역할은 옛부터 이야기꾼과 함께 청중들의 몫이었다.『아랑은 왜』의 작가가 이야기꾼에 가깝다면 현대의 청중, 즉 독자들의 참여는 필수적이라 할 수 있다. 이러한 독자의 지위를 보장하기 위해『아랑은 왜』가 택하고 있는 방법이 바로 하이퍼텍스트 형식의 차용이다.

사실 인쇄매체 문학에서도 독자의 참여를 보장하기 위한 형식적인 실험이 계속되어 왔다. 결말을 독자들의 상상에 맡겨둔다든지, 소설의 얼개를 독자들이 엮어갈 틈을 군데군데 열어두는 식으로 짜는 등의 형식 실험은 꾸준히 시도돼 왔으나, 하이퍼텍스트와 같이 근본적인 변화를 보여주지는 못했다.

디지털 매체가 가진 하이퍼텍스트 기능의 영향을 받아 최근 인쇄매체 문학에서도 하이퍼텍스트적 형식을 지닌 작품이 등장했다. 앞에서도 언급된 바 있는 김영하의『아랑은 왜』인데 다양한 이야기 경로의 가능성을 열어두고 독자와 함께 그 경로를 열어가는 형식을 취하고 있다는 점에서 현재로서는 하이퍼텍스트적 형식에 가장 가까운 인쇄매체 문학이라 할 수 있다. 다음 장에서 이 작품을 분석하면서 온라인 문학과 인쇄매체 문학이 가장 깊이 만나고 있는 지점을 들여다보고자 한다.

3. 독자의 귀환과 하이퍼텍스트적 형식

무엇보다도 디지털 기술이 문학에 미친 가장 큰 영향은 전통적인 작가-독자의 관계 해체라 할 수 있다. 책으로 출판된 '글'은 쓰는 자와 읽는 자가 명확히 구분되어 있고, 이미 완결된 텍스트여서 독자가 참여할 수 있는 여지가 지극히 제한적일 수밖에 없다. 그러나 온라인에서는 작가와 독자가 자유롭게 '대화' 할 수 있으며 독자의 반응과 요구에 따라 스토리가 바뀌기도 한다. 또 릴레이 글쓰기, 공동 창작 등 글쓰기의 방식도 쉽고 다양해져서 누구나 글을 쓸 수 있게 되었다. 작가와 독자의 구분은 더 이상 명확하지 않다. 문자가 작가에게 권위를 부여했다면, 디지털 매체는 독자를 중심에 세운다. 이제 독자는 작가-작품-독자의 관계에서 가장 중요한 위치를 차지하면서 텍스트의 대화적인 특성을 가장 잘 드러낼 수 있는 장소가 된 것이다.[8]

김영하[9]의 소설 『아랑은 왜』는 이야기를 만드는 과정에 독자를 참여시킨다는, 하이퍼텍스트의 가장 큰 특징[10]을 구현하고 있다. 재구성된 아랑의 이야기, 현대의 '박'의 이야기가 대위법적으로 전개되는 이 소설의 중심에는 이러한 이야기를 엮어나가는 메타 이야기가 한 축을 이룬다. 소설 속의 작가는 독자를 끌어들여 '우리'라는 호칭을 사용하면서 함께 이야기를 만들어 나간다.

'우리'가 재구성하고자 하는 아랑 이야기의 배경, 서두, 시점, 인물 설정 등은 모두 여러 가능성들을 살펴본 후 '선택'된다. 이는 하이퍼텍스트에서 하나의 마디에 링크된 여러 경로를 독자가 선택할 수 있는 것과 같은 방식이다. 어떤 부분은 두 개의 버전으로 제시되기도 한다.[11] 물론 인쇄매체의 한계로 인해 여러 경로 하나하나가 실제 하나의 이야기가 되지 못하고 가능성으로만 남게 되며, 결국 선택은 작가에 의해 이루어질 수밖에 없다는 점에서는 차이가

---

8) 텍스트는 수많은 문화에서 온 복합적인 글쓰기들로 이루어져 서로 대화하고 풍자하고 반박한다. 여기에는 이런 다양성이 집결되는 한 장소가 있는데, 그 장소는 바로 독자이다. —바르트, 『텍스트의 즐거움』(동문선, 1997)

9) 작가 김영하는 등단 이전부터 온라인상에서 작품 활동을 했고 그것이 계기가 되어 디지털 문화의 영향력이 본격화되었던 90년대에 문단 활동을 시작, 현재까지 꾸준하게 작품을 발표하고 있다. 여러모로 사이버 문학, 또는 디지털 문학과 연관이 깊은 작가인데, 특히 단편 「아랑은 왜 나비가 되었나」를 확대·개작한 장편 『아랑은 왜』는 그 형식의 독특함으로 평단의 주목을 받은 바 있다. 소설집으로 『호출』(1997), 『엘리베이터에 낀 그 남자는 어떻게 되었나』(1999), 『오빠가 돌아왔다』(2004)가 있고 중편 『나는 나를 파괴할 권리가 있다』(1996), 장편 『아랑은 왜』(2001), 『검은 꽃』(2003)을 내놓았다.

10) 문학이라는 개별 영역 내에서 디지털 기술이 가져온 변화의 핵심은 전통적 작가-독자의 관계 해체라고 지적되어 왔다. —최혜실, 『디지털시대의 문화예술』(문학과지성사, 1999)

11) 「23. 새 한 마리가 날아들다」와 「24. 또 다른 가능성」은 '박'과 '영주'가 동거를 시작하게 되는 시기를 다른 이야기로 제시하고 있다.

있다. 그러나 『아랑은 왜』를 읽으면서 추리소설 기법으로 재구성된 아랑 이야기를 읽는 재미보다 이야기를 엮어가는 재미를 더 크게 느낄 수 있는 것은 분명 하이퍼텍스트적 형식에 힘입은 바 크다고 할 것이다.

허구와 실제의 구분이 모호해지고 영상과 이미지에 밀려 점차 힘을 잃어가는 소설 형식에 대해 작가는 고민할 수밖에 없는 입장이다. 이러한 고민을 독자에게 가장 잘 전달할 수 있는 방법은 바로 독자에게 작가 체험을 하게 하는 것. 이를 위해 작가는 하이퍼텍스트적 형식을 도입하여 독자들에게 소설가, 또는 이야기꾼을 가상 체험할 수 있는 기회를 제공하면서 '이야기'에 대해 함께 고민하고자 하는 것이다. 아니면 작가가 생각하는 '이야기'에 대해 독자에게 좀더 효과적으로 이야기하고자 하는 것.

그렇다면 작가가 생각하는 '이야기'란 어떠한가. 작가는 "이야기의 주인은 이야기"이며 그것이 "우리의 몸을 빌려 자신들의 유전자를 실어나르고 있는 것"이라고 말한다. 이야기는 고정불변하는 한 작가의 소유물이 아니다. 그것은 몇 사람의 귀와 입을 통과하는 사이 새롭게 윤색되고 그 과정에서 재탄생되거나 사라지기도 하는 역동성을 지니고 있다. 한마디로 이야기는 하나의 텍스트[12]인 것. 서사가 싹틀 수 있는 곳이라면 어디서든 씨를 뿌리고 자라나 다른 싹들과 대화하고 경쟁하며 자신의 몸을 바꿔나가는 텍스트.

작가가 '우리'를 내세워 재구성한 아랑 이야기는 『왕조실록』이나 『정옥낭자전』(이것 또한 작가가 만들어낸 허구이긴 하지만)과 같은 자료를 토대로 대단히 합리적인 외양을 갖추고 있다. 이는 김억균을 근대적인 탐정의 모습으로 만들어 이야기를 추리소설의 형태로 이끌게 하는데, 실상 클라이막스라고 할만한 재판 장면에 와서는 그것 또한 틈이 많은 하나의 이야기일뿐 당사자만이 알 수 있는 '사실'이 될 수 없음을 보여준다. 재판은 사실의 진위를 가리는 자리가 아니라 이상사와 김억균, 아니 그들이 가지고 있는 이야기의 대결장이

---

12) 바르트를 비롯한 기호학자, 후기 구조주의적 비평 이론에서 말하는 텍스트의 개념. 여기서 다양한 술화들이 교차하고 상호작용하면서 담론의 생산이 일어나기도 한다.

된다.

민담의 힘을 빌어 귀신을 물리친 용감한 사또상(像)을 얻게된 신임부사 이상사는 아랑이 나비가 되어 자신을 죽인 범인을 지목했다는 이야기에 살을 붙였고, 사건을 재수사하는 역할을 담당하는 김억균은 여러 정황들을 토대로, 아랑은 전임부사 윤관의 딸이 아니라 첩이었고 그녀가 관노 안국과 정분이 나자 질투심을 이기지 못한 윤관이 아랑을 살해한 뒤 밀양 땅을 떠났으며 남아있는 호족들이 자신들의 권력유지를 위해 새로 부임하는 사또들을 연달아 독살하게 된다는 이야기를 얻는다. 이 두 이야기는 재판 장면에서 맞붙어 경쟁하지만 어느 것의 승리가 아니라 또 다른 이야기가 만들어질 '틈'을 남긴 채 끝난다. 이야기의 격전장이 또 다른 서사의 토양으로 이어지는 것이다. 이처럼 작가는 이야기를 만들어가는 메타 픽션 안에 있는 이야기 또한 '이야기의 대결'에 관한 이야기로 채우고 있다.

마찬가지로 과거의 아랑 이야기와 현대의 '박'의 이야기도 서로 대결, 또는 대화한다. 아랑 이야기를 만드는데 있어서는 대단히 합리적인 자세를 취하던 작가가 '박'의 이야기를 엮어갈 때는 반대로 다소 엉성하고 느슨한 태도를 보이는 것이다. 아랑 이야기에서는 등장 인물의 성격을 보여주기 위해 일화를 삽입할 정도로 치밀했던 작가가 '박'의 이야기를 만들 때는 "그러나, 정말 소설 속의 등장인물들이 그렇게 낱낱이 명백하게 규명되어야 하는 걸까?"라며 의문을 표시하고, 사건의 진상을 파악하기 위해 여러 정황 증거들을 수집하던 아랑 이야기에 반해, 현대의 영주는 누구에 의해, 어떻게 살해되었는지 모든 것이 불투명하며 "알아낼 수 있다는 것 자체가 환상"이라고까지 말한다. 이 미묘한 태도의 차이가 과거와 현대 이야기의 '의도된 불협화음'을 만들며 서로 대결하게 한다. 이는 이야기에 대한 견해, 소설에 관한 이데올로기 또한 변화할 수 있으며, 실제로 변화하고 있음을 시사한다.

이처럼 작가는 '이야기'가 다양한 계층 및 문화, 사회적 현상들이 부딪히고 대화하는 하나의 텍스트이며, 이를 둘러싼 사회 또한 하나의 텍스트로서 이야기에 영향을 주고 있음을 보여준다.

지금까지 살펴본 바와 같이 작가가 이야기를 하나의 '텍스트' 개념으로 파악하고 있기에 이야기를 다루는 이야기 『아랑은 왜』의 형식이 '하이퍼텍스트'에 근접할 수 있었음을 알 수 있다.

4. 결론

독자에게 작가적인 지위를 부여하고, 모든 가능한 이야기경로를 제시할 수 있는 하이퍼텍스트의 특성은 '하이퍼텍스트'라는 형식이 있어 가능한 것이다. 인쇄매체 문학을 두고 하이퍼텍스트의 형식을 얼마나 가깝게 흉내 내었는가를 분석하는 것은 무의미한 일일 것이다. 하이퍼텍스트적 구조를 지닌 인쇄매체 문학을 비평하는 것은 하이퍼텍스트적 관점, 그러한 비평의 눈으로 문학을 새롭게 분석한다는 것을 의미한다. 그렇기 때문에 1930년대에 씌어진 이상의 문학을 하이퍼텍스트로 새롭게 발굴하는 작업이 가능할 수 있다. 마찬가지로 우리 문학사 또한 하이퍼텍스트적 관점으로 다시 씌어질 수 있을 것이다. 능동적인 독자를 보장하고자 했던 문학의 줄기, 다초점화 등의 방식으로 다성성을 구현하고자 했던 문학의 줄기, 언어기호의 멀티미디어화를 실험했던 또 다른 줄기…… 이러한 줄기들이 그리는 그물망이 새로운 문학사가 될 수 있을 것이다.

현재의 상황은 작품보다 비평이 앞서가고 있는 것처럼 보인다. 적어도 하이퍼텍스트적 관점에서는 실제 작품은 없는데 비평만 존재하는 상황인 것이다. 하이퍼텍스트의 긍정론과 부정론이 논란을 거듭하고 있지만, 실제 작품에서 그것이 어떻게 나타날지는 두고 봐야 할 일이다. 하지만 하이퍼텍스트를 둘러싼 텍스트적 환경이 그것을 많은 부분 좌우할 수 있을 것이다. 사회적인 기반이 조성되지 않은 채 나타난 기술(技術)적인 하이퍼텍스트는 현재 우리의 온라인 문학, 온라인상의 대화가 진정한 의미의 대화성을 획득하지 못한 것처럼 그 무엇도 '하이퍼'하지 못할 것이다.

참고문헌

송경아, 『책』, 민음사, 1996.

김영하, 『아랑은 왜』, 문학과지성사, 2001.

마샬 맥루한, 『미디어의 이해』, 커뮤니케이션북스, 1997.

이용욱, 「사이버리즘의 문학적 구현 양상」, 이선이 편저, 『사이버문학론』,
　월인, 2001.

월터J.옹, 이기우 · 임명진 역, 『구술문화와 문자문화』, 문예출판사, 1995.

롤랑 바르트, 『텍스트의 즐거움』, 동문선, 1997.

최혜실, 『디지털시대의 문화예술』, 문학과지성사, 1999.

생각해 볼 문제

1. 온라인 상의 글쓰기와 인쇄매체 글쓰기의 차이점에 대해 생각해보자.
2. 디지털 매체가 인쇄매체 문학에 미친 영향에 대해 생각해보자.
3. 디지털 시대에 인쇄매체 문학이 나아갈 방향에 대해 토의해보자.

「거리에서」 외 9편

이원 외

작품 해설

　다음 작품들은 이원의 시집 『그들이 지구를 지배했을 때』(문학과지성사, 1996)와 『야후!의 강물에 천 개의 달이 뜬다』(문학과지성사, 2001), 서정학의 시집 『모험의 왕과 코코넛의 귀족들』(문학과지성사, 1998), 성기완의 시집 『쇼핑 갔다 오십니까?』(문학과지성사, 1998)에서 각각 인용하였다.

　이들의 시는 사이버 상에서 발표되는 것도 아니고, 하이퍼텍스트 시도 아닌 인쇄매체 형태의 작품이지만 디지털 시대를 사는 현대인의 삶의 양상을 반성적으로 성찰하는 사이버적 시라고 할 수 있다. 특히 이원의 두 번째 시집의 대부분의 시들은 그 형태와 내용의 측면에서 다분히 실험적이며 사이버적이라고 할 수 있다. 다음에 인용된 작품들은 시집 속에서도 그러한 경향이 특히 두드러지는 시들로 선택하였다.

거리에서

내 몸의 사방에 플러그가
빠져나와 있다
탯줄 같은 그 플러그들을 매단 채
문을 열고 밖으로 나온다
비린 공기가
플러그 끝에 주렁주렁 매달려 있다
곳곳에서 사람들이
몸 밖에 플러그를 덜렁거리며 걸어간다
세계와의 불화가 에너지인 사람들
사이로 공기를 덧입은 돌들이
둥둥 떠다닌다

—이원, 『그들이 지구를 지배했을 때』에서

나는 클릭한다 고로 나는 존재한다

잉크 냄새가 밴 조간신문을 펼치는 대신 새벽에
무향의 인터넷을 가볍게 따닥 클릭한다

신문 지면을 인쇄한 모습 그대로
보여주는 PDF 서비스를 클릭한다
코스닥 이젠 날개가 없다
단기 외채 총 500억 달러
클릭을 할 때마다 신문이 한 면씩 넘어간다
나는 세계를 연속 클릭한다
클릭 한 번에 한 세계가 무너지고
한 세계가 일어선다
해가 떠오른다 해에도 칩이 내장되어 있다
미세 전극이 흐르는 유리관을 팔의 신경 조직에 이식
몸에서 나오는 무선 신호를 컴퓨터가 받는다는
12면 기사를 들여다보다
인류 최초의 로봇 인간을 꿈꾼다는 케빈 워윅의
웹 사이트를 클릭한다 나는 28412번째 방문객이다
나도 삽입하고 싶은 유전자가 있다
마우스를 둥글게 감싼 오른손의 검지로 메일을
클릭한다 지난밤에도 메일은 도착해 있다
캐나다 토론토의 k가 보낸 첨부파일을 클릭한다
붉은 장미들이 이슬을 꽃잎에 대롱대롱 매달고
흰 울타리 안에서 피어난다
k가 보낸 꽃은 시들지 않았다
곧바로 나는 인터넷 무료 전화 dialpad를 클릭한다
k의 전화번호를 클릭한다
나는 6589 마일리지 너머로 연결되고 있다
나도 누가 세팅해놓은 프로그램인지 모른다
오른손으로 미끄러운 마우스를 감싸쥐고 나는

문학을 클릭한다 잡지를 클릭한다
문학 웹진 노블 4월호를 클릭한다
사막이 아름다운 것은 그것이 어딘가에 샘을
감추고 있기 때문이라고 표지의 어린 왕자는
자꾸자꾸 풍경을 바꾼다 창을 조금 더 열고
인터넷 서점 알라딘을 클릭한다 신간 목록을 들여다보다
가격이 20% 할인된 폴 오스터의
우연의 음악과 15% 할인된 가격에
르네 지라르의 폭력과 성스러움을 주문 클릭한다
창밖 야채 트럭에서 쿵쿵거리는
세상사 모두가 네 박자 쿵착 쿵착 쿵차자 쿵착
나는 뽕짝 네 박자를 껴입고 트럭이 가는
길을 무심코 보다가 지도를 클릭한다
서울에서 출발하는 길 하나를 따라가니 화엄사에
도착한다 대웅전 앞에 늘어선 동백 안에서
목탁 소리가 퍼져 나온다 합장을 하며
지리산 콘도의 60% 할인 쿠폰을 한 매 클릭한다
프린터 아래의 내 무릎 위로
쿠폰이 동백 꽃잎처럼 뚝 떨어진다 나는
동백 꽃잎을 단 나를 클릭한다
검색어 나에 대한 검색 결과로
0개의 카테고리와
177개의 사이트가 나타난다
나는 그러나 어디에 있는가
나는 나를 찾아 차례대로 클릭한다
광기 영화 인도 그리고 **나**…………**나**누고

……**나**오는…**나**홀로 소송……**또나**(주)…
나누고 싶은 이야기……지구와 **나**…………
따닥 따닥 쌍봉낙타의 발굽 소리가 들린다
오아시스가 가까이 있다
계속해서 나는 클릭한다 고로 나는 존재한다
—이원, 『야후!의 강물에 천 개의 달이 뜬다』에서

나는 검색 사이트 안에 있지 않고 모니터 앞에 있다

연휴 첫날 아침 흰색 반소매 티셔츠와
카키색 반바지를 입고 수목원 입구에 도착한다
하늘에는 구름도 인공위성도 떠 있지 않다
지도를 펼쳐본 뒤 그림자의 나사못을
풀고 그림자는 그곳에 놓아두고
산책로로 들어선다
넓은 풀밭은 아침 광장이라는 푯말을 달고
펼쳐져 있다 새들의 울음소리는 적막이
먹고 없다 김밥도 음료수도 싸오지 않은
나는 한참 동안을 풀밭만 바라본다
풀 속에 발바닥이 달라붙지는 않고
바코드 인식기 같은 햇빛이 달라붙는다
지도를 다시 펼친다
내가 지나온 곳의 맞은편 능선을 따라 에덴 계곡
하늘나라 하늘나라 계곡으로 오르는 산책로가 있다

하늘나라와 하늘나라 계곡은 지도가
더 이상 오를 수 없는 끝에 걸려 있다
내가 닿고 싶은 곳은 이곳이 아니다 무심코
에덴 계곡으로 손을 옮기다 말고 그러나
불쑥 갈보리 산을 열고 만다
갈보리 산에는 아직도 흰 눈이 이동 성막처럼
쌓여 있고 눈 속에 나무 십자가 하나가 꽂혀 있다
십자가 위로 못 자국 대신 접속 가능의 커서가
떠올랐지만 하늘나라까지는 오르지 않고
허겁지겁 야생화 정원으로 내려온다
한 줄기에 열 개의 분홍 금낭화가 나란하게
달려있다 두 개는 검게 시들었다
지고 있는 꽃들은 저희들 각각 지상에
내려와야 한다 나는 업데이트된 애기동자꽃을
연다 그러나 애기동자꽃의 서버를 찾을 수 없다는
그곳에서 나는 갑자기 멈추어 선다 막힌 세계
너머에는 광활한 신대륙이 펼쳐지고 있겠지만 창은
금방 벽이 되어 내 앞에 선다
진공포장되어 장기 보존되고 있는 것이
나일 수도 있다
오래전 저장된 게임이
나일 수도 있다
그러나 나는 정보가 아니어서 의자에 엉덩이를
놓고 허리를 의자의 등받이에 바싹 붙인다
내 몸이 닿아 있는
세계에서는 여전히 땀냄새가 난다

─이원, 『야후!의 강물에 천 개의 달이 뜬다』에서

콘센트에 관한 명상

1

나는 내부 회로를 바꿨다 그리고 이제
내 면벽의 중심에 콘센트가 있다
콘센트는 네가 늘 바라보는 벽에도 있다
가로 7㎝ 세로 12㎝의
직사각형 틀 안에도 우주는 있다
나는 늘 어딘가에 꽂히고 싶은 플러그이고
그런 내 앞에 콘센트는
220V용이라는 단 하나의 화두를 던져놓고 있다

2

콘센트의 아래에는 열리고 싶은 문인 벽이 있고
콘센트의 위에는 벽이고 싶은 문인 창이 있다
콘센트의 뒤는 사방이 온통 투명한 벽인 허공이다
사람들은 오랫동안 허공에 창을 무덤처럼 파놓고
허공에 계단을 파놓고 허공이라는 벽을 올라갔다
허공에 빨간 비상등을 켜놓고 허공이라는 벽을 염탐했다

이제 사람들은 허공에 주소를 갖게 되었다
이제 사람들은 허공이라는 시스템에 연결되었다

3

그러므로 비어 있는 저 콘센트는 내가 기어이
들어서야 할 一柱門이다
비어 있는 저 콘센트는 내 몸이
들어가고 싶은 전자 사막의 첫 입구이다 사람들은
이제 생각하지 않고 인식한다 그러므로
비어 있는 저 콘센트는
이 세계를 해킹하기 위한 나의 해적선이다
해적선의 메인 컴퓨터로 들어가기 위한
로딩 프로그램이다

—이원, 『야후!의 강물에 천 개의 달이 뜬다』에서

자화상

휴대폰을 받다 얼굴이 떨어져 깨져버렸다 깨진 조각 하나를 들어 오른쪽
팔목을 그었다 비틀린 혈관 하나 끊어지자 해가 땅에 뚝 떨어진다

버스를 기다리다 얼굴을 한 손으로 구겼다 깡통처럼 쓰레기통에 던졌더니
모서리를 맞고 튕겨져나온다 경쾌한 소리

수족관에 얼굴을 빠뜨렸다 기름이 둥둥 뜨고 전기뱀장어들은 줄줄이 눈
속으로 들어간다 시간이 검은 비닐 봉지를 뒤집어쓰고 있다

책을 읽다 지루해져 코와 입을 뜯어 거울 속으로 던졌다 테트리스의 조각처

럼 서로 서쪽 구석에서 물려 있다 글자들은 글자들끼리 몸을 꿰맨다

컴퓨터를 켜자마자 17인치 모니터가 얼굴을 진공청소기처럼 쭉 빨아 당겼
다 눈코입이 딸려 들어가고 가죽만 책상의 모서리로 흘러내렸다 미지근한
가죽을 들어 신년 달력 옆에 걸어놓는다

—이원, 『야후!의 강물에 천 개의 달이 뜬다』에서

사이보그 2 —정비용데이터 A

TV를 켰습니다 저울에 올려진 고기가 클로즈업되자마자 인접성의 코드
체계가 즉시 작동됩니다.
안심/도마/식칼/프라이팬/올리브유/적포도주/간장/육수/다진양파/다진토마
토/다진마늘/청주/버터/녹말물/설탕/다진파/참기름/통깨/소금/후춧가루/피
클/접시/포크/나이프/냅킨/파슬리/파프리카/안초비……………………………
채널을 바꿉니다. TV 속은 온통 사막이 펼쳐져 있습니다. 열려 있던 인접성
의 코드 체계가 자동적으로 데이터를 전송하기 시작합니다.
모래/바람/바람무늬/뼈/해골/물/2%/타클라마칸/돈황/막고굴/103굴/코끼리
캐러밴/옥문관/양관/누란/미라/나미브/사하라/낙타/발자국/바그다드카페/
선인장/비단길/천산남로/천산북로/천불동/트루판/백야…………………
다시 채널을 바꾸고 코드 체계도 재빨리 유사성의 코드 체계로 바꿉니다.
갑자기 기억장치가 유사성 오류를 일으킵니다.
그렇지만, 아, 나는 그것이 어떤 것인지를 알고 있어요……그것은……정
확해요, 끊임없이 움직이지요…… 지치지 않아요. 네 그것은 즉각적이지
요……나는 분명 그것을 알아요 전문적인 용어는 생각나지 않지만……그

것은 회의하지 않아요. 그것은……달의 표면이나 깊은 바닷속도 갈 수 있
어요. 또……그것은 기억도 하고 판단도 해요. 그래요. 그것은……우리 인
간과 밀접한 관련이 있어요……우리는 그것의……일부예요. 우리는 그것
과 결합할 수도 있어요. 우리는 그것에 연결되어 있어요……아 그것은 날
마다 빠른 속도로 생겨나요. 우리는……그것에 갇혀가고 있어요……그것
이 가리키는 방향에……우리는 잘 길들여져 있어요.

−이원, 『야후!의 강물에 천 개의 달이 뜬다』에서

(1) 인조인간 18호

눈알을 끼워넣고 싸게 산 신장과
두 짝의 허파를 꿰매고 손톱을 촘촘히
박아넣고 백만 가닥이나 되는 머리칼
일일이 심고 지붕에서 주워온 이빨들
깨끗이 닦아 망치로 두들기고
구겨진 십이지장을 잘 펴서 말리고
보라색 단추로 배꼽 만들고
장판 뜯어내 피부로 감싸고
뿌리 같은 건 없어 단절, 단절!!
아무데서나 태어나버리는
하릴없는 아이들

−서정학, 『모험의 왕과 코코넛의 귀족들』에서

비디오 게임/모험의 왕과 코코넛의 귀족들

그녀를 아직 구하지 못했다 술통들은 이리저리 구르고 원숭이는
코코넛을 던진다 제발 날 건들지 마라 부탁에도 불구하고 코코넛 하나가
내 머리를 때린다 이런 제기랄 욕을 하면서 나는 아파한다 혹이 났다 저
녀석
올라가기만 해봐라 나는 나무를 기어오르고 이 기묘하게 생긴 나무는
나에게 너무 불리하다 야 너 내려오지 못해! 나는 고래고래 고함 지른다
원숭이는 못 들은 척한다 원숭이는 나무 위에서 코코넛을 던지도록
프로그램 되어 있다 원숭이도 달리 방법이 없는 것이다 이미
결정되어있다 원숭이는 내려오지 않는다 내가 올라가는 수밖에 없다
그것이 목적이라는 것을 중얼거리는데 쾅— 푸른 별들이 반짝인다
먹을 수도 없는 코코넛이 머리를 때린다
에너지가 부족하다 방금 코코넛이 에너지 막대를 반이나 깎았다
도저히 참을 수 없다 아프잖아 살살 던져 표정에 변화가 없다 원숭이는
어차피,
나는 나무를 기어오른다 내 칼은 너무도 짧다 나무 꼭대기까지
올라가니까 그럭저럭 원숭이를 찌를 수 있게 되었다 푹—
단검으로 원숭이를 찌른다
원숭이는 눈물 한 방울 안 흘리고 나무 밑으로 떨어진다 나는 기분이 나빠
져서
나무 밑을 본다 뭐 어차피 그렇게 프로그램되어 있으니까
그녀, 공주를 구하러 가야만 한다 원숭이는 500점이다 보너스까지는 아직
멀었고

에너지는 별로 남아 있지 않다

—서정학, 『모험의 왕과 코코넛의 귀족들』에서

컴퓨터, 꿈, 키보드,

POPULOUS[*]

프로그램에서; 나의 역할은 신이다
신의 종족 곧 나의 인간들을 번성시켜야 한다
악마의 종족 인간들 적을 물리쳐야만 한다
많은 성과 마을들을 지어야만 한다
바닷물은 위험하다 나의 종족들에게 그것은 치명적이다
나는 땅을
산을 깎아내려 평지를 만든다 종족들은 그곳에 집을 짓는다
그리고 번영을 누린다 그들은 꿈꾼다 난 느낄 수 있다
모니터 가득 그들의 존재 흰 점을 늘리는 꿈
그것, 많은 점수를 받을 수 있다
그리로 위협적인 존재 악마의 종족
나의 종족 그들은 나를 믿는다 믿음이 나에게 힘이 된다
그들은 꿈꾸듯이 나를 믿는다 눈으로 확인할 수 있도록
수치로 나타난다 나를 믿는 믿어줄 그들의 수치가 많으면
모니터 오른쪽의 사이코 프레임이 올라간다 이것은 중요한 것이다
그것으로 나는 여러 가지 기적을 행할 수 있다 그들 믿음 덕으로
많은 점수를 낼 수 있다 지진을 일으킨다 늪을 만든다

화산을, 홍수가 난다 그들과 다른 종족 그들은 빨간 점의 그들은
늪에 빠져 죽는다 집은 무너지고 나의 기사들에게 목숨을 잃는다
성은 불타고 그들은 속수무책이다 레벨이 낮은 탓이기도 하다
마지막 빨간 점 그들의 마지막 하나 그, 그녀가 죽자 모든 것이 끝난다
이곳은 이제 나의 세계가 된 것이다 점수가 나오고 곧 악마의 신은
키워드를 가르쳐준다 씨익 악마처럼 웃으며 다음의 세계로 가는
열쇠이다 이 세계는 곧 지나간다

VILLAGE: 56
CASTLE: 38
KNIGHT: 5
SCORE: 10300

또 다른 세계 방식은 같다 (세계 존재 방식의 비밀)

*ⓒ 1989, 1990, 1991 ELECTRONIC ARTS.
 ⓒ 1989, 1990, 1991 BULLFROG.

—서정학, 『모험의 왕과 코코넛의 귀족들』에서

幻生, 혹은 죽음에 이르는 병

…… 그러니 타락하라,
목숨은 목숨을 낳을 뿐.
—니체

虛 頭

목숨을 싣고 다니는 파장이 하늘에 亂舞한 거미줄을 쳐놓고 목숨들의 승천을 가로막고 있으니 모든 生은 죽음을 눈앞에 둔 단 한 번의 기회가 아니라 複製를 눈앞에 둔 주형틀이라 다들 의미를 찾지 못하고 뜻없는 거울에 되비친 자기 자신의 해골바가지에다 대고 웃고 울고 지랄하다가 나중에는 서로 얼싸 안고 울고불고 마치 가본 것처럼 좋드만 싫드만 쌌고 기가 막혀 가슴을 치고들 그짓들을 하던 중 알고 보니 소문이 아닌 것이 없고 또 그 소문 중에 실제인 것은 없고 모두들 구름을 타고 휘적휘적 헛것들 속에서 난리를 피우다가 꿈에서 깨어보면 안방이니 虛頭야 虛頭거늘 목숨은 간데없고 판박이 종이에 각인된 말없는 풍경 혹은 인물들뿐이더라 다들 존재의 강시인 자들아 타락하라 그것은 네가 아니라 너의 그림자이니

1. 모니터, 혹은 二重 自我

한참 동안 어둡다가 무대가 서서히 밝아진다. 무대 가운데에 소파 하나, 그리고 양편으로 모니터가 두 개, 소파는 비어 있다. 모니터에는 계속해서 사람들의 얼굴이 지나간다. 무대 뒤의 벽면에는 큰 비디오 스크린. 소파와 모니터 두 개가 놓인 무대가 다시 거기 비추인다. 무대가 밝아진 후에도 계속하여 정적. 그리고 무대의 좌, 우측 끝에는 위로부터 길게 내리쳐진 휘장, 사람이 비치게 되어 있다. 거기 각각 한 사람씩 배치, 두 사람의 실루엣이 다음의 대화를 한다.

– 여보세요
– 여보세요
– 누구시죠
– 누구시죠
– 카드를 뽑아보세요

– 어느 쪽으로 봐도 목숨은 두 장이에요
– 방아쇠를 당기면, 탄환은 머리에 박힐 예정인가요?
– 카드를 뽑아보세요
– 탄환은 머리에 박힐 수도 있습니다
– 하지만 목숨이 두 장이라서
– 당신은 어느 쪽이지요?
– 공장은 이마주를 증식시킵니다
– 그쪽입니까?
– 그쪽입니다
– 파편들 하나하나가 다 나타났다가 사라집니다
– 파편들 하나하나가 다 나타났다가요?
– 사라집니다. 매번 왔다가는 작별을 고하지요.
– 매번 왔다가요? 죽음입니까?
– 당신도?
– 당신도?

다시 서서히 암전, 모니터의 화면에서 어지럽게 지나가던 얼굴들이 느린 속도로 바뀌어 지나가다가 끝내 정지, 두 화면에 같은 얼굴이 나타난다. 완전히 어두워진 무대의 모니터에 정지된 한 사람의 두 얼굴이 다음의 대화를 한다. 그 얼굴은 유명한 연예인의 얼굴이다.
다음 대화의 목소리 하나는 여자, 또 하나는 남자다.

– 나는 당신을 몰라요
– 나는 당신을 몰라요
– 하지만 나는 당신을 알아요
– 그래요 나도 당신을 알아요

- 많이 보았어요
- 한번도 못 보았어요
- 결국, 나는 당신을 몰라요
- 결국, 나는 당신을 몰라요
- 여보세요
- 여보세요
- 누구시죠
- 누구시죠
- 여보세요
- 여보세요
- 누구시죠
- 누구시죠
- 여보세요
- 여보세요
- 누구시죠
- 누구시죠
 (……)

계속되면서, 서서히 목소리가 작아지며 fade out. 여보세요, 누구시죠……가 반복될 즈음부터, 루핑한 느린 acid jazz풍의 리듬이 천천히, 천천히 흐른다.

2. 샘플링, 혹은 흐르는 목숨을 분말로 빻아 軸合하기

工程 1

우선은 長江水에서 물 한바가지를 뜨는 기분으로 뽀얀 우윳빛의 그 소리들을 추출한 뒤, 깊게 골이 파인 그 골짜기의 시작과 끝을 지정하여 메아리를 울게한 다음 그것을 다시 단번에 들이켜는 기분으로, 入口에 흘러 들여보낸다.

工程 2

A－D 컨버터: 원인 모를 마찰에 의해 황홀한 안개가 입구에 퍼질 때를 기다려 파이프의 직경을 1/1000 nanometer씩 감소시킨다. 그러면 다시 황홀한 빛깔의 오로라와 함께 꼬리를 치는 그것들이 무수한 0과 1로 변형, 그 파이프를 타고 광장으로 진입하며 해독 불가능한 암호로 뭉치게 된다.

工程 3

샘플러: 2의 무한승만큼의 경우의 수가 있다. 무한대로 그 뭉치들을 줄 세울 수 있다. 만나면 남자가 되기도 하고 여자가 되기도 한다. 구름을 타고 나다니며 자기 수염을 뽑아 뭇세상에 던지기도 하고 속이 비치는 가운을 걸치고 침상에 누워 있기도 한다. 나비가 되고 꿈이 되기도 하니 2의 무한승의 경우의 수만큼의 소리가 있다. 목숨에 목숨을 겹으로 대고 뒤집으며 뒤척이며 꺼지고 켜져, 명멸하는 별의 수만큼 반짝여 그것은 운명의 경우의 수와 은밀하게 합치한다.

(이하 생략)

－성기완, 『쇼핑 갔다 오십니까?』에서

디지털 시대 현대시의 새로운 길 찾기

이소연

1. 머리말

1990년대 중반부터 보급되기 시작한 컴퓨터와 인터넷은 오늘날 현대인의 삶에 없어서는 안 될 중요한 하나의 기반이 되고 있다. 그러면서 우리 삶에는 여러 변화들이 일어나고 있다. 디지털 혁명이라는 말이 암시하듯이 그 파급효과는 모든 분야에 걸쳐 있으며, 이러한 디지털 기술은 새로운 시대를 열어 밝혔는데 소위 '디지털 시대'가 그것이다. 디지털은 그 '보이지 않는 손'[1]의 막강한 힘으로 세계를 재편성하고 있다.

니콜라스 네그로폰테는 그의 저서 『being digital』에서 디지털 시대의 특징을 '비트의 시대'라 단언하였다. 비트(bit)는 정보의 최소단위를 말하며, 이에 비해 아톰(atom)은 물질의 최소단위를 말한다. 아톰(atoms)으로 재생되는 아날로그 시대에서 비트(bits)로 현현하는 디지털 시대로 이행되면서 이제 모든 정보와 지식은 0과 1이라는 비트로 저장되어질 수 있게 되었으며,[2] 이렇게

---

1) 최동호, 이성우, 「디지털 시대의 새로운 문학 환경과 글쓰기의 방법론 연구」,『한국시학연구』제9호, (한국시학회, 2003), p. 351.
2) 이용욱, 『사이버문학의 도전』(토마토, 1996), p. 33.

저장된 많은 양의 정보와 지식은 인터넷을 통해 동시에 전세계로 전달될 수 있다. 수용자는 자신의 요구대로 특정 정보를 검색하고 자신의 필요에 맞게 재구성할 수도 있다. 또한 디지털 기술은 비트의 조합을 통해 사이버스페이스, 혹은 가상공간이라는 새로운 공간을 탄생시켰는데 우리는 일상적으로 이 가상의 공간과 실제의 공간을 넘나들며 양쪽 세계 모두에서 사람을 만나고 집을 짓고 생활한다.

이러한 디지털 시대로의 획기적인 전환은 당위적으로 문학 환경과 문학 작품에도 그 영향력을 직접적으로 미친다. 한동안 문학계에서는 새로운 문학 환경의 대두에 대해 '문학의 위기'설과 '새로운 패러다임'설 등으로 의견이 분분하였던 것이 사실이다. 그러나 오늘날 문학계는 새로운 형태의 문학 방식을 '사이버리즘'3)으로 수용하면서 그것을 긍정하거나, 혹은 비판하는 입장을 드러내며, 다른 한편으로 앞으로 문학이 나아가야 할 새로운 방향, 긍정적 방향을 모색하고 있다.

이처럼 디지털 기술은 '통신문학', 'PC 통신문학', '컴퓨터 문학' 등의 단계를 거쳐 '사이버 문학', '하이퍼텍스트 문학', '디지털 문학' 등으로 불리어지고 있는 문학의 한 영역을 창출시켰으며, 이는 사이버 공간 밖의 인쇄매체 형태의 문학에도 여파를 미치고 있다.

2. 현대시의 다양한 형식 실험

디지털 문학 환경의 특징인 쌍방향성, 비선형성, 그리고 멀티미디어를 수용하여 현대시는 다양한 형식을 실험하고 있다. 그리고 전문 시인이 아닌, 새롭

---

3) "'사이버리즘'은 컴퓨터와 가상공간이라는 새로운 문학 환경을 자궁으로 하여, 우리가 보여 주고, 보여 줄 수 있는 전위적인 문학 실천운동이며 동시에 그것을 지지해 주는 미학적인 가치 판단이라고 정의되어질 수 있다." "변화한 현실에 대한 작가─독자의 새로운 상황 인식의 범주가 사이버리즘 안에서 통합되며 결국 사이버 문학은 잠정적으로 사이버리즘을 전형적으로 보여주고 있는 작품으로 정의 내릴 수 있을 것이다." 이용욱, 「이제 문제는 사이버리즘이다」, 『문학사상』, 2000. 4, p. 43.

게 등장한 일상의 작가들도 사이버 상에서 새로운 형식의 시 창작에 한 몫을 하고 있다. 물론 사이버 상에 오른 시들도 인쇄매체 형태의 시를 그대로 올린 경우이거나 그 내용이 서정적인 경우는 태반이다. 그러나 형태상의 변화는, 아직 실험적 단계에 머물고 있기는 하지만, 지금까지는 존재하지 않았던 획기적인 변화임에 틀림없다.

먼저 2000년 시인과 작가, 일반인들이 참여하여 김수영의 「풀」을 기본 텍스트로 삼아 '언어의 새벽'이라는 하이퍼텍스트 작업을 한 것을 들 수 있다. 이 작업은 "풀이 눕는다"를 씨앗글로 하여 40여 명의 사람들이 시구를 작성하고 그것에 이어 또 100여 명의 사람들이 시구를 작성하였는데, 이 시구들이 모두 링크되어 있어 독자가 마음에 드는 시구를 선택하여 읽을 수 있게 되어 있는 것이다.4) 그러나 '언어의 새벽'은 하나의 완결된 작품을 만들기보다는 서로 상이하게 흩어지는 분산적 텍스트, 어떠한 중심도 시작도 결말도 없는 텍스트를 지향한다.5) 이 작업은 결국 시도로 그치고 말았으며 현재 그 사이트는 검색할 수 없는 상태이다.

다음으로 한국멀티포엠협회 장경기의 '멀티포엠(multipoem)' 실험을 들 수 있다. 장경기는 멀티포엠을 "운율을 가지면서, 영상, 음, 문자, 그 외에 새롭게 등장하는 모든 매체들을 포용할 수 있는 동시에, 짧은 시간 안에 깊고 넓은 사상과 정서를 담아내고 전파할 수 있는 특성을 갖추면서, 누구나 감상과 창작에 동참할 수 있는 장르"로 규정한다. 실제로 멀티포엠에서는 시와 음향, 미술, 영상 등이 혼합된 멀티미디어로서의 시를 볼 수 있다. 그러나 성귀수의 말대로 이 시도가 의미 있고 참신하기는 하지만 멀티 매체로 활용되는 영상과 시의 낭독(음), 문자가 융합되어 있다기보다는 그저 병치되어 있을 뿐이다.

---

4) '언어의 새벽'에 대해서는 최동호, 이성우의 「디지털 시대의 새로운 문학 환경과 글쓰기의 방법론 연구」(『한국시학연구』제9호(한국시학회, 2003), pp. 356-357.), 신범순의 「사이버 시대 시의 유령적 초상과 창조적 고민의 소멸」, (이선이 편저, 『사이버 문학론』 (월인, 2001), pp. 22-23.)을 참고할 수 있다.
5) 신범순, 「사이버 시대 시의 유령적 초상과 창조적 고민의 소멸」, 이선이 편저, 『사이버 문학론』(월인, 2001), p. 23.

성귀수는 이어서 예술에 있어서 어떤 매체가 새로운 장르를 탄생시키기 위해
서는 그 매체의 새로움, 혹은 기존 매체의 새로운 활용이 전혀 새로운 영감의
탄생으로 이어져야 하는데, 장경기의 '멀티포엠'에서는 그런 점이 보이지 않
는다고 지적한다.[6] 지적대로 '멀티포엠' 역시 하이퍼텍스트의 실험에 그치고
있음을 알 수 있다.

이상의 전문가들의 작업 외에 문학 동호회 등을 통한 일상 작가들의 시작
활동이 있다. 일상 작가들은 인터넷의 쌍방향성을 이용하여 '시'와 '평'이라는
이질적인 장르 사이를 넘나들면서 '이어쓰기'와 '고쳐쓰기'를 계속하는 것이
다. 이용욱은 이것을 '간(間)장르 실험'이라고 일컫는다. 그리고 이들은 작품
의 부분 복사나 원본의 해체를 통한 '표절 실험'이나 '온라인 공동 창작' 등을
시도하고 있다.[7] 이들 작품의 질적 문제는 차치하더라도 그 형식적 실험은
주목할 만하다.

사이버 상에서, 위에 든 예와 같은 몇 가지 시도들이 행해지고 있는 것은
사실이나 획기적인 형태의, 혹은 일정 수준에 이른 하이퍼텍스트 시는 국내에
존재하지 않는다고 할 수 있다. 그러므로 현 단계에서 하이퍼텍스트 시를
구체적으로 논한다는 것은 불가능한 일이다.

이 외에 인쇄 매체 시에서 나타나는 새로운 시의 시도를 살펴볼 수 있다.
그러나 매체의 특징상 형태적 측면의 시도보다는 내용적 측면의 시도가 더욱
두드러진다. 대표적으로 서정학, 성기완의 시 몇 편과 이원 시의 대부분을
들 수 있는데, 이들은 디지털 시대를 살아가며 사이버 세계와 현실세계를
넘나드는 인간의 삶을 바라보고 인간존재의 의미를 성찰하고자 한다. 그런
의미에서 이들의 시는 비록 인쇄매체로 출판되었지만 다분히 사이버적인 성격
을 띠며, 디지털 시대 시의 한 양상이라고 할 수 있다. 그러므로 다음 장에서는
이들의 시를 들어 디지털 시대를 사는 현대시의 한 모습을 살펴보고자 한다.

---

6) 성귀수, 「멀티포엠 실험이 내게 불러일으킨 몇 가지 논점에 관한 고찰」, 『시와 반시』,
   2000, 가을, p. 165.
7) 이용욱, 「사이버스페이스 안에서 비트로 문학하기」, 『현대시』, 1997, 7, pp. 35-40.

3. 디지털 시대 현대시의 한 양상 - 인쇄 매체 시를 중심으로

동서양을 막론하고 고대부터 물체를 구성하는 실제적 바탕으로 물(水), 불(火), 공기(風), 흙(土)을 들었으며, 이를 기초로 바슐라르는 자연 속에 깊이 뿌리 박은 '물질적 상상력'에 관한 이론을 펼쳤고 물, 불, 공기, 흙의 사원소론으로 그 체계를 세운 바가 있다. 그러나 오늘날 우리는 자연과는 거리가 먼, 새로운 상상력 하나를 필연적으로 경험하게 되는데 그것은 '기계적 상상력'이라고 이름 붙일 수 있는 것이다.

실로 우리 삶의 현장에는 자연적 요소보다는 기계적 요소들이 많은 자리를 차지하고 있다. 동물의 일종으로서 사람은 그래도 자연에 뿌리하고 있다고 생각되고 있지만 오늘날 삶의 양태를 깊이 꿰뚫어 보면 인간은, 그리고 인간의 삶은 자연 보다는 기계에 가까우며 그래서 오늘을 사는 시인들에게 인간은 뿌리가 없다(이원, 「실크로드」, 서정학, 「(1) 인조인간 18호」)고까지 인식되고 있다.

1990년대 박남철, 유하, 장정일, 하재봉, 함민복 등은 텔레비전이나 비디오 등의 매체를 시의 제재로 하여 기계화된 세계를 드러내고 그러한 물질들로 점철된 자본주의의 허상과 그 속에서 아무런 자각 없이 사는 대중들을 비판한 바 있다. 그러나 21세기가 도래하고 컴퓨터와 인터넷이 널리 보급된 오늘날 상황은 더 많이 달라져 있다. 1994년 최영미는 「Personal Computer」에서 "아아 **컴-퓨-터**와 **씹**할 수만 있다면!"이라고 외쳤는데 그로부터 얼마 뒤, 우리는 정말 컴퓨터를 통해 그에 준하는 경험을 할 수도 있게 되었다. 그것은 바로 가상세계의 힘이다. 컴퓨터가 제공하는 가상세계는 텔레비전이나 비디오에서 경험하는 가상세계와는 차원이 다르다. 그것은 우리 삶에 깊이 침투되어 현실과의 경계를 찾기 힘들 정도이다.

이처럼 디지털 기술은 생활에 많은 변화를 가져왔다. 이제 우리 삶에서 기계는 없어서는 안될 정도가 되었고 그런 기계들과 동고동락하면서 기계는 차츰 인간을 닮으려하고 인간은 점점 기계화되고 있다. 이런 현실에서 시인들은 우리 삶을 되돌아보고 반성하며, 분열되는 자아를 발견하고 자기 정체성에 관해 질문을 던진다.

1) 현상세계와 가상세계의 혼재

디지털 기술이 우리 삶 전반으로 확산되면서 우리는 물리적 시공간의 제약에서 조금씩 벗어나고 있다. 우리는 인터넷을 통해 먼 나라에 있는 사람과 얼굴을 맞대고 대화할 수 있다. 그리고 컴퓨터와 휴대폰만 있으면 사무실이라는 공간을 벗어나, 심지어는 길에서도 업무를 수행할 수 있고 한밤중에도 기차표를 예매하거나 여행지의 정보를 확인할 수 있다. 나아가 가상의 여행을 할 수도 있다. 이원, 「나는 검색 사이트 안에 있지 않고 모니터 앞에 있다」에서는 여행 중인 시적 화자를 볼 수 있다. 그러나 화자는 현상세계를 여행하는 것이 아니라 가상세계를 여행하고 있다.

디지털 기술은 가상세계를 현상세계의 일부로 만들고 있다. 그래서 가상세계는 다른 말로 '가상현실'이 되는 것이다. 그리고 그 가상세계는 조정자의 의지에 의해 열리고 닫힌다. "클릭 한 번에 한 세계가 무너지고/한 세계가 일어선다". 이러한 현실 속에서 화자는 "계속해서 나는 클릭한다 고로 나는 존재한다"(이원, 「나는 클릭한다 고로 나는 존재한다」)며 자신의 존재의미를 찾는다. 그러나 여기서의 존재의미는 현실세계에서 찾은 것이 아니라 가상세계 속에서 발견한 것이다. 다른 시에서 시인은 "사람들은/이제 생각하지 않고 인식한다"(이원, 「콘센트에 관한 명상」)고 말한다. 사람들은 계속해서 클릭하면서 수많은 세계와 정보를 만나고 그것들을 복제하고 규합하면서 자신의 생각을 만들어 간다. 사람들은 능동적으로 생각하지 못하고 제시된 어떤 세계와 정보를 수동적으로 인식하며 사는 것이다. 그러므로 가상세계에서의 시인의 존재인식은 허무적, 반성적 인식을 바탕으로 한다.

한편 가상세계의 여행은 한계를 지니고 있는데 그것은 "서버를 찾을 수 없다"는 벽을 만났을 때이다. 모든 곳으로 열릴 수 있는 창(Window)은 또 순간에 벽이 될 수도 있는 것이다. 그러면 우리는, 우리의 의지와는 상관없이 더 이상 여행할 수 없게 된다. 이와 같은 정보의 제한은 - 제작자가 의도한 것이든, 기술적 문제이든- 우리에게 또 하나의 권력으로 다가온다. 디지털 시대의 새로운 권력인 것이다. 다른 한계는, 가상세계의 여행에서는 새들의 울음소리를 들을 수 없고, 시든 꽃들이 지상으로 내려앉지 못하고 추한 모습으로 가지에 매달려 있는 모습을 보게 된다는 것이다. 이것들은 기술적으로 업그레이드 될 수도 있을 것이다. 그러나 여전히 배를 채울 수는 없을 것이다. 이에 반해 현상세계에서는 그 모든 것들이 가능하다. "세계에서는 여전히 땀냄새가 난다"고 하며 시인은 현실세계에 있다는 것을 인식하고 안도한다.

이원, 「나는 검색 사이트 안에 있지 않고 모니터 앞에 있다」에서와 마찬가지로 서정학, 「컴퓨터, 꿈, 키보드」의 시적 화자도 가상세계 속에 있다. 그런데 여기서 화자는 모든 것을 만들고 없애며 지시하는 신의 위치에 있다. 이것은 스타크래프트와 같은 컴퓨터 게임에서 가능한 일이다. 게임에 임하는 사람은 게임 속에 등장하는 특정 종족의 신이 되는 것이나 다름없다.

이 시에 앞서 서정학은 「비디오 게임/모험의 왕과 코코넛의 귀족들」에서 가상현실 속에서 적과 직접 싸우는 화자를 보여준 바 있다. 비디오 게임에 등장하는 주인공 캐릭터는 소위 조작자의 분신이라고 할 수 있는데 이 시에서 두 인물은 동일시되고 있다. 시인은 이 시에서 "프로그램 되어있다", "이미/결정되어있다"고 하여 우리 삶의 일상까지 지배하고 있는 기계문명의 거대하고 집요한 매커니즘을 고발[8]했다. 그리고 「컴퓨터, 꿈, 키보드」에서 신의 위치에 있는 화자 역시 "프로그램에서"만 신이다. 앞서 살펴본 이원의 시에서 화자는 인터넷상에서 "진공포장되어 장기 보존되고 있는" 수목원을 보고 자신도 그럴 수 있다, "오래전 저장된 게임이/나일 수도 있다"고 진술하는데 이러한

---

8) 오형엽, 「전복적 상상력, 탈주체의 시적 전략」, 『문학과 사회』, 1998, 가을, p. 1057.

인식은 서정학 시에서의 화자의 인식과 같다. 즉 프로그램에 내재되어 있는 자기 존재에 대한 인식인 것이다.

서정학의 「컴퓨터, 꿈, 키보드」에서 신과 악마는 구분되지 않는 것을 볼 수 있다. 온라인상에 연결된 상대는 신인 나에 비해 적이며 악마이다. 그러나 상대편에서 볼 때도 그러한 사정은 마찬가지이다. 그리고 선악(善惡), 혹은 호오(好惡)는 숫자의 많고 적음으로 판별된다. 이러한 게임의 법칙은 "(세계 존재 방식의 비밀)"로서 오늘날의 현상세계에서도 그대로 통하는 것이다. 선과 악의 구분이 모호하며 부가 곧 선이 될 수도 있는 세계. 그래서 "씨익 악마처럼 웃"는 웃음은 의미심장하고 섬뜩하다.

이 외에도 이원은 「최근에 구입한 풍경」, 「접속」 등의 시에서 특정 사물과 특정 풍경을 "이미지만 샀다"고 하며 가상과 현실이 혼재한 오늘날 우리의 삶을 보여준다. 그리고 "이제 사람들은 허공에 주소를 갖게 되었다/이제 사람들은 허공이라는 시스템에 연결되었다"(「콘센트에 관한 명상」)며 실제에 뿌리 박지 않은 우리 삶의 허망함을 지적한다.

2) 기계화된 삶과 기계적 인간

앞 장에서 디지털 기술에 의해 가상세계와 현실세계의 구분이 모호한 지점에서 거주하고 있는 인간의 모습을 볼 수 있었다. 이처럼 과학기술이 첨단화될수록 우리 삶은 기계적 체계 속에 갇히게 되고 인간조차도 기계화된다. 시인들은 그러한 우리의 삶과 우리 자신의 모습을 예리한 시선으로 파헤친다.

서정학, 「(1) 인조인간 18호」에서 말하듯이 실제로 우리는 눈이나 신장, 머리카락, 이빨과 피부, 그리고 심장까지도 이식할 수 있다. 다른 사람의 것을 이식할 수 있을 뿐만 아니라 인공적인 것을 이식할 수도 있다. 오늘날 과학기술의 능력은 생명을 연장시키고 심지어는 복제기술을 통해 새로운 생명을 만들어내기까지 한다. 이 시는 다만 그러한 사실을 좀 더 과장하고 크로테스크하게 그려내고 있을 뿐이다. 이런 인간에게 "뿌리 같은 건" 없으며 모든 관계는 "단절"될 뿐이다. 그러한 삶은 현대인에게도 적용된다. 이 시는 그런 면에서 인간의 존재의미, 존재근거에 대해 생각하게 한다.

이원은 여기서 더 나아가 생물과 기계장치의 결합체인 '사이보그'를 통해 인간과 기계의 결합을 더욱 적나라하게 드러낸다. 그의 「사이보그」 연작시는 우리가 외출할 때 늘 기계들을 점검하는 행동과 일정한 시간에 일정한 순서로 씻는 행동, 그리고 하루 일과가 시간대별로 기계적으로 진행되는 과정을 기계적 어조로 그리며 현대인의 삶이 얼마나 기계적인지, 그리고 기계에 의해 움직여지는지를 보여준다. 또한 그것을 통해 기계화된 인간의 모습을 극단적으로 보여준다. 습관적으로 행해지는 사람들의 행동은 "뇌에입력된운영프로그램"에 따른 것이라고 말하며, 참담한 내용의 뉴스를 접해도 눈물을 흘리지 않는 자신을 보고 "전자상가에 가서/업그레이드해야겠다/감정 칩을"이라고 말한다.

이원, 「사이보그 2 ─ 정비용데이터 A」는 사이보그의 기억장치가 유사성 오류를 일으켜 기계와 인간의 유사성에 대한 모든 것을 말하는 부분이다. 이 시에서 "그것"이라는 부분에 '기계', 혹은 '컴퓨터'를 대입하면 모든 진술은 너무도 직접적이다. 그것은 "기억도 하고 판단도"하며 엄청난 능력을 지니고 있다. 그 능력은 인간이 그것의 일부이게 하고 그것에 종속되어 있도록 한다. 인간은 삶의 편리를 위해 디지털 문명을 창조했지만 과학기술은 오히려 인간을 길들이고 있었던 것이다. 그러므로 이 시는 인간과 기계 사이의 역전된 관계를 자각시키고 있다. 우리는 물질의 과잉과 기계문명적 삶의 파행성으로 인해 주체로서의 인간의 자리를 상실한 채 기계적 방식에 의해 육체와 정신을 식민지화시키고 있[9]는 것이다.

한편 성기완은 「幻生, 혹은 죽음에 이르는 병」에서 "2. 샘플링, 혹은 흐르는 목숨을 분말로 빻아 軸合하기"라는 중간 제목 아래 그 공정과정을 3단계로

---

9) 강경희, 「기계적 상상력이 빚어낸 허무적 나르시시즘」, 2001 문화신춘 문학평론 당선작, p. 8.

열거하고 있다. "工程 3"에서 한 부분을 보면 "샘플러: 2의 무한승만큼의 경우의 수가 있다. 무한대로 그 뭉치들을 줄 세울 수 있다. 만나면 남자가 되기도 하고 여자가 되기도 한다."고 하여 아날로그적 인간을 디지털 인간으로 만들어내는 과정을 보여준다. '샘플링'은 우리말로 표본추출을 의미하는 것으로, 아날로그 신호를 디지털 신호로 바꾸기 위해 연속적인 신호를 일정한 간격으로 분할하여 표본값을 뽑아내는 과정이다. 이 시는 그러한 샘플링을 통해 "흐르는 목숨"을 가진 아날로그적 인간을 디지털 인간으로 변환시키는 과정을 보여주는 것이다. 이 시의 '虛頭' 부분에서도 인간복제에 관해 말하고 있는데, 디지털 기술로 변환된 것은 원본과 구별 할 수 없는 복제품을 수없이 만들어낼 수 있다. 그러므로 디지털 인간은 무한한 복제인간을 생산할 수 있는 "주형틀"이 되는 것이다. 결국 이 시도 디지털 시대의 사물화된 인간, 기계화된 인간의 모습을 말하고 있다.

위의 시들에서와 같이 삶의 기계화와 인간의 기계화를 자각할 때 시인은 다시 인간의 실존, 자아의 정체성에 관해 질문하게 된다.

3) 다중 자아의 정체성 찾기

'나'라는 존재는 원래 상황에 따라 유동적이고 다면적이며 스스로 변화하는 과정에서 정체성을 찾는 존재이다.[10] 그러나 오늘날 우리는 현실세계와 가상 세계를 넘나들면서 수많은 '나'를 만날 수 있으며 그곳에는 내가 알지 못했던 '나'의 모습도 있다. 이처럼 다양한 자아를 인식했을 때, 정작 나의 실체는 어디에 있는 것인가라는 질문을 던지게 된다.

"나를 클릭한다/검색어에 나에 대한 검색 결과로/0개의 카테고리와/177개의 사이트가 나타난다/나는 그러나 어디에 있는가"(이원, 「나는 클릭한다 고로 나는 존재한다」)라고 시인은 묻는다. 가상공간에서 자기 정체성을 찾는 행위는 시인에게 있어 매우 회의적이다.

---

10) 김재국, 『사이버리즘과 사이버소설』(국학자료원, 2001)

이원, 「자화상」에서 시인은 얼굴 없는 현대인의 자화상을 보여준다. '얼굴'
이라는 것은 한 사람에게 있어 그 사람을 가장 먼저, 그리고 잘 드러내주는
것이다. 우리는 상대의 손이나 다리를 보고 그 사람에 대한 인상을 갖는 것이
아니라 얼굴을 통해 특정한 인상을 갖는다. 그리고 얼굴의 미세한 표정을
통해 상대의 생각을 가늠하기도 한다. 그만큼 얼굴이라는 것은 한 사람의
전체 이미지에 중요한 역할을 한다. 그러나 위 시에서 얼굴은 쓸모 없는 것으
로 그려진다. 쓰레기통에 버리고 싶지만 그렇게 하지도 못하는 형식적인 얼굴
이다. 컴퓨터를 접했을 때는 중요한 감각기관인 눈, 코, 입만이 가상세계로
빨려 들어가고 필요 없는 가죽은 현상세계에 그대로 남는다. 가상세계에서
우리는 얼굴 없이 행동하거나 가면을 쓰고 다닌다. 이것은 가상세계에서의
익명성과도 통한다. 익명의 그늘에서 많은 사람들은 대충 말하고 함부로 말하
며 언어폭력을 휘두르기까지 한다. 그것은 우리의 얼굴을 함부로 하는 것이나
마찬가지라고 시인은 말하고 있다. 그러면서 다른 한편으로는 얼굴 없는 현대
인의 모습을 통해서 얼굴을 상실한 자아, 실체 없는 자아에 대해 말하고 있다
고 여겨진다.

우리는 실제로 가상공간에서 '아바타'라는 가상의 얼굴을 사용한다. 그 얼
굴은 가입한 사이트마다 존재하고 핸드폰 속에도 있다. 현대인들이 대수롭지
않게 여기는 이런 상황을 다시 생각해 보면, 우리는 여러 가지 얼굴을 가지고
있으며 각각의 얼굴들은 조금씩 다르게 행동한다는 것을 알 수 있다. 우리는
이런 가상의 얼굴을 통해 더욱 가상의 세계로 빠져들며 다양한 얼굴과 함께
다양한 자아도 갖게 된다. 이것은 성기완, 「幻生, 혹은 죽음에 이르는 병」의
'虛頭' 부분에서 말하는 복제 문제와도 연결될 수 있다.

미디어네트워크와 디지털 기술의 발달은 재료들을 자신의 선호도와 감각에
따라 결합시키는 복제와 재조립 과정을 수행하는 체험을 낳았다.[11] 그리고

11) 노철, 「디지털 시대의 현대시 형태와 인식에 관한 연구」, 『국제어문』 23, (국제어문학
회, 2001. 7) p. 7.

실제로 생명을 복제하는 데까지 나아갔다. 아직 인간복제는 허용되지 않고 있지만 그것이 결코 일어나지 않으리란 보장도 없다. 만약 그런 사태가 발생한 다면 生死에서 死는 사라지고 끝없는 生만이 남아 인간에게서 "주형틀"로서의 의미 외에는 아무런 의미도 찾지 못하게 될 지도 모른다. 복제에 복제를 거듭하다보면 모든 것은 허상이 되고 그 '헛것'들의 난리 속에 있게 될 것이다.

'虛頭'는 글이나 말의 첫머리를 뜻한다. 그러나 이 시에서 '虛頭'는 그것과 함께, 한자의 뜻 그대로 빈 머리를 뜻하기도 한다. 생명이 없는 가상의 존재, 실제가 아닌 허상을 일컫는 것이다. 그러므로 현대인의 존재는 "존재의 강시", 즉 존재가 없는 것이다. 이러한 사고는 앞에서 언급한 이원의 얼굴 없는 현대인과도 일맥상통한다.

이 시의 다음 부분에서 "1. 모니터, 혹은 二重 自我"라는 중간 제목아래 극적 상황이 연출되고 있다. 처음에는 무대 위에서 두 사람의 그림자가 대화하고 있는 것을 볼 수 있다. 그리고 이어서 한 사람의 얼굴이 두 개의 다른 모니터에 나타나 서로 대화하는 것도 볼 수 있는데 그 목소리만 남녀로 서로 다르다고 제시되어 있다. '虛頭'에서 말했듯이 이들은 '나'와 복제된 또 다른 '나'가 될 것이다. 혹은 복제된 '나'와 다시 복제된 '나'일 수도 있겠다. 어쨌든 이 둘의 대화는 "목숨이 두 장"이며 "공장은 이마주를 증식시"킨다는 것을 드러낸다. 모니터 상의 두 얼굴은 "나는 당신을 몰라요", "하지만 나는 당신을 알아요", "결국, 나는 당신을 몰라요", "여보세요", "누구시죠"라는 대화를 똑같이 반복하며 이어간다. 실루엣이나 화면에 나타난 얼굴은 모두 허상이다. 시인은 끊임없는 환생을 통해 죽어도 죽은 것이 아닌 복제인간의 모습을 그리며 수많은 자아와 그 다중 자아의 정체성 위기에 대해 말하고 있다고 여겨진다.12)

그러면서 시인은 "타락하라"고 외치는데 이것은 '虛'의 세계에 대응하는

---

12) "심리학적으로 자신을 그림자나 실루엣으로 표현하는 것은 정체성의 불안정을 의미한다." 김양헌, 「세기말의 난해함」, 『현대시』, 1998. 12, p. 237.

방식은 '수용'이 아니라 '전복'이어야 함을 암시하는 것이다. 즉 가상의 현실 속에서 자아 찾기란 불가능하며 진정한 자아 찾기란 가상의 세계를 전복하고 현실과 마주했을 때만 회복된다는 것이다.[13]

4. 맺음말

오늘날 급변하는 시대는, 그 속도는 우리에게 혼란을 준다. "적어도 기계들은 삶에 먼저 도착했다" 그리고 우리도 "그 속도를 따라가야"(이원, 「바코드」) 한다. 우리는 생활의 편리를 위해 허겁지겁 기계에 삶을 맞추면서 스스로를 기계화한다. 사람들은 "몸 밖에 플러그를 덜렁거리며 걸어"(이원, 「거리에서」) 가거나 "늘 어딘가에 꽂히고 싶은 플러그"(이원, 「콘센트에 관한 명상」) 그 자체이다. 그리고 꽂힐 수 있는 콘센트를 만났을 때, 즉 기계를 만났을 때야 제대로 기능 할 수 있다. 이러한 모습은 플러그끼리 만났을 때는 아무런 작동을 할 수 없는 상태, 즉 타인과의 소통의 단절 상태를 일깨워 준다. 실제로 우리는 인터넷이나 휴대폰을 통해 사람을 만나는 일이 많아졌다. 가상공간을 통한 소통이 확산될수록, 그리고 얼굴을 감추고 얘기할 때 더 많은 것을, 더 잘 말할 수 있게 될수록 실제적인 육체의 만남은 어색해지지 않을까. 그런 의미에서 시인의 인식은 냉철하고 무섭기까지 하다.

서정학, 성기완, 이원은 이처럼 현실 속에 발붙이지 못하고 허공 속에서 사는, 헛것들과 함께 사는 현대인, 그리고 마치 프로그램 되어있는 것처럼 기계적으로 생활하는 디지털 시대 현대인의 모습을 때로는 희화적으로, 때로는 섬뜩하게 그려내고 있다. 그리고 그러한 삶 속에서 진정한 자아를 상실해가고 있는 오늘날 우리들의 얼굴을 본다. 결국 진정한 자기 정체성을 찾기를 촉구하고 있는 것이다.

이들의 시작 방법은 매우 실험적이며 사이버적이다. 특히 성기완은 「볼

---

13) 강경희, 앞의 글, p. 2.

만한 티브이 프로」 연작시에서 연속극 형식을 차용하면서 사이버 상에서도 볼 수 있는 비선형적 글쓰기를 시도하고 있다. 연작시들만 뽑아서 본다면 선형적일 수밖에 없긴 하지만, 시집 전체에 걸쳐 4편의 연작시를 군데군데 배치해 보는 재미를 준다. 그리고 연작시의 마지막에서는 이야기를 마무리 짓지 않고 "……(계속)"이라고 하여 독자에게 그 상상의 몫을 넘긴다. 이것은 또 인터넷상에서 볼 수 있는 쌍방향성을 시도한 것으로 볼 수도 있겠다. 이 외에도 여러 시편들에서 극적 형식, 인터뷰 형식 등을 도입하여 탈장르화를 시도한다.

그러나 이들의 시도가 시대적 현상에 편승하여 그것을 차용하는 식의 실험에만 그치거나 소재주의에 매몰되지 않기 위해서는 가볍게 지나칠 수 없는 내용과 깊이 있는 주제를 드러내기 위해 부단히 노력해야 할 것이다. 오늘날의 기계적, 물질적 삶의 병폐를 직시하고 고발하는 단계에 머물러 있어서는 안 될 것이며 좀더 발전적인 모색을 해야 할 것이다. 비록 메마르고 차갑게만 느껴지는 디지털 시대이지만 이는 여전히 우리 삶의 중요한 한 바탕이 되고 있다. 그러므로 과학기술을 우리 삶의 또 다른 터전으로 수용하면서, 그것에 매몰되지 않는, 생명체로서의 자아 정체성을 모색하고 사람들 간의 관계의 회복을 위한 대안을 제시할 수 있어야 할 것이다.

사이버 상에서 발표되는 시들도 시에 대한 이러한 시대적 요구에 부응하기 위해 노력을 아끼지 말아야 할 것이다. 특히 사이버 상에 발표되는 시는 디지털 매체의 특성을 적절히 활용하고 그 긍정적 기능을 최대화하면서 새로운 하이퍼텍스트 시를 시도해야 할 것이다. 동시에 내용의 깊이 면에서도 소홀하지 않아야 할 것인데, 그렇지 않다면 형식이 아무리 실험적이라 하더라도 그 수명은 짧을 수밖에 없기 때문이다.

세기말부터 시작된 문학의 위기, 시의 죽음에 대한 논의들은 오늘날까지도 부분적으로, 그리고 지속적으로 말해지고 있다. 그러나 우리 삶이 아무리 기계로 둘러 싸인다하더라도, 아니 어쩌면 그러면 그럴수록 문학은, 그리고 시는

죽지 않고 살아남을 것이라고 믿는다. 그 영역이 비록 협소해지는 한이 있더라
도 시는 질긴 생명력을 과시하며 인간의 삶에 정서적 울림을 줄 것이다. 그러
므로 현대시는 시대에 발맞추어 새로운 길을 모색하면서 여전히 근원적 인간
존재에 대해 물음을 던지고 그 존재 의의를 찾아야 할 것이다.

참고문헌

1. 기본자료

서정학, 『모험의 왕과 코코넛의 귀족들』, 문학과지성사, 1998.
성기완, 『쇼핑 갔다 오십니까?』, 문학과지성사, 1998.
이원, 『그들이 지구를 지배했을 때』, 문학과지성사, 1996.
＿＿, 『야후!의 강물에 천 개의 달이 뜬다』, 문학과지성사, 2001.

2. 단행본 및 평론

강경희, 「기계적 상상력이 빚어낸 허무적 나르시시즘」, 2001 문화신춘 문학평
　　론 당선작.
곽광수, 『가스통 바슐라르』, 민음사, 1995.
김경복, 「기계화된 존재로서의 소외 형식」, 『현대시』, 1998, 11.
김동원, 「한 시대를 넘어, 현실을 넘어」, 『현대시』, 2000, 2.
＿＿＿, 「미래와 과거의 사이에서 오늘을 잃다」, 『현대시』, 2001, 11.
김병익, 「컴퓨터는 문학을 어떻게 변화시킬 것인가」, 『동서문학』, 1994, 여름.
김양헌, 「세기말의 난해함」, 『현대시』, 1998, 12.
＿＿＿, 「허공의 신전, 지상의 감옥」, 『동서문학』, 2001, 겨울.
김재국, 『사이버리즘과 사이버소설』, 국학자료원, 2001.
김태영, 「이제 '환멸'의 소모전은 끝났다」, 『현대시』, 1998, 7.
노철, 「디지털 시대의 현대시 형태와 인식에 관한 연구」, 국제어문학회, 『국제
　　어문』 23, 2001, 7.

성귀수, 「멀티포엠 실험이 내게 불러일으킨 몇 가지 논점에 관한 고찰」,
　　『시와 반시』, 2000, 가을.
오형엽, 「전복적 상상력, 탈주체의 시적 전략」, 『문학과 사회』, 1998, 가을.
이선이 편저, 『사이버 문학론』, 월인, 2001.
이용욱, 『사이버문학의 도전』, 토마토, 1996.
　　　　, 「사이버스페이스 안에서 비트로 문학하기」, 『현대시』, 1997, 7.
　　　　, 「이제 문제는 사이버리즘이다」, 『문학사상』, 2000, 4.
장경기, 「멀티포엠 창작 리포트」, 『시와 반시』, 2000, 가을.
장석주, 「글쓰기와 글읽기의 혁명적 전환」, 『문학사상』, 1994, 11.
정한용, 함성호, 장은수 특집좌담, 「사이버 공간 속에서의 시」, 『현대시』,
　　2002, 4.
최낙원, 「멀티포엠의 실험성」, 『시와 반시』, 2000, 가을.
최동호, 「하이테크 디지털 문화와 현대시의 존재 전환」, 『디지털 문화와
　　생태시학』, 문학동네, 2000.
최동호, 이성우, 「디지털 시대의 새로운 문학 환경과 글쓰기의 방법론 연구」,
　　『한국시학연구』 제9호, 한국시학회, 2003.

생각해 볼 문제

1. 본격적 하이퍼텍스트 시를 어떻게 창작할 것인가?
2. 기계문명과 자연, 또는 인간의 상생 관계를 위해 시는 어떤 역할을 해야
　　하는가?
3. 디지털 매체 시에 대해, 인쇄매체 시는 어떤 변별점을 가져야 할 것인가?

사이버 문화, 하이퍼텍스트 문학·작품편

인쇄일 초판 1쇄　2005년 03월 25일
　　　　　2쇄　2015년 09월 10일
발행일 초판 1쇄　2005년 03월 30일
　　　　　2쇄　2015년 09월 13일

지은이 김 종 회 편
발행인 정 찬 용
발행처 **국학자료원**
등록일 1987.12.21, 제17-270호

서울시 강동구 성내동 447-11 현영빌딩 2층
Tel : 442-4623~4 Fax : 442-4625
www. kookhak.co.kr
E- mail : kookhak2001@hanmail.net
ISBN 978-89-541-0238-4 *93800
가 격 14,000원